Alexandra Seidl
FEUER.KUNST

ALEXANDRA SEIDL war über zwanzig Jahre Internationale Marketing- und PR-Verantwortliche in IT-Unternehmen in Mannheim und Kaiserslautern. Sie wurde 1968 in Worms geboren, zog als Kind nach Frankreich und wuchs dort an der Grenze zu Genf (Schweiz) auf. Das Studium der Rechtswissenschaften, später der Betriebswirtschaftslehre führte sie zurück nach Heidelberg und Mannheim. Heute lebt sie in Kaiserslautern und an der Côte d´Azur. Die Autorin ist zweisprachig aufgewachsen und ihr Erstlingswerk führt den Leser neben Kaiserslautern nach Paris. Sie verbindet präzise Recherche mit Kreativität und hat den ersten Band einer spannenden Lokal-Krimi-Reihe über Kaiserslautern geschrieben.

Mehr zur Autorin unter:www.alexandraseidl.de

Alexandra Seidl

FEUER.KUNST

Anna Kastner ermittelt

Kriminalroman

Bibliografische Information der Deutschen Nationalbibliothek: Die Deutsche Nationalbibliothek verzeichnet diese Publikation in der Deutschen Nationalbibliografie; detaillierte bibliografische Daten sind im Internet über http://dnb. dnb.de abrufbar.

Die automatisierte Analyse des Werkes, um daraus Informationen insbesondere über Muster, Trends und Korrelationen gemäß §44b UrhG („Text und Data Mining") zu gewinnen, ist untersagt.

Lektorat: Lars Neger
Korrektorat: Lars Neger
Umschlaggestaltung: Safeer Ahmed
Satz: Laura Antonioli

Verlag: BoD · Books on Demand GmbH, Überseering 33, 22297 Hamburg,
bod@bod.de
Druck: Libri Plureos GmbH, Friedensallee 273, 22763 Hamburg

ISBN: 978-3-7693-7719-4

Ein K-Town Krimi
www.ktownkrimi.de

KAPITEL 1

JULI 2018

Franz Steiger entschloss sich, an diesem Morgen früher als sonst aufs Feld zu fahren. Je schneller er das Stroh verarbeiten würde, desto weniger Zeit würde er im Traktor verbringen müssen. Es war Anfang Juli und in den letzten Wochen war es nach turbulentem Wetter mit teils sturzflutartigen Regenfällen immer heißer geworden. Auch der heutige Tag versprach wieder viel Sonne und Temperaturen über dreißig Grad. Es war zum Verrücktwerden. Erst hatten die Unwetter seinen Feldern zugesetzt, jetzt die trockene Hitze. Franz Steiger zog es deshalb vor, die Ernte schon jetzt einzuholen, bevor sie Schaden nahm. Er bestieg seinen Traktor um sechs Uhr morgens, und auch wenn es noch angenehm kühl war, wusste er, dass er in ein paar Stunden zu seinem Leidwesen, die Klimaanlage würde einschalten müssen. Diese war für ihn Fluch und Segen zugleich: Er hatte beim Kauf seiner neuen Landmaschinen besonders darauf geachtet, dass sie jeden Schnickschnack boten, den die Technik heute ermöglichte. Besonders gefreut hatte er sich über die Klimaanlage. Damals wusste er noch nicht, dass er diese nur schlecht vertrug und schreckliche Halsschmerzen bekam, wenn er dem kühlen

Luftstrom längere Zeit ausgesetzt war. Deshalb schaltete er diese mittlwerweile so selten wie möglich ein. Ganz würde er aber heute nicht darum herumkommen. Das war ihm klar.

Er packte sich zwei Flaschen Mineralwasser ein. Dann rief er nach Bella, seiner Labradorhündin. Er konnte an diesem Morgen ihre Gesellschaft gut gebrauchen. Das Wochenende hatte er bereits mit Arbeit auf den Feldern verbracht und kaum eine Menschenseele außer seiner Mutter zu Gesicht bekommen.

Franz Steiger war einsam und sehnte sich nach einer Frau, was er gegenüber Dritten natürlich nie zugegeben hätte. Er hatte es in den vergangenen Jahren verpasst, sich rechtzeitig um eine feste Beziehung zu kümmern. Heute, mit über siebzig, war er ein nahezu aussichtsloser Fall. Er hatte zwar ein, zwei Versuche unternommen, mit der ein oder anderen Frau aus der Gegend auszugehen, hatte sogar noch gelernt, mit dem Internet umzugehen, um über eine Dating-Plattform, wie man das heute neudeutsch nannte, ein paar Kontakte zu pflegen, aber wenn es soweit war, dass eine Frau sich näher für ihn interessierte, lief das Treffen fast immer nach dem gleichen Schema ab: Sobald sie erfuhr, dass er nur ein einfacher Bauer war, brach sie den Kontakt ab oder erfand irgendeine Ausrede, dass sie kein weiteres Treffen wünsche. Der Mensch, der sich hinter dem Landwirt Franz Steiger vom Lanzenbrunnen verbarg, interessierte keine der Frauen wirklich.

Seine Freunde am Stammtisch in Otterberg hatten sich oft über sein Junggesellenleben lustig gemacht. Sie hatten ihm geraten, sich doch mal im Fernsehen bei einer dieser Sendungen zu bewerben, bei denen Landwirte an interessierte Landwirtinnen oder solche, die es gerne werden wollten, vermittelt wurden. Das erschien ihm lächerlich und so hatte er es dabei belassen. Ab und zu fuhr er nach Saarbrücken ins *Easy Love*, einen Club, in dem er für einen guten Preis unkomplizierten Sex bekam. Und ehrlich gesagt reichte ihm das – meistens – auch, denn er musste sich keine Vorhaltungen anhören und konnte tun und lassen, was er wollte. Das Leben als Single hatte auch seine Vorteile. Nur überkam ihn eben manchmal eine Sehnsucht nach Zärtlichkeit – oder der Vorstellung von Zärtlichkeit, die er sich gemacht hatte. Empfangen hatte er nie welche, weder von seiner Mutter noch von einer anderen Frau. Seine wichtigste Bezugsperson, wenn man das sagen konnte, war seine Hündin Bella, die ihn fast immer begleitete.

Als er auf den Feldweg einbog und sich der Strohballen-presse näherte, spürte Franz Steiger plötzlich, dass etwas nicht stimmte. Aber er konnte nicht sagen, woran es lag. Er schaute sich um, stellte jedoch nichts Außergewöhnliches fest. Dann auf einmal roch er, was ihn so beunruhigte. Es roch verbrannt. Und nun konnte er den Rauch auch schon sehen. Panik überkam ihn. Hatte seine Strohballenpresse durch das in der Maschine verbliebene Stroh womöglich Feuer gefangen? Bei dieser Hitze wäre das nicht verwunderlich und kam durchaus vor. In seiner Panik fiel ihm die Geschichte seines Nachbarn ein, dem vor drei oder vier Jahren das Stroh auf dem Feld in Flammen aufgegan-gen war und der dadurch seine ganze Ernte verloren hatte. Er fuhr so nahe wie möglich an das Gerät heran, ließ Bella vom Traktor springen, stoppte den Motor und stieg selbst von dem Fahrzeug herunter. Bella rannte sofort zur Strohballenpresse und fing laut zu bellen an. Noch kam ihm das normal vor, denn er wusste, dass Hunde ausgesprochen intelligente Tiere waren, besonders Bella.

Die Strohballenpresse stand zwar noch dort, wo er sie am Wochenende abgestellt hatte, aber sie war nicht mehr wiederzuerkennen. Von der Form her war das immer noch seine Strohballenpresse, aber die dunkelgrüne Lackierung war vom Ruß nahezu komplett überdeckt. Aus allen Ritzen drang Rauch, insbesondere weiter oben an der Maschine. Franz Steiger war geschockt. Er hatte sich diesen dunkelgrünen Koloss erst Anfang des Jahres gekauft und dafür über hunderttausend Euro gezahlt. Noch hoffte er, dass kein größerer Schaden entstanden war. Er wünschte sich, dass die Maschine noch funktionierte, damit er die Ernte einbringen konnte. Aber er ahnte bereits, dass das wahrscheinlich nicht der Fall war.

»Bella, komm hierher, ist gut, ist gut ... nur ein Feuerchen«, rief er ihr zu. Aber der Hund ließ sich nicht beruhigen. Sie sprang nach links und rechts, dann stellte sie sich auf die Hinterbeine und lehnte mit den Vorderläufen an der Strohballenpresse, um die Maschine aufgeregt anzubellen. Dann drehte sie sich wieder um und rannte aufgeregt auf ihn zu. Franz Steiger konnte sich keinen Reim auf Bellas Verhalten machen. Er war selbst zu aufgeregt, um ihr große Beachtung zu schenken.

Er ging um die Strohballenpresse herum, um diese genauer zu untersuchen. Hier und da waren Seitenteile der Maschine geschmolzen und es sah so aus, als ob sie sehr hohen Temperaturen ausgesetzt gewesen war. Franz wagte einen genaueren Blick. Das Feuer schien nicht mehr zu lodern, nur noch Rauch und Qualm, aber der Schaden war dennoch bereits angerichtet. Franz Steiger war fassungslos. Er lief zum hinteren Teil der Strohballenpresse, wo man über eine kleine Leiter auf die obere Galerie gelangen konnte. Der beißende Geruch war jetzt noch stärker geworden als im Traktor und löste bei Franz Steiger einen Hustenreiz aus. Er zog das noch ordentlich gefaltete Taschentuch aus seiner Hosentasche und band es sich vor den Mund, um den Rauch nicht weiter einzuatmen. Oben angekommen, sah er, dass direkt neben der Haube, die ins Innere der Strohballenpresse führte, ein großes Loch klaffte. Der Blitz musste in seine Maschine eingeschlagen haben. Als er die Haube öffnete, waberte ihm eine große Rauchwolke entgegen. Trotz des Mundschutzes musste er wieder kräftig husten. Das Stroh innerhalb der Maschine hatte sich offensichtlich entzündet. Er wollte genauer hineinschauen, um sich einen Überblick über den angerichteten Schaden zu verschaffen. Als er sich in das Innere der Maschine beugte, war der Rauch, der ihm entgegenströmte, so stark, dass er die Augen schließen musste. Er versuchte in die Maschine hineinzuspähen, konnte aber nichts erkennen. Er blinzelte mehrmals hintereinander, um dem Rauch zu entkommen, aber es half alles nichts. Im Inneren der Maschine war es zu dunkel und der starke Qualm tat sein Übriges. Er beschloss, sein Handy als Taschenlampe zu benutzen, und griff an seine Hosentasche. Diese war leer. *Wahrscheinlich habe ich es im Traktor liegen lassen*, dachte er.

Franz Steiger schlug also den Rückweg ein, um es zu holen. Am Traktor angekommen, war er schweißgebadet und nutzte die Gelegenheit, um einen Schluck aus seiner Wasserflasche zu trinken. Durch den Rauch hatte er einen trockenen Hals bekommen.

Die noch kühle Frische des Wassers tat gut. Er griff nach seinem Handy, fest entschlossen, auch das Innere der Strohballenpresse nach etwaigen Schäden zu untersuchen. Als er wieder oben auf der Galerie war, hatte sich der Rauch durch die offene Haube schon etwas gelichtet. Er schaltete die Taschenlampenfunktion seines Mobiltelefons ein und leuchtete ins Innere der Maschine. Seine Augen mussten sich trotz des kleinen Lichtstrahls erst an die Dunkelheit dort gewöhnen. Nachdem er noch ein, zweimal geblinzelt hatte – seine Augen hatten jetzt angefangen, zu brennen und zu tränen – konnte er endlich Details erkennen. Er sah zunächst eine Art schwarzen Klumpen. Es musste ein ganzer Strohballen sein, der sich entzündet hatte. Komisch war nur, dass brennendes Stroh außer Asche nichts zurückließ. Was also war das da unten? Franz Steiger strengte sich an. Er wollte wissen, was da lag. Hatte sich vielleicht etwas von der Maschine gelöst und war ins Innere gefallen? Sein Blick folgte der schwarzen Kontur und plötzlich erkannte er eine völlig verbrannte Hand, die an einem ebenso schwarzen Arm hing.

Erschrocken trat er einen Schritt zurück. Er nahm all seinen Mut zusammen, um erneut ins Innere der Strohballenpresse zu blicken. Sein Verdacht bestätigte sich. Was er da vor sich sah, waren die Überreste eines Menschen, der bis zur Unkenntlichkeit verbrannt war. Es durchfuhr ihn ein Schauder und er erschrak bis ins Knochenmark. Ein Würgereiz ergriff ihn, er riss sich das Taschentuch vom Gesicht, taumelte zurück, ließ das Telefon fallen und hielt sich rechtzeitig an der Reling fest, um nicht rücklings herunterzufallen. Es war ihm schwindelig. Auf allen Vieren krabbelte er zurück zur Leiter. Er wollte weg von diesem schrecklichen Anblick. Er konnte es nicht verstehen. Die Gedanken überschlugen sich in seinem Kopf. Wie hatte das nur passieren können? Er wollte nur noch so schnell wie möglich die Polizei benachrichtigen. Sein Handy lag glücklicherweise in greifbarer Nähe, und als er es wieder in Händen hielt, wählte er am ganzen Körper zitternd die Notrufnummer.

Als Anna Kastner am Tatort ankam, war alles schon polizeilich abgesperrt. Sie zeigte automatisch ihren Dienstausweis, bevor sie unter dem Absperrband durchlief. Die meisten der Kollegen kannten sie zwar, aber das Hinhalten ihrer Legitimation, um durch die Absperrungen zu gelangen, war zu einer automatischen Geste geworden, die sie selbst schon gar nicht mehr richtig wahrnahm, aber nach wie vor abrief, wenn sie die rot-weiß gespannten Plastikbänder um einen Fundort herum erreichte. Die Temperaturanzeige in ihrem Wagen hatte 25,5 Grad angezeigt, in der prallen Sonne auf dem Feld, kam es ihr jedoch viel heißer vor. Bereits kurz vor acht Uhr morgens schien die Sonne kräftig und die Temperatur kletterte stetig in die Höhe. Prinzipiell hatte sie nichts gegen einen schönen Sommer, auch nichts gegen Hitze, aber dann bitte irgendwo in Italien, am Strand, mit einem kühlen Getränk, am liebsten ein *Lillet* auf Eis und mit Tonic *Wild Berry* aufgefüllt – momentan ihr neuestes Lieblingsgetränk.

»Guten Morgen, Frau Kästner, vielen Dank, dass Sie so schnell kommen konnten«, rief eine junge Stimme von der Landmaschine herunter und riss Anna aus ihren Gedanken. »Es wurde eine menschliche Leiche hier in dieser Strohballenpresse gefunden.« Anna schaute nach oben, von wo sie die Stimme vernommen hatte, und sah eine hübsche, junge, blonde Frau, etwa Ende zwanzig auf der Galerie der Strohballenpresse stehen.

»Mein Name ist Kastner. Guten Tag. Danke für die Information. Weiß man schon, wer es ist?«

»Hm, ja natürlich, Frau Kastner. Bitte entschuldigen Sie. Ich bin noch nicht lange dabei und habe so meine Schwierigkeiten mit Namen. Nein, die Überreste der Leiche konnten wir zum jetzigen Zeitpunkt noch nicht identifizieren. Wir werden sie in die KTU bringen und hoffen, dass wir trotz der hohen Temperaturen, denen die Leiche ausgesetzt war, noch Reste von DNS-Spuren finden, die uns vielleicht über die Identität des Opfers Auskunft geben können.«

»Ja, das wäre gut … Weiß man schon, wie die Person hierherkam?« Anna begab sich auf den Weg nach oben auf die Galerie der Strohballenpresse.

»Nein, leider auch nicht. Es könnte vielleicht ein Landstreicher sein, der heute Nacht Schutz vor dem Gewitter gesucht hat. Es sieht alles nach einem Unfall aus.«

»Das werden wir sehen. Lassen Sie mich mal einen Blick riskieren. Und Frau...?«

»Julia Schmidt. Entschuldigen Sie, ich habe mich noch gar nicht vorgestellt. Ich arbeite erst seit ein paar Wochen bei Herrn Noller in der Pathologie.«

»Ja, Frau Schmidt, wie gesagt, bitte veranlassen Sie, dass die Überreste so vorsichtig wie möglich in die KTU gebracht werden, und rufen Sie mich an, wenn Sie mehr wissen. Können Sie mir noch sagen, wer die Leiche gefunden hat?«

»Franz Steiger, ein Landwirt aus der Gegend. Ihm gehören die Strohballenpresse und das Feld hier. Er sitzt da drüben neben seinem Traktor. Ich glaube, er steht unter Schock.«

»Danke, ich höre dann von Ihnen.« Anna schaute sich die Leiche noch einmal genauer an und musste sofort an einen Fall von vor zehn Jahren denken, bei dem sie als junge, angehende Kommissarin mitgewirkt hatte. Damals war eine völlig verbrannte Leiche von einem zufällig am Gelterswoog vorbeigehenden Passanten gefunden worden. Die Identität des Opfers war damals unklar, bis einen Tag nach dem Leichenfund eine Vermisstenmeldung eingegangen war und einen Treffer ergeben hatte. Das Opfer war eine einunddreißigjährige junge Frau, Michaela Winkelmann, die damals ein Nachbar, ein gewisser Peter Zuflowsky, missbraucht und erwürgt hatte. Die Leiche hatte er anschließend in einen Teppich gewickelt und in seinem Auto zum Gelterswoog gebracht, um sie zur Verschleierung seiner Tat anzuzünden. Den Teppich hatte er an einem anderen Ort verbrannt. Auf Zuflowskys Spur war man damals dank eines Zeugen gekommen, der in den frühen Morgenstunden einen Feuerschein und vor allem Zuflowsky gesehen hatte. Er hatte ihn zweifelsfrei identifizieren können. Der Nachbar der Frau konnte mit Hilfe eines DNS-Abgleichs überführt werden. Es war ein schreckliches Verbrechen gewesen, das die ganze Umgebung in Schockstarre versetzt hatte, denn man ging doch davon aus, dass solche Taten nur in Großstädten passierten und nicht hier, mitten in der Westpfalz, in Kaiserslautern.

Anna erinnerte sich gut an diese grausame Tat. Sie vergaß nie ein Opfer, und aus eigener Erfahrung wusste sie, wie schmerzhaft es war, einen geliebten Menschen zu verlieren, umso mehr, wenn dieser einem Verbrechen zum Opfer gefallen war. Sie empfand es als ihre Pflicht, den Täter ausfindig zu machen. Eine Verbindung zum jetzigen Fall erschien Anna – nach kurzem Nachrechnen – allerdings ausgeschlossen, da Zuflowsky noch mindestens fünf Jahre in der Justizvollzugsanstalt Zweibrücken mit anschließender Sicherheitsverwahrung vor sich hatte. Trotzdem nahm sie sich vor, hier einmal nachzuhaken für den Fall, dass der Täter wider Erwarten frühzeitig aus der Haft entlassen worden war.

Anna schaute zu dem Traktor und sah einen kräftigen Mann, der sich daran anlehnte. Zu seinen Füßen saß ein brauner Labrador, der immer wieder mitfühlend zu ihm aufblickte, als wollte er fragen, ob es seinem Herrchen gutginge. Sie lief hinüber zu Franz Steiger und stellte sich kurz vor.

»Guten Tag Herr Steiger. Mein Name ist Anna Kastner. Ich kümmere mich um den Fall. Ist das Ihr Feld, auf dem das große landwirtschaftliche Gerät steht?« Anna zeigte auf die Strohballenpresse.

»Hallo, ich bin Franz Steiger. Ja, das Feld ist meins und die Strohballenpresse gehört auch mir. Ich wollte gerade die Ernte einholen.« Er schaute betroffen zu Boden.

»Wissen Sie, wer da verbrannt sein könnte?«

Franz Steiger zögerte einen kurzen Moment. »Nein, keine Ahnung.«

»Haben Sie irgendjemanden gesehen, der auf dem Feld war, als Sie das letzte Mal hier waren? «

Franz Steiger schüttelte den Kopf. »Nein, niemanden.«

»Ist Ihnen sonst etwas aufgefallen? Oder haben Sie vielleicht in der Gegend einen Obdachlosen gesehen?« Franz Steiger schüttelte erneut mit dem Kopf. Er konnte offensichtlich zum jetzigen Zeitpunkt nichts zur Aufklärung des Geschehnisses beitragen. Anna überreichte ihm ihre Karte. »Falls Ihnen noch etwas einfällt, Herr Steiger, rufen Sie mich bitte an. Außerdem komme ich morgen noch mal bei Ihnen vorbei, wenn es Ihnen wieder etwas besser geht. Dann können wir uns noch einmal ausführlich über das Geschehene hier unterhalten.«

Franz Steiger murmelte etwas wie: »Können wir machen.«

Anna reichte ihm die Hand, verabschiedete sich und ging zurück zu ihrem Wagen.

Als Anna wieder im Auto saß, war ihr etwas flau im Magen. Sie entschloss sich zu einem Zwischenstopp in Otterberg bei ihrer Lieblingsbäckerei, um einen Cappuccino zu trinken. Vielleicht würde sie ein Einback dazu essen.

Jedes Mal, wenn sie zu einem Fundort gerufen wurde und es eine Leiche gab, fing sie an, darüber nachzudenken, wer diese Person wohl gewesen war, welches Leben sie geführt hatte, wem sie die Nachricht des Todes würde überbringen müssen. Sie hatte viel Einfühlungsvermögen und konnte sich sehr gut in andere hineinversetzen, was oft von Vorteil war, wenn es darum ging, einen Fall aufzuklären. Aber es konnte auch hinderlich sein, wenn zu viele Emotionen im Spiel waren, und das wusste sie. Bereits in den ersten Jahren bei der Kriminalpolizei hatte man sie oft davor gewarnt, einen Fall zu sehr an sich heranzulassen, wenn sie sich während der Ermittlungen voller Elan in die Aufklärung gestürzt und ihrer Fantasie freien Lauf gelassen hatte. Sie wusste um ihre Schwäche und versuchte sie gegenüber den Kollegen, hauptsächlich gegenüber den männlichen, in Schach zu halten, denn sie hatte keine Lust, deshalb Probleme zu bekommen. Auch um ihrer selbst willen musste sie aufpassen, sich nicht zu sehr in das Geschehene hineinreißen zu lassen und dafür zu sorgen, eine gewisse Distanz zu wahren. Der Job als Ermittlerin war schon schwer genug. Ein Kaffee und ein Einback würden helfen, ihre Gedanken zu sortieren. Ob es sich bei der Leiche in der Strohballenpresse um einen Unfall oder tatsächlich um einen Mordfall handelte, war noch nicht geklärt und würde sich erst noch herausstellen. Aber sie spürte bereits jetzt eine gewisse Nervosität.

Das Gespräch mit Franz Steiger, der die Leiche gefunden hatte, war nicht sehr aufschlussreich gewesen. Aber auch das kannte sie bereits aus vorherigen Fällen. Personen, die unmittelbar mit dem Tod eines Menschen konfrontiert wurden, standen erst einmal unter Schock und konnten wenig zur Aufklärung des Sachverhalts beitragen oder wichtige Informationen weitergeben. Der Schockzustand legte sich allerdings nach ein, zwei Tagen und wenn man Glück hatte, fiel ihnen dann doch noch das ein oder andere wichtige Detail ein.

Der Piepton einer eingehenden WhatsApp holte Anna in die Realität zurück, als sie gerade auf den Parkplatz vor der Stadtverwaltung Otterberg fuhr. Sie parkte ihren 3er BMW auf einem der letzten freien Plätze und ging hinüber ins Café. Dort bestellte sie wie geplant einen Cappuccino und ein Rosinenbrötchen. Die Einbacke waren leider schon ausverkauft. Sie setzte sich etwas weiter nach hinten an einen kleinen Tisch und holte ihr Handy hervor. Die Nachricht war von Jean-Luc, der sie fragte, ob sie dieses Wochenende Zeit hätte, nach Paris zu kommen. Er hatte zwar am Samstagabend eine Vorstellung, aber danach die ganze Nacht und den Sonntag für sie reserviert. Sie zögerte noch mit ihrer Antwort, denn sie wollte ihn nicht enttäuschen. Sollte sich zudem die Leiche in der Strohballenpresse als Opfer eines Verbrechens erweisen, würde sich sicherlich keine Zeit finden, am Freitagabend in den TGV nach Paris zu steigen. Deshalb schrieb sie nur kurz zurück, dass sie sich auf das Wochenende freue, aber noch nicht genau wisse, ob sie kommen könnte.

Die Beziehung zu Jean-Luc war leicht und ganz anders als ihre Ehe damals. Er war Schauspieler an der *Comédie Française*, fünf Jahr älter als sie und zeitlich auch nur sehr eingeschränkt verfügbar. Genau wie sie. Gemeinsame freie Momente zu finden, war deshalb nicht immer leicht – zumal sie knapp fünfhundert Kilometer voneinander entfernt lebten –, aber dafür war das Verständnis füreinander umso größer. Es war für Jean-Luc ebenso wie für sie selbstverständlich, dass der Job an erster Stelle stand und bis jetzt nie zum Problem zwischen ihnen geworden. Sie liebten beide ihren Beruf und akzeptierten, dass es dem anderen genauso ging. Einen gemeinsamen Alltag kannten sie nicht, und nach ihrer Scheidung vor zehn Jahren wusste Anna auch nicht genau, ob dieser unbedingt so erstrebenswert war. Sie und Jean-Luc waren jetzt seit knapp zwei Jahren ein Paar und hatten sich schon etliche Male getroffen, mal in Paris, mal in Kaiserslautern und Umgebung. Manchmal flogen sie auch in eine ihnen fremde Stadt, um diese gemeinsam zu entdecken. Sie gingen dann ins

Museum, in Cafés und beobachteten das Kommen und Gehen der Menschen, die dort lebten. Anna liebte Jean-Lucs Humor und die Souveränität, die er ausstrahlte. Als Schauspieler hatte er zum einen eine klare, kraftvolle Aussprache und verstand es zum anderen, das, was er sagen wollte, genau auf den Punkt zu bringen. Ganz anders als sie. Dazu kam, dass er mit einem Meter neunundachtzig und etwas über neunzig Kilo gut gebaut und größer war als die meisten Männer, die sie kannte. Alleine dadurch wirkte er unglaublich männlich. Er war spontan und interessierte sich für sie als Mensch, für ihr Leben in der Kleinstadt und für die Probleme, die ihr Beruf manchmal mit sich brachte.

Kennengelernt hatten sie sich zufällig, als Anna bei ihrer Freundin Sophie in Paris zu Besuch gewesen war und sie gemeinsam ins Theater gegangen waren, um sich *Le Malade Imaginaire* von Molière anzuschauen. Jean-Luc hatte damals eine kleine Nebenrolle inne und war Anna gar nicht aufgefallen. Später, als sie mit Sophie noch in eine Bar unmittelbar in der Nähe der *Comédie* gegangen war, um sich einen Drink zu genehmigen, kamen ein paar der Schauspieler zufällig dazu und stellten sich zu ihnen an den Tresen. Jean-Luc und sie waren sich auf Anhieb sympathisch gewesen und waren sofort ins Gespräch gekommen. Durch ihr bilinguales Abitur am Rittersberg Gymnasium und die regelmäßigen Besuche bei ihrer besten Freundin Sophie in Paris fühlte sich Anna im Französischen sehr wohl. Das hatte ihr an diesem Abend im Gespräch mit Jean-Luc geholfen. Erst als Sophie sie weit nach Mitternacht an der Schulter tippte und vorschlug, langsam nach Hause zu gehen, bemerkte Anna, dass sie die letzten zwei Stunden alles um sich herum ausgeblendet hatte. Das war der Anfang von Jean-Luc und ihr gewesen.

Anna verließ das Café in Otterberg, nicht ohne ein Trinkgeld zu hinterlassen, und machte sich zurück auf den Weg ins Präsidium. Sie würde sich am Abend bei Jean-Luc melden. Wichtiger war ihr jetzt, herauszufinden, wer in dieser Strohballenpresse verbrannt war und vor allem warum.

KAPITEL 2

Frieda Steiger stand in ihrer großen Küche und blickte ins Leere. Sie legte ihre schwarze Handtasche auf die Eckbank und zog langsam ihre schwarzen Lederhandschuhe aus. Natürlich war es an diesem Sommervormittag viel zu heiß für Handschuhe, aber es war ihr ein Bedürfnis gewesen, sie anzuziehen, wenn sie ihrer besten Freundin das letzte Geleit gab. Sie hatte die Handschuhe, die aus feinstem Kalbsleder gefertigt waren und ein paar Gebrauchsspuren aufwiesen, vor langer Zeit einmal von Antonia Albrecht, ihrer besten Freundin, die sie schon ein Leben lang kannte, zu Weihnachten geschenkt bekommen. Sie hatte sie wie einen Schatz gehütet. In der damaligen Zeit war es nicht üblich gewesen, so teure Geschenke zu machen, schon gar nicht an eine Freundin, aber Antonia hatte sie einmal von ihrer eigenen Mutter erhalten und war der Meinung gewesen, sie würden sehr viel besser zu Frieda passen als zu ihr.

Und jetzt war Antonia gestorben.

Dem Anlass entsprechend hatte Frieda ein schlichtes schwarzes Kleid und schwarze Strümpfe getragen und, als sie das Haus verlassen hatte, einen schwarzen Mantel übergeworfen. Die Beerdigung hatte auf dem Friedhof in Otterberg mit nur wenigen Trauergästen stattgefunden. Kein Wunder, denn mit neunundachtzig Jahren hatte man nicht mehr viele Freunde und Bekannte, die noch am Leben waren. Das war auch Frieda schmerzlich bewusst geworden. Die meisten von Antonias Altersgenossen, die auch die ihren waren, waren schon vor ein paar Jahren verstorben. Außer der Familie und Frieda waren nur noch die Pflegekraft, die Antonia in den letzten Monaten versorgt hatte, sowie Geschäftsleute, bei denen Antonia früher ihre Einkäufe getätigt hatte, gekommen, um von ihr Abschied zu nehmen. Nach der Beerdigung war kein Leichenschmaus vorgesehen gewesen. Also hatte Frieda Antonias Söhnen samt Frauen die Hand geschüttelt und war nach Hause gelaufen. Sie hatte über eine Stunde gebraucht, um durch den Wald den Weg zum Lanzenbrunnen zurückzulegen, denn in den letzten zwei Jahren war sie immer schlechter zu Fuß geworden, und die Trauer über den Verlust ihrer wichtigsten Weggefährtin und Freundin lastete auf ihr wie ein Mühlstein. Als Frieda zu Hause angekommen war, hatte sie erschöpft einen Moment auf der Bank vor dem Haus verschnaufen müssen.

Wenig später saß sie auf der Eckbank in der Küche und dachte darüber nach, wie schnell die Jahre vorbeigegangen waren und was sie zusammen mit Antonia alles erlebt hatte. Es kam ihr wie gestern vor, dass sie beide zusammen in Kaiserslautern gewesen waren, an dem Abend, an dem alles begonnen hatte, was ihr Leben ausmachte. Innerlich fühlte sich Frieda genauso stark wie damals. Ihr Verstand war weiterhin messerscharf, selbst jahrzehntealte Erinnerungen so präsent, als wären sie gestern erst geschehen. Einzig ihr Körper wollte nicht mehr so, wie sie es wollte. Sie musste sich ihm immer öfter geschlagen geben. Es war ihr bewusst, dass auch ihr, die bereits neunzig Jahre alt war, nur noch wenig Zeit blieb. Sie fragte sich, warum es eigentlich so schwer war, das Gestrige los und hinter sich zu lassen. Zu gerne hätte sie ihrem Sohn Franz erzählt, wie es damals war, in der Zeit kurz vor Kriegsende, aber er hatte nur selten ein Ohr für sie. Das konnte sie ihm auch nicht verübeln. Sie war ihm zwar eine aufmerksame Mutter gewesen, aber hatte es nicht zugelassen eine starke emotionale Bindung zu ihm zu entwickeln. Andere Dinge waren ihr immer wichtiger gewesen. Außerdem hatte sie Franz alleine großgezogen und wollte aus ihm, trotz des fehlenden Vaters, einen starken Mann machen. Da war zu viel Gefühl fehl am Platz. Das hatte sie zumindest damals gedacht. Was für ein Mensch Franz genau war, welche Bedürfnisse er hatte und was für ihn von Bedeutung war, hatte sie nie hinterfragt. Das hatte sie im Laufe der Jahre irgendwann verstanden, aber da war es zu spät gewesen, um damit anzufangen.

Sie schaute sich in der Küche um und erinnerte sich gut an die Zeit, die ihr Leben von Grund auf verändert hatte. Als sie wieder einigermaßen bei Kräften war, ging sie hinüber in die Stube und betrachtete einige der alten eingerahmten Fotos aus jener Zeit. Eine Träne lief ihr über die Wange, als sich die Erinnerungen aufdrängten. Frieda setzte sich in den Sessel vor dem Kamin und machte einen Moment die Augen zu.

SOMMER 1942

Frieda hatte ihr Fahrrad genommen, um an diesem Freitagabend nach Kaiserslautern zu fahren. Sie wollte unbedingt an
der schon vor Wochen angekündigten NSDAP-Versammlung
teilnehmen, um zu erfahren, wie es in diesen schwierigen Zeiten
weitergehen sollte. Die Luft war angenehm warm und sie genoss
den Fahrtwind auf ihrem Gesicht. Ihre blonden, leicht gelockten
Haare wehten im Wind. Es gab ihr das Gefühl von Freiheit, das
in diesen Tagen nicht mehr ganz selbstverständlich war. Es war
erst kurz nach achtzehn Uhr, das Licht war nicht mehr so grell
und ließ die Natur in ganz besonders weichen Farben erstrah-
len. Frieda liebte die Natur und empfand sich als Teil davon. Mit
ihrem Hof, mitten im Wald, fühlte sie sich wohl, und für nichts
in der Welt wäre sie in die Stadt gezogen, wo jederzeit ein Bom-
benalarm ertönen konnte. Da war sie auf ihrem Hof viel besser
aufgehoben.

Nachdem sie ein Stück am Weiher entlanggefahren war, der
noch zu ihrem Grundstück gehörte, lenkte sie ihr Fahrrad nach
links und radelte auf der Hauptstraße weiter. Diese überquerte
sie, um gleich auf der anderen Straßenseite, nach einem kleinen
Stück Feldweg, wieder in den Wald einzubiegen. Sie würde am
alten jüdischen Friedhof vorbei Richtung Mehlingen fahren und
so auf schnellstem Wege die Strecke nach Kaiserslautern bewältigen. Sie hätte auch über Morlautern fahren können, aber der
Weg wäre mit viel mehr steilen Passagen verbunden gewesen
und das wollte sie vermeiden.

Sie war gespannt, was der Abend bringen würde. Um nicht zu spät zu kommen, trat sie noch stärker in die Pedale. Schließlich wollte sie nicht die Ansprache der Parteiführung verpassen. Laut der letzten Nachrichten aus dem Radio war der Angriff auf Moskau gescheitert, was im Volksempfänger natürlich so nicht gesagt wurde, aber durch die Art, wie man darüber berichtete, ahnte sie, dass die Truppen hohe Verluste erlitten hatten. Es bereitete ihr zunehmend Sorge, dass der Krieg so zäh verlief, sich schon lange hinzog, und sie wollte mehr über die bevorstehende Sommeroffensive durch die Wehrmacht erfahren, die sicherlich den erwünschten Erfolg, wenn nicht sogar den Sieg, mit sich bringen würde. Frieda wollte den Abend außerdem nutzen, um ein paar gleichgesinnte Freunde zu treffen, einen Wein zu trinken und mitzubekommen, was es Neues gab. Es ging das Gerücht um, dass erneut zehn Juden aus Kaiserslautern festgenommen worden waren. Sie sollten nach Gurs deportiert werden. Sie wollte wissen, um wen es sich handelte und ob sie die Personen vielleicht kannte, zumindest vom Sehen.

Als Frieda im Gasthaus *Spinnrädl* ankam, war schon einiges los. Sie sah viele bekannte Gesichter, aber auch einige neue. Die Versammlung hatte zum Glück noch nicht angefangen und es blieb noch genug Zeit, um sich einen Platz zu suchen. Gerade als sie der Bedienung zuwinken wollte, hörte sie ihren Namen rufen. Sie drehte sich um und entdeckte ihre Freundin Antonia, die ihr zuwinkte. Zusammen mit ihrem Mann und den zwei Buben hatte sie Sitzplätze im überfüllten Schankraum sichern können. Die Albrechts wohnten nicht weit vom Lanzenbrunnen, ihrem Hof, entfernt, Richtung Otterberg. Die beiden bewirtschafteten auch einen Bauernhof. Allerdings hatten Antonia und ihr Mann Friedrich mehr Glück gehabt als Frieda mit ihrem Wilfried. Friedrich war mit seinem Bauernhof ein wichtiger Bestandteil der Lebensmittelversorgung in der Region und war nicht an die Front geschickt worden. Der Lanzenbrunnen war zu klein und warf damals noch nicht genug ab, um die Bevölkerung mit Lebensmitteln zu versorgen. Außerdem hatte Wilfried sich freiwillig für den Krieg gemeldet und war bereits in den ersten Monaten gefallen. Der Gedanke an ihren Mann versetze Frieda einen Stich. Sie hatte Wilfried schon immer gekannt und es war von vornherein klar gewesen, dass sie einmal heiraten würden. Aber es war anders gekommen ... und das tat immer noch weh.

Frieda ging zu ihren Freunden und begrüßte alle mit einer Umarmung. Antonia lud sie sofort ein, bei ihnen Platz zu nehmen. Frieda nahm dankend an. Friedrich fragte, ob er für alle etwas zu trinken organisieren solle. Er machte sich sogleich auf den Weg, um an der Theke etwas für sie zu bestellen. In der Zwischenzeit waren noch mehr Menschen im *Spinnrädl* angekommen. Die Gaststätte war brechend voll, alle Sitzplätze belegt. Hier und da hatte man noch weitere Stühle aus Nebenräumen dazu gestellt. Auch an den Wänden standen viele Menschen dicht aneinandergedrängt. Frieda war froh, dass sie nicht gezögert hatte, bei Antonia und Friedrich Platz zu nehmen. Nach dem heutigen Arbeitstag auf dem Hof und jetzt noch die weite Strecke mit dem Fahrrad nach Kaiserslautern wäre sie kaum noch in der Lage gewesen, den ganzen Abend zu stehen. Die Bewegung mit dem Fahrrad hatte ihr gutgetan, aber trotzdem war es auch anstrengend gewesen. Und schließlich musste sie noch zurückradeln.

Umso mehr freute sie sich, als Friedrich schon mit der Weinkaraffe und einer Limonade für die Kinder zurückkam. Nachdem sie alle miteinander angestoßen und ein paar belanglose Neuigkeiten ausgetauscht hatten, wurde es plötzlich ganz ruhig im Raum. Friedrich schenkte allen noch mal nach, als ein gutaussehender, großer Mann auf die Bühne trat, um das Wort zu ergreifen. Friedrich flüsterte Antonia etwas zu und die gab es sogleich an Frieda weiter.

»Das ist Karl Weisheimer aus Berlin. Friedrich kennt ihn persönlich. Ist doch ein Bild von einem Mann, oder?«

»Ja, da hast du recht«, flüsterte Frieda zurück, ohne zu viel Emotionen zu zeigen. Sie hatte sich seit Wilfrieds Tod nach keinem Mann mehr umgedreht und das Interesse an den Männern verloren. Ihr war der Boden unter den Füßen weggerissen worden. Wilfrieds Tod, der jetzt immerhin schon über zwei Jahre zurücklag, machte ihr immer noch zu schaffen. Dazu kam, dass es etwas Surreales hatte, da sie Wilfried nicht hatte beerdigen können. Somit hatte sie auch keine Möglichkeit, an sein Grab zu gehen, um zu trauern. Manchmal ertappte sie sich dabei, wie sie wie selbstverständlich davon ausging, dass Wilfried bald wieder zurückkommen und sie dort weitermachen würden, wo sie bei seinem Weggang stehengeblieben waren. Seit der Nachricht seines Todes blieb sie die meiste Zeit lieber für sich. Sie versuchte, so gut es ging, zusammen mit einem Stallburschen aus Polen den Bauernhof zu bewirtschaften, auch wenn sie wusste, dass sie nicht ganz den Kontakt zu ihren Freunden und Bekannten verlieren durfte. Arbeit war das beste Heilmittel. Das hatte früher auch schon ihre Oma gesagt. Ob sie jemals wieder jemanden lieben würde, stand in den Sternen. Im Moment bedeutete Liebe nur Leiden für sie und sie konnte sich nicht vorstellen, wie sich das noch einmal ändern sollte.

Da war ihre Freundin Antonia ganz anders. Sie flirtete gerne mit den Männern und war immer auf der Suche nach einem Blickkontakt, einer Geste, die ihr signalisierte, dass das andere Geschlecht sie wahrgenommen hatte. Politik war nicht so ihre Sache, aber sie liebte es, zu feiern und mit Freunden zusammenzusitzen. Dafür war ihr jede Gelegenheit recht. Frieda dagegen ging es um die Inhalte, um den Endsieg und wie dieser zu erreichen war. Sie wollte Teil dieses neuen Deutschlands sein, das so vielversprechend und geradlinig war. Und sie war bereit, etwas dafür zu tun, sich einzubringen. Sie wartete nur auf eine Gelegenheit.

»Hast du schon gehört, dass man wieder zehn Juden festgenommen hat? Man sagt, sie sollen deportiert werden.«

»Ja, Friedrich hat es mir erzählt«, gab Antonia ihrer Freundin zurück. »Wie schrecklich.«

»Wieso schrecklich? Die können doch etwas tun für unser Land und uns nicht nur die Arbeit wegnehmen. Schließlich muss jeder seinen Beitrag leisten.«

»Du redest schon wie Friedrich. Das hat er auch gesagt. Vielleicht habt ihr recht. Ich kenne mich da nicht so aus. Aber wenn ich mir vorstelle, dass Herr Becker von der Papierfabrik mit seiner netten Frau und den vier Kindern einfach alles genommen wird und – noch schlimmer – in ein Lager in Gefangenschaft kommt, tut mir das schon irgendwie leid. Dir nicht?«

»Die Beckers? Ich wusste gar nicht, dass die Juden sind?«

»Ja, siehst du! Eigentlich sind das doch normale Leute wie du und ich!«

»Na ja, nicht ganz«, erwiderte Frieda. »Es sind halt Juden, und die passen einfach nicht zu uns.«

Die beiden Frauen wurden durch Friedrichs strengen Blick unterbrochen, der ihnen signalisierte, dass sie den Mund halten sollten. Tatsächlich war Karl Weisheimers Ansprache an die Parteifreunde immer lauter geworden und ließ keinen Zweifel daran, dass Deutschland eine Siegermacht war, die, auch wenn sie kurzzeitig etwas zurückgefallen war, doch schnell wieder die Oberhand gewinnen würde. Die bevorstehende Sommeroffensive würde die Wende bringen und man durfte gerade jetzt nicht nachgeben und alles tun, um dem Endsieg ein Stück näher zu kommen. Frieda war beeindruckt von der Rede, der Kraft und der Energie, die von diesem Herrn Weisheimer ausgingen, und fühlte sich gleich etwas beruhigter. Wie hatte sie nur Zweifeln können? Und was die Beckers anging, hatten die sicherlich irgendetwas Unrechtes getan. Schließlich waren sie Juden.

Sie merkte, wie sie ganz aufgewühlt in die Hände klatschte, als die Ansprache vorbei war und sie in den tosenden Applaus der Parteifreunde einstimmte. Überall waren anschließend hitzige Diskussionen zu hören, die, angefacht durch das Auftreten des Parteifreundes aus Berlin, immer lauter wurden. Alle hatten das Bedürfnis, ihre Sorgen zu teilen, ihre Zweifel zurückzudrängen und sich in der trügerischen Sicherheit der Versammlung Mut zuzusprechen, dass alles zu einem guten Ende kommen würde. Die Festnahme der zehn Juden, die deportiert werden sollten, wurde hier und dort auch erwähnt, aber mehr wie ein notwendiges Übel auf dem Weg zum Sieg. Frieda wollte sich gerade zu Friedrich umdrehen, um ihn zu fragen, ob er mehr darüber wüsste, als Karl Weisheimer direkt auf ihren Tisch zukam. Er war viel größer, als Frieda gedacht hatte. Eine stattliche Figur. Sie schaute ihm geradeheraus in die leuchtend blauen Augen, als er Friedrich die Hand reichte und fragte, wie es ihm gehe.

»Sehr gut, vielen Dank der Nachfrage. Übrigens Gratulation! Das war eine sehr gute Ansprache, die allen hier aus der Seele gesprochen hat.«

»Danke, das höre ich gerne. Aber wen haben wir denn hier?« Er schaute erst zu Antonia, die Friedrich sogleich als seine Frau vorstellte, und dann zu Frieda. Sein Blick war fest, aber Frieda hielt ihm stand.

»Das ist Frieda Steiger, eine gute Freundin.«

»Sehr angenehm, junge Frau. Mein Name ist Karl Weisheimer aus Berlin.«

»Ganz meinerseits. Friedrich hat schon von Ihnen erzählt. Auch von mir herzlichen Glückwunsch zu Ihrer Ansprache. Das waren klare Worte.«

»Sie hatten doch nicht etwa Sorge, dass Deutschland in Gefahr ist, oder?«

»Na ja, so ganz weiß man ja nicht genau, was passiert. Ich würde liebend gerne etwas mehr erfahren und näher dran sein. Dann hätte ich sicher ein besseres Gefühl.«

Er schaute sie an und sprach kurz mit Friedrich, den er bereits von früher kannte, ob er ihm bei einer Sache behilflich sein könnte. So viel bekam Frieda noch mit. Um was es aber im Detail ging, leider nicht. Zu gerne hätte sie sich weiter mit den beiden unterhalten und erfahren, um was es Weisheimer bei dem Gefallen ging. Sie hatte das Gefühl, dass er möglicherweise der Schlüssel zu mehr Aktion in der Partei, für ihr Land, sein könnte und wollte diese einmalige Gelegenheit nicht einfach so verstreichen lassen. Plötzlich drehten die beiden Männer sich zu ihr um und fragten sie, ob sie das mit *etwas tun* ernst gemeint habe. Wollte sie tatsächlich etwas für das Vaterland tun? Frieda war zu überrascht und nickte nur. Hatten die beiden Männer etwa ihre Gedanken lesen können. Wie war das möglich?

»Um was geht es denn genau? Was soll ich machen?«, fragte sie nach.

»Nicht hier. Lassen Sie uns einen Treffpunkt ausmachen, wo wir ungestört reden können. Vielleicht morgen gegen siebzehn Uhr? Ich sage Ihnen Bescheid, wo wir uns treffen.« Frieda wollte gerade etwas erwidern, doch Karl Weisheimer drehte sich schon um und begann ein Gespräch mit einem seiner Leute. Sie konnte gerade noch ein »in Ordnung« erwidern und da war er auch schon wieder weg. Frieda schaute Friedrich fragend an.

»Er hat ja gar nicht meine Adresse. Wie soll er mich denn finden?«, fragte sie verblüfft.

»Mach dir mal keine Gedanken. Er findet dich bestimmt.«

»Hast du eine Idee, um was es genau geht?«

»Keine Ahnung. Das besprechen wir morgen.«

Sie blieben noch eine Weile sitzen und unterhielten sich über dies und das. Die beiden Kinder waren auf der Bank neben ihnen eingeschlafen und auch Frieda merkte, dass es langsam Zeit zum Aufbruch wurde. Sie musste noch mit dem Fahrrad zurückfahren, teilweise durch den Wald, und dazu brauchte sie

mindestens eineinhalb Stunden. Sie wollte Antonia gerade darüber informieren, dass sie sich jetzt auf den Weg machen wollte,
als diese ihr zuvorkam und ihr vorschlug, das Fahrrad hinten auf
die Ladefläche ihres grünen Kleintransporters zu packen und sie
mit nach Hause zu nehmen. Dann müsste sie nicht noch den
langen Weg zurückradeln. Frieda nahm dankend an, nahm den
kleinsten der zwei Buben auf den Arm, Friedrich den größeren.
Zu fünft schlugen sie schließlich den Heimweg ein.

JULI 2018

Als die Tür ins Schloss fiel und Frieda ein paar Sekunden später
Bellas warme, feuchte Schnauze auf ihrer Hand spürte, wachte
sie auf und streichelte den Kopf der Hündin. Sie rief nach ihrem
Sohn Franz, der zu ihr in die Stube kam. Er sah blass und verwirrt aus.

»Wolltest du heute nicht das ganze Stroh pressen? Oder bist
du etwa schon fertig damit?«, fragte sie ihn.

»Es ist etwas Schreckliches passiert, Mutter, und ich musste
die Arbeit erst einmal einstellen.«

»Was meinst du mit *etwas Schreckliches*? Ist die Strohballenpresse defekt?«

»Ja, das auch. Aber das ist es nicht.« Franz Steiger zögerte
noch etwas und erzählte seiner Mutter schließlich von dem
grausigen Fund und was dann folgte.

»Um Himmels willen! Wer soll das denn gewesen sein, der in eine Strohballenpresse klettert?«

»Das habe ich mich auch gefragt und komme zu keiner plausiblen Erklärung.« Franz Steiger schaute betroffen zu Boden. »Die Polizei ist eingeschaltet und hat den Fall übernommen. Es könnte sich vielleicht um einen Obdachlosen handeln, der Schutz vor dem Gewitter gesucht hat, aber keinem ist etwas aufgefallen. Oder hast du jemanden gesehen. Hat dich jemand hier besucht?«

»Nein, niemand.«

KAPITEL 3

Im Präsidium angekommen, fragte Anna nach, ob die Kriminaltechnik schon etwas herausgefunden hatte. Im Gegensatz zu den Krimis, die man immer öfter im Fernsehen sah, war der Pathologe, Manfred Noller, nicht zum Ort des Geschehens auf das Feld in Otterberg gekommen, sondern man hatte die Leiche zu ihm in die Pathologie gebracht. Die Spurensicherung hatte den Rest der Arbeit erledigt. Ob sie nach dem Feuer allerdings noch Spuren hatte sichern können? Anna konnte nur schwer warten und entschloss sich, Manfred selbst anzurufen.

Sie hatten sich während Annas Studium kennengelernt, als sie auf der Polizeihochschule in Frankfurt-Hahn gewesen war. Manfred, damals angehender Pathologe und Assistenzarzt, hatte Vorlesungen gehalten, die Anna immer wieder gerne besuchte. Sie waren interessant und Manfred sorgte mit seiner humorvollen Art, neben dem fachlichen Wissen, das er vermitteln wollte, auch immer dafür, dass in seinen Vorlesungen eine gute Stimmung herrschte. Er förderte den Dialog mit den Studenten, die er in seine Überlegungen stets mit einband. Anna hatte sich nach ihrer Scheidung sogar näher für ihn als Mann interessiert, bis sie herausfand, dass er homosexuell war und in einer Beziehung lebte. Das war im ersten Moment eine bittere Enttäuschung gewesen, aber im Laufe der Zeit hatte sich eine stabile

Freundschaft zwischen den beiden entwickelt, die sie heute nicht mehr missen wollte.

»Manfred, hallo! Hier ist Anna. Wegen des Toten aus der Strohballenpresse – hast du schon etwas herausgefunden?«

»Hallo Anna. Wie geht es dir? Hast Du es mal wieder eilig?«

»Ach entschuldige. Du kennst mich ja. Eigentlich gut und dir?«

»Sehr gut. Frank und ich kommen gerade aus dem Urlaub. Wir waren zwei Wochen auf den Seychellen. Wunderbare Inseln. Und die Strände, die Vegetation, sage ich dir.«

»Das hört sich wirklich verlockend an. Aber sag mal: Hast du etwas für mich?«

»Also, so wie es aussieht, handelt es sich um eine Männerleiche, wahrscheinlich mittleren Alters. Mehr kann ich dazu noch nicht sagen. Die Laboruntersuchungen laufen noch.«

»Gibt es irgendwelche Hinweise auf ein Verbrechen? Kannst Du schon sagen, ob die Leiche irgendwelche außergewöhnlichen Verletzungen aufweist?«

»Nein, leider nicht. Es gibt nichts Auffälliges. Gar nichts.«

»Ja, das ist in der Tat merkwürdig. Bitte halte mich auf dem Laufenden, falls du noch etwas in Erfahrung bringst, okay?«

»Klar, mache ich. Tschüss, Anna.«

»Tschüss, Manfred … ach warte! Was ist eigentlich mit der Strohballenpresse? Hat die KTU Fingerabdrücke sicherstellen können?«

»Wie gesagt, die Auswertungen dauern an. Ich melde mich.«

»Okay, danke dir.«

Anna schob ihren Bürostuhl zurück und schaute aus dem Fenster. Sie ließ ihren Blick auf den Bahnhof und die Schienen schweifen. Was war da passiert? Wieso war dieser Mann in der Strohballenpresse verbrannt? Die einzigen Ansätze, die sie hatte, waren das Feld und der Landwirt, dem es gehörte. Deshalb beschloss sie, am nächsten Tag noch einmal zu Franz Steiger zu fahren, um mit ihm zu sprechen. Vielleicht war ihm in der Zwischenzeit etwas eingefallen. Irgendjemand musste diesen Mann doch kennen oder ihn gesehen haben.

Für heute war soweit alles Wichtige auf den Weg gebracht und sie konnte nichts mehr tun. Am Bahnhof gegenüber waren die Pendler schon auf dem Nachhauseweg. Sie beschloss, es ihnen gleichzutun.

Als sie das Präsidium verließ, war es siebzehn Uhr dreißig. Anna fiel ein, dass sie nichts mehr im Kühlschrank hatte. Das Rosinenbrötchen in Otterberg war das Einzige, was sie an diesem Tag gegessen hatte, und ihr knurrte ganz schön der Magen. Sie beschloss, schnell einen Abstecher in den Supermarkt zu machen, um ein paar Lebensmittel für den Abend einzukaufen. Sie wollte sich etwas Leckeres kochen. Vielleicht etwas Italienisches. *Spaghetti Carbonara* oder einen Risotto mit Pilzen? Sie liebte die italienische Küche, und auch wenn sie keine Gourmet-Köchin war, konnte sich das, was sie auf den Teller brachte, sehen lassen. Das erzählten zumindest ihre Freunde, wenn sie bei ihr eingeladen waren. Sie entschloss sich für *Spaghetti Carbonara*. Anna stieg in ihr Auto und fuhr in die Zollamtstraße zum *Edeka*. Dieser war gut sortiert. Sie würde dort alles bekommen, was sie brauchte.

Anna legte Wert auf hochwertige Lebensmittel. Es musste nicht unbedingt immer BIO sein, aber sofern das möglich war, kaufte Anna stets frisches Obst und Gemüse ein. Als Polizistin trieb sie viel Sport, und eine ausgewogene Ernährung trug dazu bei, fit und gesund zu bleiben. Das war ihr besonders wichtig.

Sie freute sich auf einen gemütlichen Abend zu Hause. Sie würde Nudeln kochen und sich ganz entspannt mit ihrem Teller aufs Sofa setzen. Sie würde ganz in Ruhe noch einmal ihre Informationen durcharbeiten, um die nächsten Schritte zu planen. Als sie nach dem Einkauf gerade die Haustür zu ihrer Wohnung aufgeschlossen hatte und mit zwei Tüten beladen im Flur stand, klingelte ihr Telefon im Wohnzimmer. Das konnte eigentlich nur ihre Mutter sein. Die meisten ihrer Freunde und Bekannten riefen sie eigentlich immer auf dem Handy an. Sie nahm ab und war überrascht Jean-Luc am anderen Ende der Leitung zu hören.

»Anna, *ma chérie, c´est moi Jean-Luc. Ça va?*«

»Ja, alles okay, aber warum rufst du mich auf dem Festnetz an? Ist etwas passiert?«, fragte Anna.

»Nein, aber ich wollte dich nicht stören. Wenn ich dich zu Hause erreiche, weiß ich, dass du ein paar Minuten Zeit für mich hast.«

Anna schmunzelte und fand den Gedanken eigentlich gar nicht so abwegig. Tatsächlich war man tagsüber immer mit irgendetwas beschäftigt und zu Hause ließ es sich viel angenehmer telefonieren. Man musste keine Angst haben, dass einem jemand zuhörte, und konnte so lange sprechen, wie man wollte, ohne schräge Blicke einzufangen.

»Ja, da ist etwas dran. Wie klug du bist ...« Anna lachte ins Telefon.

»Machst du dich gerade über mich lustig?«, fragte Jean-Luc lachend zurück.

»Das würde ich mich niemals wagen!« Jetzt mussten beide lachen. »Aber jetzt einmal Spaß beiseite. Wir haben heute eine völlig verbrannte Person in einer Strohballenpresse auf einem Acker gefunden. Wir versuchen gerade, die Identität der Leiche zu klären, haben aber noch keinerlei Informationen.«

»Was ist eine Stroh-ba-presse bitte?«, fragte Jean-Luc mit stark ausgeprägtem französischem Akzent. Anna musste erneut lachen.

»Das ist eine landwirtschaftliche Maschine, die dazu dient, das Stroh in Ballen zu verarbeiten, damit man sie nachher besser transportieren kann.«

»Ach so, jetzt verstehe ich. War es vielleicht ein Unfall?«

»Das versuchen wir gerade zu klären. Es wird noch niemand vermisst. Aber das kann sich natürlich noch ändern. Ich weiß deshalb noch nicht genau, ob ich am Freitag zu dir nach Paris kommen kann.«

»Okay, kein Problem. Du wirst mich auf dem Laufenden halten.«

»Ja, das mache ich auf jeden Fall. Jetzt koche ich mir erst einmal ein paar *Spaghetti Carbonara*.«

»Die du dann wahrscheinlich auf deinem Sofa isst und dabei auf deinen Laptop schaust. Ich kenne Sie, Frau Kastner.«

»Genau das habe ich vor.« Wieder mussten beide lachen. Sie sprachen noch ein, zwei Minuten weiter, um sich dann für den nächsten Tag zu verabreden. Vielleicht würde Anna dann schon abschätzen können, ob sie das Wochenende über frei machen konnte oder nicht.

Als sie aufgelegt hatte, schaute sie auf die große Küchenuhr, die links von ihrer Kochinsel angebracht war, und wunderte sich, wo die Zeit geblieben war. Wenn sie mit Jean-Luc zusammen war, vergingen die Minuten und Stunden wie im Flug. Aber das Gespräch mit ihm hatte ihr gutgetan und sie von dem stressigen Tag entspannt. Anschließend setzte Anna den Topf mit Wasser auf. Parallel dazu erhitzte sie den Speck in einer Pfanne. Als dieser schön kross war, goss sie die Nudeln ab, gab sie zu dem Speck dazu und übergoss das Ganze mit der Käse-Ei-Mischung. Jetzt kam es darauf an, den richtigen Zeitpunkt nicht zu verpassen, denn wurde die Pfanne zu heiß, konnte das Eigelb ins Stocken geraten. Das galt es auf jeden Fall zu vermeiden. Zur Sicherheit hatte sie noch etwas von dem Nudelwasser aufgehoben, um es gegebenenfalls noch in die Pfanne zu geben, sollte das Gericht zu trocken sein. Aber *Spaghetti Carbonara* war nicht umsonst ihre Spezialität. Auf dem Sofa sitzend gab sie noch etwas frischen Parmesan und Pfeffer über ihren Teller. »Guten Appetit Anna, lass es dir schmecken.«

KAPITEL 4

Am nächsten Morgen wachte Anna mit leichten Kopfschmerzen auf. Das war wahrscheinlich dem ein oder anderen Glas *Lugana* geschuldet, das sie gestern Abend getrunken hatte. Sie beschloss, noch vor dem Frühstück eine Ibuprofen zu nehmen, schnell einen starken Kaffee zu trinken und sich dann gleich auf den Weg ins Präsidium zu machen. Es stand zwar noch das Geschirr vom Vorabend mit den Spaghettiresten herum, aber sie wollte auf keinen Fall Zeit mit Aufräumen verlieren. Sie war gespannt, ob Manfred Neuigkeiten für sie hatte. Deshalb ließ sie alles stehen, schnappte sich ihre Jeans-Jacke und ging aus dem Haus.

Als Anna im Auto saß, ließ sie die Ereignisse des vorherigen Tages Revue passieren. Das tat sie oft, wenn sie im Auto unterwegs war, denn da konnte sie sich besonders gut konzentrieren. Ein Mann war in der Strohballenpresse des Landwirts Franz Steiger verbrannt. Niemand hatte jemanden gesehen oder wusste, wer die Person war. Vielleicht hatte Manfreds neue Mitarbeiterin – wie hieß sie noch gleich, Frau Schmidt? – doch Recht und es war einfach ein Obdachloser, der in der Strohballenpresse Unterschlupf vor dem Gewitter gesucht hatte. Aber komisch war das schon. Zufälle waren selten und meistens steckte doch irgendetwas dahinter.

Im Präsidium angekommen, fragte sie Harald und Kathrin, die beide zusammen mit einem Studenten, dessen Namen sie gerade vergessen hatte, ihr Team bildeten, ob Manfred schon angerufen hatte. Da alle den Kopf schüttelten, vereinbarten sie, dass sie sich in einer halben Stunde noch mal zusammensetzen würden. Vielleicht wüsste sie dann schon mehr. Sie ließ sich noch einen Kaffee aus der erst vor kurzem neu gekauften Espressomaschine laufen und ging zu ihrem Schreibtisch, um Manfred anzurufen. Er nahm nicht ab. Sie zog ihr Handy aus der Hosentasche heraus, um es auf seinem Mobiltelefon zu versuchen. In dem Moment hörte sie Schritte im Flur und Manfreds Stimme.

»Hallo, Manfred, gut dass du kommst«, begrüßte sie ihn, als er ihr Büro betreten hatte. »Ich wollte dich gerade noch mal auf dem Handy anrufen, weil ich dich nicht erreicht habe.«

»Guten Morgen, schöne Frau. Ja, ich konnte es nicht lassen, dich persönlich zu informieren, da ich ja weiß, wie eilig du es hast. Also: Der Mann ist zirka einen Meter achtundsiebzig groß und ist mit an Sicherheit grenzender Wahrscheinlichkeit an einem Blitzeinschlag gestorben und anschließend verbrannt. Leider haben wir keine äußeren Gewaltspuren gefunden, sodass wir eigentlich davon ausgehen können, dass es ein Unfall war. Ob es sich allerdings um einen Wanderer oder jemanden handelt, der einfach zu Fuß unterwegs war und den Weg durch das Feld abkürzen wollte, kann ich dir nicht sagen. Es könnte sich auch um einen übermütigen Jugendlichen handeln. Wer weiß? Das herauszufinden ist eure Aufgabe. Merkwürdig ist allerdings, dass die Spurensicherung in der Strohballenpresse keinerlei persönliche Sachen gefunden hat, die wir der Leiche hätten zuordnen können. Das finde ich etwas seltsam.«

Anna schaute Manfred aufmerksam an und hörte ihm zu, ohne ihn zu unterbrechen, denn sie wusste von früheren Fällen, dass das noch nicht alles sein konnte, sonst wäre Manfred nicht persönlich vorbeigekommen, um mit ihr zu sprechen. Irgendetwas musste er für sie haben. »Deshalb habe ich die KTU gebeten, sich noch einmal die gesamte Umgebung der Strohballenpresse hinsichtlich möglicher Indizien vorzunehmen – und sie sind tatsächlich fündig geworden!« Manfred zog eine Art weiße Scheckkarte aus der Manteltasche, die sorgfältig in einer kleinen Plastiktüte verwahrt und beschriftet war.

»Was ist das?«

»So wie es aussieht, könnte das eine Codekarte oder etwas Ähnliches sein. Ich weiß es nicht genau. Außer dieses Codes hier, der in der Karte eingeprägt ist, hat es keinerlei Aufschrift. Sie könnte auch schon vor dem Brand da gelegen haben. Aber ich dachte, einen Versuch ist es wert.« Manfred reichte Anna den kleinen Plastikbeutel und sie nahm es verdutzt an sich.

»Und das ist alles?«

»Ja, so sieht es aus … mehr habe ich leider nicht zu berichten. Doch, vielleicht noch eine Sache: Laut den Wetteraufzeichnungen und dem Bericht eines meiner Mitarbeiter, der an diesem Abend zufällig in Otterberg war, ist das Gewitter gegen drei Uhr morgens ausgebrochen. In etwas um diese Zeit muss also auch der Blitz in die Strohballenpresse eingeschlagen haben. Spuren von Brandbeschleuniger haben wir keine gefunden. Also, wenn du mich fragst, bin ich mir nicht sicher, ob das für einen Anfangsverdacht reicht.«

»Ja, da gebe ich Dir recht. Allerdings würde ich trotzdem gerne der Scheckkartenspur nachgehen. Man weiß nie … Sollte sich herausstellen, dass es kein brauchbarer Hinweis ist, lass ich es bei einem Unfall bewenden. So oder so, wir müssen herausfinden, wer hier verbrannt ist, und die Identität des Opfers klären.«

Manfred Noller verabschiedete sich von Anna und rief ihr noch zu, sie solle sich melden, wenn sie etwas brauche. Anna konnte ihre Enttäuschung nicht ganz verbergen und setzte sich an ihren Schreibtisch. Sie betrachtete die weiße Karte von allen Seiten und auch sie konnte außer dem eingeprägten Code HCCW2018 nichts entdecken. Sie beschloss, den Staatsanwalt anzurufen, um grünes Licht für die Untersuchung der Karte zu erhalten und erste Recherchen in Auftrag zu geben. Sie wollte außerdem noch die unmittelbare Umgebung des Feldes, auf dem die Strohballenpresse stand, absuchen lassen. Vielleicht würden sie doch noch etwas finden, das einem Obdachlosen gehören könnte. Auch wenn die KTU das eigentlich schon getan hatte. Sie wusste, dass der Staatsanwalt nicht begeistert sein würde. Auf der anderen Seite konnte er auch nicht ganz ausschließen, dass hier vielleicht doch ein Verbrechen vorlag, und würde ihrem Antrag folgen. Sie rief ihr Team zusammen und zeigte ihnen den spärlichen Fund.

»Was ist das?«, fragte Kathrin und schaute verwundert zu Anna.

»Wahrscheinlich eine Art Codekarte, aber wir wissen weder, wofür noch von wem. Das gilt es jetzt herauszufinden.«

»Könnte vielleicht ein Hotelzimmerschlüssel sein«, mutmaßte Harald.

»Aber dann müsste doch der Name des Hotels auf der Karte stehen, meinst du nicht?«, antwortete Anna.

»Na ja, manchmal sind die auch einfach weiß, ohne alles. Hatte ich auch schon mal, deshalb komme ich überhaupt darauf.«

»Einen Versuch ist es auf jeden Fall wert. Kontaktiert doch bitte die Hotels in der Stadt und Umgebung und fragt nach, ob eins von ihnen Blanko-Zimmerschlüssel benutzt. Und wenn ihr schon dabei seid, könnt ihr auch nachfragen, ob sie vielleicht einen Gast vermissen.«

»Alles klar, an die Arbeit.«

Während sich das Team daran machte, die Hotels aus Kaiserslautern und Umgebung abzutelefonieren, griff Anna nach ihrem Autoschlüssel und fragte Harald, ob er mit ihr zusammen zu Franz Steiger fahren würde. Sie wollte noch einmal mit ihm sprechen. Gestern war er so aufgewühlt gewesen, dass nichts aus ihm herauszuholen war. Vielleicht hatte sie heute mehr Glück.

Sie verließen das Präsidium gegen elf Uhr Richtung Otterberg. Leider war der Weg über Baalborn durch eine Baustelle versperrt und sie mussten durch die Stadt, zum Gersweilerhof und über Erlenbach nach Otterberg fahren. Dann fuhren sie wieder aus der Stadt heraus und bogen links in einen Feldweg ein. Der Lanzenbrunnen, wie das Anwesen Franz Steigers hieß, lag mitten im Wald an einem Weiher. Sehr idyllisch, aber für Anna definitiv eine Spur zu einsam. Das gesamte Areal war umgeben von hohen alten Bäumen, die rund um das Gewässer standen und fast einen kleinen eigenen Hain mitten im Wald bildeten. Das Ganze wirkte auf Anna wie ein verwunschenes Nest, das sie bis dato noch nie gesehen hatte. Sie war überrascht, dass in Kaiserslautern und Umgebung so ein schönes Anwesen zu finden war. Selbst war sie noch nie hier draußen gewesen und war gespannt, was sie auf dem Hof erwartete. Sie parkten ihr Auto seitlich vom Eingang und gingen die letzten Meter zu Fuß.

Das Haupthaus lag ruhig, fast unschuldig mitten in der Natur. Auf den ersten Blick war keine Menschenseele zu sehen. Die Luft war wundervoll warm, ohne zu heiß zu sein, und es roch nach frischem Heu, vermischt mit einem dezenten Blumenduft. Vom großen Weiher, der weiter unten auf dem Areal lag, wehte kühle frische Luft herauf und Anna genoss diesen kleinen Augenblick der Ruhe, in dem sie ganz bei sich war.

Schließlich klopfte sie an die seitliche Eingangstür und wartete. Dabei ließ sie den Blick über den Hof gleiten, auf der Suche nach einer Person, die sie ansprechen konnte. Sie vernahm keinerlei Geräusche aus dem Inneren des Hauses und dachte, dass Franz Steiger sicher noch auf seinen Feldern sei. Trotzdem klopfte Anna ein zweites Mal und rief von der geschlossenen Tür aus:

»Herr Steiger?«

Es rührte sich immer noch nichts. Anna ging ein paar Schritte zurück. Sie gab Harald ein Zeichen, dass sie um das Haus herumgehen wollte, um zu schauen, ob sie Steiger vielleicht in der Scheune fand. Just in diesem Moment vernahm sie ein Knacken der Dielen hinter der Haustür und diese wurde langsam geöffnet. Vor ihr stand eine weißhaarige alte Frau, die Anna direkt in die Augen schaute.

»Ja bitte?«

»Guten Tag, mein Name ist Anna Kastner und das ist mein Kollege Harald Seitz. Wir sind von der Kriminalpolizei und ermitteln im Fall der auf ihrem Grundstück verbrannten Person. Wir möchten gerne zu Herrn Franz Steiger. Ist er zu sprechen?«

Die alte Dame streckte Anna und Harald bestimmt die Hand entgegen, um sie zu begrüßen. Sie war groß, sicherlich über ein Meter siebzig, eher ungewöhnlich für eine Frau ihres Alters, fiel Anna auf. Sie stand aufrecht und mit geradem Rücken in der Haustür und schaute erst Anna, dann Harald direkt in die Augen. Dabei bewegte sie sich kaum. Ihre ganze Haltung strotzte vor Selbstbewusstsein. Dennoch wirkte sie nicht unfreundlich. Im Gegenteil: ihre blauen Augen versprühten Intelligenz und Witz. Trotz der vielen Falten konnte man immer noch ihre weichen Gesichtszüge erkennen, auch wenn diese ihrem Aussehen im Laufe der Jahre eine gewisse Strenge verliehen hatten. Zeugnis, dass ihr im Leben wahrscheinlich nicht nur Gutes widerfahren war, dachte Anna. Aber das war natürlich reine Spekulation. Frieda Steiger ging einen kleinen Schritt zur Seite, als sie mit Anna sprach und antwortete:

»Guten Tag – Frieda Steiger. Ja, eine schreckliche Geschichte.« Sie senkte die Augen. »Mein Sohn war ganz aufgewühlt gestern, als er nach Hause kam, und hat mir gleich erzählt, was passiert ist.« Sie hob wieder den Kopf und schaute Anna an. »Ein furchtbares Unglück. Mein Sohn ist leider noch unterwegs, aber wenn Sie möchten, können Sie gerne hier einen Moment auf ihn warten. Franz müsste jeden Moment zurückkommen.«

Anna nahm das Angebot an und Harald und sie betraten das alte Bauernhaus. Der Eingang führte direkt in ein kleines Esszimmer. Dort dominierte ein alter Kamin aus Stein das Zimmer, der am oberen Rand mit einer nach vorne gewölbten bronzenen

Platte abschloss, auf der ein Jäger mit seinem Hund abgebildet war. Vor der Feuerstelle standen zwei mit alten Gobelins bezogene Sessel und über dem Kamin hing eine weitere bronzene Tafel mit Inschriften und Bildern, die ebenfalls eine Jagdszene darstellten. An den Wänden neben dem Kamin hingen mehrere Gemälde in alten Rahmen, die dem Raum eine gemütliche Atmosphäre verliehen. Seitlich vom Kamin, in einer Nische unter dem Fenster, stand ein langer Esstisch mit einer Bank und Stühlen. Frieda Steiger ging ihnen voraus und bat sie, dort Platz zu nehmen.

»Darf ich Ihnen etwas anbieten? Einen Kaffee vielleicht?«

»Ja, warum nicht. Für dich auch, Harald?« Anna drehte sich zu ihrem Kollegen um und schaute ihn fragend an.

»Ja, sehr gerne. Mit Milch und Zucker, bitte.«

Frieda verschwand in Richtung Küche. Anna sah sich Frau Steiger von hinten noch einmal etwas genauer an und war sehr überrascht, als sie wahrnahm, dass diese eine Jeans trug. Dazu hatte sie eine rosafarbene Bluse sowie einen hellen Cardigan an. Das alles wirkte sehr modern und doch gleichzeitig anachronistisch, da man nur selten alte Menschen weit über achtzig sah, die noch so modern angezogen waren. Noch mehr verblüffte Anna, dass die alte Dame Sneakers trug, die farblich perfekt zu dem Rest des Outfits passten. Sie erschien Anna als eine durchaus außergewöhnliche Frau. Zumal sie überhaupt keinen Dialekt, sondern perfektes Hochdeutsch sprach. Entweder war sie von besonderer Herkunft, vielleicht aus einer Adelsfamilie, oder kam aus einer ganz anderen Gegend. Anna wollte darauf zu einem späteren Zeitpunkt noch einmal zurückkommen. Einen kurzen Moment später kam die Frau mit einem kleinen Tablett in Händen zurück. Darauf standen zwei Tassen, ein Kännchen Milch sowie eine Zuckerdose. Außerdem hatte Frieda Steiger einen Teller mit Keksen dazu gestellt. Anna und Harald bedankten sich und Anna ergriff die Gelegenheit, das Gespräch wieder aufzunehmen.

»Haben Sie vielleicht eine Idee, was passiert sein könnte, Frau Steiger, oder wer die Person ist, die wir in der Strohballenpresse gefunden haben?«

Die alte Dame schaute sie an. »Mein Sohn hat erzählt, dass es sich wahrscheinlich um einen Landstreicher handelt, der vielleicht Schutz vor dem Gewitter gesucht hat.«

»Ja, das könnte sein, aber ist eher unwahrscheinlich. Zumindest haben wir noch keine Spur in diese Richtung. Ist Ihnen denn in der letzten Zeit etwas Außergewöhnliches aufgefallen? Oder war jemand hier?«

Die Fragen ließen Frau Steiger zögern.

»Wissen Sie, hierher auf unseren Hof kommen nur selten fremde Menschen. Die meisten Besucher kennen wir sehr gut, unseren Postboten oder die Bäckersfrau, die mit dem Auto Backwaren ausfährt. Ansonsten ist mir nichts aufgefallen.«

Anna fiel ein leichtes Flackern in den Augen der alten Frau auf, als sie das sagte, aber das hatte nicht unbedingt etwas zu bedeuten. Wer wurde schon gerne mit einer verbrannten Leiche auf seinem Grundstück konfrontiert? Kaum hatte Anna den Gedanken zu Ende gedacht, ging die Haustür auf und Franz Steiger kam herein.

»Herr Steiger, guten Tag. Wir haben schon auf Sie gewartet. Ihre Mutter war so freundlich, uns einen Kaffee anzubieten. Wir hätten noch ein paar Fragen an Sie. Haben Sie einen Moment Zeit für uns?«

»Guten Tag! Ja, sicher, kein Problem. Ich wasche mir nur schnell die Hände und komme dann zu Ihnen. Mutter, kannst du mir bitte auch einen Kaffee holen?« Steiger nahm seine Mutter am Arm und dirigierte sie Richtung Küche. Er sagte etwas zu ihr, das man vom anderen Raum aus nicht verstehen konnte, und nachdem der Wasserhahn gelaufen war, kam er wieder zurück.

»So, was kann ich für Sie tun?«

»Mich interessiert, ob Sie in der letzten Zeit von jemandem Besuch bekommen haben oder Ihnen seit dem Fund etwas aufgefallen ist, das uns weiterhelfen könnte.«

»Leider nicht. Bestimmt handelt es sich hier um einen Obdachlosen. Ich kann mir nicht vorstellen, wer sich sonst hierher verirren sollte.«

Anna spürte eine leichte Unruhe in sich aufsteigen. Diese Landstreichertheorie ging ihr langsam auf die Nerven. Um sich zu beruhigen, schaute sie sich im Raum um und betrachtete die vielen Bilder, die im Haus hingen. Es waren auch einige gerahmte Fotos dabei. Wie Anna bereits beim Eintreten in das Haus gespürt hatte, war es sehr gemütlich hier und die Holzwände sowie die Deckenbalken trugen das ihre dazu bei. Anna war enttäuscht, aber sie ließ nicht locker und nahm den Faden wieder auf.

»Herr Steiger, irgendjemand muss die Person, die in Ihrer Strohballenpresse verbrannt ist, gesehen haben, auch wenn es ein Obdachloser war. Außerdem müsste er doch Sachen bei sich gehabt haben. Wir haben allerdings nichts gefunden. Das ist doch merkwürdig, finden Sie nicht auch?«

»Hmm, ja, ich gebe zu, dass es merkwürdig ist, aber leider kann ich Ihnen nicht mehr dazu sagen.« Von draußen bellte es. Franz Steiger wandte den Blick von Anna ab und stand auf, um seiner Hündin die Tür aufzumachen.

»Bella, komm herein. Das ist meine Hündin Bella. Sie haben sie schon kennengelernt.«

»Ja, in der Tat. Sie war bei Ihnen am Fundort«, erwiderte Anna in einem angespannten Ton. Sie wollte Franz Steiger nicht so leicht von der Angel lassen. Sie streichelte dem Hund über den Kopf. »Aber jetzt noch einmal zurück zu unserer Leiche. Fällt Ihnen wirklich niemand ein, der Sie in letzter Zeit besucht hat und den Sie vielleicht im ersten Moment nicht mit der Leiche in der Strohballenpresse in Zusammenhang bringen würden?« Anna schaute abwechselnd zu Franz und Frieda Steiger. Beide senkten den Blick. Sie schienen noch zu überlegen, aber schüttelten dann einstimmig den Kopf.

»Wie schon gesagt, es verirren sich nur selten Fremde hierher und …«

»Frau Steiger, das haben Sie bereits erwähnt und ich verstehe Ihren Einwand, aber jetzt möchte ich gerne mit Ihrem Sohn sprechen, der ja viel Zeit auf den Feldern verbringt. Vielleicht ist ihm etwas aufgefallen, das er Ihnen noch nicht erzählt hat«, fiel Anna ihr ins Wort.

Frieda Steiger wirkte verlegen. »Ja, entschuldigen Sie bitte.«

»Herr Steiger? Haben Sie dem noch etwas hinzuzufügen? Denken Sie nach. Das Ganze kann kein Zufall sein und es ist sehr wichtig, dass Sie uns alles sagen, was Sie wissen.«

»Na ja, wenn Sie mich so fragen … Es sind natürlich immer mal wieder Wanderer oder Mountainbiker hier in der Gegend unterwegs. Vielleicht hat sich die Person verlaufen oder verfahren und hat dann in der Strohballenpresse Schutz vor dem Gewitter gesucht.«

»Herr Steiger, ich meine jetzt eher jemanden, den Sie persönlich oder auch beruflich kennen. Bei einem Wanderer oder Mountainbiker hätten wir sicherlich einen Rucksack oder ein Fahrrad gefunden. Meinen Sie nicht auch?« Anna hatte jetzt leicht die Stimme erhoben und eine ernste Miene aufgesetzt.

»Da haben Sie natürlich recht, Frau Kommissarin. Ich weiß wirklich nicht, wer so dumm sein kann, in eine Strohballenpresse zu steigen. Das ist alles sehr verwirrend.«

Anna schaute Franz Steiger und seine Mutter noch einmal an und stand auf. Für sie war das Gespräch erst einmal beendet. Aber so leicht würde sie es Franz Steiger nicht machen. Sie spürte, dass die Leiche etwas mit dem Lanzenbrunnen zu tun hatte. Sie konnte aber noch nicht sagen, wie genau.

»Wissen Sie, Herr Steiger, persönlich glaube ich nicht an Zufälle, und meine innere Stimme sagt mir, dass es kein Zufall sein kann, dass die Person gerade in ihrer Strohballenpresse verbrannt ist. Für heute belassen wir es dabei, aber ich komme sicherlich noch einmal auf Sie zu. Und falls Ihnen etwas einfällt, bitte ich Sie, mich umgehend anzurufen. Meine Handy-Nummer haben Sie ja. Bitte halten Sie sich zu unserer Verfügung.«

Franz Steiger stand ebenfalls auf und begleitet Anna zur Tür. Harald folgte ihr und beide verabschiedeten sich von den Steigers. Draußen angekommen, liefen sie schweigend zum Auto zurück. Kurz bevor sie einstiegen, drehte sich Anna zu Harald um und fragte: »Wie war dein Eindruck?«

»Tja, schwer zu sagen, aber ich hatte einen Moment lang das Gefühl, dass er uns etwas verschweigt. Ich würde vorschlagen, dass wir seinen Namen durch den Computer jagen und versuchen, etwas mehr über ihn in Erfahrung zu bringen.«

»Ja, ich habe auch das Gefühl, dass hier irgendwas nicht stimmt. Was mich am meisten ärgert, ist diese Landstreichertheorie, die ständig wieder aufs Tableau kommt. Als ob es selbstverständlich wäre, dass jemand in eine Strohballenpresse klettert und dort zu Tode kommt. Das ist totaler Blödsinn, ehrlich! Ich kann es nicht mehr hören!«

»Bleib ruhig, wir werden schon etwas finden. Ich gebe uns noch ein bisschen Zeit.«

»Du bist lustig. Ein Mensch ist in einer Strohballenpresse auf einem Feld bis zur Unkenntlichkeit verbrannt und wir haben nichts, rein gar nichts. Nicht die geringste Spur, die uns irgendwie weiterhelfen könnte. Das gibt es doch gar nicht!« Anna ließ den Wagen an. Als sie auf dem Feldweg zurück durch den Wald fuhren, klingelte ihr Handy und schaltete sich automatisch auf die Freisprechanlage.

»Anna, hallo, hier ist Kathrin. Ich fürchte, es gibt Neuigkeiten, die dir nicht gefallen werden. Wann kommt ihr zurück ins Präsidium?«

»Sind schon unterwegs.«

»Gut, bis gleich.«

»Alles klar, bis gleich.« Anna legte auf. »Heute scheint tatsächlich nicht mein Tag zu sein, aber vielleicht bringen uns die neuen Informationen ja weiter.«

»Hoffentlich«, erwiderte Harald.

Zurück im Präsidium kam Kathrin ihnen schon im Flur entgegen und teilte ihnen mit, dass sie alte Fälle durchgeschaut hatte, auf der Suche nach irgendeinem vergleichbaren Fall oder einer Spur. Als sie die Akte Michaela Winkelmann durchgeschaut und anschließend im Computer den aktuellen Stand abgefragt hatte, war sie auf einen Vermerk gestoßen, dass Peter Zuflowsky vor drei Wochen nach einem Zahnarztbesuch geflohen und seitdem spurlos verschwunden war! Anna traute ihren Ohren nicht. Eigentlich war sie sich sicher gewesen, dass Peter Zuflowsky noch in Haft in Zweibrücken saß. Es war bei dem grausamen Mord von damals mindestens ein Mordmerkmal erfüllt gewesen und eine frühzeitige Entlassung aus der Haft somit so gut wie ausgeschlossen. Dass er während eines Zahnarzttermins hatte fliehen können, darauf wäre sie im Leben nicht gekommen. Was Anna maßlos ärgerte, war allerdings, dass sie weder von der Vollzugsanstalt Zweibrücken noch von der Staatsanwaltschaft Kaiserslautern von der Flucht dieses Mörders in Kenntnis gesetzt worden war. Was sollte das? Wie konnte das sein? Sie griff sofort zum Telefonhörer, um bei der Staatsanwaltschaft nachzufragen, ob das wirklich zutreffe und warum sie nicht informiert worden war. Vielleicht hingen die beiden Fälle tatsächlich zusammen.

Vielleicht war der Tote in der Strohballenpresse sogar Peter Zuflowsky?

Der Anruf bei der Staatsanwaltschaft lief ins Leere. Dr. Wolfgang Schulze war noch außer Haus, wahrscheinlich zu Tisch, erfuhr Anna, als sie dort anrief. Die Sekretärin fragte sie noch, ob sie einen Rückruf wünsche und Anna bejahte. Das konnte sie nicht einfach so stehen lassen. Sie legte auf und wählte die Nummer der Vollzugsanstalt Zweibrücken. Sie ließ es mindestens zehn Mal klingeln, bevor jemand abhob. Die Person am anderen Ende meldete sich mit Müller und Anna fragte nach dem Direktor, Hans Kallbacher. Sie wurde verbunden und es klingelte erneut. Beim dritten Klingeln nahm eine Frauenstimme ab und fragte, was sie für Anna tun konnte. Anna wiederholte ihr Anliegen und verlangte noch mal nach dem Chef. Sie wurde ohne Zögern durchgestellt, was Anna überraschte. Endlich ging jemand sofort ans Telefon.

»Herr Kallbacher, guten Tag. Ich habe gerade gehört, dass Zuflowsky bei einem Zahnarzttermin geflohen ist und seitdem jede Spur von ihm fehlt. Ich wollte unbedingt von Ihnen hören, dass das nicht wahr ist.«

»Es ist tatsächlich so, Frau Kastner. Es ist unverzeihlich, aber solche Dinge passieren nun mal. Er war mit zwei Vollzugsbeamten beim Zahnarzt und als er noch mal auf die Toilette musste, ist er durch das Toilettenfenster getürmt. Die zwei Beamten, die den Gefangenen begleiteten, waren durch einen Verkehrsunfall, der sich unmittelbar vor der Praxis ereignet hat, abgelenkt und Zuflowsky hat seine Chance genutzt.«

»Das kann doch alles nicht wahr sein. Und wann wollten sie mich darüber informieren?«

»Wieso? Das sollte doch schon längst passiert sein! Am selben Tag noch habe ich meinen Mitarbeiter beauftragt, sie anzurufen und zu informieren.«

»Das ist aber nicht geschehen«, sagte Anna lauter als gewollt. »Glauben Sie mir, ich bin unglaublich wütend. Nicht genug, dass solch ein brutaler Straftäter fliehen konnte, und dann werden wir noch nicht einmal darüber benachrichtigt. Was ist los in ihrem Laden, Herr Kallbacher? Ich glaube, Sie müssen mal ein ernstes Wort mit ihren Mitarbeitern reden.«

Anna sprach noch eine Weile mit Kallbacher, beruhigte sich aber allmählich wieder. Als sie aufgelegt hatte, rollte sie mit ihrem Bürostuhl ein Stück zurück. Sie musste jetzt schnellstmöglich handeln. Die Situation war, wie sie war, und das Einzige, das sie jetzt tun konnte, war herauszufinden, wo sich Zuflowsky aufhielt, um ihn wieder festzunehmen. Und natürlich musste sie überprüfen lassen, ob es sich bei dem Mann in der Strohballenpresse nicht um ihn handelte. So abwegig war das gar nicht. Vielleicht wollte sich jemand an ihm rächen und hatte ihm zur Flucht verholfen, um ihm das gleiche Schicksal widerfahren zu lassen, wie damals bei Michaela. Die Gedanken in Annas Kopf überschlugen sich.

Als Erstes beauftragte sie Kathrin, sofort die Fahndung nach Zuflowsky einzuleiten. Außerdem musste die Fahndung auch an alle in Frage kommenden Bahn- und Flughäfen weitergeleitet werden. Anna wollte außerdem mit dem Schichtleiter der Schutzpolizei sprechen, um die genauen Details von Zuflowskys

Flucht zu erfahren. Vielleicht würde sie dabei neue Erkenntnisse darüber gewinnen, wohin Zuflowsky wollte. Und sie musste dringend zu Michaelas Familie. Vielleicht hatte der Täter Kontakt zu ihnen aufgenommen. Eigentlich hatte Anna vorgehabt, mit Kathrin und Harald ins *Sissi & Franz*, einem Burger-Restaurant in der Innenstadt, auf ein schnelles Mittagessen zu gehen. Aber daran war jetzt nicht mehr zu denken. Notfalls konnten sie sich etwas bestellen und aufs Kommissariat bringen lassen. Beim Essen könnten sie den aktuellen Stand des Falls noch mal Revue passieren lassen. Außerdem mussten sie über die nächsten Schritte gemeinsam nachdenken. Anna war ein absoluter Teamplayer und schätzte die Zusammenarbeit mit ihrer Truppe. Nur durch Austausch konnten sich neue Ideen entwickeln. Davon war sie überzeugt. Dass man dabei eine Kleinigkeit zu sich nahm, tat dem Ganzen keinen Abbruch. Anna fragte Harald, ob er die Bestellungen übernehmen könnte. Da ihr Team nicht sehr groß war und nur aus Anna, Kathrin und einem Studenten namens Benno bestand, hatte er die einzelnen Wünsche schnell abgefragt und telefonisch weitergegeben. Die Bestellung würde in knapp dreißig Minuten da sein.

Es war schon fast halb drei Uhr nachmittags als sie alle notwendigen Schritte eingeleitet und alle bisherigen Erkenntnisse noch einmal strukturiert durchgesprochen hatten. Reste von Cheeseburgern und Salaten in kleinen Pappkartons standen hier und da noch herum. Während des Essens hatten sie das Bild, das sie bis jetzt von dem Fall hatten, zusammengefasst und in Erwägung gezogen, welche nächsten Schritte sie jetzt einleiten wollten. Staatsanwalt Dr. Wolfgang Schulze hatte sich noch nicht gemeldet, aber die ganze Welt suchte nach Zuflowsky. Würde er sich noch in der Umgebung um Kaiserslautern aufhalten, würde er nicht weit kommen. Viel mehr konnten sie zum jetzigen Zeitpunkt nicht tun. Anna beschloss, die Familie von Michaela zu besuchen, so hatte sie es mit Harald und Kathrin besprochen, um sie zu warnen, und auch um herauszufinden, ob sie möglicherweise etwas mit dem Verschwinden von Zuflowsky zu tun hatten. Leider erreichte sie aber dort niemanden.

Anna setzte sich wieder an den Computer, um mit Steiger weiterzumachen. Sie wollte mehr über ihn herauszufinden. Doch auch hier gab es nichts Interessantes. Ein, zwei Verkehrsvergehen – das war es. Er war polizeilich noch nie in Erscheinung getreten und es gab nichts, was Anna weitergebracht hätte. Er war nicht verheiratet, hatte keine Kinder und lebte seit seiner Geburt auf dem Bauernhof, den Anna am Morgen besucht hatte. Trotzdem beauftragte Anna Kathrin damit, sich Steiger etwas genauer anzuschauen, seine Finanzen zu durchleuchten und was es sonst so über ihn zu finden gab. Sie wollte sich ein umfassendes Bild über die Situation machen und da konnte jedes noch so kleine Detail von Bedeutung sein. Die Recherche würde zwar ein oder zwei Tage in Anspruch nehmen, aber wie sie Kathrin kannte, würde sie so schnell und genau wie nur möglich arbeiten.

Anna fügte alle Informationen, die sie bis jetzt hatten, auf der großen Tafel, die in ihrem Büro hing, zusammen. Sie wollte sicher sein, dass ihr bis jetzt nichts entgangen war, und setzte auf maximale Transparenz. Alle in ihrem Team sollten auf dem gleichen Kenntnisstand sein, denn nur so würden sie das Ziel, diesen Fall aufzuklären, erreichen. Sie fügte Zuflowsky auf das Board hinzu und schrieb *Auf der Flucht* darunter. Steiger hatte sie mit dem Bauernhof und dem Tatort zusammengefasst. Den Namen von Franz Steigers Mutter, Frieda Steiger, schrieb sie zur Vollständigkeit auch auf die Tafel, allerdings ohne Kommentar. Viel mehr gab es zum jetzigen Moment nicht, und nachdem sie sich für den nächsten Morgen mit Kathrin und Harald um acht Uhr im Präsidium verabredet hatte, wollte sie schon das Gebäude verlassen, als sie entschloss, eine längere Strecke Joggen zu gehen. Das tat für gewöhnlich gut und würde auch gegen die Kopfschmerzen helfen, die sich seit der Nachricht von Zuflowskys Flucht breitgemacht hatten. Für diesen Zweck hatte sie immer eine gepackte Sporttasche dabei. Nachdem sie sich noch schnell im Präsidium umgezogen hatte, lief sie am Bahnhof vorbei Richtung TSG Sportanlage. Dort würde sie dann in den Wald einbiegen, Richtung Humbergturm, wo es eine ganze Menge schöner Laufstrecken gab.

KAPITEL 5

Anna war am Vorabend nach ihrer längeren Joggingrunde bis zum Humbergturm direkt unter die Dusche gesprungen und früh ins Bett gegangen. Vor dem Einschlafen hatte sie noch mit Jean-Luc telefoniert und abgesagt, am Wochenende nach Paris zu kommen. Ihr Team und sie hatten noch keine einzige verwertbare Spur aber das würde sich über das Wochenende hoffentlich noch merklich ändern.

Anna war um sechs Uhr aufgestanden. Der Frust des Vortages war an diesem wunderschönen Sommermorgen wie verflogen. Sie war, wie fast immer, gut gelaunt und voller Elan. Sie presste sich einen Orangensaft aus, kochte sich einen Kaffee und aß ein Brot mit ihrer Lieblingsmarmelade aus Hagebutten. Sie wollte heute früh ins Präsidium, um das Maximum aus dem Tag herauszuholen. Kaum hatte sie den letzten Bissen ihres Frühstücks verputzt, machte sie sich auf den Weg. Sie trug eine hellblaue Jeans und dazu ein weißes T-Shirt mit einem türkisfarbenen Smiley darauf. Dazu hatte sie ein paar weiße Sneaker ausgesucht, von denen sie über dreißig Paar besaß. Sie machte sich nicht allzu viel aus Mode, aber für Schuhe, insbesondere Sneaker, hatte sie ein Faible.

Anna wollte den restlichen Kaffee nicht einfach stehen lassen, füllte ihn in ihren Thermobecher um und nahm ihn mit ins Auto. Sie erreichte das Polizeipräsidium um halb acht – von ihren Kollegen war noch niemand zu sehen. Sie nutzte die Zeit, um sich intensiv mit den Fakten auseinanderzusetzen, und sie ging alles, was sie bis jetzt hatten, noch einmal durch. Sie dachte an Zuflowsky und an den alten Fall am Gelterswoog. Hatte er etwas mit der Leiche zu tun oder war es nur Zufall, dass er auf der Flucht war? Anna glaubte grundsätzlich nicht an Zufälle und beschloss daher, gleich noch einmal bei der Familie von Michaela Winkelmann anzurufen, um für zehn Uhr ihren Besuch anzukündigen.

Der Fall hing vor ihren Augen an der Tafel, aber es fehlte die zündende Information. Irgendetwas musste dringend passieren, damit sie vorankamen. Der Staatsanwalt würde sie heute sicherlich kontaktieren, um zu fragen, wie weit sie waren – und sie hatte nichts.

»Guten Morgen«, hörte Anna leise aus Richtung Bürotür. Harald kam herein und lächelte schmal. »Bist du schon lange da?«

»Guten Morgen, eine halbe Stunde in etwa. Ich wollte mir alles in Ruhe anschauen, aber ich finde einfach keinen Anhaltspunkt, der uns weiterbringen könnte.«

Harald sah sie an: »Hast du schon bei Michaelas Familie angerufen, um einen Termin auszumachen?«

»Ja, ich habe gerade mit der Mutter telefoniert. Sie erwartet uns um zehn Uhr.«

»Gut, das wird uns sicherlich weiterbringen. Das kann doch kein Zufall sein, dass Zuflowsky gerade jetzt geflüchtet ist und wir eine verbrannte Leiche finden.«

»Das habe ich mir tatsächlich auch schon durch den Kopf gehen lassen. Auf der anderen Seite: Wo soll der Zusammenhang sein? Ich verstehe es nicht.«

»Guten Morgen zusammen und entschuldigt, dass ich ein paar Minuten zu spät bin.« Kathrin kam gut gelaunt, jung und dynamisch, wie sie war, herein. Sie war groß, blond mit großartigen blauen Augen. Sie hatte zwar ein paar Kilo zu viel auf den Rippen, aber das untermalte nur ihre weibliche Figur und machte sie umso attraktiver. Sie war eine hervorragende Ermittlerin, mit viel Erfahrung, und als IT-Spezialistin unschlagbar. »Ich stand mal wieder im Stau. Ihr könnt euch nicht vorstellen, was da auf der A63 wieder los war! Habe ich etwas verpasst? Gibt es etwas Neues?«

»Guten Morgen, Kathrin. Nein, alles gut. Ich habe Harald nur gerade erzählt, dass wir nachher gleich zu Michaelas Mutter fahren. Sie erwartet uns.«

»Ja, gut. Das bringt uns vielleicht weiter. Wenn Du nichts dagegen hast, würde ich gerne die Spur dieser Codekarte weiterverfolgen. Vielleicht finde ich etwas heraus. Wir haben zwar gestern schon einige Hotels angerufen, aber nicht alle erreicht. Ein paar wollten noch zurückrufen. Und dann wollte ich mich gleich wieder an den Computer setzen und noch ein bisschen recherchieren, ob ich etwas über Steiger finde.«

»Ja, mach das. Allerdings hätte ich gerne noch zwei Leute, die die nähere Umgebung um das Feld in Otterberg absuchen, ob nicht vielleicht doch noch persönliche Sachen irgendwo abgelegt wurden, um sie vor dem aufkommenden Gewitter in der Nacht zu schützen und die vielleicht tatsächlich einem Obdachlosen gehören könnten. Hier brauchen wir Sicherheit.«

»Höre ich da etwa Verzweiflung in deiner Stimme? Wir werden schon etwas finden, mach dir keine Sorgen. Eine Spur gibt es immer. Du wirst schon sehen.«

»Danke, Kathrin. Das ist lieb von dir, aber bis jetzt, wenn wir ehrlich sind, haben wir gar nichts. Wir wissen noch nicht mal, wer der Tote überhaupt ist. Wie sollen wir dann herausfinden, was passiert ist? Aber du hast natürlich recht. Jetzt warten wir mal ab, was der Tag noch so bringt. Bitte sei so lieb und organisiere uns doch drei Kaffees.«

»Klar, mache ich sofort.«

Während Kathrin in die Küche zur Kaffeemaschine ging, überlegte Anna weiter und sprach mit Harald. »Vielleicht übersehen wir einfach etwas ganz Offensichtliches und tappen deswegen im Dunkeln.«

»Ich glaube, wenn wir die Identität des Toten aufklären würden, wären wir ein großes Stück weiter. Irgendjemand muss ihn doch vermissen. Wir sollten uns jetzt erst einmal darauf konzentrieren. Und dann sehen wir weiter.«

»Ja, du hast recht.«

Kathrin kam mit Kaffee zurück und verteilte die Becher. Anna trank den Kaffee am liebsten schwarz. Harald liebte Latte Macchiato und Kathrin hatte sich einen Cappuccino gemacht. Alle genossen den ersten Schluck des Heißgetränks und Kathrin setzte sich an ihren Platz. Sie holte die Liste der Hotels raus, die sie am Vortag zusammengestellt hatte. Es waren auch einige kleinere Hotels und Pensionen dabei und viele benutzten noch einfache Schlüsselsysteme. Deshalb konzentrierte sie sich vorerst auf die größeren Häuser, die es in Kaiserslautern gab. Das waren sowieso nur eine Handvoll, ein lang gehegter Kritikpunkt der in Kaiserslautern ansässigen Unternehmen, denn wenn es darum ging, ihre Kunden für Veranstaltungen einzuladen und zufällig ein anderes Unternehmen auch gerade ein Event geplant hatte, dann gab es oft Schwierigkeiten mit den Zimmerkontingenten. Kathrin telefonierte eine Weile vor sich hin, bis sie auf einmal ruhig wurde und den Arm hob, um die Aufmerksamkeit von Anna und Harald auf sich zu lenken. Sie hielt die Sprechmuschel ihres Telefonhörers kurz mit einer Hand zu und teilte ihnen mit, dass sie vielleicht eine Spur habe. Anna und Harald kamen zu ihr an den Tisch und hörten gespannt zu.

»Ja, okay und Sie sind sich sicher, dass Sie solche Karten benutzen? Ja, auf der Karte steht HCCW 2018. Supergut! Dann schlage ich vor, dass ich jetzt zu Ihnen komme und wir uns das genau anschauen. Ich bin in fünfzehn Minuten bei Ihnen.« Kathrin legte auf und schaute zu ihren beiden Kollegen.

»Ich glaube, das könnte eine Spur sein. Das Hotel am Stiftsplatz benutzt angeblich manchmal weiße Karten, wenn ein Gast seine verlegt hat. Ich fahre gleich hin und frage nach, ob sie einen Gast vermissen. Wir sehen uns später.«

»Ja, prima! Mach das und halte uns auf dem Laufenden, falls es tatsächlich Neuigkeiten gibt. Wir fahren derweil zu Frau Winkelmann.«

Kathrin sprang auf, nahm im Vorbeigehen noch ihren Kaffeebecher mit und verließ das Büro. Anna und Harald tranken aus und machten sich ebenfalls auf den Weg zu Michaelas Mutter.

Familie Winkelmann wohnte in der Nähe des Betzenbergs, also in der Nähe des legendären Fußballstadions des 1. FC

Kaiserslautern, der zum großen Bedauern der Fans vor kurzem in die dritte Liga abgestiegen war. Als sie in die Casimirring-Straße einbogen, kamen bei Anna die Erinnerungen an den damaligen Fall zurück, und obwohl es schon gut zehn Jahre her war, überfiel sie die gleiche Beklommenheit wie damals, als ihr Vorgesetzter Michaelas Eltern die Todesnachricht überbracht hatte. Sie war zu der Zeit erst seit kurzem in Kaiserslautern gewesen. Ihr damaliger Vorgesetzter hatte sie gleich in das Team der Ermittler geholt und sie hatte den Fall von Anfang an mitbearbeitet.

Die Familie hatte das kleine Siedlerhaus schon vor vielen Jahren gekauft, als Michaela noch ein Kind gewesen war. Später hatten die Winkelmanns das Haus umgebaut und renoviert. Michaela war dort aufgewachsen. Der Vorgarten sah sehr gepflegt aus. Ein großer Hortensienbusch zierte den Eingang und zog auch sofort Annas Blick an. Sie liebte schöne Blumen und Pflanzen und diese hier standen in voller Blüte und waren besonders prächtig. Der Anblick der Blumen beruhigte Anna etwas und das unangenehme Gefühl ließ augenblicklich nach. Schließlich lag das Geschehene schon sehr lange zurück. Anna klingelte und wartete einen Moment. Von innen hörte sie jemanden zur Tür kommen. Der Schlüssel im Schloss wurde umgedreht. Frau Winkelmann war klein, sehr schmal und hatte dunkle Haare. Sie war immer noch attraktiv, auch wenn sie mittlerweile Ende sechzig sein musste. Sie begrüßte Anna und Harald weder besonders freundlich noch besonders abweisend, aber mit einer Art Routine, an der man merkte, dass sie es gewohnt war, mit schlechten Nachrichten umzugehen. Sie führte die beiden in das Wohnzimmer, wo ein großes Glasfenster den Blick auf einen wunderschönen kleinen Garten gewährte, und bat sie sich zu setzen.

»Darf ich Ihnen einen Kaffee oder ein Wasser anbieten?«

»Vielen Dank, aber das ist nicht nötig. Wir sind hier, weil wir Sie darüber informieren möchten, dass Peter Zuflowsky während eines Zahnarztbesuchs aus der Haft geflohen ist. Wir wollten Sie warnen und gleichzeitig fragen, ob er sich bei Ihnen in irgendeiner Weise gemeldet hat.«

Frau Winkelmann schien sichtlich überrascht und antwortete mit einer Gegenfrage: »Er hat doch lebenslänglich mit anschließender Sicherheitsverwahrung bekommen. Wie kann das sein?«

»Ja, wie gesagt, die genauen Umstände seiner Flucht sind uns noch nicht ganz klar. Sie wussten also nicht, dass er wieder auf freiem Fuß ist?«

»Nein, woher auch?«

»Wissen Sie vielleicht, ob Ihr Mann davon wusste?«

Frau Winkelmann schaute von Harald zu Anna und von Anna zu Harald und schien einen Moment lang verwirrt. »Mein Mann ist letztes Jahr an einem Herzinfarkt gestorben. Wussten Sie das nicht?«

Anna schaute verlegen zu Boden und erwiderte: »Unser herzliches Beileid. Nein, das war uns nicht bekannt. Das tut uns sehr leid.« Anna vernahm eine eingehende SMS auf ihrem Handy, wollte aber das Gespräch nicht unterbrechen und sprach weiter. »Haben Sie jemanden, der sich um Sie kümmert – Verwandte oder Freunde?«

»Ja, meine Schwester und ich sind uns sehr nahe. Es hilft mir sehr, sie in meiner Nähe zu wissen. Sie kommt fast jeden Tag vorbei und wir verbringen gerne ein bisschen Zeit zusammen. Wissen Sie, mein Mann hat Michaelas Tod nie verwunden und er war nicht mehr derselbe seit dieser grausamen Tat damals. Auch nach der Festnahme des Täters ließ ihn das Geschehene nicht los. Er hat sehr gelitten. Ich glaube, er hat sich Vorwürfe gemacht, dass er Michaela keine bessere Wohnung ermöglicht hat und in dieser Nacht nicht bei ihr war. Aber man kann seine Kinder ja nicht ein Leben lang begleiten. Das habe ich ihm immer wieder versucht zu erklären. Trotzdem konnte er keinen Frieden finden. Und letztes Jahr ist er auf einmal im Garten zusammengebrochen und war sofort tot. Der Krankenwagen war zwar sehr schnell zur Stelle, aber … « Frau Winkelmann unterbrach ihren Redefluss und schluckte ein paar Mal hintereinander. Es war offensichtlich, dass es ihr schwerfiel, die Fassung zu bewahren. Nachdem sie ihren Kummer hinuntergeschluckt hatte, fuhr sie fort: »Die Sanitäter konnten ihn nicht retten. Seine Kraft war einfach verbraucht. So habe ich das im Nachhinein interpretiert.«

Anna stand auf und nahm Frau Winkelmanns Hände in ihre. »Es ist schrecklich, was Ihnen widerfahren ist, und wir tun alles, um Zuflowsky so schnell wie möglich wieder festzunehmen. Bitte seien Sie trotzdem auf der Hut und passen Sie auf sich auf. Man weiß nie, was in solchen Menschen vorgeht. Und sollten Sie irgendetwas Seltsames bemerken oder einen komischen Anruf bekommen, rufen Sie mich gleich an. Ich bin Tag und Nacht erreichbar.«

»Danke, ich hoffe nicht, dass er vorhat, hierher zu kommen. Danke für Ihre lieben Worte. Ich weiß, dass sie als Ermittlerin Ihr Möglichstes getan haben und tun. Vielen Dank, trotzdem bringt es mir meine Tochter nicht mehr zurück!«

Anna spürte, wie sich ihr Magen zusammenzog. Die Bilder von damals kamen wieder hoch und obwohl sie dachte, dass dieser Fall schon sehr lange her und abgeschlossen war, merkte sie, dass sich der tragische Tod von Michaela nicht einfach abschütteln ließ. Durch die aktuellen Ereignisse war er präsenter denn je. Sie konnte die Beklommenheit von damals wieder deutlich spüren. Der letzte Satz von Frau Winkelmann traf Anna ins Herz, aber sie versuchte sich nichts anmerken zu lassen. Sie und Harald gingen Richtung Ausgang und Frau Winkelmann folgte den beiden bis zur Haustür. Sie verabschiedete sich von ihnen.

»Sollte Ihnen noch etwas einfallen, sei es noch so ein kleines Detail, oder sollten Sie von Zuflowsky hören, sagen Sie uns bitte sofort Bescheid. Und passen Sie auf sich auf.«

»Ja, das mache ich.«

»Auf Wiedersehen, Frau Winkelmann, und alles Gute für Sie!«

»Danke, für Sie auch.« Frau Winkelmann schloss die Tür hinter ihnen zu und Anna und Harald liefen zurück zu ihrem Wagen.

»Ich habe nicht das Gefühl, dass sie etwas von Zuflowsky wusste«, begann Anna das Gespräch mit einem Kloß im Hals. Es fiel ihr schwer, zu sprechen, aber sie gewann schnell wieder die Oberhand. »Sie schien zwar nicht besonders überrascht zu sein, dass er geflohen ist, aber mir kam es so vor, als ob sie ihren

Frieden gefunden und einen gewissen Abstand zu den Geschehnissen von damals hat. Das ist auch gut so. Schließlich ist das jetzt auch schon über zehn Jahre her.«

»Ja, das sehe ich genauso«, antwortete Harald leise. Auch er war von dem Gespräch mit Frau Winkelmann sichtlich berührt. »Wahrscheinlich ist es ihr auch egal, was mit ihm ist. Ihre Tochter bekommt sie so oder so nicht zurück. Ist auch beruhigend zu wissen, dass nichts Außergewöhnliches vorgefallen ist.«

»Ja. Lass uns zurück ins Präsidium fahren.«

Anna holte noch schnell ihr Handy hervor, um zu schauen, von wem die Nachricht war, die sie kurz zuvor erhalten hatte. Es war Kathrin. Sie hatte eine Spur und bat sie, mit Harald zusammen sofort ins Hotel SAKS am Stiftsplatz zu kommen. Anna rief Kathrin kurz zurück und bestätigt ihr, dass sie sich gleich auf den Weg machten und in ein paar Minuten da seien.

Bis zum Stiftsplatz waren es vielleicht zehn Minuten Fahrtzeit. Harald, der am Steuer saß, parkte das Auto direkt vor dem Eingang des Hotels auf dem Bürgersteig. Als sie die Hotel-Lobby betraten, sahen sie Kathrin, die bereits mit einer Hotelangestellten auf sie wartete.

»Ihr wart aber schnell«, begrüßte sie die beiden. »Darf ich vorstellen: Das ist Frau Vogt. Sie ist Geschäftsführerin des Hotels und steht uns zur Verfügung.«

»Guten Tag, Frau Vogt«, begrüßte Anna die Hotelmitarbeiterin, die sie aufgrund des jungen Alters nicht unbedingt für die Geschäftsführerin gehalten hatte. »Mein Name ist Anna Kastner und das hier ist mein Kollege Harald Seitz. Können wir vielleicht irgendwo ungestört reden?«

»Ja, selbstverständlich. Bitte folgen Sie mir.« Frau Vogt ging der kleinen Truppe voraus, vorbei an der Rezeption in einen Besprechungsraum, der für Veranstaltungen genutzt wurde. Sie schloss die Tür hinter ihnen zu. »Hier sind wir ungestört. Darf ich Ihnen etwas zu trinken anbieten?«

»Nein, danke.« Annas Blick wanderte zu Kathrin und diese fing an zu erzählen.

»Ich habe Frau Vogt gefragt, ob sie solche Schlüsselkarten, wie wir sie gefunden haben, kennt und sie hat diese Frage bejaht. Wir haben dann geschaut, für welches Zimmer diese Karte ausgestellt wurde. Es handelt sich hier um einen gewissen Hugo de Louvois aus Paris und der ist seit drei Nächten schon nicht mehr in seinem Zimmer gewesen. Ich würde also sagen: Volltreffer!«

»Kathrin!« Anna verzog missbilligend das Gesicht, denn wenn eine Leiche eines ganz sicher nicht war, dann ein Volltreffer! Sie wandte sich weiter an die Hoteldirektorin. »Und Sie und Ihre Angestellten fanden es nicht merkwürdig, dass Herr de Louvois mehrere Nächte nicht in seinem Zimmer war?«

»Eben nicht«, antwortete die junge Frau umgehend. »Herr de Louvois hatte uns informiert, dass er während seines Aufenthalts hier im Hotel vielleicht auch mal einen Abstecher in die Vorderpfalz machen würde und für ein, zwei Nächte nicht hierher zum Schlafen zurückkehren würde. Deshalb haben wir uns eigentlich keine Gedanken gemacht. Erst als Ihre Mitarbeiterin angerufen hat und wir gemerkt haben, dass der Mann schon seit drei Tagen nicht mehr hier war, haben wir eins und eins zusammengezählt.«

»Gut, das muss ja noch nichts heißen. Wissen Sie, warum Herr de Louvois in der Gegend war?«

»Nein, das kann ich Ihnen nicht sagen.«

»Er hat also mit keinem Wort erwähnt, warum er hier war und was er vorhatte?«

»Nein.«

»Gut, könnten Sie uns dann bitte zum Zimmer von Herrn de Louvois führen?«

»Ja, selbstverständlich. Bitte folgen Sie mir.« Frau Vogt ging voran und die kleine Gruppe ging hinter ihr her. Anna war überrascht, wie professionell sich die Geschäftsführerin trotz ihres jungen Alters verhielt. Sie war präzise und sehr darauf bedacht, alle Fragen ausführlich zu beantworten. Sie trug einen dunkelblauen Hosenanzug, der ihre Professionalität noch unterstrich. Außerdem passte er perfekt zu ihrem blonden Haarschopf. Wenn Frau Vogt sprach, schaute sie Anna direkt in die Augen und hörte aufmerksam zu, wenn diese Fragen stellte. Anna war beeindruckt von ihr. Mittlerweile hatten sie die Aufzüge erreicht und fuhren in den fünften Stock, dort wo sich die Suiten und der Spa-Bereich befanden.

Hier gingen sie nach rechts und Frau Vogt blieb vor der Nummer 5005 stehen. »Hier ist es.« Sie schloss die Tür mit Hilfe der Codekarte auf und trat in das Zimmer ein. Die Gruppe folgte ihr, allen voran Anna, die es kaum erwarten konnte, mit der Suche nach Hinweisen zu beginnen. Das Zimmer war sehr modern, in einem hellen Grau gestrichen. Es gab ein großes Doppelbett, ebenfalls in hellen Erdtönen gehalten, mit türkisfarbenen Kissen als Dekoration sowie ein Bad, das durch eine Glastür vom Rest des Zimmers getrennt war. Am Fenster stand ein kleiner moderner Schreibtisch und davor ein Stuhl, über dessen Lehne ein paar Kleidungsstücke hingen: eine Jacke sowie eine Hose und Unterwäsche. Das Zimmer sah bewohnt aus, lediglich das Bett war gemacht, so als ob das Zimmermädchen gerade sauber gemacht hätte. Auf dem Schreibtisch stand ein Laptop, der sofort Annas Aufmerksamkeit auf sich zog.

»Wir müssen das Zimmer gründlich untersuchen. Frau Vogt, ich würde Sie bitten, das Zimmer bis auf Weiteres nicht mehr zu betreten. Harald, bitte ruf die Spurensicherung an. Sie sollen schauen, ob sie Fingerabdrücke finden. Ich nehme schon mal den Laptop mit. Vielleicht bringt uns das weiter.«

»Ja, mache ich. Wir können uns noch ein bisschen umschauen, aber viel gibt es nicht, das wir untersuchen könnten.«

Harald ging zum Schrank und fand einen Koffer und einige weitere Kleidungsstücke darin. Drei paar Hosen, zwei Sakkos, fünf bis sechs Oberhemden, ein Pullover, weitere Unterwäsche und Schuhe. Alles war von sehr guter Qualität und die Sachen sahen sehr gepflegt aus. Harald nahm den Koffer heraus und untersuchte diesen gründlich. Darin befand sich nur ein Ladekabel, vermutlich für ein Handy sowie ein paar Prospekte über das *Musée d´Orsay* in Paris.

»Den Koffer soll die Spurensicherung auch gründlich nach Fingerabdrücken untersuchen. Vielleicht haben wir Glück.«

»Gute Idee«, erwiderte Anna. Sie hatte sich an den Laptop gesetzt und vorsichtig geöffnet. Selbstverständlich hatte sie sich vorher Gummihandschuhe übergestreift, um keine eventuellen Spuren zu vernichten. Es war ein *MacBook Air* in silbergrau. Offenbar ein neues Modell, denn der Computer besaß einen Fingerabdruckscanner. Dieser konnte das Passwort und den

Sicherheitscode ersetzten. Sie versuchte spaßeshalber ihr Glück, aber leider ohne Erfolg.

»Was heute alles geht, ist wirklich unglaublich. Ich bin ein großer Fan von *Apple* und ich muss schon sagen, das ist ein sehr schickes Teil. Leider reagiert es nicht auf mich. Also muss das Gerät direkt in die KTU.« Anna packte das *MacBook* vorsichtig in eine größere Tüte ein und ging in Richtung Badezimmer. Hier war allerdings nicht viel zu sehen, da Herr de Louvois anscheinend sein gesamtes Necessaire mitgenommen hatte. Eine Zahnbürste stand noch verloren in einem Glas herum und eine Flasche Eau de Toilette von *Hermès, Eau d´Orange Verte*, zierte die Glasablage. Ansonsten war nichts zu sehen, auch nicht in der Dusche.

»Wir brauchen so schnell wie möglich Zugriff auf diesen Laptop. Das wird uns sicherlich weiterhelfen. Frau Vogt, können Sie uns die Adresse von Herrn … wie hieß der Mann noch mal gleich?«

»Sein Name ist – oder war – de Louvois. Und selbstverständlich kann ich Ihnen die Kontaktdaten heraussuchen lassen. Kein Problem.« Sie griff in ihre Hosentasche und schrieb eine kurze SMS, vermutlich an ihre Mitarbeiterin an der Rezeption.

»Ich denke, fürs Erste sind wir hier fertig«, sagte Anna. »Die KTU wird gleich da sein und anschließend wird das Zimmer versiegelt und niemand darf es betreten. Auch nicht das Reinigungspersonal. Haben Sie das verstanden, Frau Vogt?«

»Ja, das habe ich verstanden. Ich werde den Mitarbeitern Bescheid geben.«

»Kathrin, wir lassen dich jetzt hier zurück und Du wartest auf die Kollegen, okay? Und bitte lass niemanden ins Zimmer!«

»Natürlich nicht, das versteht sich von selbst. Ich komme dann später nach.«

»Prima, vielen Dank!«

Frau Vogt schaute zu Anna und fragte sie noch: »Können Sie schon abschätzen, wie lange die Untersuchung dauern wird? Sie wissen, wie das ist in einem Hotel. Es macht keinen guten Eindruck, wenn wir die Kripo im Hause haben.«

»Das kann ich Ihnen leider noch nicht sagen. Das hängt davon ab, was wir herausfinden. Wir halten Sie aber gerne auf dem Laufenden.« Anna und Harald gingen zu Tür, Frau Vogt folgte ihnen und die kleine Gruppe fuhr wieder mit dem Aufzug ins Erdgeschoss. Dort wartete bereits die Adresse von Hugo de Louvois auf Anna und Harald. Sie verabschiedeten sich noch kurz und fuhren zurück ins Präsidium.

KAPITEL 6

Anna konnte es kaum erwarten, mit ihren Recherchen über diesen Hugo de Louvois zu beginnen und den Laptop der KTU zu übergeben. Zum ersten Mal bei den Ermittlungen zu diesem Fall hatten sie vielleicht eine Spur. Diese war zwar noch wage, aber zumindest hatten sie jetzt die Identität des Toten, falls es sich tatsächlich um Herrn de Louvois handelte, der in der Strohballenpresse verbrannt war. Anna hatte vorsichtshalber auch eins der Prospekte über das *Musée d´Orsay*, das Harald in Louvois' Koffer gefunden hatte, mitgenommen und untersuchte es nach einer Telefonnummer. Sie fand keine, entschied sich aber spontan, die Seite des *Musée d´Orsay* im Internet zu öffnen und sich gegebenenfalls durchzufragen, bis sie an der richtigen Stelle war.

Die Seite war schnell identifiziert und eine Telefonnummer gab es auch. Die Webseite war zwar auf Französisch, aber das störte Anna nicht. Natürlich gab es die Möglichkeit, auf Englisch umzuschalten, aber durch ihre Beziehung zu Jean-Luc konnte sie mittlerweile die Sprache so gut, dass sie es bei der ursprünglichen Einstellung beließ. Natürlich musste sie manchmal nachfragen, was das ein oder andere Wort bedeutete, und ihren deutschen Akzent würde sie wohl immer behalten, aber im Großen und Ganzen war sie zufrieden, dass sie es schon so weit gebracht hatte.

Anna wählte die auf dem Bildschirm angezeigte Nummer. Es dauerte ein bisschen und als die Verbindung hergestellt war, wurde sie mit einem automatischen Anrufbeantworter verbunden, der sie bat, sich für eine Zahl zu entscheiden: »Wählen Sie die Eins, wenn Sie Informationen über aktuelle Ausstellungen wünschen, die Zwei, für Informationen über Öffnungszeiten und Führungen durch das Museum, die Drei, für Sonstiges oder wenn sie direkt mit einem Mitarbeiter des Museums verbunden werden möchten.« Anna drückte die Drei, in der Hoffnung, dass sie tatsächlich gleich mit jemandem verbunden werden würde. Es dauerte ein bisschen, doch dann meldete sich tatsächlich eine Stimme am anderen Ende des Telefons: »*Jean-Jacques Muller à votre disposition. Comment puis-je vous aider?*«

»*Bonjour Monsieur, je m´appelle Anna Kastner, et je suis commissaire de police en Allemagne …*«

Anna stellte sich als Hauptkommissarin der deutschen Polizei in Kaiserslautern vor und schilderte ihr Anliegen, dass sie auf der Suche nach einem Hugo de Louvois war und ob er ein Mitarbeiter des Museums sei. Die Person am anderen Ende konnte die Frage nicht beantworten, sei es, weil er nicht die Befugnis dazu hatte oder weil er es tatsächlich nicht wusste. Er wollte Anna aber mit jemandem verbinden, der dies möglicherweise wissen könnte. Sie bedankte sich und ließ sich weiterverbinden. Die Frau, die sie als Nächstes am Telefon hatte, war sehr aufmerksam und freundlich und nachdem Anna ihr erneut erklärt hatte, um was es genau ging, bestätigte die Frau ihr, dass tatsächlich ein Herr de Louvois im Museum arbeitete. Anna wurde an seine Sekretärin verwiesen und auch gleich mit ihr verbunden.

Diese stellte sich als Michèle Morin vor und fragte, was sie für sie tun könnte. Anna wollte nicht gleich mit der Tür ins Haus fallen und sich erst einmal versichern, dass es sich bei *ihrer* Leiche überhaupt um den richtigen Hugo de Louvois handelte. Deshalb fragte sie die Sekretärin, ob sie Monsieur de Louvois sprechen könnte. Die Sekretärin erwiderte, dass er im Urlaub und verreist sei. Anna fragte weiter, ob sie denn wüsste, wohin er gefahren sei. Madame Morin antwortete, dass sie darüber keine Auskunft geben dürfe, und fragte Anna, ob sie eine Nachricht hinterlassen wollte. Anna, die solche Situationen kannte und natürlich auch darauf geschult war, erklärte Madame Morin, dass sie von der deutschen Polizei sei und dass sie eine Leiche gefunden hätten, deren Identität noch nicht geklärt wäre. Auf der anderen Seite der Leitung wurde es still und Anna versuchte diese Stille zu deuten. Sie versuchte, der Frau schonend beizubringen, dass es sich bei der erwähnten Leiche möglicherweise um Monsieur de Louvois handeln könnte. Madame Morin rief: »*Mon Dieu, Hugo!*«, und fing an zu weinen.

Anna versuchte, sie zu beruhigen, aber das gelang ihr nur schwer. Sie hatte das Gefühl, dass sie auf diesem Weg von Madame Morin nicht mehr viel erfahren würde, da die jetzt leise vor sich hin weinte und offensichtlich mit sich selbst beschäftigt war. Einem inneren Impuls folgend, entschloss sich Anna, kurzerhand nach Paris zu fahren, um mit Michèle Morin persönlich zu sprechen. Sie fragte sie, ob sie einverstanden wäre, wenn sie nach Paris käme, um sich mit ihr zu treffen. Alles Weitere würden sie dann persönlich besprechen. Die Museumsangestellte bejahte und schniefte leise ins Telefon. Anna verabredete sich für den übernächsten Tag mit ihr und legte auf.

Durch die mögliche Todesnachricht von Hugo de Louvois war die Sekretärin völlig aus der Fassung geraten und Anna wusste, dass sie in diesem Zustand nichts mehr von der Frau erfahren würde. Deshalb zog sie es vor, sie persönlich zu treffen, auch um einen Eindruck von Michèle Morin und des ganzen Umfelds von de Louvois zu erhalten. Sie konnte sich auf die ganze Geschichte immer noch keinen Reim machen, aber irgendwie musste es ja etwas geben, das sie noch nicht wusste und das möglicherweise das Rätsel lösen würde. Ihr war zwar bewusst, dass sie keinerlei Befugnis hatte, in Paris zu ermitteln, aber es konnte sie niemand daran hindern, mit Madame Morin einen Kaffee zu trinken.

Anna verließ ihren Schreibtisch und brachte noch schnell den Laptop in die KTU. Dort würde es bestimmt etwas Zeit in Anspruch nehmen, das Passwort zu knacken. Vor allem fragte sie sich, was sie auf dem Computer entdecken würden. Anschließend buchte sie sich im Internet ein Zugticket nach Paris und rief dann Jean-Luc an, um ihm ihre Ankunft mitzuteilen. Er war überrascht – schließlich hatte sie ja quasi abgesagt – und teilte ihr mit, dass er sie leider nicht am Bahnhof würde abholen können. Er hatte Probe. Anna hatte zwar geahnt, dass ihre Fahrt nach Paris für Jean-Luc überraschend kam und nicht wirklich damit gerechnet, dass er sie würde abholen können. Aber ein bisschen enttäuscht war sie trotzdem.

Nachdem Anna den Laptop in die KTU gebracht hatte, wollte sie noch wissen, ob es Neuigkeiten über Zuflowsky gab und ob man schon eine Spur von ihm hatte. Weit konnte er schließlich nicht gekommen sein. Sie rief Kathrin an und ließ sich eine Zusammenfassung der letzten Ereignisse geben. Die Polizei hatte

mehrere Straßenkontrollen angeordnet und es waren alle Strei-
fenpolizisten informiert worden, dass Zuflowsky geflüchtet war
und gefährlich sei. Bis jetzt waren nur spärliche Informationen
aus der Bevölkerung eingegangen, aber sie waren dran. Im Hotel
SAKS hatte sich nichts Weiteres ergeben und auch Kathrin war
wieder im Präsidium zurück. Anna erzählte ihr kurz von ihrem
Telefonat mit Madame Morin und dass sie am nächsten Nachmittag jetzt doch nach Paris aufbrechen würde, um mehr über
de Louvois zu erfahren.

»Das ist eine sehr gute Idee, Anna«, pflichtete ihr Kathrin bei.
»Ich bin mir ziemlich sicher, dass wir hier nicht mehr viel erfahren werden, da den Mann ja niemand gesehen oder gesprochen
hat. In Paris findest du vielleicht eine Spur, um was es hier genau
geht.«

»Ja, du hast sicherlich recht. Dass der Tote allerdings von niemandem gesehen wurde oder mit niemandem gesprochen hat,
macht mich ziemlich stutzig. Schließlich hatte er hier im Hotel
ein Zimmer gebucht, und schaut man sich die Sachen an, die
er dabeihatte, dann sieht das eher teuer und wertvoll aus. Hier,
nimm zum Beispiel seinen Kulturbeutel: Der ist von GUCCI
und kostet mindestens fünfhundert Euro. Oder sein Rasierwasser, ebenfalls ein teures *Eau de Toilette* von *Hermès*. Also wie
ist er um alles in der Welt auf dieses Feld und in diese Strohballenpresse gekommen? Das gilt es unbedingt herauszufinden,
Kathrin.«

»Ja, das ist alles sehr merkwürdig«, pflichtete Kathrin ihr bei.
»Ich würde morgen früh gerne noch eine kurze Besprechung
mit dir und Harald abhalten, um während meiner Abwesenheit

noch ein paar Aufgaben zu verteilen. Ich weiß zwar, dass das Wochenende vor der Tür steht, aber wir sollten trotzdem an dem Fall daran bleiben. Könntest du bitte schon mal überprüfen, ob Herr de Louvois vielleicht ein Auto gemietet hat und wenn ja, wo dieses Auto jetzt ist? Der Student – wie heißt er noch mal gleich? Benno glaube ich – soll gegebenenfalls alle Autovermietungen abklappern. Falls de Louvois tatsächlich aus Paris kam, wäre es sicherlich schlau, am Bahnhof zu beginnen. Außerdem sollten wir im Hotel noch einmal nachfragen, ob vielleicht nicht doch jemand beobachtet hat, ob er abgeholt worden ist. Alles Weitere besprechen wir dann morgen Vormittag. Vielleicht kann Harald noch mal auf den Hof von Herrn Steiger fahren. Ach so, und noch etwas: Hat man außer dem Laptop eigentlich auch ein Handy in dem Hotelzimmer gefunden? Er muss doch eins dabeigehabt haben.«

»Nicht, dass ich wüsste, aber er hat sicher eins. Seine Sekretärin kann dir vielleicht die Nummer geben.«

»Ja, bestimmt.«

Anna legte auf, ging noch einmal rasch ihre E-Mails durch und da nichts Wichtiges dabei war, machte sie sich auf den Nachhauseweg. Sie wollte schnell ein paar Sachen für Paris zusammenpacken und sich noch etwas zu essen machen. Irgendetwas hatte sie sicher noch im Kühlschrank. Außerdem wollte sie sich in Ruhe alle Fakten anschauen und durch den Kopf gehen lassen. Sie wollte vorbereitet sein, wenn sie auf Michèle Morin vom *Musée d´Orsay* stieß und die richtigen Fragen stellen. Sie wusste nicht genau, was sie erwartete. Wieso war dieser Mann ausgerechnet nach Kaiserslautern gekommen? Zum Wandern vielleicht? Der Pfälzerwald bot viele schöne Wanderwege und war ein wunderschönes Naturschutzgebiet. Vielleicht war das der Grund seiner Reise gewesen. In seinem Hotelzimmer hatte man tatsächlich ein paar Wanderschuhe gefunden, aber viel mehr auch nicht.

Anna nutzte die Besprechung am nächsten Morgen, um nachzufragen, ob bereits die Umgebung um die Strohballenpresse ein zweites Mal weitläufig untersucht worden war, um etwaige Sachen des Opfers zu finden, und was die Autofrage ergeben hatte. Sie glaubte inzwischen zwar nicht mehr an die Obdachlosentheorie, aber man wusste ja nie, weswegen sie bei der Untersuchung des Feldes dranblieb. Sie wollte nicht so schnell aufgeben und hoffte, vielleicht doch noch auf die ein oder andere Tasche zu stoßen, die an einen Baum gelehnt darauf wartete, gefunden zu werden. Aber die Kolleginnen und Kollegen konnten leider noch keine Ergebnisse vorweisen. Die akribische Untersuchung des Ackers rund um die Strohballenpresse war erst für diesen Vormittag anberaumt. Bei der Mietwagenfirma hatte niemand den Hörer abgenommen.

Anna hatte ihren Koffer bereits dabei und auch ihren Laptop eingepackt. Sie machte sich gegen vierzehn Uhr auf den Weg zum Bahnhof. Sie fuhr etwas früher als geplant und nahm sich vor, vom Bahnhof Gare *de l'Est* aus zu Fuß zu Jean-Lucs Wohnung zu laufen. Sie hatte einen eigenen Schlüssel und konnte dort auf ihn warten. Sie liebte es, Paris zu Fuß zu durchqueren. Das würde ihr die Gelegenheit geben, über einiges nachzudenken. Sie schrieb Jean-Luc noch schnell eine SMS mit ihrer

Ankunftszeit am *Gare de l'Est* und fügte hinzu, dass sie ja wüsste, wo er wohne, er sich keine Gedanken wegen des Abholens machen müsse und sie sich auf das Wochenende freue.

Der Kaiserslauterer Bahnhof war nur ein paar Schritte vom Präsidium entfernt. Am Ausgang ging Anna nach links, um an der Ecke abermals nach links in die Bahnhofstrasse abzubiegen. Nachdem sie sich nochmal vergewissert hatte, dass ihr Ticket in ihrer Wallet auf dem Smartphone ordnungsgemäß gespeichert war, betrat sie die Eingangshalle. Um sich auf Frankreich und Paris einzustimmen, kaufte sie sich im Kiosk noch die neueste Ausgabe der Zeitschrift *Côté Paris* und begab sich auf den Bahnsteig 3. Dort würde in wenigen Minuten der ICE 350 nach Paris einfahren und sie mitnehmen.

KAPITEL 7

ELF TAGE VOR DEM LEICHENFUND

Ben Wederquist war gerade auf dem Weg nach Mineola, etwa eine halbe Stunde außerhalb von New York, zu einem wichtigen Footballspiel seiner *Flyers* von der Chaminade High School, als der Anruf seines Cousins kam. »Ben, hi! Hier ist Hugo. Wie geht es dir?«

»Hey, Hugo, altes Haus! Lange nichts gehört. Mir geht es gut. Ich bin gerade auf dem Weg ins Stadion. Meine Jungs haben heute ein wichtiges Spiel. Und bei dir? Was gibt es Neues?«

»Prinzipiell ist bei mir alles beim Alten und mir geht es sehr gut. Ich wollte dich fragen, ob du nicht Lust hättest, ein paar Tage mit mir in Europa zu verbringen. Da ich das letzte Mal in New York war, bist du jetzt wieder an der Reihe. Ich plane eine Deutschlandreise und könnte dich in Frankfurt am Flughafen abholen. Ich habe in Mainz zu tun und dann geplant ein, zwei Wochen in die Pfalz zu fahren. Wir könnten uns ein paar schöne Tage machen. Was meinst du?«

»Das klingt gut, aber ich weiß nicht … ich müsste das erst einmal mit Klara besprechen und momentan bin ich ein bisschen klamm. Um was geht es denn genau bei deiner Reise?«

»Das würde ich dir gerne persönlich in Ruhe erklären, wenn du da bist. Am Telefon ist das eher schwierig. Aber ich bin mir sicher, es wird dir gefallen.«

»Okay, lass mich heute Abend gleich nach dem Spiel mit Klara sprechen und nach Flügen schauen. Den genauen Termin kannst du mir per SMS schicken. Ich werde es schon irgendwie hinkriegen.«

»Das klingt doch nach einem Plan. Halt mich auf dem Laufenden, wie du dich entscheidest. Ich würde mich freuen!«

Hugo war wie immer kurz angebunden und hatte aufgelegt. Er mochte keine langen Telefonate und kam mit seiner energischen Art meistens gleich zum Punkt. Das kam Ben allerdings gerade recht, denn er bog bereits auf den Parkplatz des Stadions ein und wollte auf keinen Fall zu spät zum Spiel kommen. Nicht, dass er unbedingt pünktlich sein wollte – für gewöhnlich kam er sogar immer ein paar Minuten zu spät, wenn es ums Training ging –, aber heute war ein besonderer Tag. Es hatte sich ein bekannter Talent-Scout der *New Yorker Giants* zum Spiel angekündigt und da wollte Ben unbedingt einen guten Eindruck machen. Wenn es ihm gelang, einen seiner Schützlinge bei den *Giants* unterzubringen, würde das sicherlich sein Standing in der Branche erhöhen. Vielleicht wäre das sogar das Sprungbrett, auf das er schon lange gewartet hatte. Schließlich wollte er nicht an der Mineola High School versauern, sondern sein Ziel war es, irgendwann die Mannschaft einer der hiesigen Universitäten zu trainieren.

Das soeben geführte Gespräch mit Hugo kam ihm wieder in den Sinn und er fragte sich, was Hugo in Deutschland wollte.

Lebte Hugo nicht in Frankreich? Für ihn war Europa in seinen Augen sowieso alles das Gleiche. Er würde Hugo am Abend noch einmal fragen, was er denn in Deutschland vorhabe. Auf jeden Fall sah es Hugo ähnlich, dass er ihn angerufen und sofort eine Antwort von ihm gewollt hatte. Schon früher, als sie Kinder gewesen waren, hatte Hugo Ben immer an seiner Seite wissen wollen. Daran hatte sich wohl bis heute nichts geändert, dachte Ben. Er hatte zwar momentan andere Sorgen, als einen Flug nach Deutschland zu organisieren, aber auf der anderen Seite erschien ihm das die Gelegenheit zu sein, mal wieder allein mit Hugo etwas zu unternehmen und ins Gespräch zu kommen. Zumal die Football-Saison sich gerade dem Ende entgegen neigte und dann erst mal Spielpause war.

Hugos letzter Besuch in New York lag schon ein halbes Jahr zurück, als er zur Goldenen Hochzeit seiner Eltern gekommen war. Er hatte es immer noch nicht ganz verdaut, dass Hugo eine so glanzvolle Laudatio auf Bens Eltern, insbesondere seinen Vater, gehalten und dieser ihn anschließend mit Tränen in den Augen in den Arm genommen hatte. Die Familie und viele Gäste waren beeindruckt, ja sogar tief bewegt gewesen. Einige von ihnen hatten Hugo anschließend auf die Schulter geklopft oder ein paar Worte mit ihm gewechselt. Ben, der eigentliche Sohn, hatte sich nicht mehr getraut, das Wort an seine Eltern zu richten, aus Angst, sich lächerlich zu machen – und weil er wusste, dass er Hugo nicht das Wasser reichen konnte. Deshalb hatte er sich darauf beschränkt, seinen Eltern das von seiner Frau ausgewählte Familienbild in einem Rahmen mit der Aufschrift *Herzlichen Glückwunsch zur Goldenen Hochzeit* zu überreichen und seine

Rede, die ihn ein paar schlaflose Nächte gekostet hatte, unverrichteter Dinge wieder eingesteckt. Ben war immer noch verärgert über Hugos Auftritt. Es hatte ihn tief verletzt, dass sein Cousin in vorher nicht gefragt hatte, ob er vielleicht auch etwas für seine Eltern geplant hatte. In Bens Augen wäre es das Mindeste gewesen, wenn Hugo sich vorab mit ihm abgestimmt hätte.

Aber so war Hugo. Er stand schon immer in der ersten Reihe und zog sein Ding durch, mit oder ohne ihn. Bereits als sie noch Kinder gewesen waren, hatte Hugo es geschafft, die gesamte Aufmerksamkeit der Familie auf sich zu konzentrieren. Bens Vater, der seit vielen Jahrzehnten Eigentümer einer der berühmtesten Kunstgalerien New Yorks war, hatte früh Hugos Begabung für die Kunst entdeckt und ihn darin bekräftigt und gefördert. Hugo und er waren fast jeden Tag nach der Schule bei seinem Vater gewesen, und auch wenn sie das nicht durften, hatten sie gerne zwischen den aufgehängten und überall stehenden Bildern gespielt. Hugo war immer ganz Ohr gewesen, wenn sein Onkel Kunden in Sachen Bilderkauf beriet, und auch wenn das für ihn immer unglaublich langweilig gewesen war, hatte Ben damals nicht auf die Gesellschaft und Freundschaft seines Cousins verzichten wollen. So hatte er es einfach hingenommen, dass sich zwischen seinem Vater und Hugo über die Jahre eine innige Beziehung entwickelt hatte. Schließlich hatte er seinen Cousin als besten Freund an seiner Seite und diese Freundschaft würde niemals zerbrechen. Davon war er überzeugt.

Im Gegensatz zu Hugo war es Ben nie gelungen, seinem Vater so nahezukommen, dass er dessen Liebe gespürt oder vielleicht auch Stolz auf ihn gesehen hätte. Er stand immer im Schatten seines Cousins Hugo – und das schon, solange er sich erinnern konnte. Er selbst hatte kein Verständnis für Kunst und konnte das große Interesse seiner Familie daran nicht nachempfinden. Natürlich wusste er, dass bereits ihre Großeltern eine beträchtliche Kunst- und Gemäldesammlung in Paris besessen hatten und es während des Zweiten Weltkrieges gelungen war, einen großen Teil davon nach Amerika zu schicken. Diese Sammlung hatte damals den Grundstein für die Galerie seines Vaters gelegt, die Basis seines Erfolges. Seine Großeltern waren per Schiff nachgekommen und nach Amerika emigriert. Aber Bens Leidenschaft galt ganz und gar dem Football. Diesen Enthusiasmus für den Sport hatte er wohl von seiner Mutter geerbt, die ihn darin immer unterstützt hatte.

Als er in die Umkleidekabine kam, waren die Jungs alle schon angezogen und bereit, das Spielfeld zu betreten. Sie alberten zwar noch herum, aber man spürte auch die vor einem Wettkampf typische Anspannung. Die Spieler riefen sich noch Tipps zu und schlugen sich gegenseitig auf die Schulter, als wollten sie sich Mut machen. Das erinnerte Ben an seine Kindheit, als er selbst noch Football gespielt und davon geträumt hatte, einmal bei den *New Yorker Giants* als Quarterback aufzulaufen. Daraus war leider nie etwas geworden, aber er hatte jetzt keine Zeit, länger darüber nachzudenken. Er musste seine Jungs noch *briefen* und sie daran erinnern, dass heute möglicherweise ein wichtiger Tag für sie war und sie sich besonders anstrengen sollten. Er entließ die Jungs aufs Spielfeld mit ihrem Einschwörungs-Lied und wünschte ihnen viel Glück.

Das Spiel verlief jedoch nicht gut. Bereits direkt nach dem Kickoff an der 35-Yard-Linie hatte das Kellenberg Memorial Team das Spiel an sich gerissen und nach sechzig Minuten mit 17-10 gewonnen. Ben hatte nach den ersten beiden Touchdowns des Gegners die Fassung verloren und seine Jungs angeschrien, sie sollten sich gefälligst zusammenreißen. Durch den unerwarteten Spielverlauf hatte er ganz vergessen, die Tribüne nach dem Talent-Scout abzusuchen. Auch jetzt nach dem Spiel konnte er ihn nicht entdecken. Aber Ben war sich sicher, dass er ihn vielleicht zwischen den Eltern der Jungs, die überall verteilt waren, einfach nicht ausmachen konnte. Gefrustet, denn es war jetzt schon die dritte Niederlage in Folge, machte er sich auf den Weg zur Umkleidekabine. Er musste seine Spieler nach dem Debakel auffangen. Auch sie waren sicherlich sehr enttäuscht. Sie würden das Spiel zu einem späteren Zeitpunkt analysieren und die gewonnenen Erkenntnisse in den Trainingsplan einbauen. So viel stand fest.

Dennoch konnte er sich die Pechsträhne nicht erklären. Was lief schief in seiner Mannschaft? Erreichte er seine Jungs nicht mehr? Der Direktor der Chaminade High School, Roger Johnsons, hatte ihn vor einer Woche über den Besuch des Talent-Scouts informiert. Er hatte Ben noch einmal ausdrücklich aufgefordert, das nächste Spiel zu gewinnen. Genau das hatte Ben an seine Mannschaft weitergegeben und sie angespornt, über sich hinauszuwachsen. Würde er den Talent-Scout jetzt überhaupt noch kennenlernen? Schließlich hatten sie das Spiel verloren. Aber Ben war optimistisch. Er hatte ein, zwei sehr gute Spieler im Team, und auch wenn die Mannschaft es nicht geschafft hatte, das Spiel zu gewinnen, war das noch lange kein Grund, sich nicht die Spieler anzuschauen. Das hoffte er zumindest, da dies auch für ihn und seine weitere Karriere außerordentlich wichtig war.

Als Ben gerade in den Flur der Mannschaftskabinen einbiegen wollte, kam ihm auf der anderen Seite ein Mann entgegen. Er erkannte Roger Johnsons, den Direktor, sofort an seinen roten Haaren. Er lobte sich innerlich, dass er die Situation so gut eingeschätzt hatte, und blieb in freudiger Erwartung stehen, um ihn zu begrüßen. Wahrscheinlich wollte er Ben abholen, um ihm den Talent-Scout vorzustellen, der irgendwo auf sie wartete.

»Hey Ben, gut dich zu sehen. Wie geht es dir nach diesem desaströsen Spiel?«, sprach ihn Roger an.

»Tja, man kann eben nicht immer gewinnen. Die Jungs haben gar nicht so schlecht gespielt, aber die zwei Touchdowns der Kellenbergs haben sie kalt erwischt. Hast du gesehen, wie meine zwei Top-Spieler trotzdem versucht haben, das Blatt herumzureißen?«

Roger ging nicht auf seine Frage ein, sondern kam gleich zum Punkt: »Ben, ich muss mit dir reden. Hättest du ein paar Minuten Zeit?«

»Mhm, ja, natürlich. Ich gehe davon aus, dass es um meine zwei besten Spieler geht. Ich sage dir, die beiden haben ein großes Talent und der Scout wird nicht enttäuscht sein. Ich habe sie selbst aufgebaut. Aus denen könnte etwas Großes werden. Der eine heißt …«

»Ben, ich bin nicht wegen deinen Spielern gekommen. Lass uns schnell in mein Büro gehen, da können wir ungestört sprechen«, unterbrach ihn Roger Johnsons.

»Ja, okay, ich dachte nur … Du hattest den Talentscout vor einer Woche angekündigt und …«

»Ja, das stimmt, aber er hat kurzfristig abgesagt. Lass uns das gleich in Ruhe besprechen«, antwortete Roger Johnsons.

Er ging voraus. Ben folgte ihm. Er war enttäuscht und verunsichert. Hatte er irgendetwas übersehen oder missverstanden? Na ja, bestimmt nur eine Formalität und es würde sich alles gleich aufklären. Vielleicht gab es ein paar organisatorische Dinge, die Roger mit ihm besprechen wollte. Dass der Talent-Scout nicht gekommen war, ärgerte Ben. Das hätte Roger ihm auch früher sagen können. Ben war angespannt, als sie das Büro von Roger Johnsons erreichten.

»Ben, setz dich bitte.« Roger kam ohne Umschweife zur Sache. »Ben, wie du selbst weißt, hat die Mannschaft in der letzten Zeit immer verloren und wir haben in dieser Saison nicht unsere anvisierten Ziele erreicht.« Ben wollte etwas erwidern, aber Roger Johnsons ließ ihn nicht zu Wort kommen. »Wir haben es immer noch nicht geschafft, zumindest einen Spieler in den Profisport zu bringen, geschweige denn eine erfolgreiche Mannschaft mit anhaltendem Erfolg zu formen. Durch deine langjährige Erfahrung und deine Vergangenheit hatten wir gehofft, dass du das Blatt wenden würdest. Leider ist das aber nicht der Fall. Die Erfolge, wie man auch heute wieder gesehen hat, bleiben aus. Deshalb habe ich mich schweren Herzens dazu entschieden, dass wir uns von dir trennen. Die Mannschaft benötigt in der nächsten Saison einen Neuanfang und das kann nur mit einem neuen Coach gelingen.«

Ben war verwirrt und verspürte ein Ziehen in der Magengegend. Er konnte nicht glauben, was er da soeben gehört hatte. Roger wollte ihn feuern?

KAPITEL 8

Kurz vor siebzehn Uhr erreichte der Zug *Paris Gare de l'Est,* die Endstation. Alle Fahrgäste stiegen aus. Anna, die sich mittlerweile sowohl auf dem Bahnhof als auch in Paris sehr gut auskannte, lief zügig Richtung Hauptausgang, wo die meisten Taxis bereits auf ihre Gäste warteten. Im Gegensatz zu vielen anderen Menschen liebte sie den Trubel des Bahnhofes: Da waren die vielen parallel verlaufenden Gleise mit ihren Zügen, die Destinationen in ganz Europa anfuhren, die unzähligen Passagiere, die überall umherliefen, Kioske und Kaffees, in denen Menschen auf ihren Zug warteten und die Zeitschriften- und Bücherläden, in denen man ohne Schwierigkeiten den halben Tag verbringen konnte, ohne sich zu langweilen. Dass sie, Anna Kastner, Teil dieser Welt war, und sich genauso darin bewegte und ihre Rolle erfüllte, wie andere Menschen die ihre, gab ihr ein Gefühl von Dazugehörigkeit. Von Sicherheit. Und das machte sie stark, auch wenn sie manchmal Zweifel überkamen, ob sie ihrer Aufgabe immer gewachsen war.

Sie überlegte kurz, ob sie nach der knapp dreistündigen Zugfahrt nicht lieber doch ein Taxi nehmen sollte, als sie hinter sich plötzlich eine vertraute französische Stimme ihren Namen rufen, hörte: »Anna, warte…«

Anna drehte sich um und sah ihn: »Jean-Luc! Ich habe dich gar nicht gesehen. Ich wollte gerade in ein Taxi springen. Konntest du dich doch frei machen und mich abholen? Damit habe ich ja gar nicht gerechnet.«

»Ja, das ist mir auch aufgefallen«, erwiderte Jean-Luc und lachte. »Ich musste rennen, um dir hinterherzukommen.«

Jean-Luc umarmte sie und sie küssten sich lange und zärtlich. Dabei spürte Anna sofort das Verlangen nach Jean-Luc in ihr aufkommen und sie zog ihn noch etwas näher an sich heran. »Du hast mir gefehlt«, flüsterte sie ihm ins Ohr.

»Du mir auch. Sehr sogar. Wollen wir erst einmal zu mir fahren und dein Gepäck abstellen? Dann können wir überlegen, was wir machen.«

Er schaute Anna direkt in die Augen und lächelte sie verschmitzt an. Was das bedeutete, wusste Anna natürlich, aber sie ließ sich nichts anmerken und erwiderte: »Ja, gute Idee, vielleicht können wir eine Kleinigkeit essen gehen. Ich sterbe vor Hunger.«

Jean-Luc sah sie verdutzt an und nach ein paar Sekunden mussten beide herzhaft lachen. »Ja, genau das machen wir.«

Jean-Luc umarmte Anna und nahm ihren Trolley an sich. Gemeinsam liefen sie Richtung Parkplatz, wo er seinen alten Peugeot 309 abgestellt hatte.

Sie fuhren den *Boulevard de Strasbourg* Richtung Seine und überquerten den Fluss Richtung *Saint-Germain-des-Prés*, wo Jean-Luc auf der *Rive Gauche* in der Nähe des *Musée Delacroix* in der *Rue St. André des Arts* eine kleine Wohnung hatte. Er hätte vorzugsweise lieber auf der anderen Seine-Seite, *Rive Droite*, gewohnt um näher an der *Comédie Française*, seinem Arbeitsplatz zu sein, aber die Verbindung mit der *Métro* war sehr gut und so hatte er sich für die Gegend rund um *Saint Germain* entschieden, die günstigere Alternative. Seit ein paar Jahren gab es in Paris kaum noch bezahlbare Wohnungen und man musste lange suchen, bevor man etwas fand. Er hatte Glück gehabt, dass eine alte Freundin seiner Mutter, die ein Faible für das Theater hatte, damals einen neuen Mieter suchte und dies zufällig zur Sprache kam, als sie mit Jean-Lucs Mutter vor fünf Jahren einen Kaffee getrunken hatte. Da sie wusste, dass Jean-Luc Schauspieler war, hatte sie angeboten, dass er sich die Wohnung doch einmal anschauen sollte. Die beiden wurden sich schnell einig und nun wohnte Jean-Luc schon knapp fünf Jahre in diesem Viertel, das ihm mittlerweile sehr ans Herz gewachsen war. Es war ein sehr beliebter Stadtteil, leider auch bei Touristen, und es gab unendlich viele Cafés und Restaurants, berühmte und weniger nennenswerte Adressen. Durch die Universität war es ein sehr junges und, wenn auch nicht mehr so wie zu Zeiten von Sartre und Simone de Beauvoir, immer noch intellektuelles Viertel. Er wohnte nicht weit von der *Ile de la Cité* entfernt und bei schönem Wetter war der *Jardin du Luxembourg* fußläufig erreichbar. Da Jean-Lucs Wohnung keinen Balkon oder gar Terrasse hatte, eine willkommene Grünfläche, um in der Natur zu sein – und trotzdem mitten in der Stadt.

Kaum waren sie zur Tür hereingekommen, fasste Jean-Luc Anna an der Hand und zog sie ins Schlafzimmer.

Voller Zuneigung und einander sehr nahe verließen sie gegen zwanzig Uhr dreißig die Wohnung, um etwas essen zu gehen.

Jean-Luc hatte einen seiner Freunde angerufen, der zusammen mit seinem Ehemann ein kleines Restaurant nicht weit von der Universität entfernt in der *Rue de l´Anneau* führte. Auf dem Weg dorthin fragte Jean-Luc Anna: »Wie kommt es, dass du jetzt doch nach Paris gekommen bist? Was hat es mit dem neuen Fall auf sich?«

»Du weißt ja, dass ich über laufende Ermittlungen nichts sagen darf, aber es ist in der Tat so, dass wir eine Leiche haben, die wir nur schwer identifizieren können. Eine Spur hat uns ins *Musée d´Orsay* geführt, deshalb bin ich hier. Ich treffe mich morgen dort mit einer Frau, die mir vielleicht Informationen darüber geben kann, was unser Opfer – wir wissen mittlerweile, dass es sich dabei um einen Mann Mitte fünfzig handeln muss – bei uns in Kaiserslautern gemacht hat. Wir können uns noch keinen Reim darauf machen.«

»Das klingt in der Tat merkwürdig. Ich bin gespannt, ob die Frau dir weiterhelfen kann.«

Sie erreichten das Restaurant *Au Petit Prince de Paris* und traten ein. Der Eingangsbereich, der gleichzeitig als Garderobe fungierte, war ziemlich dunkel, da es im Inneren so gut wie keine Fenster gab. Überall an den Wänden hingen große Spiegel, hier und da ein paar eingerahmte alte Poster, und auf den antiken Holzmöbeln, die das Restaurant wohnlich und gemütlich machten, standen Jugendstillampen sowie Kerzenständer aus Messing, Weinflaschen mit und ohne Korbummantelung sowie eine ganze Menge Deko-Objekte jeglicher Couleur. Die Wände waren rot gestrichen und der ein oder andere Stuhl mit rotem Samt bezogen. Anna fühlte sich auf Anhieb wohl in diesen Räumlichkeiten, die eher an ein Wohnzimmer als an ein Restaurant erinnerten. Nachdem sie sich kurz mit Jean-Lucs Freund Alain unterhalten hatten, bezogen sie einen schönen Tisch, der etwas abseits der anderen stand und einen guten Überblick über den gesamten Raum bot. Alain fragte sie gleich, ob sie Lust auf einen *Apéro* hätten und beide bejahten. Anna entschied sich für ein *Kir royal* und Jean-Luc für ein Bier. Sie fingen an, die Speisekarte zu studieren und genossen es, wie ein richtiges Liebespaar händchenhaltend zusammen im Restaurant zu sitzen. Das letzte gemeinsame Wochenende lag schon einige Zeit zurück und sie freuten sich beide auf die Tage, die vor ihnen lagen.

Anna war gespannt, was der nächste Morgen bringen würde, wenn Sie auf Michèle Morin traf und musste sich immer wieder ins Gedächtnis rufen, dass sie hier war, um einen Fall zu lösen. Ein bisschen Abwechslung konnte aber auch nicht schaden, dachte sie und schob die Gedanken an den Fall erst einmal beiseite. Sie musste sowieso bis morgen warten, um mit der Sekretärin dieses de Louvois' zu sprechen. Also warum nicht einfach den Abend genießen? Außerdem war sie müde und hungrig. Just in diesem Moment servierte die Bedienung die Vorspeise.

Am nächsten Morgen wachte Anna, wie es ihre Gewohnheit war, früh auf und machte sich in der kleinen Küche erst einmal einen Kaffee. Jean-Luc schlief noch. Kein Wunder nach dieser stürmischen Nacht, dachte sie und blickte glücklich aus dem Fenster auf die Stadt, die langsam erwachte. Jean-Luc wohnte im sechsten Stock, quasi unter dem Dach, und wenn man aus dem Küchenfenster schaute, konnte man rechts die Kathedrale *Notre-Dame* sehen. Anna liebte diesen Blick – es war wirklich atemberaubend – und genoss es sehr, in Paris zu sein. Nachdem sie ihren Kaffee ausgetrunken und ihre E-Mails gecheckt hatte, machte sie sich auf den Weg ins Bad, denn sie wollte sich bereits um neun Uhr mit Madame Morin im Museum treffen.

Sie verließ die Wohnung um zehn nach acht und beschloss, zu Fuß zu gehen. Sie bog in die *Rue Mazarine* ein bis zum *Institut de France* und weiter in die *Rue des Beaux Arts*, um dann auf den *Quai Malaquais* Richtung *Musée d´Orsay* zu laufen. Es war Samstagmorgen und auf den Straßen entlang der Seine nicht ganz so viel Verkehr wie unter der Woche, wenn die Menschen alle zur Arbeit fuhren. Trotzdem traf sie auf einen Mann, der seinen Schäferhund ausführte und auf eine Frau, die in einem Café an der Straße ihre Zeitung las. Es war ein warmer Sommermorgen und es versprach ein wunderbarer Tag zu werden. Innerlich freute sich Anna, dass sie das Wochenende nun doch in Paris bei Jean-Luc verbringen konnte, und genoss den Spaziergang, auch wenn sie eine gewisse Unruhe wegen des Falls verspürte. Ihr Handy kündigte eine SMS an und sie sah, dass Jean-Luc ihr eine Nachricht geschickt hatte. Er wollte sie später zu einem kleinen Mittagsimbiss treffen und hatte ihr gerade die Adresse geschickt.

Am Museum angekommen, folgte sie den Anweisungen von Madame Morin und passierte den Haupteingang. An der Kasse, wo zugegebenermaßen wenig los war, stellte sie sich mit Namen vor und verlangte nach Michèle Morin, mit der sie einen Termin hätte. Die Frau hinter dem Empfang lächelte sie an und griff zum Telefonhörer. Wenige Minuten später kam eine Frau, die Ende fünfzig sein durfte, mit blonden gewellten schulterlangen Haaren auf sie zu und lächelte sie an: »*Bonjour, je m´appelle Michèle Morin, je suis la Secrétaire de monsieur de Louvois.*«

»Bonjour je suis Anna Kastner, de la police allemande.«

Nachdem sie sich bekannt gemacht hatten, bat Madame Morin Anna, ihr in ihr Büro zu folgen. Dieses lag im ersten Stock und sie nahmen den Aufzug am Ende des Ganges. Sie liefen durch das Museum und Anna bewunderte die Bilder von Manet und anderen Malern, die links von ihr in eigenen offenen Räumen hingen. Sie konnte nur einen kurzen Blick darauf werfen, aber sie war zusammen mit Jean-Luc schon mehrmals hier gewesen und kannte einige der Bilder, die sie sah, schon von früheren Besuchen. Das Gebäude, in dem das Museum untergebracht war, war ursprünglich ein Bahnhof, der *Gare d´Orsay*, der 1900 anlässlich der Weltausstellung von Victor Laloux erbaut und bis 1939 für den Fernverkehr in den Südwesten Frankreichs genutzt worden war. 1977, infolge einer Initiative des damaligen französischen Präsidenten Valéry Giscard d´Estaing, fiel die Entscheidung, den alten Bahnhof in ein Museum umzuwandeln, das 1986 schließlich eröffnet wurde.

Madame Morin blieb vor einer Tür stehen, die nur mit einer Code-Karte geöffnet werden konnte, und trat ein. Sie befanden sich erneut in einem Flur, von dem aus links und rechts verschiedene Türen abgingen. Die zweite auf der rechten Seite war ihr Büro. Dort bat sie Anna, an einem Tisch mit vier Stühlen Platz zu nehmen. Madame Morin fragte Anna, ob sie einen Kaffee oder etwas zu trinken wünsche und setzte sich ihr gegenüber. Anna verneinte, sie wollte keine Zeit verlieren und kam auch schon direkt zur Sache:

»Madame Morin, vielen Dank, dass Sie mich heute an einem Samstag empfangen. Wie ich Ihnen am Telefon schon mitgeteilt habe, haben wir in Kaiserslautern eine Leiche gefunden und wir sind noch dabei, die Identität dieser Person herauszufinden. In diesem Zusammenhang sind wir in einem Kaiserslauterer Hotel fündig geworden, da dort bereits seit ein paar Tagen ein Gast vermisst wird – Herr Hugo de Louvois. Können Sie mir sagen, ob Sie wissen, was Monsieur de Louvois in Kaiserslautern wollte?«

Madame Morin hörte Anna aufmerksam zu, senkte dann den Kopf und war sichtlich betroffen. »Ich hatte ihm davon abgeraten, nach Deutschland zu fahren«, fing sie an und wurde dann leiser. »Ich war der Meinung, dass das keine gute Idee sei.«

»Warum wollte Monsieur de Louvois denn nach Deutschland?«, fragte Anna weiter.

»Ja, wissen Sie, genau genommen weiß ich das gar nicht so wirklich. Er wollte es mit seinem Urlaub verbinden.«

Anna hatte die Befürchtung, dass sie das Gespräch falsch angefangen hatte, und zwang sich, ganz ruhig zu bleiben, um die Fragen, die sich in ihrem Kopf überschlugen, in der richtigen Reihenfolge zu stellen. »Madame Morin, lassen Sie uns von vorne anfangen und erzählen Sie mir doch bitte, wer Monsieur de Louvois ist, welche Position er hier im Museum bekleidet und in welcher Beziehung Sie zu ihm stehen.«

»Ja, natürlich. Es tut mir leid, aber ich habe solche Angst, dass ihm etwas passiert ist.«

Anna setzte sich aufrecht hin und schaute Michèle Morin entschlossen, aber freundlich an: »Fangen wir einfach an, Madame Morin.«

KAPITEL 9

Michèle Morin saß wie ein Häufchen Elend auf ihrem Stuhl, den Kopf gesenkt. Nach ein paar Minuten holte sie noch einmal tief Luft, schnäuzte sich die Nase und blickte mit geröteten Augen zu Anna auf. Sie tat sich schwer zu sprechen, aber Anna merkte, dass sie versuchte, sich zusammenzureißen und gewillt war, ihre Fragen zu beantworten. Anna ließ ihr Zeit, sich zu sammeln und wartete ab.

»Hugo de Louvois«, begann sie, »ist ein großer schlanker Mann mit vollem dunklem Haar und braunen Augen. Er ist 1958 in New York geboren. Sein Vater ist pensionierter Kardiologe und arbeitete als Chefarzt im Lenox Hill Hospital, einem der renommiertesten Krankenhäuser auf der Upper East Side von New York. Seine Mutter lehrte englische Literatur an der Universität, später, als Hugo noch zwei Schwestern und einen Bruder bekam, blieb sie zuhause. Sie kümmerte sich um die Kinder und Hugo wuchs liebevoll und behütet im Schoß seiner Familie auf. So zumindest hat er es mir erzählt.«

Madame Morin machte eine kurze Pause, ehe Anna ihr signalisierte, fortzufahren.

»Als Kind hat er besonders gerne mit seinem zwei Jahre jüngeren Cousin, Ben, gespielt, dessen Vater eine Kunstgalerie besaß. Hugo ist mit Kunst aufgewachsen – auch seine Eltern besaßen eine beträchtliche Bildersammlung – und er hat sich schon früh für Gemälde interessiert. Sein Onkel, mit seiner nimmer endenden Geduld, hat ihn eingeführt in diese besondere Welt. Er hat ihm vieles beigebracht. Er hat ihm Geschichten über den Maler erzählt, warum er das Bild gemalt hat, was es in seinem Kontext bedeutete und ihm die Technik, die der Maler angewendet hat, erklärt. Sein Onkel hat früh erkannt, dass Hugo eine besondere Affinität zur Malerei mitbrachte. Für einen Jungen seines Alters war er überproportional intelligent und zeigte großes Interesse an allen Kunstrichtungen. Er hat ihn deshalb angespornt, seine Gedanken mit ihm zu teilen und ihm so die Malerei nähergebracht. Die innere Verbundenheit, die Hugo – auch noch heute – mit seinem Onkel teilt, hätte sich dieser sicher mit seinem eigenen Sohn Ben gewünscht. Aber dieser interessiert sich nur für American Football und verpasste damals wie heute kein Match der *New York Giants*, seiner Lieblingsmannschaft. Hugo dagegen besuchte regelmäßig seinen Onkel in der Galerie – manchmal kam Ben auch mit – und half dort lieber aus, als sich mit anderen Jungs seines Alters zum Fußballspielen zu treffen. Somit hat Hugo sich bereits in jungen Jahren ein großes Wissen über Gemälde, Epochen, Farben und Stile angeeignet.« Madame Morin lächelte traurig. »Als sein Vater ihn einmal fragte, was er denn aus seinem Leben machen wolle, antwortete Hugo, der sich sehr über die Frage wunderte, dass er natürlich Kunst und Kunstgeschichte studieren wollte. Sein Vater war im ersten Moment nicht begeistert von der Wahl seines Sohnes, besann sich aber auf die Familiengeschichte und vertraute auf seinen Bruder, der ihn bereits des Öfteren auf Hugos Begabung aufmerksam gemacht hatte. Dass Hugo ein besonderes Gespür für die Malerei besaß, stand außer Frage. Deshalb stellte er sich auch nicht gegen seinen Sohn, sondern bestärkte ihn in seiner Wahl. Er liebte ihn sehr, hatte aber durch seinen anspruchsvollen Job im Krankenhaus nie genug Zeit für ihn gehabt. Jetzt wollte er ihm nicht im Wege stehen und unterstützte ihn in seinem Berufswunsch, der wohl mehr eine Berufung war.«

Madame Morin hatte aufgehört, zu sprechen, und griff nach ihrem Wasserglas, das noch unberührt vor ihr stand. Anna tat es ihr gleich, nicht weil sie Durst verspürte, sondern mehr, um der Museumsangestellten eine Verschnaufpause zu gewähren. Dabei ließ sie das soeben Gehörte Revue passieren. Konnte es sein, dass dieser Fall etwas mit Kunst zu tun hatte? Aber so schnell ihr der Gedanke gekommen war, verwarf sie ihn auch wieder. Hier im *Musée d´Orsay* drehte sich natürlich alles um Kunst, das Opfer, wenn es sich tatsächlich um Hugo de Louvois handelte, war Kunsthistoriker. Das hieß aber noch lange nicht, dass auch der Fall damit zu tun haben musste. Schließlich war de Louvois in Kaiserslautern tot aufgefunden worden, verbrannt in einer Strohballenpresse. Das sprach eher für einen Raubmord oder dergleichen. Kaiserslautern besaß zwar ein angesehenes Kunstmuseum, die Pfalzgalerie, aber bisher gab es keinerlei Hinweis auf eine Verbindung nach Paris, außer, dass das Opfer von dort stammte. Wenn dieser Fall etwas mit Kunst zu tun hätte, wäre Monsieur de Louvois sicherlich in Paris ermordet worden, nicht in einer Kleinstadt wie Kaiserslautern. Auf der anderen Seite wusste Anna aus Erfahrung, dass es bei Mord keine Logik gab und vielleicht war Hugo de Louvois' Reise gerade die richtige

Gelegenheit gewesen, um den Verdacht von der Kunst und Paris abzulenken.

Die Gedanken in Annas Kopf überschlugen sich und der Fall verwirrte sie immer mehr. Sie konnte sich keinerlei Reim auf die bisher gewonnenen Erkenntnisse machen. Sie wollte noch mehr Informationen über das Opfer erfahren und schaute Madame Morin aufmunternd an, damit diese fortfuhr.

»Wo waren wir stehen geblieben?«

»Sie haben mir erzählt, dass er gerne Kunst studieren wollte.«

»Ja, genau. Hugo liebte New York und beschloss, am *Institute of Fine Arts* an der *New York University* zu studieren. Viele seiner Freunde nutzten den College-Abschluss, um endlich von zu Hause auszuziehen und an einer Universität, weit weg von ihren Eltern, zu studieren. Nicht so Hugo, der sich in New York sehr wohl fühlte und sich nicht vorstellen konnte, welche Stadt ihm mehr bieten könnte. Sein Studium schloss er mit Auszeichnung ab. Er machte anschließend verschiedene Praktika in Museen auf der ganzen Welt, unter anderem im Pariser *Louvre* und im *Museo del Prado* in Madrid, um herauszufinden was ihm besonders lag und welchen Schwerpunkt er für seine berufliche Laufbahn setzen wollte. Als Kunsthistoriker war es damals wie heute schwer, eine Stelle zu finden. Umso glücklicher war er, als er eine Zusage vom *Musée d´Orsay* hier in Paris bekam. Als Kunstexperte war Europa für Hugo die erste Wahl, denn kulturell hatte Europa seiner Meinung nach sehr viel mehr zu bieten als Amerika. Die Entscheidung, in Paris zu arbeiten, machte ihn überglücklich, denn es schloss sich der Kreis: Seine Großeltern hatten damals Frankreich Hals über Kopf zusammen mit seinen

Eltern verlassen müssen, jetzt führte ihn das Schicksal an den Ort zurück, wo für sie alles begonnen hatte. Hugo hatte sich im Laufe der Jahre auf den Impressionismus spezialisiert und empfand das *Musée d´Orsay* als einen durchaus geeigneten Platz, um seine Karriere zu starten. Jetzt, fünfundzwanzig Jahre später, war er immer noch da und konnte sich ein Leben ohne *sein Museum*, wie er es öfter nannte, nicht mehr vorstellen.«

»Hat Monsieur de Louvois die USA und seine Familie nicht vermisst?«, fragte Anna nach.

»Tatsächlich fühlte er sich in Paris zu Hause, genoss die französische Lebensart, insbesondere das ausgezeichnete Essen. Über die Jahre hinweg haben sich ein paar Freundschaften entwickelt, aber verheiratet war er nicht. Auch über eine etwaige Beziehung zu einer Frau oder einem Mann hat er nie mit mir gesprochen. Das war zu privat. Ab und zu gingen wir nach der Arbeit gemeinsam in ein Café, um einen *Apéro* zu trinken, und ließen gemeinsam den Tag Revue passieren. Wir hatten ein gutes Verhältnis zueinander und Hugo war ein guter Chef. Es gab nie Probleme, wenn ich einmal früher gehen musste oder einen Tag Urlaub nehmen wollte.«

Madame Morin war offensichtlich der Meinung, dass sie alles erzählt hatte, was sie wusste, denn sie hörte auf zu sprechen und schaute Anna erwartungsvoll an. Anna wollte den Faden aber noch nicht abreißen lassen und griff auf allgemein übliche Fragen zurück.

»Hat sich Monsieur de Louvois in der letzten Zeit verändert? Oder ist Ihnen sonst etwas Außergewöhnliches aufgefallen? Hat er sich vielleicht bedroht gefühlt?«

Madame Morin dachte kurz nach und antwortete dann: »Nein, es war alles wie immer. Er freute sich sehr auf seinen Urlaub. Er hat mir erzählt, dass er wandern gehen wollte. Die Natur und die frische Luft würden ihm guttun, da er hier in Paris nur selten vor die Tür komme, hat er gesagt.«

»Hat er Ihnen auch Informationen darüber gegeben, wo er seinen Urlaub verbringen wollte?«, fragte Anna weiter.

»Ja, nach Deutschland wollte er. Das fand ich zwar etwas seltsam als Urlaubsort, aber habe mich nicht weiter damit beschäftigt.«

Anna wusste keine Frage mehr, die sie noch stellen konnte, und entschied sich, es erst einmal bei diesem Gespräch zu belassen. »Madame Morin, ich glaube für heute haben Sie mir sehr geholfen und ich denke, wir sollten es jetzt erst einmal dabei belassen. Falls Ihnen noch etwas einfällt, auch wenn es auf den ersten Blick nicht sonderlich wichtig erscheint, können Sie mich jederzeit anrufen. Ich habe mein Telefon immer bei mir. Ah, apropos Telefon: Wissen Sie, ob Monsieur de Louvois ein Handy bei sich hatte? Wir haben nämlich keins gefunden.«

»Ja, auf jeden Fall. Er hat sein Handy immer bei sich.«

»Könnten Sie mir bitte die Nummer geben? Das wäre sehr hilfreich.«

»Selbstverständlich.« Sie stand auf und ging zu ihrem Schreibtisch. Dort nahm sie einen Zettel und schrieb, ohne groß darüber nachzudenken, de Louvois' Telefonnummer auf.

»Vielen Dank, Madame Morin. Ich habe noch eine Frage: Ich würde mir gerne das Büro von Monsieur de Louvois anschauen. Wäre das möglich?«

Michèle Morin schaute verlegen zu Boden. Sie fuchtelte mit den Händen hin und her, bevor sie sich schließlich einen Ruck gab. »Ja, kommen Sie. Ich zeige es Ihnen.«

Anna und sie betraten den Raum neben dem ihren. Dieser war deutlich größer als ihr Büro und sehr geschmackvoll eingerichtet. Ein wuchtiger Schreibtisch im Stil Ludwigs VI. stand schräg zum großen Fenster. Dahinter stand ein Designerbücherregal in Anthrazit mit Edelstahl, das durch Schubladen und geschlossene Flächen unterbrochen wurde. Unter dem Schreibtisch gab es aus der gleichen Serie wie das Regal einen Büro-Container, der dadurch, dass kein Schlüssel daran hing, abgeschlossen schien. Vor dem Schreibtisch standen zwei mit lila Samt bezogene Sessel. Weiter hinten in dem Bereich, den man nicht gleich einsehen konnte, befanden sich noch ein Sofa und zwei weitere Sessel – beide von *Le Corbusier*, das erkannte Anna sofort, da sie selbst einen dieser Sessel besaß. Allerdings war ihrer nur mit schwarzem Stoff bezogen, im Gegensatz zu den beiden hier im Raum, die aus schwarzem Leder waren. In der Mitte des Arrangements stand ein Glastisch von *Dorian Grey*, ebenfalls ein klassisches Designermöbel, wie Anna wusste. Auf dem Tisch lagen ein paar Zeitschriften über Kunst. Neben dem Sofa an der Wand, über einer Kommode, die ebenfalls aus der Bücherregalserie war, hing ein abstraktes Gemälde. Vielleicht von Picasso, dachte Anna. Auf der Kommode standen zwei quadratische Holzboxen sowie drei Porzellanfiguren, die Balletttänzerinnen darstellten. Am auffälligsten war eine etwas größere Holzskulptur, die afrikanischer Abstammung sein konnte, vermutete Anna. Eine moderne Tischlampe rundete das Ensemble auf der Kommode ab.

Nach einem ersten Blick durch den Raum widmete sich Anna wieder dem Schreibtisch. Dieser machte einen sehr aufgeräumten Eindruck, und neben einem großen Computerbildschirm, einer dazugehörigen Tastatur sowie einer Maus lag dort noch ein Stapel Kunstmagazine, wie schon auf dem runden Tisch sowie ein Tischkalender. Außerdem stand neben dem Bildschirm ein schöner Silberrahmen mit einem Familienfoto. Anna nahm das Bild in die Hand und fragte Madame Morin, ob de Louvois auch auf dem Foto abgebildet sei. Sie bejahte und zeigt ihr ihren Chef, der damals aber noch gut zehn Jahre jünger war. Anna blätterte den Kalender durch, konnte jedoch auf Anhieb keinen bedeutenden Eintrag darin finden.

Sie wusste, dass sie hier in Frankreich keinerlei Befugnis hatte, zu ermitteln, und wollte die Situation nicht zu sehr auf die Spitze treiben. Sie würde lieber mit ihrem Team sprechen, damit dieses Paris informierte und sie vielleicht zusammen mit der hiesigen Polizei noch einmal herkommen konnte, um sich alles in Ruhe anzuschauen. Auch Hugo de Louvois' Wohnung hätte sie gerne einen Besuch abgestattet, aber das musste warten. Erst einmal musste sie die entsprechenden Genehmigungen einholen. Sie bedankte sich bei Michèle Morin und versprach, sich bei ihr zu melden, bevor sie zurück nach Deutschland fuhr. Madame Morin bedankte sich ebenfalls höflich bei Anna und begleitete sie noch zur Tür. Anna gab ihr ihre Karte, für den Fall, dass ihr noch etwas einfiel, und ging zum Aufzug zurück.

Anna brauchte jetzt ein paar Minuten für sich, um über alles nachzudenken, sich ein paar Notizen zu machen und mit Kathrin zu telefonieren. Obwohl es Samstag war, hatte diese sich bereit erklärt, für ein Gespräch mit Anna zur Verfügung zu stehen. Schließlich ermittelten sie in einem Mordfall – wenn es denn einer war – und da galt es, keine Zeit zu verlieren.

Anna verließ das Museum und suchte ein Café gleich um die Ecke auf. Sie nahm auf der Terrasse Platz und bestellte sich einen *Café allongé*, der in Deutschland einem normalen Kaffee entsprach, sowie ein kleines Mineralwasser dazu. Sie verzichtete allerdings auf das obligatorische Croissant, obwohl das Körbchen, das innen auf der Theke stand, einen unwiderstehlichen Duft nach frisch Gebackenem bis zu ihr an den Tisch verströmte. Da sie sich mit Jean-Luc zum Mittagessen verabredet hatte, wollte sie sich ihren Hunger für später aufheben. Anna holte ihr Notizbuch heraus und beschrieb in wenigen Sätzen, was sie von Michèle Morin erfahren hatte. Sie unterstrich mehrmals das Wort *Kunst*, da das gesamte Umfeld des Opfers damit zu tun hatte, und überlegte, ob jetzt schon der richtige Zeitpunkt war, die französische Polizei zu informieren. Anna wäre sehr gerne sofort in de Louvois' Wohnung gegangen, immerhin hätte sie Madame Morin nach dem Schlüssel fragen können, aber das war gefährlich. Wenn die französische Polizei im Nachhinein herausfand, dass sie bereits in der Wohnung gewesen war, würde dies kein gutes Licht auf sie und die deutsche Polizei werfen. Das könnte am Ende des Tages sogar ein Verfahren nach sich ziehen und sie den Job kosten. Nach Abwägung des Für und Wider, entschloss sich Anna, auch das mit Kathrin zu besprechen und ein Amtshilfeverfahren bei der französischen Polizei zu beantragen. Jetzt war sie in Paris. Vielleicht würde sich vor ihrer Abreise noch die Gelegenheit ergeben, die Wohnung des Opfers zu erkunden.

Anna wählte Kathrins Nummer, und kaum hatte es zweimal geklingelt, nahm Kathrin auch schon ab.

»Hallo, Anna, bist du gut in Paris angekommen? Hast du schon etwas über de Louvois in Erfahrung bringen können?«

»Kathrin, grüß dich! Danke, es hat alles prima funktioniert. Ich komme gerade von dem Gespräch mit Madame Morin, der Sekretärin von de Louvois. Es war sehr interessant, sich mit ihr zu unterhalten, auch wenn es am Anfang etwas chaotisch war. Ich habe sie dann gebeten, mir einfach der Reihe nach zu erzählen, was sie über ihren Chef weiß, und das war schon eine ganze Menge. Immerhin arbeitet er schon über zwanzig Jahre lang als Kurator für das *Musée d'Orsay,* und obwohl ich nicht weiß, ob auch sie schon so lange mit ihm zusammenarbeitet, hatte ich doch das Gefühl, dass sie ihn sehr gut kennt. Leider habe ich aber nichts Bedeutendes in Erfahrung gebracht. Zumindest kann ich nichts erkennen. Bei de Louvois dreht sich seit Kindesbeinen an alles um Kunst, seine Großeltern hatten bereits eine Galerie in Paris, sein Onkel in Amerika auch, aber ich glaube nicht, dass der Fall etwas damit zu tun hat. De Louvois war im Urlaub in Deutschland, zumindest hat Madame Morin das erzählt, und es gab keinen Anhaltspunkt in diese Richtung. Ah, da fällt mir ein, dass ich vergessen habe, sie nach dem Passwort seines Laptops zu fragen. Ich rufe sie später noch mal an.«

»Meinst du nicht, wir sollten langsam die französische Polizei einschalten? Du hast momentan keine offizielle Erlaubnis, in Paris zu ermitteln«, gab Kathrin zu bedenken.

»Da hast du natürlich absolut recht und genau das wollte ich auch mit dir besprechen. Könntest du alles Nötige in die Wege leiten? Wenn es schnell geht, könnte ich vielleicht noch so lange hierbleiben, um meine Erkenntnisse der hiesigen Polizei mitzuteilen, und komme so vielleicht noch in die Wohnung des Opfers. Dort könnten wir etwas finden, das uns weiterhilft.«

»Ja, ich kümmere mich gleich darum.« Kathrin wollte sich verabschieden und auflegen, aber Anna war schneller.

»Warte. Ich wollte dich noch fragen, ob ihr schon etwas über die Finanzen von Franz Steiger herausgefunden habt?«

»Stimmt, das wird dich interessieren. Auf den ersten Blick habe ich nichts Wesentliches gefunden, bis ich auf einen Kredit über dreihunderttausend Euro gestoßen bin, den er bei einer Privatbank in Saarbrücken aufgenommen hat. Aktuell scheint er Schwierigkeiten zu haben, die Raten zu zahlen. Ich habe mir für Montag einen Termin bei seinem Kundenberater in der Bank geben lassen, um genau zu verstehen, wie es um den Kredit steht.«

»Das ist gut. Dann sehen wir weiter. Noch mal zurück zum Laptop: Hat die KTU vielleicht schon das Passwort geknackt?«

»Nein, leider nicht. Ist nicht ganz einfach, aber du könntest tatsächlich noch mal bei seiner Sekretärin nachhaken. Sie wird es wahrscheinlich nicht gerne zugeben, aber meistens weiß eine gute Sekretärin so etwas.«

»Das mache ich auf jeden Fall. Und weiß man schon, ob de Louvois ein Auto gemietet hat und wo es sein könnte?«

»Unser Praktikant hat tatsächlich eine Autovermietung am Frankfurter Flughafen gefunden, die de Louvois ein Auto vermietet hat. Wir sind noch daran herauszufinden, um welchen Typ es sich genau handelt. Die Autovermietung hatte am Freitag Probleme mit ihrem Server und konnte das nicht überprüfen.

Sie liefern uns aber die Information nach, sobald alles wieder funktioniert. Wenn wir wissen, um welches Auto es sich handelt, können wir eine Fahndung herausgeben und werden es sicherlich schnell finden. Ich bleibe dran.«

»Okay, die letzte Frage, die ich noch habe, gilt dem Handy des Opfers. Madame Morin hat mir bestätigt, dass er eins hat und dieses normalerweise auch immer bei sich trägt. Ich schicke dir gleich die Nummer zu und dann könnt ihr es orten lassen.«

»Ja, das hört sich gut an. Sonst noch etwas?«

»Ich glaube, das war es erst einmal. Sag mir Bescheid, wenn du weißt, wer hier den Fall übernehmen wird, und schick mir seine Nummer. Ich werde ihn dann gleich kontaktieren.«

»Alles klar, so machen wir es. Viel Erfolg, und ich melde mich, sobald ich etwas habe. Tschüss, Anna.«

»Machs gut, Kathrin.«

Anna drückte die Taste zum Beenden des Gesprächs und notierte alles, was sie von Kathrin erfahren hatte, in ihr Notizbuch. Sie hatte das Gefühl, dass sie und ihr Team ein Stück weitergekommen waren, auch wenn noch keine konkrete Spur in Sicht war. Trotzdem fühlte es sich wie ein richtiger Fall an und Anna war sich sicher, dass das Opfer nicht zufällig in der Strohballenpresse verbrannt war, sondern dass irgendetwas passiert sein musste, das de Louvois auf das Feld geführt und dort möglicherweise jemand auf ihn gewartet hatte. Sie war sich nach dem Gespräch mit Frau Morin sicher, dass es sich bei dem Opfer um Hugo de Louvois handelte und sie spürte, dass es hier um mehr als eine nur zufällig in einer Strohballenpresse verbrannten Leiche ging. Den finalen Beweis würde sicherlich nur ein Zahnabgleich bringen können, den sie veranlassen wollte, sobald sie wusste, mit wem sie hier in Paris zusammenarbeiten würde. Den Zahnarzt von de Louvois zu finden, wäre keine große Sache, im Zweifel würde Madame Morin sicher wissen, in welcher Praxis de Louvois Patient war. Auch diesen Gedanken trug Anna in ihr Notizbuch ein und verlangte nach der Rechnung:

»*Monsieur, l´addition s´il-vous-plait.*«

»*Oui madame, j´arrive.*« Anna bezahlte, nicht ohne ein kleines Trinkgeld zu hinterlassen, und machte sich auf den Weg Richtung Theater, wo sie in einer guten Stunde Jean-Luc treffen wollte. Vorher aber hatte sie Lust, noch ein bisschen durch die Straßen und Geschäfte zu schlendern, um sich abzulenken und ein wenig die Füße zu vertreten.

KAPITEL 10

Nach dem Besuch der Kriminalpolizei fühlte sich Frieda elender als je zuvor. Die letzten Tage hatten ihr schwer zugesetzt und sie spürte, dass ihre Kraft immer mehr nachließ. Der Tod ihrer ältesten und besten Freundin, Antonia, der Leichenfund auf ihrem Feld und der Besuch der Kriminalpolizei hatten sie sehr mitgenommen. Sie war aufgewühlt. Zu gerne hätte sie mit Franz gesprochen und ihm von ihren Problemen erzählt. So wie früher. Aber das war schon lange nicht mehr möglich und sie überlegte, was nun aus ihr werden sollte. Sie musste mit jemandem sprechen, aber mit wem? Ihren Sohn Franz wollte sie mit ihren alten Geschichten nicht behelligen. Oder war es vielleicht an der Zeit, ihm das ein oder andere zu erzählen? Er wusste so vieles nicht. Auf der anderen Seite hatte Franz genug mit der Bewirtschaftung ihres Hofes zu tun und sie wollte ihn nur ungern beunruhigen. Schließlich hatte sie es bis heute immer geschafft, für alles eine Lösung zu finden. Doch wie diese aussehen sollte, wusste sie Stand heute nicht. Im Gegenteil.

Sie hatte so lange nicht gesprochen und erzählt, wie es damals war, dass sie gar nicht mehr genau wusste, ob sie noch alles würde richtig wiedergeben können. Sie merkte immer öfter, dass sie manche Ereignisse durcheinanderbrachte, Jahre verwechselte und sich nicht mehr ganz so genau an alles erinnern konnte.

Zum Glück hatte sie ihre Tagebücher von damals, die ihr öfter geholfen hatten, die Ereignisse mit ihrem damaligen Leben in Einklang zu bringen. Aber die Bücher hatte sie nur bis 1945 geführt und danach nur noch sporadische Eintragungen vorgenommen. Trotzdem sah sie darin einen kleinen Hoffnungsschimmer. Sie wollte ihre Eintragungen wieder fortführen und sich die Ereignisse der letzten Tage von der Seele schreiben. Allein der Gedanke reichte bereits, um sie zu beruhigen. Frieda begab sich in ihr Schlafzimmer, das so groß war, dass auch ein Schreibtisch darin Platz gefunden hatte, und holte aus der Kommode, die unter dem Fenster stand, eine DIN-A4-große Holzkiste heraus. Sie hob den Deckel ab und suchte die in der Kiste enthaltenen Hefte durch, bis sie das mit der Aufschrift *Sommer 1942* fand. Sie nahm es heraus und fing an, darin zu lesen.

SOMMER 1942

Als Frieda im Morgengrauen erwachte, war sie aufgeregt. Heute, wenn alles nach Plan lief, würde Karl Weisheimer sie gemeinsam mit Friedrich besuchen kommen und mit ihr darüber sprechen, wie sie sich noch mehr für die Partei engagieren könnte. Welch ein Glück sie gehabt hatte, dass sie gestern an Antonia und Friedrichs Tisch gesessen hatte. Es hätte auch anders kommen können und sie hätte Weisheimer womöglich nie getroffen und ihn persönlich kennengelernt. Sie stand auf und lief hinunter in die Küche, wo sie sich schnell Gesicht und Arme wusch und das

Haar kämmte. Sie überlegte kurz, ob sie ihr Sonntagskleid anziehen sollte, verschob diese Entscheidung aber auf später, da sie vorerst noch einiges zu erledigen hatte. Da waren die Erdbeeren, die gepflückt werden wollten, die Salate und Gemüsebeete, die vom Unkraut befreit werden mussten, und die Kühe waren auch noch nicht gemolken worden. Die Hofarbeit unterlag einer gewissen Routine und diese einzuhalten, war ihr wichtig, denn das gab ihr Halt. Um sechs Uhr würde ihr polnischer Stallbursche Slawek vor der Tür stehen, um seinen allmorgendlichen Kaffee mit ihr zu trinken und zu besprechen, was an diesem Tag Besonderes zu erledigen war. Anschließend würde jeder von ihnen seines Weges gehen und sich an die Arbeit machen.

Frieda war dankbar, dass sie den Hof geerbt hatte. Wilfrieds Eltern waren schon beide verstorben und da sie nur diesen einen Sohn hatten, war klar, dass sie den Hof Wilfried übergeben würden. Bevor Wilfried dann in den Krieg gezogen war, hatte er das Gleiche für Frieda getan und ihr den Hof überschrieben. Frieda wurde als rechtsgültige Eigentümerin im Grundbuch eingetragen, obwohl sie noch gar nicht verheiratet waren. Dass Wilfried tatsächlich nicht mehr aus dem Krieg zurückkommen würde, hatten sie beide natürlich niemals wirklich in Erwägung gezogen und manchmal war sie traurig, dass sie nicht mehr Zeit mit Wilfried hatte verbringen können. Seine Nähe und die Gespräche über ihre gemeinsamen Pläne fehlten ihr. Doch dies ließ sich jetzt, im Krieg, nicht mehr ändern. Das Einzige, was ihr geblieben war, waren Wilfrieds Briefe, die er ihr regelmäßig geschrieben hatte, bevor er gefallen war. Wenn sie große Sehnsucht nach ihm hatte, holte sie sie hervor und las die Passagen, in denen Wilfried ihr schilderte, wie sehr er sie vermisste und liebte. Natürlich flossen ihr dann auch Tränen über die Wangen, aber auf der anderen Seite brauchte sie dieses Ritual auch, um seinen Verlust zu verarbeiten. Durch Wilfrieds Briefe fühlte sie sich ihm näher und schaffte somit eine Intimität und Geborgenheit, die ihr der Krieg in der Wirklichkeit zwar verwehrte, die sie aber als junge Frau dringend brauchte. Wilfried hatte ihr geschrieben, dass er für immer mit ihr zusammenbleiben wollte. Aber das Leben hatte anders entschieden und heute, zwei Jahre nach ihrem tragischen Verlust, wusste sie, dass das Schicksal grausam sein konnte und manch eine Überraschung bereithielt, auf die man nicht unbedingt vorbereitet war.

Um Punkt sechs klopfte es an der Tür und Slawek kam mit einem frisch gepflückten Blumenstrauß herein. Er lächelte sie an, wünschte ihr einen guten Morgen und überreichte ihr die bunten Blumen. Slawek war mittelgroß und hatte dunkelblondes Haar. Er hatte einen breiten Mund, der meistens lächelte, und seine Augen, beziehungsweise das eine Auge, das ihm geblieben war, war von einem solchen Blau, dass es einem den Atem rauben konnte, wenn man mit ihm Blickkontakt hatte. Das zugewachsene Loch, das anstelle seines zweiten Auges sein Gesicht ganz fürchterlich entstellte, war durch die Entzündung, die sich über die Wochen seiner Flucht entwickelt hatte, schlecht vernarbt. Sehr wahrscheinlich war er knapp einer Blutvergiftung entkommen und hatte mehr Glück als Verstand gehabt. Mit der Zeit hatte Frieda sich allerdings daran gewöhnt und nahm dies gar nicht mehr wahr.

Slawek war ein lebensfroher junger Mann, auch wenn er viel durchgemacht hatte. Als die Deutschen am 1. September 1939 gegen Polen in den Krieg gezogen waren und der Polenfeldzug seinen Lauf genommen hatte, wollte er so schnell wie möglich zurück nach Deutschland gelangen, wo er eigentlich die ganze Zeit gelebt hatte. Er war nur zufällig in Polen gewesen, denn seine geliebte Großmutter, eine Ostpreußin, war gestorben und er wollte an ihrer Beerdigung teilnehmen. Dann war der Krieg ausgebrochen. Als er von Frieda im Wald, am Boden liegend, völlig verstört und am Ende seiner Kräfte entdeckt worden war, hatte er sie um Hilfe gebeten. Frieda, die dachte, es handele sich um einen verwundeten deutschen Soldaten, hatte ihre Abscheu über das fehlende Auge bei Seite geschoben und ihm geholfen. Sie war nach Hause zurückgerannt und hatte ihr Pferd vor den Karren gespannt, um den Unbekannten aus dem Wald zu bergen. Sie hatte ihn mit zu sich genommen und ihm in der Küche ein Lager bereitet. Mehrere Wochen lang hatte sie sich um die Wunde, die das fehlende Auge hinterlassen hatte, gekümmert und den Fremden gepflegt.

Als Slawek endlich in der Lage gewesen war zu sprechen und wieder einigermaßen genesen war, erzählte er ihr, dass er von der deutschen Invasion in Soldau überrascht worden und vor ihnen geflohen war. Slawek war in Deutschland geboren und Deutsch seine Muttersprache. Die paar Brocken Polnisch, die er konnte, waren nicht der Rede wert und waren ihm auf seiner Flucht tatsächlich zum Verhängnis geworden, als er auf eine Gruppe polnischer Widerstandskämpfer traf, die dachten, er sei ein Deutscher, der sich als Pole ausgeben wollte. Sie hatten ihn in der Nähe von Soldau verschleppt und mehrere Tage festgehalten. Sie hatten ihn geschlagen, mit Zigaretten gefoltert und ihm schließlich das rechte Auge ausgestochen, weil er nicht zugeben wollte, dass er ein Spion war. Nach all diesen Gräueltaten hatten sie ihn einfach liegen gelassen und waren verschwunden. Slawek war immer wieder ohnmächtig geworden und konnte sich nur schwer auf den Beinen halten. Er hatte mehrere Tage nichts gegessen und die Verletzungen am ganzen Körper taten so weh, dass er sich kaum rühren konnte. Trotzdem schaffte er es, sich aufzuraffen, um den Rückweg nach Deutschland anzutreten.

Zu Fuß.

Indem er immer nur nachts lief und tagsüber in einem Versteck verharrte, schaffte er es tatsächlich irgendwann bis zur Grenze, die er ebenfalls nachts im Wald überquerte. In der Nähe von Berlin war es dann noch einmal zu Komplikationen gekommen, denn er war in eine Polizeikontrolle geraten und konnte sich nicht ausweisen. Seine Sachen hatten die Widerstandskämpfer ihm alle abgenommen. Man hatte ihn wieder mehrere Tage festgehalten, aber als die Polizisten merkten, dass es ihm zunehmend schlechter ging, hatten sie es vorgezogen, ihn so schnell wie möglich wieder loszuwerden und ihn unerwartet einfach auf die Straße gesetzt. Er war dann mit einem Lastwagenfahrer, der Ware nach Saarbrücken transportierte, mitgefahren und im Pfälzerwald ausgestiegen. Nach dieser Odyssee hatte er versucht, eine Unterkunft zu finden, aber überall, wo er um Asyl gebeten hatte, hatte man ihm zu verstehen gegeben, dass kein Platz für ihn sei und man sich mit einem so kranken Mann, wie er es offensichtlich war, nicht belasten wollte. So war er schließlich völlig verzweifelt in der Nähe von Kaiserslautern gelandet und Frieda hatte ihn schließlich gefunden.

Nachdem sich Slawek nach mehreren Monaten einigermaßen von seinen schweren Verletzungen erholt hatte, fing er an, leichte Arbeiten für Frieda zu erledigen, denn er stand schwer in ihrer Schuld. Wäre sie nicht gewesen, hätte er wahrscheinlich nicht überlebt. Er machte sich also überall nützlich, wo es notwendig war, und obwohl Frieda nicht vorgehabt hatte, Slawek auf dem Hof zu behalten, änderte sie ihre Meinung, als die Nachricht von Wilfrieds Tod eintraf. Sie brauchte jemanden, der ihr unter die Arme griff. Außerdem war ein Mann im Haus auch aus Sicherheitsgründen sinnvoll. Slawek selbst hatte zwar immer vorgehabt, sobald es ihm besser ginge, wieder zurück nach Nürnberg zu gehen, wo er ursprünglich herkam, aber schließlich wartete dort niemand auf ihn. Er blieb bei Frieda. Slawek bezog ein kleines Zimmer im Nebengebäude und wohnte seitdem auf dem Lanzenbrunnen. Es hatte sich eine Art Freundschaft zwischen ihnen entwickelt, obwohl Frieda immer darauf bedacht war, diese nicht zu offensichtlich an den Tag zu legen. Schließlich wollte sie bei Slawek keine falschen Hoffnungen wecken.

Die Zeit ging schnell vorbei und kurz nach siebzehn Uhr hörte Frieda ein Auto auf den Hof fahren. Ihr pochte das Herz und sie schaute schnell noch einmal in den Spiegel, bevor sie die Haustür öffnete und ihre Gäste in Empfang nahm. Nach reifer Überlegung hatte sie sich gegen ihr Sonntagskleid entschieden. Das erschien ihr zu aufgesetzt. Schließlich wusste sie noch gar nicht, um was es genau ginge, und es kam ihr übertrieben vor. Sie hatte eine Flasche Wein im Weiher gekühlt und Gläser bereitgestellt. Nun war sie sehr gespannt, was der späte Nachmittag noch bringen würde. Als die beiden Männer aus dem Kleintransporter stiegen, überraschte es Frieda, wie gut dieser Weisheimer tatsächlich aussah. Antonia hatte Recht gehabt. Er war ein stattlicher Mann. Sie winkte ihnen zu.

»Frieda, guten Tag«, wurde sie von Friedrich begrüßt. »Freut mich sehr, dass du heute Zeit für uns gefunden hast. Herrn Weisheimer kennst du ja bereits.«

»Hallo, Friedrich. Ja, guten Tag, Herr Weisheimer. Schön, dass Sie es einrichten konnten! Ich bin schon sehr gespannt. Kommen Sie doch herein.«

»Frau Steiger, die Freude ist ganz meinerseits. Sie haben ein wundervolles Anwesen hier. Gratuliere!«

»Vielen Dank! Mein Mann hat es mir vererbt, als er in den Krieg zog. Leider ist er an der Front gefallen und jetzt kümmere ich mich um den Hof, zusammen mit meinem Stallburschen.« Sie wollte erwachsen und streng klingen und benutzte absichtlich nicht Slaweks Namen.

»Das tut mir leid. Mein Beileid. Wir müssen alle Opfer bringen.«

Darauf antwortete Frieda nicht, sondern bat die beiden Männer, ins Haus und dort in der Küche Platz zu nehmen. Sie setzten sich an den Tisch und Frieda goss allen ein Glas Wein ein. Sie nahm einen Schluck und Karl Weisheimer sprach weiter.

»Frau Steiger, wie Sie wissen sind wir in der Partei auf die Hilfe unserer Genossen angewiesen und wenn ich Wilfried richtig verstanden habe, wären Sie durchaus bereit, uns zu helfen.« Frieda bekam es etwas mit der Angst zu tun, nickte aber. »Wie Sie vielleicht wissen, war die Wehrmacht in Frankreich sehr erfolgreich und Paris ist in unserer Hand. Dort haben wir allerhand Objekte und Waren gesichert, die wir gerne nach Deutschland bringen möchten. Ihr Hof wäre ein ideales Depot. Wir würden die Transporte hier auf Ihren Hof lenken, die Kisten zwischenlagern und dann weiter nach München transportieren.«

Frieda schaute verdutzt und erwiderte nur: »Ja, da sehe ich kein Problem.«

»Es sind natürlich nicht nur zwei, drei Kisten, sondern eher große Mengen und das Ganze würde eine gewisse Zeit in Anspruch nehmen. Dafür benötigen wir einen zuverlässigen Partner, auf den wir uns über längere Zeit verlassen können. Könnten Sie sich das vorstellen, Frieda? Ich darf doch *Frieda* zu Ihnen sagen, oder?«

Frieda war auf der einen Seite überrascht, dass es um etwas so Banales wie Warentransport und dessen Lagerung ging, auf der anderen Seite fühlte sie sich geehrt, dass man ihr diese Aufgabe zutraute. Sie schaute Karl Weisheimer direkt in die Augen und sagte so gelöst, wie es ihr in diesem Moment nur möglich war: »Ja, selbstverständlich. Es wird mir eine Ehre sein!«

»Dann lassen Sie uns anstoßen.«

JULI 2018

Frieda legte das Heft zur Seite. Wie jung und unerfahren war sie doch damals gewesen! Sie hatte keine Ahnung vom Leben, der Liebe und dem Krieg gehabt. Aber trotzdem erinnerte sie sich gerne an diese Zeit zurück. Insbesondere an diesen besonderen Tag, als Karl Weisheimer sie das erste Mal auf dem Lanzenbrunnen besucht hatte und in ihr Leben getreten war. Damals, als sie zugestimmt hatte, die Kisten übergangsmäßig auf dem Hof zu verstecken, hatte sie ja keine Vorstellung vom Ausmaß dieser Aktivitäten gehabt. Sie war stolz gewesen, helfen zu können, und das reichte ihr auch. Heute, so viele Jahrzehnte später, wusste sie, dass das damals alles andere als richtig gewesen war. Aber es waren eben auch andere Zeiten gewesen, mit einer anderen Gesinnung und den Nöten von damals. Frieda hatte zwar noch keine Lösung für ihr derzeitiges Problem und Unwohlsein gefunden, aber der Rückblick in die Vergangenheit half ihr, den Gesprächsbedarf, den sie vorher gehabt hatte, wieder hintenanzustellen.

»Morgen ist auch noch ein Tag«, dachte sie laut, »und dann sehen wir weiter.«

KAPITEL 11

ELF TAGE VOR DEM LEICHENFUND

Ben zitterte am ganzen Körper und konnte immer noch nicht verstehen, was Roger ihm gerade angetan hatte. Wie war es möglich, dass man ihn, Ben Wilson, zweiundfünfzig Jahre alt, einfach aus der High School schmiss? Hatte er nicht immer alles gegeben? Für seine Jungs, die Schule und den Football? Er hatte nie ein Training ausgelassen, sich am Wochenende engagiert, wenn es um die Organisation von Sportfesten ging, die Jugend gefördert und Spiele mit anderen Teams aus der Liga organisiert. Die *Flyers* waren sein Leben!

Tränen der Wut und der Enttäuschung liefen ihm über die Wange und er war wie betäubt, als er zu seinem Wagen lief. Er konnte keine Minute länger hier im Stadion sein. Wahrscheinlich würde er es auch nie wieder betreten. Dieser Gedanke ging ihm durch den Kopf, als er die Fahrertür aufschloss und sich hinter das Steuer setzte. Was war nur passiert? Zusätzlich zur Enttäuschung, auch über sich selbst, dass er sich so in Sicherheit gewiegt hatte und nichts ahnend und unvorbereitet in das Gespräch mit seinem Boss gegangen war, keimte langsam Wut in Ben auf. Er ließ den Motor an. Er wollte so schnell wie möglich nach Hause fahren und mit seiner Frau Klara sprechen. Sie war intelligent und strukturiert. Sie würde wissen, was zu tun war. Vielleicht gab es noch eine Möglichkeit, das Ganze zu retten. Er hatte den Aufhebungsvertrag, den Roger ihm hingelegt hatte, wie in Trance zwar unterschrieben, aber er würde noch mal mit ihm reden und bestimmt würde sich eine Lösung finden. Schließlich kannten sich die beiden schon länger als zwanzig Jahre. Roger hatte Recht, er hatte mit der Mannschaft die gesetzten Ziele nicht erreicht. Aber sie waren doch auf einem guten Weg. Hier war sicherlich das letzte Wort noch nicht gesprochen. Irgendwie würde er zusammen mit Klara eine Möglichkeit finden, dass er weiterhin an der Chaminade High School bleiben konnte. Hin- und hergerissen zwischen der Enttäuschung in seinem Bauch und dem Strohhalm, den er sich zurechtlegte, trat er etwas fester als sonst auf das Gaspedal und fuhr los. Klara wäre sicherlich überrascht, ihn schon nach Hause kommen zu sehen, aber er würde ihr erzählen, was passiert war, und gemeinsam würden sie eine Lösung finden.

Als Ben in seine Straße einfuhr, sah er sofort, dass das Auto seiner Frau nicht wie gewohnt vor der Garage stand. Er fluchte innerlich, denn er wollte dringend mit ihr sprechen. Musste sie gerade jetzt nicht zu Hause sein? Er überlegte kurz und entschloss sich, erst einmal ins Haus zu gehen, sich auf diesen Schock einen Drink zu genehmigen und sie anzurufen. Vielleicht war sie bereits auf dem Nachhauseweg oder noch in der Nähe und sie könnten sich trotzdem kurzfristig treffen. Notfalls könnte er ihr auch entgegenkommen und sie in einem der vielen Delis auf einen Kaffee einladen. Nach dem Streit mit ihr vor zwei

Tagen war es sowieso höchste Eisenbahn, dass er sich ihr gegenüber ein bisschen netter zeigte. Durch einen blöden Zufall war seine kleine Sexaffäre mit Jenny, einer jungen Cheerleaderin der *Flyers*, ans Licht gekommen und Klara war stinksauer auf ihn. Er hatte ihr zwar versucht zu erklären, dass das für ihn keine Bedeutung hatte, aber sie war wutentbrannt weggefahren und hatte bei ihrer Freundin übernachtet.

Als er den Schlüssel ins Türschloss steckte, wunderte er sich, dass der Hund, wie sonst üblich, nicht gleich losbellte. Aber klar: Klara hatte ihn wahrscheinlich mitgenommen, um mit ihm auf ihrem Rückweg Gassi zu gehen. Er schloss auf, trat in den Eingangsbereich und ließ seine Sporttasche wie üblich an der Garderobe fallen. Die Garderobe war so gut wie leer und es hing nur noch einer seiner dunkelblauen Hoodies an einem Haken. Zwei ältere Baseball-Kappen, die er nur noch selten aufsetzte, lagen auf der oberen Ablage. Komisch, ging ihm durch den Kopf, Klara hatte wohl aufgeräumt. Er dachte nicht weiter darüber nach und ging Richtung Küche, um sich einen Wodka einzuschenken. Als er ins Wohnzimmer blickte, traf ihn der Schlag: Es war vollkommen leergeräumt. Er blieb entsetzt stehen und schaute sich verwundert um. Was war hier los? Er ging zurück zum Eingangsbereich, lief im Eiltempo die Treppe hinauf zum Schlaf- und Ankleidezimmer. Klaras Schränke waren leer.

Ben setzte sich aufs Bett. Nicht genug, dass er gerade seinen Job verloren hatte, jetzt war die blöde Kuh auch noch gegangen. Er konnte es nicht fassen. Was sollte er jetzt nur tun? Innerhalb von zwei Stunden hatte er alles verloren, was ihm wichtig war. Klara war zwar nicht seine Traumfrau gewesen, aber er hatte sich auf sie verlassen können und sie hatte sich immer um ihn gekümmert. Er holte sein Handy aus der Hosentasche und wählte ihre Nummer. Er würde mit ihr reden. Nach ein paar Sekunden kam die Nachricht: »*The number you have dialed is temporarily not available.*«

Ben ging ins Bad und hielt seinen Kopf unter den Wasserhahn. Anschließend lief er zurück in die Küche, nahm die angebrochene Flasche Wodka in die Hand und ließ sich vor dem Kühlschrank auf den Boden sinken. Nach und nach leerte er die ganze Flasche und blickte innerlich auf die Scherben seines Lebens.

Ben war irgendwann eingeschlafen. Als er wieder erwachte, war es dunkel draußen. Die leere Wodka-Flasche war ihm aus der Hand geglitten und bis zur Spüle gegenüber gerollt. Er schaute auf die Uhr, die zwei Uhr nachts anzeigte. Sein Kopf tat höllisch weh und irgendein Geräusch hatte ihn geweckt. Er sah auf das Display seines Handys, in der Hoffnung, dass es eine Nachricht von Klara war, sah aber, dass Hugo versucht hatte ihn zu erreichen. Es fiel ihm wieder ein, dass sie sich ja für den Abend verabredet hatten, um über die anstehende Reise nach Deutschland zu sprechen. Nur was sollte er da jetzt? War es nicht besser, er blieb hier und versuchte, sein Leben in den Griff zu bekommen?

Er raffte sich auf, suchte in der Küchenschublade nach einer Aspirin und löste sie in einem Glas Leitungswasser auf. Vielleicht wäre aber auch gerade jetzt eine Auszeit nicht schlecht. Er könnte mit Hugo reden und ihm alles erklären, was er besser machen wollte. Sein Cousin würde ihm helfen und zusammen würden sie einen Weg finden, damit sein Leben wieder in die

Spur kam. So wie früher, als sie noch Kinder gewesen waren und keinerlei Geheimnisse voreinander gehabt hatten. Je länger Ben darüber nachdachte, desto besser gefiel ihm die Idee. Er schwankte ins Büro und setzte sich vor den Rechner. Als er endlich das richtige Passwort eingegeben hatte, rief er die Seite von *American Airlines* auf und schaute sich nach passenden Flügen um. Anschließend wählte er Hugos Nummer.

KAPITEL 12

Anna war von dem Café am *Musée d´Orsay*, wo sie mit Kathrin telefoniert hatte, den *Quai Anatole France* entlanggegangen und wollte jetzt Richtung *Place de la Concorde*, weiter zum *Place de la Madeleine* laufen, um dort Jean-Luc zu treffen. Sie hatte zwar vorgehabt, auch durch das ein oder andere Geschäft zu schlendern, und hätte gerne die Gelegenheit genutzt, um etwas zu kaufen, aber so richtig wollte sich bei ihr keine Shopping-Laune einstellen. Sie war innerlich zu sehr mit ihrem Fall beschäftigt.

Das Wetter hatte sich seit dem Morgen verschlechtert, die Sonne schaute kaum noch hinter einer dichten Wolkendecke hervor. Anna zog ihre mitgeführte graue Strickjacke über, da es merklich abkühlte. Gleichzeitig kramte sie ihr Handy hervor und schickte Kathrin eine SMS mit der Telefonnummer von de Louvois' Handy. Damit würde Kathrin eine Ortung beauftragen können und sicherlich bald mehr über den Verbleib des Mobiltelefons des Opfers erfahren.

Hoffentlich.

Ein paar Sekunden, nachdem sie die SMS an Kathrin abgeschickt hatte, vernahm sie ein leichtes Vibrieren ihres Handys und kurz darauf klingelte es. Sie schaute auf das Display und dachte, es wäre Kathrin, sah aber, dass es eine französische Nummer war. Sie nahm das Gespräch entgegen und am anderen Ende meldete sich eine männliche Stimme.

»*Bonjour, Thiéry Lalongue à l'appareil. Est-ce-que je parle bien avec Anna Kastner?*«

»*Oui, c'est moi-même*«, antwortete Anna auf Französisch und stellte sich vor. Monsieur Lalongue am anderen Ende war Hauptkommissar der französischen Polizei und erklärte ihr, dass er von Deutschland aus informiert worden war, dass sie möglicherweise Hilfe in einem Fall benötigte. Er konnte nicht so gut Deutsch, würde es aber probieren. Anna war überrascht, dass das Ersuchen des Amtshilfeverfahrens so schnell funktioniert hatte, und wollte keine Zeit verlieren. Sie fragte Monsieur Lalongue, wo sie sich treffen könnten, um ihm ihre Erkenntnisse über den Fall zu erläutern, und sie verabredeten sich in einer Stunde im Zentralkommissariat im siebten Arrondissement, *Rue Fabert*.

Anna verabschiedete sich und da sie nicht mehr weit vom *Café de la Madeleine* war, wo sie sich mit Jean-Luc treffen wollte, entschied sie sich, dort noch vorbeizuschauen, ein schnelles Sandwich oder einen Salat zu essen und dann mit der Metro bis zur Polizeistation zu fahren. Als sie um die Ecke bog, sah sie von weitem Jean-Luc an einem der Tische auf der Terrasse sitzen. Sie ging zu ihm, küsste ihn auf den Mund und setzte sich.

»Wie war dein Termin im Museum«, fragte Jean-Luc. »Hast du etwas Interessantes erfahren?«

»Na ja, so genau weiß ich das noch nicht, aber das wird sich sicherlich in den nächsten Stunden zeigen. Auf jeden Fall habe ich gerade den Anruf eines französischen Kollegen erhalten, der mich aufgefordert hat, zu ihm ins Kommissariat zu kommen, damit ich mit ihm über den Fall sprechen kann. Ich habe also nicht viel Zeit, würde aber ganz gerne schnell etwas essen. Hast du schon bestellt?«

»Nein, natürlich nicht. Ich wollte auf dich warten. Was hättest du gerne? Einen Salat oder vielleicht lieber eine Quiche mit Ziegenkäse und Salatgarnitur?«

Genau das liebte sie an Jean-Luc: Seine wundervolle Art, sie mitzunehmen, sie einzubinden in seine Entscheidungen und sie als eigenständiger Mensch zu respektieren. »Ja, das gefällt mir. Bitte bestell mir eine Quiche mit Salatgarnitur. Und ein Mineralwasser dazu, bitte. Das muss bis heute Abend dann reichen.«

»Kein Problem.«

Jean-Luc winkte den Kellner herbei und gab die Bestellung auf. Für sich fügte er noch das Tagesgericht hinzu: *Steak, Frites, Salade*, ein französischer Klassiker, und auch ein kleines *Perrier Citron*. Anna nutzte die Gelegenheit, um schnell die Toiletten aufzusuchen und sich ein bisschen frisch zu machen. Schließlich wollte sie im Kommissariat beim französischen Kollegen einen guten Eindruck hinterlassen.

Nachdem sie während des Essens in Kürze Jean-Luc alles Wichtige erzählt hatte, machte sich Anna auch schon auf den Weg zum Kommissariat. Sie war etwas aufgeregt, da sie nicht genau wusste, was sie dort tatsächlich erwartete. Aber sie war zuversichtlich, dass sie die Zusammenarbeit mit der französischen Kripo weiterbringen würde. Sie hatte sich vorgenommen, unbedingt dabei zu sein, wenn die Kollegen in die Wohnung des Opfers gehen würden. Vielleicht würde sie dort auf einen wichtigen Hinweis stoßen, der etwas Klarheit in diesen mysteriösen Fall brachte. Um was ging es hier tatsächlich? Das war ein wesentlicher Aspekt ihrer Reise nach Paris gewesen und diesen Umstand wollte sie unbedingt klären. Vor allem wollte sie herausfinden, worin der Zusammenhang zwischen Kaiserslautern und Paris bestand. War es Zufall, dass Hugo de Louvois in der Nähe von Otterberg in der Westpfalz zu Tode gekommen war oder steckte ein perfider Plan dahinter?

Anna stieg in der Nähe des *Pont Alexandra III* aus und lief die letzten Meter zu Fuß. Sie erreichte das Kommissariat ohne Umwege. Hier musste sie erst einmal klingeln und, nachdem sie eine Sicherheitsschleuse passiert hatte, ihren Ausweis vorzeigen. In Frankreich, insbesondere in Paris, waren die Sicherheitsvorkehrungen noch höher als anderswo. Kein Wunder nach all den Anschlägen, denen die Stadt und ihre Einwohner in der Vergangenheit schon ausgesetzt waren, dachte Anna. Am Empfang wurde sie von einer jungen Polizistin begrüßt. Diese wusste offensichtlich schon über ihr Kommen Bescheid und führte sie in einen kleinen Besprechungsraum, der wahrscheinlich auch ab und zu als Verhörzimmer benutzt wurde. So kam es Anna auf jeden Fall vor. Die junge Frau verabschiedete sich direkt wieder von ihr und informierte sie noch, dass Monsieur Lalongue gleich bei ihr sein würde. Anna lehnte sich in ihrem Stuhl zurück und überlegte, wie sie ihrem Kollegen den Fall am besten erklären konnte. Viel hatte sie bis jetzt nicht. Aber Anna vertraute ihrem Gefühl und irgendeine Richtung, hoffentlich die Richtige, würde das Gespräch schon nehmen.

Kurz darauf ging die Tür auf. Ein Mann in etwa dem gleichen Alter wie Anna betrat den Raum. Lalongue war nicht sehr groß, vielleicht ein Meter fünfundsiebzig, hatte dunkelbraune Haare und ein freundliches Gesicht. Anna stand auf, um die Hand entgegenzunehmen, die er ihr entgegenhielt.

»Herzlich willkommen in Paris, Madame Kastner,« begrüßte sie Lalongue. »Ich hoffe, Sie haben uns gut gefunden?«

Anna war überrascht, dass er doch so gut Deutsch sprach. »Ja, kein Problem. Ich kenne mich mittlerweile gut aus in Paris. Vielen Dank, dass Sie so schnell auf unser Gesuch eingegangen sind und mich heute schon empfangen. Ich arbeite an einem kniffligen Fall und benötige Ihre Hilfe.«

Lalongue war ganz Ohr und Anna erzählte ihm, was sie bis jetzt in Erfahrung gebracht hatte. Insbesondere berichtete Anna Lalongue von ihrem Besuch bei Madame Morin, de Louvois' Sekretärin, und ihre Idee, sich zusammen mit ihm Zutritt zur Wohnung zu verschaffen, um einen Einblick in dessen Leben zu bekommen. So könnten sie herausfinden, warum de Louvois nach Deutschland gereist war. Denn, dass er das nur des Urlaubs wegen getan hatte, glaubte Anna nicht. Lalongue war seinerseits überrascht, dass Anna schon so viel unternommen hatte, bevor er involviert worden war, aber ließ es sich nicht direkt anmerken. Er verzog nur leicht das Gesicht, was Anna fast charmant fand, und rollte mit den Augen – etwas, das Anna weniger mochte. Sie kannte das nur zu gut, da sie es selbst oft tat und dafür von ihren Kolleginnen und Kollegen oft getadelt wurde. Jetzt, wo sie es selbst einmal erlebte, merkte sie erst, welche Wirkung das auf ihr Gegenüber haben konnte. Trotzdem blieb Lalongue freundlich und hörte ihr weiterhin zu.

»Okay, das klingt wirklich so, als ob Monsieur de Louvois Opfer eines Verbrechens geworden sein könnte«, sagte er schließlich. »Allerdings; solange wir nicht mit hundertprozentiger Sicherheit wissen, ob es sich bei dem Opfer tatsächlich um de Louvois handelt, werde ich vom Richter keine Genehmigung bekommen, in seine Wohnung einzudringen. Vielleicht könnten wir gemeinsam überlegen, wie wir hier schnell Klarheit bekommen.«

Lalongue überließ Anna die Initiative. Mit diesem Einwand hatte sie bereits gerechnet und hatte prompt eine Antwort parat. »Ja, darüber habe ich natürlich auch schon nachgedacht. Wir könnten einen Zahnabgleich veranlassen. Dazu müssten Sie mir bei der Suche nach de Louvois' Zahnarzt behilflich sein. Ich könnte dann alles Weitere veranlassen. Was meinen Sie?«

»Das ist wahrscheinlich die einzige Möglichkeit, Gewissheit zu erlangen. Ich könnte Madame Morin anrufen und fragen, ob sie weiß, zu welchem Zahnarzt de Louvois gegangen ist und etwaige Röntgenbilder per E-Mail in Ihr Präsidium schicken lassen. Das dürfte keine große Sache sein. Haben Sie zufällig Madame Morins Telefonnummer parat? Dann könnte ich sie gleich anrufen.«

Anna kramte ihr Handy aus der Tasche und leitete die Nummer direkt an Lalongue weiter. Dieser wählte die angegebene Nummer und wartete. Madame Morin nahm ab und die beiden sprachen miteinander auf Französisch. Anna verstand zwar das ein oder andere Wort, aber wenn Franzosen untereinander so schnell und fließend sprachen, hinkte sie dem Gesprächsverlauf hinterher. Als Lalongue das Gespräch beendete, war er offensichtlich zufrieden, denn er lächelte Anna an.

»Wir haben Glück. De Louvois ist beim gleichen Zahnarzt wie ich und meine Familie. So ein Zufall aber auch. Ich werde gleich veranlassen, dass die Praxis mir die entsprechenden Informationen zuschickt und dann leite ich sie Ihnen weiter. Nach dem Abgleich, und je nachdem wie das Ergebnis ausfällt, können wir uns telefonisch beraten, wie es weitergeht. Was meinen Sie?«

»Perfekt. Das scheint mir eine gute Lösung zu sein.«

»Dann machen wir das so, Anna. Sie haben doch nichts dagegen, wenn ich Sie Anna nenne, oder? Ich bin Thiéry.«

»Nein, kein Problem, Thiéry. Ich freue mich auf die Zusammenarbeit.«

»Ich mich auch.«

Lalongue reichte Anna die Hand und sie verabschiedeten sich, nicht ohne vorher noch die jeweiligen Handynummern auszutauschen. Thiéry wies Anna außerdem auch darauf hin, dass er völlige Transparenz erwartete, da sie hier auf französischem Territorium war und keine Befugnis hatte, eigenständig zu ermitteln. Anna stimmte zu. Sie war froh, dass dies geklärt war und Thiéry ihr offensichtlich keinen Ärger wegen ihrer bereits eingeleiteten Ermittlungen machen würde. Sie war selbst daran interessiert, den Fall schnell aufzuklären und deshalb auf die Unterstützung der hiesigen Polizei angewiesen.

Anna verließ das Kommissariat und lief zurück zu Jean-Lucs Wohnung, wo sie alles rekapitulieren wollte. Solange sie noch keine Informationen von de Louvois' Zahnarzt hatte, wollte sie in ihrem Team noch nicht die Pferde scheu machen. Schließlich war es Wochenende. Aber sie wollte Kathrin trotzdem von dem Gespräch erzählen und dass der französische Kollege wohl ganz in Ordnung sei. Schließlich hatte sie es Kathrin zu verdanken, dass das Amtshilfeersuchen so zügig und schnell durchgegangen war. Für einen Samstag hatten sie beide doch noch so Einiges auf den Weg gebracht und Anna war mit dem Ergebnis ganz zufrieden.

Jetzt würde sie sich einen schönen Abend mit Jean-Luc machen und sich um ihre Beziehung kümmern können. Heute Mittag beim Lunch hatte sie nur von sich erzählt und ihn gar nicht gefragt, wie es um ihn stand und wie sein Tag bis dahin verlaufen war. Das war wieder typisch für sie und sie machte sich Vorwürfe, dass sie einfach wieder so über Jean-Luc hinweggegangen war, ohne ihm auch nur einen Funken Aufmerksamkeit zu schenken. Wie egoistisch sie doch gewesen war. Die Erkenntnis traf sie sehr und sie versprach sich, mehr aufzupassen und etwas behutsamer mit Jean-Luc umzugehen. Schließlich wollte sie ihn nicht verlieren.

Als sie den Hausflur von Jean-Luc Wohnung betrat, klingelte erneut ihr Handy. Sie nahm es in die Hand und sah, dass es Kathrin war. Sie konnte es kaum erwarten, zu erfahren, was es zu berichten gab und drückte auf die grüne Taste.

»Hallo, Anna, ich wollte dir so schnell wie möglich Bescheid geben. Zuflowsky wurde wieder gefasst. Er scheint nichts mit dem Fall zu tun zu haben, wird aber noch vernommen.«

»Das ist eine gute Nachricht! Danke, Kathrin, dass du mich gleich angerufen hast. Trotzdem wäre ich vorsichtig bei Zuflowsky und würde ihn nicht gleich von der Angel lassen.«

»Ja, da hast du recht. Deshalb haben wir ihn auch erst einmal hierbehalten, bis wir wissen, ob er etwas mit dem Fall zu tun hat oder nicht. Ich sage dir Bescheid, sobald das geklärt ist.«

»Prima, danke! Ich wollte dir noch erzählen, dass ich Thiéry Lalongue getroffen habe, den französischen Kollegen hier. Es hat sich herausgestellt, dass de Louvois zum gleichen Zahnarzt geht wie er. Thiéry hat die Zusendung der letzten Röntgenbilder veranlasst. Diese müssten euch demnächst, wahrscheinlich am Montag, zugehen. Damit müsste Manfred ein für alle Mal klären können, ob es sich bei der Leiche tatsächlich um de Louvois handelt. Vorher bekommen wir von dem hiesigen Staatsanwalt keinen Durchsuchungsbeschluss für seine Wohnung.«

»Verstehe. Ich sage dir Bescheid, wenn wir die Bilder erhalten haben. Danach dürfte es nicht mehr lange dauern, bis wir endlich Gewissheit haben.«

»Ja, das glaube ich auch.«

»Du scheinst dich ja ganz gut mit dem neuen Kollegen in Paris zu verstehen. Weiß Jean-Luc schon, dass du mit der Pariser Polizei zusammenarbeitest?«

Anna lachte und erwiderte nur, dass sie Kathrin auf dem Laufenden halten würde. »Bis dann«, sagte sie und beendete das Gespräch.

Anna war erleichtert, dass Zuflowsky wieder gefasst worden war. Zum einen wollte sie nicht, dass Michaelas Mutter wieder in diese Geschichte hineingezogen wurde und sie möglicherweise das Verbrechen an ihrer einzigen Tochter noch mal durchleben musste. Und zum anderen fühlte sie sich in ihrem Gefühl bestärkt, dass es hier um mehr ging als nur um einen dummen Zufall.

KAPITEL 13

Franz Steiger musste mit seiner Mutter sprechen.

Er hatte ihr von dem bevorstehenden Verkauf des Lanzenbrunnens, ein Vorhaben, das er schon lange geplant hatte, nichts erzählt, da er genau wusste, dass sie dagegen wäre. Außerdem: Solange er nicht alle Unterlagen zusammen hatte und es keinen Notartermin gab, wollte er sie nicht unnötige damit belasten. Insgeheim hatte er gehofft, dass sie aufgrund ihres hohen Alters eines Morgens einfach nicht mehr aufwachen würde und der Verkauf vonstattengehen könnte, ohne dass sie je etwas davon erfahren würde. Das wäre für alle Beteiligten sicherlich das Beste. Aber mittlerweile, obwohl er schon seit einiger Zeit auf den Verkauf hinarbeitete, glaubte er nicht mehr daran, dass seine Mutter demnächst sterben würde, und er hatte schweren Herzens den Entschluss gefasst, ihr von seinem Vorhaben zu erzählen. Am Ende würde sie es sowieso erfahren.

Ganz wohl war ihm dabei nicht, aber die Bank machte aufgrund seiner Schulden Druck. Er würde seine Gläubiger nicht mehr lange hinhalten können. Er musste sich eingestehen, dass auch ihm der Verkauf des Hofes nicht leichtfiel. Schließlich hatte er sein ganzes Leben hier verbracht und es war sein Zuhause. Er liebte die Gegend, die Natur um ihn herum und er wusste, dass er all dies schmerzlich vermissen würde. Auf der anderen

Seite wurde er auch nicht jünger und der Hof warf nicht mehr genug ab, um die Kosten zu decken. Er hatte sich im Laufe der Jahre immer bemüht, kostendeckend zu wirtschaften, aber in den letzten fünf Jahren war ihm das nicht mehr gelungen. Er hatte eine Hypothek nach der anderen aufgenommen, trotzdem war immer noch keine Besserung in Sicht. Er hatte die Hoffnung verloren, es aus eigener Kraft zu schaffen. Er wusste nicht, wie er das geliehene Geld wieder zurückzahlen sollte, und so hatte er sich schweren Herzens dazu entschlossen, den Lanzenbrunnen samt aller Felder einem Makler zum Verkauf anzubieten. Das war erst vor ein paar Wochen geschehen und bis jetzt hatte sich noch niemand darauf gemeldet.

Um sich Mut zu machen, listete er in Gedanken immer wieder auf, was es am Haus, im Stall und drumherum alles zu tun gab, was er dringend reparieren müsste, aber wofür er leider kein Geld hatte. Mit dem Verkauf würde er seiner Mutter einen Platz im Altersheim finanzieren können und für ihn würde genug übrigbleiben, damit er sich eine kleine Wohnung kaufen konnte. Den Rest des Kaufpreises wollte er als Notgroschen auf die Bank legen. Oder unter sein Kopfkissen. Das wusste er noch nicht genau. Schließlich machte die Bank sehr viel Stress und bereitete ihm zunehmend Kopfschmerzen. Da wollte er ihnen nur ungern sein Geld überlassen.

Er musste vorsichtig sein, dass seine Mutter nicht zufällig über einen Brief stolperte, in dem die monatliche Rate für den Kredit ersichtlich war. Die Lügerei kostete ihn sehr viel Kraft und dafür war er einfach nicht geschaffen. Er hatte ständig Angst, sich zu verplappern, und das hatte dazu geführt, dass er insgesamt kaum noch mit seiner Mutter redete. Er wollte jetzt endlich reinen Tisch machen und ihr den ganzen Schlamassel erzählen. Dann würde es ihm besser gehen. Dass jetzt ausgerechnet diese Leiche dazwischengekommen war, passte ihm gar nicht. Franz war aufgefallen, dass der Besuch der beiden Polizisten zwei Tage zuvor seiner Mutter sehr zugesetzt hatte, schob das aber auf ihr hohes Alter und den Umstand zurück, dass sie einfach nicht mehr so belastbar war wie früher. Er wollte sie dennoch darauf ansprechen und fragen, ob alles in Ordnung war.

Er fand seine Mutter schlafend im Sessel vor dem Kamin. Er trat etwas näher an sie heran, um sie mit einer leichten Decke zuzudecken. Als er die Decke gerade über ihren Schoß legen wollte, machte sie die Augen auf. Er trat einen Schritt zurück und legte die Decke zur Seite. »Mutter, ich muss mit dir sprechen.«

»Um was geht es denn, mein Sohn? Ich war gerade ein bisschen eingeschlafen.«

»Ja, das habe ich gesehen. Ich wollte dich zudecken, damit du dich nicht erkältest. Soll ich uns einen Tee vorbereiten und wir setzen uns an den Tisch? Dann können wir in Ruhe reden.«

Frieda atmete tief durch und antwortete: »Ja, das ist eine gute Idee. Ich muss dir auch etwas sagen.«

Franz verspürte einen Druck in der Magengegend. Was wollte seine Mutter ihm erzählen? Hatte sie vielleicht schon von dem Verkauf des Lanzenbrunnens Kenntnis erlangt und ihm nur nichts gesagt? Oder hatte sie vielleicht sogar doch etwas mit dem Toten in der Strohballenpresse zu tun? Franz war unbehaglich zu Mute, versuchte aber, sich das nicht anmerken zu lassen.

»Das trifft sich doch gut, dann komme ich gerade richtig. Lass mich schnell das Wasser aufsetzen und dann bereite ich den Tee zu. So wie früher, weißt du noch?«

Frieda nickte und Franz dachte an die Zeit zurück, als er noch ein kleiner Junge gewesen war. Seine Mutter hatte sich damals angewöhnt, nach dem gemeinsamen Mittagessen noch einen Pfefferminztee zu kochen, den sie anschließend gemeinsam tranken. Dabei sprach Frieda mit ihm über seinen Tag, seine Erlebnisse, Freuden und Ängste. Manchmal ging es um ein Tier, das er im Wald gesehen hatte, manchmal um einen Streit unter Jungs, den er mit einem seiner Kameraden ausfochten musste. Manchmal ging Frieda sogar mit Franz nach draußen, um mit ihm Fußball zu spielen, auch wenn ihr das nicht wirklich lag. Franz kam es manchmal so vor, als hätte seine Mutter ein schlechtes Gewissen gehabt, weil er keinen Vater gehabt hatte. Sie hatte versucht, diesen so gut es ging zu ersetzen. Da gehörte ein gemeinsames Fußballspiel einfach dazu. Als sich Franz später in der Pubertät immer mehr zurückzog, hatte sie das gemeinsame Teetrinken irgendwann aufgegeben und ihn in Ruhe gelassen. Ob das gut oder schlecht gewesen war, konnte er nicht sagen. Es war einfach so.

Franz kam mit dem Tee, zwei Tassen, Zucker und einem Teller Kekse zurück. Er stellte alles auf den Tisch und ging hinüber zu seiner Mutter, um ihr aus dem Sessel zu helfen. Er führte sie behutsam an den Tisch, wo sie sich wie gewohnt an die Stirnseite setzte. Er nahm auf einem Stuhl an ihrer linken Seite Platz, was den Vorteil hatte, dass er nicht nur seine Mutter anschauen, sondern auch aus dem Fenster blicken konnte, falls das Gespräch schwierig wurde. Die freie Sicht nach draußen gab Franz das Gefühl eines Ausweges, sollte die Unterhaltung nicht so laufen, wie er es sich vorstellte. Er schenkte beiden ein und reichte seiner Mutter den Zucker. Sie nahm ein Stück und gab ihm in die Teetasse, die vor ihr stand. Anschließend griff sie zu den Keksen und freute sich darüber, dass es die leckeren Haferplätzchen aus dem Aldi waren, die sie so mochte. Franz überlegte, dass es sicherlich von Vorteil wäre, seine Mutter zuerst sprechen zu lassen.

»Mutter, was wolltest du mir sagen?«

Frieda schaute ihn liebevoll an und antwortete »Ach Franz, es gibt so vieles, was du nicht weißt. Ich weiß gar nicht, wo ich anfangen soll.«

»Wie wäre es mit dem Anfang?«

»Ja, ich versuche es.« Frieda trank einen Schluck Tee, lehnte sich ein wenig zurück und begann zu erzählen.

SOMMER 1942

Der Lieferwagen war schon von weitem zu hören, so ruhig war es im Wald rund um den Hof. Frieda war am Tag davor von Friedrich benachrichtigt worden, dass heute eine erste Lieferung von Waren ankommen würde. Slawek und sie hatten bereits gleich an dem Tag, nachdem Weisheimer und Friedrich bei ihr gewesen waren, damit begonnen, das Versteck, das sie für die Lagerung der ganzen Sachen ausgesucht hatten, zu säubern. Sie hatte den Boden außerdem mit Holzplanken versehen, damit die Kisten samt ihrem Inhalt nicht auf dem puren Lehmboden stehen mussten und möglicherweise durch eindringende Feuchtigkeit beschädigt wurden. Auf sie war schließlich Verlass. Es war also alles vorbereitet. Seitdem waren zwei Wochen vergangen und Frieda hatte sich schon gefragt, wann es mit ihrer Aufgabe denn endlich losgehen würde.

Umso glücklicher war sie gewesen, als Friedrich sie besucht und gebeten hatte, sich bereit zu halten. Das Versteck lag etwas unterhalb des Hauptgebäudes und war durch eine schwere Eisentür, die durch ein zusätzliches Schloss gesichert war, erreichbar. Im Keller selbst führte eine weitere Tür in das eigentliche Versteck. Damit man die geheime Tür nicht sofort entdeckte, hatten Slawek und sie ein großes Regal voll mit Einmachgläsern mit Pfirsichen, Kirschen, Gurken und Marmeladengläser davorgestellt. Frieda war es wichtig, dass die Lieferung, die sie erwartete, gut geschützt und sicher war, denn sie ahnte bereits, dass es sich dabei um etwas Besonderes, vielleicht sogar Geheimes handelte. Und niemand sollte davon erfahren. Bei dem Gespräch mit Friedrich und Weisheimer hatte sie sich nicht getraut, zu fragen, was die Kisten enthielten. Irgendwann würde sie das schon erfahren, hatte sie damals gedacht. Hauptsache, sie konnte der Partei helfen und einen Beitrag leisten. Es würde schon alles seine Richtigkeit haben.

Der Wagen rollte bereits auf das Grundstück und Frieda schaute interessiert zu, wie der Fahrer, ein junger Bursche, nicht viel älter als Slawek, das Fahrzeug auf ihren Hof manövrierte. Der Wagen blieb stehen und der Fahrer stieg aus. Zwei weitere junge Männer kletterten von der mit einer Plane verschlossenen Ladefläche herunter und kamen auf sie zu.

»Wir bringen das Material«, sagte der Fahrer zu Frieda. »Wir sind doch richtig hier, oder?«

»Ja, Sie sind richtig. Wenn Sie mir bitte folgen würden.« Frieda zeigte ihm den Weg und die zwei Männer von der Ladefläche fingen an, Holzkisten abzuladen.

»Der Raum ist ideal«, stellte der Fahrer nach Begutachtung der Räumlichkeiten fest und ging zurück zum Wagen, um den Männern zu signalisieren, dass sie weiterhin abladen und die Kisten in den Keller bringen konnten.

»Ja, ich hoffe, das passt so«, sagte Frieda. »Darf ich Sie fragen, wann die Kisten denn wieder abgeholt werden?«

»Das kann ich Ihnen nicht sagen, junges Fräulein. Da wird man sich bei Ihnen melden.«

»In Ordnung.«

Frieda war einige Minuten später erstaunt, dass die zwei Männer von der Ladefläche immer noch mit Abladen beschäftigt waren. Insgesamt mussten es mehr als zwanzig Kisten sein, manche lang und schmal, andere hoch und sperrig. Die Kisten waren alle zugenagelt und mit dem Hakenkreuz der Nationalsozialistischen Deutschen Arbeiterpartei versehen. Frieda war aber noch nicht ganz zufrieden mit der Antwort des Fahrers und fragte weiter: »Die Kisten mit dem *Material*, wie Sie es nennen, sollen doch weiter nach München. Wissen Sie, was dort dann mit ihnen geschieht?«

»Soweit ich weiß, junge Frau, sollen die Kisten dort endgelagert werden. Aber vielleicht fragen Sie da am besten den Parteifreund Weisheimer.«

In dem Moment kam ein weiteres kleineres Fahrzeug auf den Hof gefahren und parkte unmittelbar neben dem Lieferwagen. Karl Weisheimer stieg aus und kam auf Frieda zu.

»Ich wollte mal schauen, ob alles so vonstattengeht, wie wir es besprochen haben, und die Kisten gut angekommen sind«, sagte er nach einer Begrüßung. Er lächelte Frieda an und hatte trotz seiner großen und kräftigen Statur fast etwas Zärtliches an sich.

Frieda, die völlig überrascht war und überhaupt nicht damit gerechnet hatte, dass er vorbeischauen würde, war verlegen und stotterte: »Ja … also ich glaube … schon … wollen Sie vielleicht mal selbst schauen? Ich kann Ihnen den Schuppen, wo wir die Kisten untergebracht haben, gerne zeigen.« Anna zeigte auf den Hang unterhalb des Hauses.

»Das wäre wunderbar.« Er folgte ihr und als Frieda auf dem steilen Hang plötzlich mit dem Fuß an einer herausragenden Wurzel hängen blieb und stolperte, war er so dich hinter ihr, dass er sie spontan auffing. »Haben Sie sich verletzt?«

Frieda fasste sich an den Knöchel. »Ich befürchte, ich habe mir den Knöchel verstaucht.« Sie versuchte, den Fuß zu belasten, aber schrie direkt vor Schmerzen auf.

Karl Weisheimer stützte sie ab. »Ich helfe Ihnen, lassen Sie uns ins Haus gehen, damit ich mir das anschauen kann.« Frieda versuchte mit seiner Hilfe auf einem Bein den Hang hochzuhüpfen. »Ich befürchte, das wird so nicht gehen«, sagte Karl Weisheimer und nahm Frieda hoch, um sie ins Haus zu tragen.

Mittlerweile war auch Slawek zur Stelle, um zu helfen, aber Karl Weisheimer war stark und trug Frieda, die leicht wie eine Feder war, problemlos ins Haus. Als sie in Karl Weisheimers

Armen lag und ihn anschaute, seinen Geruch nach Rasierwasser und frischer Wäsche wahrnahm, war jede Verlegenheit verflogen. Sie fühlte sich sicher und geborgen, als ob es das Normalste der Welt wäre, in seinen Armen zu liegen.

Im Haus setzte Karl Weisheimer Frieda ab und stützte sie, bis sie sich auf einen Stuhl in der Stube setzen konnte. »Ziehen Sie mal Ihren Schuh aus«, sagte er und Frieda tat wie geheißen, woraufhin er ihren Knöchel begutachtete. »Das habe ich befürchtet. Der Knöchel ist schon ganz geschwollen. Sagen Sie doch ihrem Stallburschen, er soll mir kaltes Wasser holen.«

Slawek, der den beiden gefolgt war, hörte das Gespräch mit und machte sich gleich auf den Weg zur Quelle, die unmittelbar am Ufer des Sees lag. Frieda war wie verzaubert und brachte kein Wort heraus. Noch nie hatte sie sich so wohl und beschützt gefühlt wie in diesem Moment. Sie konnte ihre Augen nicht von Karl Weisheimers Gesicht lassen. Die Schmerzen im Fuß nahm sie nur von weit weg wahr, als ob sie nicht wirklich zu ihr gehörten.

Er lächelte sie an. »Eine kalte Kompresse wird Ihnen guttun. Außerdem hilft sie, die Schwellung zu lindern. Es wird alles wieder gut, Sie werden sehen.«

Frieda zweifelte keine Sekunde daran, hatte den Schmerz eigentlich schon vergessen, so fasziniert war sie von diesem Mann. Weisheimer schien ihre Verunsicherung zu spüren und schaute verlegen durch den Raum. In dem Moment brachte Slawek einen Eimer kaltes Wasser, direkt von der Quelle. Frieda bat ihn, ihr noch ein paar Stoffreste aus der oberen Schublade in der Küche zu holen. Weisheimer folgte Slawek in die Küche und nahm ihm die Stofftücher ab. Er trank sie in das kalte Wasser und band sie anschließend um ihren Fuß. »Am besten, Sie halten den Fuß oben und wechseln ab und zu die Tücher aus. Dann wird es rasch besser werden«, erklärte Weisheimer.

»Aber ich kann doch nicht die ganze Zeit nur hier sitzen. Wer soll denn ohne mich die ganze Arbeit machen?« Frieda schaute verzweifelt drein und blickte von Slawek zu Weisheimer.

»Kein *aber*, junge Frau. Wenn Sie schnell wieder auf die Beine kommen wollen, müssen Sie ein, zwei Tag stillhalten. Ich bin mir sicher, der junge Mann hier wird Ihnen in dieser Zeit behilflich sein.«

Slawek nickte und schaute Frieda freundlich an. »Ja, mach dir keine Sorgen. Ich kümmere mich um alles.«

In dem Moment rief von draußen der Fahrer des Lastwagens, dass sie fertig seien und wieder zurückfahren würden. Karl Weisheimer verabschiedete sich von Frieda und Slawek, wünschte gute Besserung und verschwand durch die Tür. Frieda sank erschöpft in ihren Sessel zurück und wünschte, sie hätte noch irgendetwas erwidert. Sie hatte noch so viele Fragen an Weisheimer: Wem gehörten die ganzen Sachen, die heute gebracht worden waren, was hatte er damit vor, wie viele noch kommen würden … Umso wichtiger war es, dass sie tatsächlich schnell wieder auf die Beine kam, denn sie wollte Weisheimer auf keinen Fall enttäuschen. Was eine Blamage! Bereits bei der ersten Lieferung dieser blöde Unfall. Aber sie hatte nicht das Gefühl, dass Weisheimer ihr das übel genommen hatte, und sie hoffte, sie würde bald die Gelegenheit bekommen, ihn dazu noch einmal zu befragen.

Die kalten Bandagen um Friedas Fuß wirkten Wunder und ihr Fuß erholte sich schnell. Nach zwei Tagen war der Knöchel komplett abgeschwollen und sie konnte wieder laufen. Sie war noch ein, zwei Mal in den Keller gegangen, um nach den Kisten zu schauen, die sich dort ordentlich stapelten, und konnte ihr Glück kaum fassen. Sie war Teil dieser mächtigen Organisation, dieser großen Sache für ihr Vaterland und würde diesem alle Ehre machen.

Ein paar Tage später, sie war gerade dabei, Erdbeermarmelade zu kochen, hörte sie ein Auto auf den Hof fahren und lief zur Tür. Weisheimer stieg aus, einen Blumenstrauß in der Hand und lächelte sie an: »Ich wollte mal nachsehen, was der Fuß macht und ob Sie noch meine Hilfe brauchen?«

Frieda konnte es nicht fassen. Er war nur für sie gekommen, um zu fragen, wie es ihr ginge? Das war unglaublich. Sie bat ihn herein, erzählte ihm, dass nur noch ein kleiner blauer Fleck zu sehen wäre, ihr Fußgelenk sich aber ansonsten wieder wunderbar regeneriert hatte. Sie dankte ihm für den schönen Blumenstrauß und fragte ihn, ob er Zeit für einen Kaffee hätte. Weisheimer nahm dankend an und setzte sich an den Tisch. Frieda bereitete den Kaffee zu und reichte ein paar selbstgebackene Plätzchen dazu. Das Rezept hatte sie von ihrer Mutter und die Keksdose verströmte einen wundervollen Duft nach Vanille.

Frieda setzte sich zu Weisheimer an den Tisch und goss beiden vom Kaffee ein. Als sie ihm die Keksdose hinhielt, nahm Weisheimer ihre Hand und zog Frieda zu sich. Er hielt kurz inne und küsste sie auf den Mund. Als er fast erschrocken über sein Tun den Kopf zurückziehen wollte, zog Frieda ihn an sich und erwiderte seine Liebkosung. Sie suchte seine Zunge und es durchfuhr sie wie ein Blitz. Die Küsse wurden immer intensiver und bei Frieda stellte sich ein wohliges Gefühl ein, das sie so schon sehr lange nicht mehr verspürt hatte. Sie hatte in all der Zeit ganz vergessen, wie es sich anfühlte, von einem Mann berührt zu werden, und sie genoss es in vollen Zügen. Weisheimer hob Frieda hoch und legte sie auf den Küchentisch. Er zog seine Hose aus, riss ihren Rock nach oben und drang in sie ein. Sie liebten sich intensiv und fest, als ob sie es niemals mehr tun würden können, so ausgehungert waren beide von den vielen Entbehrungen, die der Krieg mit sich gebracht hatte. Frieda zog Weisheimer immer wieder zu sich und stöhnte laut, als sie zum Höhepunkt kam. Beide waren erschöpft und lagen noch lange ineinander verschlungen einfach so da.

JULI 2018

Franz hatte die ganze Zeit kein Wort gesagt und seiner Mutter aufmerksam zugehört. Als er verstand, dass sie mit diesem Mann ein Verhältnis gehabt hatte, sprang er auf: »Du hast mit den Nazis kollaboriert? Ich fasse es nicht! Das kann wohl nicht wahr sein«, rief er und schlug die Hand auf den Tisch.

Frieda erschrak und wollte widersprechen, ihrem Sohn erklären, wie es damals gewesen war – die hohe Arbeitslosigkeit, der Krieg und der Hunger. Sie hatte nichts gehabt und war froh gewesen, eine Gelegenheit zu bekommen, für ihren Unterhalt und den des Hofes zu sorgen. Es waren damals andere Zeiten. Aber die Unterhaltung hatte sie erschöpft und Frieda blieb still.

Franz seinerseits hatte Fragen über Fragen und die Unterhaltung mit seiner Mutter hatte ihn mehr verwirrt als Klarheit geschaffen. Er wusste nicht mehr, was er sagen sollte. Das Gespräch hatte einen völlig anderen Verlauf genommen, als er sich vorgestellt hatte. Dass seine Mutter mit den Nazis zusammengearbeitet hatte, hatte ihn zum einen erschreckt, aber mehr noch verwundert. Was hatte seine Mutter getan, das so wichtig gewesen war, dass es von einem Oberen der Parteispitze angeordnet worden war? War dieser Mann, mit dem seine Mutter sich eingelassen hatte, vielleicht auch sein Vater? Er war bis dato immer davon ausgegangen, dass Wilfried, Friedas im Krieg gefallener Verlobter, sein Vater war. Jetzt sah es aber so aus, als ob ein anderer Mann ebenfalls in Betracht kam. Er merkte, dass er zu aufgebracht war, um weiter mit seiner Mutter zu sprechen. Er hatte Angst, die Fassung und die Kontrolle zu verlieren und vielleicht etwas zu sagen, das er später bereuen würde. Er hatte das Gefühl, dass alles, was um ihn herum gerade passierte, nicht zu seinem Leben gehörte. Er hatte Angst. Warum, konnte er nicht genau sagen, aber er spürte, dass hier noch mehr im Argen lag, als er zunächst vermutete.

Die Gedanken in seinem Kopf überschlugen sich und er verließ den Raum, rief nach Bella und überließ Frieda sich selbst. Was sollte er mit diesen neuen Informationen nur anfangen? Er musste nachdenken und dazu war nichts besser geeignet, als nach Saarbrücken ins *Easy Love* zu fahren. Dort würde er sich entspannen und nachher wieder klarer sehen.

KAPITEL 14

Es war noch früh, kurz nach sechs, als Anna am nächsten Morgen aufwachte. Sonntags lag sie für gewöhnlich ein bisschen länger im Bett und las schon mal die ein oder andere Zeitung auf ihrem Tablett, aber ein Mordfall machte auch am Wochenende keine Pause. Daher wollte sie die Gunst der frühen Stunde nutzen, um die Fakten noch einmal durchzugehen. Jean-Luc und sie waren erst nach Mitternacht zurückgekommen, da sie den Abend noch mit ein paar Freunden in einer Brasserie hatten ausklingen lassen. Aber Anna brauchte nicht so viel Schlaf und liebte das Gefühl, dass der Tag noch unverbraucht und frisch, nur für sie, vor ihr lag. Jean-Luc hatte um elf Uhr eine Matinee-Vorstellung und würde sicherlich auch bald aufstehen und ins Theater fahren.

Sie überlegte, wie sie ihren Tag verbringen wollte. Erst einmal lief sie wie gewohnt, wenn sie in Paris war, in die kleine Küche und drückte sich an der Nespresso-Maschine einen Kaffee heraus. Das war morgens das Wichtigste, um ihre Gedanken und ihren ganzen Körper in Schwung zu bringen. Dann setzte sie sich auf den Küchenhocker und schaute aus dem Fenster auf *Notre-Dame*. Was für ein Ausblick! Paris war ihr über die Jahre sehr ans Herz gewachsen und obwohl diese riesige Stadt viele Nachteile mit sich brachte, liebte sie doch ihr ganz besonderes

Flair. Die historischen Gebäude hatten einen großen Anteil an der Atmosphäre, aber auch die Liebe der Franzosen zum Essen und dass man jede Gelegenheit nutzte, um sich zu treffen, sei es zu Hause oder im Restaurant, um Zeit miteinander zu verbringen oder auf einen Spaziergang im *Jardin du Luxembourg*. Paris inspirierte Anna, und sie ertappte sich dabei, sich vorzustellen, wie es wohl wäre, hier in Paris zu leben. Die Frage, woanders zu wohnen als in Kaiserslautern, hatte sich bis jetzt noch nie gestellt. Sie war zwar in Heidelberg geboren und aufgewachsen aber, als ihre Eltern sich trennten, nahm Annas Mutter eine Stelle als Sekretärin in Kaiserslautern an und sie zogen um. Als Anna nach ihrem Studium, das sie als Zweitbeste abgeschlossen hatte, direkt eine Stelle in ihrer Heimat angeboten bekam, gab sie ihre Bewerbungsunterlagen ab und wurde sofort genommen. Es war ihr einfach logisch vorgekommen in der Stadt, in der sie wohnte, auch zu arbeiten. Wie wäre es hier bei Jean-Luc zu leben und zu arbeiten? Jeden Morgen neben ihm aufzuwachen und den Alltag mit ihm zu teilen? Der Gedanke gefiel ihr, auch wenn sie ihre Familie und Freunde in Kaiserslautern sicherlich vermissen würde. Aber es gab natürlich auch ein paar Hindernisse, allen voran die Sprache, die sie dann auf jeden Fall noch besser beherrschen müsste.

Der Piepton einer eingehenden Nachricht auf ihrem Handy riss sie aus ihren Gedanken. Sie ging in den Flur, wo ihr Telefon auf der Eingangskommode lag, um die Nachricht zu lesen. Vielleicht war es Kathrin, die ihr noch etwas Wichtiges mitteilen wollte. Anna erkannte die Telefonnummer der eingegangenen Nachricht nicht sofort, denn es war niemand von ihrem Team.

Es war eine französische Nummer, die Madame Morin gehörte, wie sich nach kurzem Durchlesen der SMS herausstellte. Diese fragte höflich an – schließlich war es Sonntagmorgen –, ob sie noch einmal mit Anna sprechen könnte. Ihr wären noch ein paar Informationen zu de Louvois eingefallen, die vielleicht wichtig sein könnten. Anna antwortete, dass sie sich gerne verabreden könnten, sie hätte ab zehn Uhr Zeit.

Anna hörte Geräusche im Bad. Jean-Luc war wach. Sie ging zurück in die Küche und ließ noch einen weiteren Kaffee heraus, um ihn Jean-Luc zu bringen. Er sah noch etwas verschlafen aus, als sie ihn umarmte.

»Du warst aber sehr früh wach. Konntest du nicht schlafen?«, fragte er.

»Doch, ich habe sehr gut geschlafen, aber du weißt, der Fall beschäftigt mich und ich habe die Gunst der Stunde genutzt, um die Informationen, die ich bis jetzt habe, noch einmal Revue passieren zu lassen. Außerdem habe ich aus der Küche den großartigen Ausblick genossen. *Notre-Dame* ist wirklich wunderschön.«

»Ja, die Wohnung war ein Glücksfall, auch wenn sie sehr klein ist.« Jean-Luc zog Anna an sich heran und schob sie vorsichtig ins Schlafzimmer. »Wir haben noch etwas Zeit, bis ich ins Theater muss.« Er schaute sie verschmilzt an und sie fielen zusammen aufs Bett.

Kurz nach neun Uhr verließ Jean-Luc die Wohnung, um ins Theater zu fahren. Er und Anna hatten ausgemacht, sich später irgendwo in der Stadt zu treffen, wenn die Vorstellung vorbei wäre. Wo genau, wussten sie beide noch nicht. Da würde sich sicherlich etwas ergeben. Anna war nicht unfroh, dass Jean-Luc selbst nur wenig Zeit hatte, denn sie wollte sich so schnell wie möglich auf den Weg zu Madame Morin machen, um zu erfahren, was sie zu berichten hatte. Also ging sie kurze Zeit später selbst aus dem Haus.

Es versprach, ein schöner Sommertag zu werden. Der Himmel war blau und das Thermometer am Küchenfenster zeigte bereits neunzehn Grad an. Trotzdem schaute Anna noch mal auf ihre Wetter-App. Auch die App kündigte heute den ganzen Tag nur Sonnenschein an und eine Maximal-Temperatur von siebenundzwanzig Grad. Das zauberte Anna ein Lächeln ins Gesicht und sie entschloss sich für einen langen Leinenrock und ein weißes T-Shirt. Dazu wählte sie zur Abwechslung ein paar bequeme Sandalen aus. Diese würden dafür sorgen, dass sie den ganzen Tag über gut durch die Stadt käme. Schließlich hatte sie keine Lust, sich eine Blase an der Ferse zu laufen. Normalerweise trug sie immer Sneakers, von denen sie mittlerweile eine beachtliche Sammlung hatte, aber im Sommer bevorzugte sie offene Schuhe, da ihr ansonsten zu warm wurde. Sie packte ihr Notizbuch und ihr Handy ein und verließ die Wohnung.

Anna und Michéle Morin hatten noch einmal kurz miteinander telefoniert und sich im *Musée Maillol* an der *Rue de Grenelle* für zehn Uhr verabredet, wo Madame Morin nach dem Treffen mit Anna noch einen Termin hatte. Das Museum lag nicht sehr weit vom *Musée d´Orsay* entfernt und war für die Museumsangestellte leicht zu erreichen. Sie war Teil eines Teams zur Vorbereitung einer neuen Ausstellung – die erste monografische

Retrospektive von Aristide Maillol im *Musée d´Orsay*. Ein wichtiges Projekt, an dem auch de Louvois mitgearbeitet hatte. Jetzt musste Madame Morin erst einmal ohne ihn weitermachen. Anna hatte sie darum gebeten, bei ihrem Termin im *Maillol Museum* noch nichts darüber zu verraten, dass Hugo de Louvois möglicherweise nicht mehr am Leben war. Sie mussten sich erst sicher sein und dadurch, dass de Louvois offiziell noch Urlaub hatte, stellte das auch erst einmal kein Problem dar. Gelogen war es auch nicht.

Aufgrund des schönen Wetters und um vielleicht ein neues Viertel in Paris zu entdecken, entschloss sich Anna, den Weg bis zum *Maillol Museum* zu Fuß zu gehen. Sie lief Richtung *Boulevard Saint-Germain,* auf dem sie links einbog. Hier passierte sie das *UGC Odeon Kino*, die gleichnamige Metro-Station und eine ganze Reihe kleiner Geschäfte, Restaurants sowie die *Cour du Commerce Saint-André*, einen der ältesten Plätze Paris, wo sich das Restaurant *Le Procope* befand, 1686 vom Sizilianer Francesco Procopio gegründet und nach eigenen Angaben das älteste Kaffeehaus der Welt, auf jeden Fall aber das erste Café in Paris. An der Kreuzung entschied sich Anna, links in die *Rue Saint Sulpice* einzubiegen, vorbei an der gleichnamigen Kirche. Sie fand es spannender, durch die kleinen Straßen zu laufen, als über die großen Boulevards und setzte ihren Weg fort. Kurz vor zehn Uhr erreichte sie die *Rue Grenelle*, wo das Museum sein musste. Von weitem sah sie eine kleine Menschengruppe vor einem Eingang stehen, der durch eine größere blaue Fahne gekennzeichnet war, auf der untereinander in weißer Schrift *Musée Maillol* stand. Hier musste es sein. Sie hielt Ausschau nach

Madame Morin und spähte durch die gläserne Eingangstür des Museums. In diesem Moment drehte sich dort eine Frau um und Anna erkannte Madame Morin. Ihre Blicke trafen sich.

Madame Morin kam heraus auf die Straße. »Bonjour, Madame Kastner. Wie geht es Ihnen? Haben Sie das Museum gut gefunden?«

»Danke, mir geht es gut. Ich habe den Spaziergang hierher bei diesem wunderbaren Wetter sehr genossen. Wie geht es Ihnen? Sollen wir uns hier im Museum unterhalten oder lieber ein Café aufsuchen?«

»Ich schlage vor, wir setzen uns vorne an der Kreuzung in die *Brasserie Le Flores*. Da können wir ungestört reden.«

»Sehr gerne.«

Anna folgte Madame Morin ein kleines Stückchen die Straße hinunter bis zur Kreuzung, wo sie gegenüber die besagte Brasserie ausmachte. Sie überquerten die Straße und ein Kellner, der gerade dabei war, Kaffee und Croissants auf einem kleinen Tablett einer Dame am Eingang zu servieren, wies sie an, sich einen freien Tisch auszusuchen. Madame Morin wählte einen Tisch ein bisschen weiter hinten auf dem Gehweg, da sie nicht wollte, dass man ihre Unterhaltung mitbekam. Die beiden Frauen setzten sich und bestellten sich Kaffee. Madame Morin fragte Anna noch, ob sie ebenfalls ein Croissant wollte, aber Anna lehnte dankend ab. Sie wollte sich auf das Gespräch konzentrieren und nicht durch Essen ablenken lassen. Schließlich war sie nicht im Urlaub.

»Madame Morin, Sie haben mir erzählt, dass Ihnen in Bezug auf Monsieur de Louvois noch etwas eingefallen ist. Was haben

Sie herausgefunden?« Anna kam direkt zur Sache, da sie nicht wusste, was sie sonst mit der Frau erzählen sollte. Smalltalk war nicht gerade ihre Stärke.

»Na ja, herausgefunden ist nicht das richtige Wort, aber ich bin einfach in Gedanken noch mal die Ereignisse der letzten Monate durchgegangen und die Projekte, an denen wir zusammengearbeitet haben und immer noch arbeiten. Und ich habe mich gefragt, ob sein Tod nicht vielleicht doch etwas mit seiner Arbeit zu tun haben könnte. Vorausgesetzt, es ist tatsächlich Hugo, den Sie gefunden haben. Was ich immer noch nicht glauben kann.«

»Ich stehe bereits in Kontakt mit der hiesigen Polizei. Wir haben de Louvois' Zahnarzt ausfindig machen können. Er wird uns ein paar Röntgenbilder zur Verfügung stellen, um die Identität der Leiche endgültig zu klären. Dann haben wir Gewissheit.« Anna merkte, dass Madame Morin ganz blass wurde und sie vielleicht etwas zu forsch war in ihren Ausführungen. Sie musste einfach mehr Fingerspitzengefühl an den Tag legen, sonst würde sie nicht viel von ihr erfahren. »Madame Morin, es ist wirklich sehr hilfreich, dass Sie sich diese Frage gestellt haben. Inwiefern könnte denn seine Arbeit eine Rolle spielen? Haben Sie eine konkrete Idee?«

»Nun, ich habe Ihnen bei unserem ersten Gespräch erzählt, dass Hugo sich bereits im Studium auf den Impressionismus spezialisiert hat und im Laufe der Jahre, durch seine internationale Erfahrung, es zu einem gewissen Renommee gebracht hat. In der Kunstszene gilt er als Experte auf seinem Gebiet und wird oft für Expertisen, Gutachten und solche Dinge herangezogen.

Er wird zu Kongressen eingeladen und hält selbst Vorträge über den Impressionismus und seine Maler.« Anna wurde langsam ungeduldig und wollte schon das Wort ergreifen, ermahnte sich aber innerlich rechtzeitig, den Redefluss von Madame Morin nicht zu unterbrechen. »Hugo arbeitet auch in verschiedenen Kommissionen mit, unter anderem auch für die französische Regierung und ich dachte, dass es vielleicht damit zusammenhängen könnte.«

Anna war überrascht, ließ es sich aber nichts anmerken. »Monsieur de Louvois hat für die französische Regierung gearbeitet? Wie muss ich mir das vorstellen?«

»Wissen Sie, in der Kunst gibt es immer wieder alte Gemälde, die irgendwo auf einem alten Speicher entdeckt werden, obwohl sie als verloren gelten. Dann macht das *Ministère de la Culture* gerne Appell an einen Experten, um das Bild genauer unter die Lupe zu nehmen und dessen Herkunft zu bestimmen. Das nur als Beispiel. Hugo war manchmal in solche Projekte als Experte einbezogen. Darüber hinaus gehörte er auch etlichen Kommissionen an, die bestimmte Aufgaben haben, wie zum Beispiel als verschollen geltende Bilder wiederzufinden.«

Anna hatte nicht viel Ahnung von Kunst und fühlte sich in diesem Moment leicht überfordert. Sie dachte nach, wie sie mit dieser Information umgehen sollte. »Haben Sie denn einen konkreten Anhaltspunkt auf einen bestimmten Fall, den Monsieur de Louvois gerade bearbeitet hat?«, wollte Anna wissen.

»Nein, aber ich könnte natürlich noch mal alles durchschauen, ob mir etwas auffällt. Vielleicht würde es Ihnen helfen, wenn

ich eine Liste der Kommissionen aufstelle, denen Hugo angehörte und auch die Fälle auflisten, an denen Hugo in den letzten
Jahren gearbeitet hat.«

Anna war dankbar für ihren Vorschlag. »Das hört sich sehr
gut an. Vielleicht hilft uns das weiter und bringt uns auf eine
Spur. Wann können Sie mir die Liste schicken?«

»Ich denke, bis spätestens übermorgen müsste ich alles zusammengetragen haben. Ich melde mich bei Ihnen, sobald ich
fertig bin, okay? Ich muss jetzt leider zu meinem Termin, wollte
Sie aber vorher noch über diese Möglichkeit in Kenntnis setzen.
Ich hoffe, ich habe nicht zu viel versprochen.«

»Das wäre großartig, bitte geben Sie mir Bescheid, sobald
sie fertig sind. Eine letzte Frage hätte ich noch, bevor Sie gehen:
Kennen Sie das Passwort für Monsieur de Louvois' Laptop? Ich
weiß, dass man so etwas nicht gerne zugibt, aber es würde uns
wirklich weiterhelfen.« Anna schaute Madame Morin mit einem
bittenden Blick an.

»Ich habe es mir auf jeden Fall mal aufgeschrieben. Das wollte Hugo so, damit, falls er es mal vergessen sollte oder ich etwas
auf seinem Computer suchen müsste, ich Zugriff darauf hätte.
Ich schicke es Ihnen zusammen mit der Liste zu.«

»Vielen Dank und *au revoir,* Madame Morin.«

Anna blieb noch ein paar Minuten sitzen und dachte über
das soeben geführte Gespräch nach. Sie hatte das Gefühl, dass
Kunst in diesem Fall vielleicht wirklich eine Rolle spielen könn-
te, sowie sie es intuitiv ein paar Tage vorher schon einmal in
Erwägung gezogen hatte. Madame Morin hatte jetzt eine neue
Dimension in den Fall gebracht und Anna hoffte, dass sie durch

die angekündigte Liste einen tieferen Einblick in das Leben des Hugo de Louvois bekommen würde. Das wäre wichtig. Anna hoffte, dass zusammen mit der Durchsuchung der Wohnung sie auf einen Hinweis stoßen würde, der vielleicht sogar schon der Durchbruch in diesem mysteriösen Fall wäre. Glücklich über die neue Wendung blieb Anna nichts anderes übrig, als den Sonntag in Paris zusammen mit Jean-Luc zu genießen.

KAPITEL 15

ACHT TAGE VOR DEM LEICHENFUND

Obwohl es von New York nach Frankfurt nur achteinhalb Flugstunden waren und er diese leicht in der Economy Klasse hätte verbringen können, hatte sich Ben nach dem Schlamassel der letzten Tage ein Ticket für die Businessclass geleistet. Er hatte seine Kreditkarte benutzt und, wenngleich er in den Miesen war, sich für das teurere Ticket entschieden. Ein bisschen Luxus konnte nicht schaden, dachte er, und würde ihm helfen diese schwere Zeit, die er gerade durchmachte, besser zu verkraften.

Hugo hatte er nur ansatzweise von seinen Problemen erzählt. Das ganze Ausmaß wollte Ben ihm erst eröffnen, wenn sie sich sehen würden. Vor allem, dass Klara, seine Frau, ihn verlassen hatte, war ihm peinlich. Hugo hatte sich immer gut mit Klara verstanden und alle drei kannten sich schon von Kindesbeinen an. Wenn Ben wieder mal untreu gewesen war, hatte Hugo des Öfteren zwischen ihm und Klara vermittelt und dazu beigetragen, dass sie ihm verzieh. Dieses Mal war er aber zu weit gegangen. Das musste auch er sich eingestehen. Eine Affäre mit einem achtzehnjährigen Cheerleader anzufangen, war nicht nur dumm von ihm gewesen, sondern er hatte in den letzten

Tagen begriffen, dass Klara ihm das nicht hatte durchgehen lassen können, ohne ganz und gar ihre Selbstachtung zu verlieren. Mit erwachsenen Frauen fremdzugehen, konnte sie wahrscheinlich noch verstehen, aber mit einem Teenager! Auf keinen Fall. Zumal sie selbst zwei Töchter hatten, die zwar heute schon erwachsene Frauen waren, die aber auch einmal in diesem Alter gewesen waren. Nicht auszudenken, wenn ein fremder Mann damals mit einer seiner beinahe noch minderjährigen Töchter Sex gehabt hätte und er wäre dahintergekommen. Ben mochte sich deshalb kaum vorstellen, was Klara über ihn dachte, und bis jetzt war ihm auch noch keine passende Entschuldigung eingefallen.

Er konnte es eben nicht lassen. Wenn ihm eine Frau gefiel – und das waren in den letzten Jahren einige gewesen –, musste er sie haben. Ob es die Mutter eines seiner Jungs war oder gar die Bedienung aus dem Club-Restaurant. Ganz egal. Er war auf alles scharf, das zwischen Kleidergröße 36 und 38 lag, lange Haare hatte, egal ob blond oder brünett, und eine ordentliche Oberweite vorweisen konnte. Das war sein Beuteschema. Er hatte sich noch nie daran gestört, dass er Klara damit immer wieder aufs Neue verletzte und seine Ehe dadurch nicht besser wurde. Der Kick des Verbotenen, die Jagd auf die Jugend, das Gefühl zu siegen und der Größte zu sein, waren einfach stärker als die Raison.

Über diese Gedanken war Ben in seinem Business-Class-Sitz eingeschlafen und überrascht, als die Stewardess ihn leicht am Arm berührte, um ihn zu wecken. Sie würden in einer knappen halben Stunde in Frankfurt landen. Nachdem er noch schnell einen Kaffee getrunken hatte, den sie ihm lächelnd servierte, kündigte der Kapitän auch schon den Landeanflug an und Ben wurde nervös. Wie sollte er das alles Hugo erklären. Er war ein solcher Idiot gewesen!

Hugo hatte ihm vorgeschlagen, ihn am Flughafen in Frankfurt abzuholen, und er würde sicherlich am Gate stehen, um ihn in Empfang zu nehmen. Was sollte er ihm sagen? Ben musste sich der Situation stellen. Das war im bewusst und er versuchte die verbleibende Zeit im Flieger, nur noch wenige Minuten, für die Formulierung ein paar einleitender Sätzen zu nutzen, die er dann einfach würde abspulen können.

Als der Flieger seine endgültige Parkposition im Terminal zwei, Gate D2, eingenommen hatte und die Passagiere für den Ausstieg bereit waren, merkte Ben, wie die Nervosität, die ihn zuvor überfallen hatte, nachließ. Was war schon dabei? Er würde gleich Hugo, seinen Cousin und besten Freund treffen und alles würde in Ordnung kommen.

Hugo de Louvois stand schon eine Weile am Gate und wartete auf die Landung der Maschine, die seinen Cousin über den Teich gebracht hatte. Er war ein bisschen aufgeregt, da er aus dem Telefonat mit Ben zwei Tage zuvor herausgehört hatte, dass dieser wieder einmal Streit mit Klara hatte und sie sogar aus dem gemeinsamen Haus ausgezogen war. Ben hatte keine Details erzählt und so vermutete Hugo, dass sein Cousin, wie schon so oft in den letzten Jahren, wieder einmal fremdgegangen war. Das bedeutete für ihn, dass er alles daran setzen müsste, um die Wogen zwischen den beiden zu glätten. Aber Hugo schob den

Gedanken erst einmal beiseite, da er unvoreingenommen auf Ben zugehen wollte, und freute sich darauf, ihn gleich in den Arm zu nehmen. Sie hatten sich seit dem Geburtstag seines Onkels vor circa einem halben Jahr nicht mehr gesehen und er war gespannt, was es Neues in der Familie zu berichten gab. Hugo hatte in Mainz zwei Zimmer für sie reserviert und sie würden vom Flughafen gleich das Hotel ansteuern, um ihr Gepäck dort abzugeben. Dann hatte Hugo geplant, Ben zum Mittagessen einzuladen und mit ihm zu reden.

Bens Eheprobleme waren die eine Sache, aber auch er hatte seinem Cousin etwas Wichtiges mitzuteilen. Er konnte es kaum erwarten, ihm gegenüberzusitzen. Er war seinem großen Lebensziel ein Stückchen nähergekommen und das wollte er Ben unbedingt erzählen. Als seine Großeltern damals im Zweiten Weltkrieg vor den Nazis aus Paris geflohen waren, hatten sie im Vorfeld einen großen Teil ihrer Bilder- und Kunstsammlung nach Amerika geschickt. Diese bildeten damals wie heute das Fundament der Galerie von Hugos Onkel, wo er bereits als Kind, später als Jugendlicher, so viel Zeit verbracht und alles über Kunst und Malerei gelernt hatte. Einige der Bilder mussten seine Großeltern allerdings vor ihrer Flucht zurücklassen und diese waren in die Hände der Nazis gefallen. Darunter auch *Zwei Frauen im Garten* von Auguste Renoir, 1873 entstanden. Dieses Bild liebte Hugo über alles. Es war für ihn der Inbegriff des Impressionismus und entsprach für ihn einem perfekten Bild, sofern es so etwas überhaupt gab. Er hatte es sich zur Lebensaufgabe gemacht, alles über den Verbleib des Gemäldes, das einmal im Besitz seiner Familie gestanden hatte, herauszufinden – und nun glaubte er, seinem Ziel ein Stückchen näher gekommen zu sein.

Es wäre tatsächlich eine Sensation, dachte er, sollte er das Bild ausfindig machen, ganz zu schweigen von dem monetären Erfolg, den ein solches Kunstwerk heute mit sich bringen würde. Aber er wusste aus Erfahrung, wie schwierig es war, die Provenienz eines als verschollen geltendes Kunstobjekts nachzuvollziehen. Es gab wenige Unterlagen oder Dokumente über die Bilder und damals im Zweiten Weltkrieg auch noch kein Internet. Entsprechende Recherchen konnten nur in Archiven durchgeführt werden, vorausgesetzt es waren Informationen über das jeweilige Bild archiviert worden. Es konnte also Jahre dauern, bis die Herkunft eines Gemäldes geklärt werden konnte.

Manchmal war das aber auch unmöglich, wie Hugo wusste. Aber er wollte nichts unversucht lassen. Er war bei seiner Arbeit für die beratende Kommission *NS Raubkunst*, die ihren Sitz in Berlin hatte, auf eine Spur gestoßen, die er unbedingt verfolgen wollte. Und diese Spur führte ihn in die Pfalz. Aktuell arbeitete Hugo gerade an der Vorbereitung eines Vortrags über Max Slevogt, einem deutschen Impressionisten, den er im Oktober auf Einladung der Universität Sorbonne in Paris halten sollte. Deshalb hatte er das Angenehme mit dem Nützlichen verbunden und sich dazu entschlossen, den Juli in Deutschland zu verbringen. Er wollte am Institut für geschichtliche Landeskunde der Universität Mainz Nachforschungen über das soziale Umfeld Slevogts in der damaligen Zeit anstellen, um den Maler im richtigen Zusammenhang zu präsentieren. Außerdem hatte er vor, die Villa Ludwigshöhe bei Landau in der Pfalz zu besuchen, die ebenfalls vom Landesmuseum Mainz betreut wurde und mehrmals jährlich Wechselausstellungen über Max Slevogt und die Wittelsbacher zeigte. Sicherlich würde er hier eine günstige Unterkunft finden. Vielleicht konnte er Ben begeistern, ihn zu begleiten und mit ihm gemeinsam ein paar Wandertouren durch die Weinregion zu unternehmen. Die Reise nach Mainz und in die Pfalz gab ihm die Möglichkeit, die Spur, die er glaubte, entdeckt zu haben, zu verifizieren oder zumindest weitere Informationen dazu am Institut für geschichtliche Landeskunde zu recherchieren.

Hugo war zwar bewusst, dass er die deutsche Sprache nicht perfekt beherrschte und vielleicht Hilfe benötigen würde, um das ein oder andere, auf das er bei seinen Recherchen stoßen würde, zu übersetzen. Aber als Kind hatte seine Mutter oft Jiddisch mit ihm gesprochen und diese Alltagssprache war dem Deutschen doch manchmal sehr ähnlich, sodass er das meiste gut verstand, auch wenn der tatsächliche Sinn des Gelesenen sich des Öfteren für ihn erst aus dem Kontext ergab.

Die ersten Passagiere liefen durch die Zollkontrolle, dann durch die dahinterliegende Glastür und Ben, der nur wenig Gepäck dabei hatte, kam als vierter Fluggast zum Vorschein. Hugo erblickte ihn sofort und rief seinen Namen, als er bei ihm ankam.

»Ben, wie schön dich zu sehen! Lass dich drücken. Wie war dein Flug?«

»Danke, sehr gut. Ich habe mir ein Ticket für die Businessclass geleistet. Das war sehr angenehm. Aber es gibt viel zu erzählen.«

»Ja, das glaube ich Dir. Ich freue mich sehr, dass du gekommen bist, und ich habe mir ein paar Gedanken gemacht, wie wir uns gemeinsam eine schöne Zeit machen können. Ich schlage vor, dass wir jetzt erst einmal ins Hotel fahren, und nachher lade ich dich zum Mittagessen ein. Dann können wir über alles in Ruhe quatschen.«

»Prima, genauso machen wir es.«

Hugo nahm Ben eine Tasche ab und warf sich den langen Riemen über die Schulter. Es tat gut, seinen besten Freund neben sich zu haben, und er freute sich auf die kommenden Tage mit ihm. Er hatte sofort die alte Vertrautheit zwischen ihnen wieder gespürt, so als ob sie nie voneinander getrennt gewesen wären.

KAPITEL 16

Die Vögel zwitscherten in voller Lautstärke und begrüßten den neuen Tag, als Franz Steiger gegen fünf Uhr dreißig auf den Hof fuhr. Es war fast schon hell und auf der Strecke zurück von Saarbrücken nach Kaiserslautern hatte er einen wunderschönen Sonnenaufgang erlebt. Die Luft war schon warm, aber nicht zu heiß und es roch nach Ernte, dachte er.

Er war länger als sonst im *Easy Love* geblieben und hatte eine Menge Geld ausgegeben – ganz zur Freude der dortigen Mädchen. Die meisten stammten aus dem Osten. Es waren Russinnen, Polinnen und einige Frauen aus Rumänien dabei. Er selbst hatte ein Faible für die russischstämmigen Prostituierten, da sie eine gewisse Würde ausstrahlten und ein breites Spektrum an sexuellen Praktiken beherrschten. Außerdem hatten sie wohlgeformte, schmale, lange Beine und meistens blondes Haar. Darauf stand er besonders.

Wie manchmal, wenn er aus dem Bordell kam, verspürte er an dem heutigen Tag eine gewisse Traurigkeit, fast Beklommenheit. Er hatte zwar guten Sex gehabt, keine Frage, aber zu Nähe und Liebe verholfen die Besuche im *Easy Love* eher nicht. Im Gegenteil, es machte ihm schmerzlich bewusst, wie einsam er war und hinterließ stets ein trauriges Gefühl. In Wirklichkeit sehnte Franz Steiger sich nach einer Frau an seiner Seite. Statt ihm zu helfen, diesen Gedanken loszulassen – schließlich war er jetzt auch nicht mehr der Jüngste – riefen die Besuche im *Easy Love* dieses ungute Gefühl stärker wieder hervor. Das war ihm heute wieder einmal schmerzlich bewusst geworden.

Als er ins Haus trat, kam ihm Bella schwanzwedelnd entgegen. Sie bellte freudig und verhielt sich so, als ob sie ihn schon seit mehreren Wochen nicht gesehen hätte. Das liebte Franz Steiger an seiner Hündin. Sie freute sich immer, ihn zu sehen, und war eine verlässliche Begleiterin. Sie war die treuste Weggefährtin, die man sich nur vorstellen konnte. Nachdem er Bella ausführlich gestreichelt hatte und sie mit frischem Wasser und Futter versorgt war, widmete er sich dem Frühstückstisch. Er hatte unterwegs in Otterberg noch frische Brötchen gekauft, da er einen Bärenhunger verspürte, und setzte Wasser für die Eier auf. Zusätzlich holte er die Wurst und die Marmelade aus dem Kühlschrank sowie ein Stück Gouda. Er schnitt zwei Tomaten auf und bestreute sie mit Salz, da er wusste, dass seine Mutter diese besonders gerne als Brotauflage auf dem Frischkäse aß. Gemeinsame Frühstücke mit seiner alten Mutter waren eher selten, da er meist morgens schon sehr früh aus dem Haus ging, um seine Arbeit zu verrichten. Aber manchmal am Wochenende saßen sie eine Weile zusammen und außer ein paar Floskeln über den Tratsch aus Otterberg oder das Wetter schwiegen sie sich an.

Heute wollte er den Faden vom letzten Gespräch erneut aufgreifen, um noch mehr Informationen über die Vergangenheit seiner Mutter zu erfahren. Er hätte nie geglaubt, dass sie mal eine aktive Nationalsozialistin gewesen war. Franz wollte unbedingt mehr über diesen Weisheimer erfahren. Was hatte seine Mutter mit den Nazis zu schaffen gehabt? Diese Frage musste er klären. Außerdem wollte er unbedingt herausfinden, ob dieser Mann sein Vater war. Er spürte, wie sich wieder eine gewisse Unruhe bemerkbar machte und wie wichtig es für ihn war, so viel wie möglich von der Vergangenheit ans Licht zu bringen. Er hatte viel zu lange geschwiegen und sich mit den Gegebenheiten seines Lebens abgefunden. Jetzt wollte er alles wissen und reinen Tisch machen. Auch, was den Verkauf des Hofes anging. Er wollte das nicht mehr mit sich ausmachen oder gar lügen und er musste herausfinden, ob seine Mutter von dem Verkauf schon etwas ahnte. Auch ihr gegenüber wollte er ehrlich sein und mit ihr gemeinsam an einer Lösung arbeiten, die für alle akzeptabel war.

Er hatte bereits Geräusche im oberen Stockwerk vernommen und wusste, dass seine Mutter im Bad war. Er setzte noch schnell den Kaffee auf und holte die Zeitung aus dem Briefkasten. Wenn sie hereinkam, sollte es so aussehen, als ob alles ganz normal wäre. Und dass, obwohl sein Leben innerhalb der letzten Tage völlig aus dem Ruder gelaufen war.

Als Frieda die Treppe langsam herunterkam, war das kleine Ess- und Wohnzimmer vom Geruch des frischgebrühten Kaffees erfüllt und Frieda setzte ein Lächeln auf. Sie freute sich. Franz hatte das Frühstück vorbereitet. Sie trat ein und traf ihn am Tisch sitzend, mit der aufgeschlagenen Rheinpfalz vor sich.

»Guten Morgen, Franz! Wie das duftet und wie gut der Frühstückstisch ausschaut. Vielen Dank!« Frieda setzte sich auf ihren Platz und Franz schaute sie an.

»Mutter, ich habe gedacht, dass es gut wäre, das Gespräch noch mal aufzunehmen. Ich glaube, wir müssen einfach ehrlich miteinander sein und uns alles sagen. Schließlich haben wir nur uns beide. Es tut mir leid, dass ich gestern so emotional reagiert habe, aber das war alles zu viel für mich.«

»Das verstehe ich, mein Sohn. Du hast Recht. Es tut mir auch leid, dass ich dir nicht schon früher von meinem Leben erzählt habe. Aber als du jünger warst, wollte ich dich mit all diesen Sachen nicht unnötig belasten. Und als du dann erwachsen warst, habe ich die Notwendigkeit nicht mehr gesehen. Wir hatten so unsere Differenzen und ich wollte es nicht schlimmer machen, als es schon war. Lass uns frühstücken und dann fragst du mich, was du wissen willst. Ich versuche, mich so gut es geht zu erinnern.«

»Ja, das mache ich. Möchtest du ein Brötchen?« Franz hielt Frieda den Brotkorb hin und goss ihr anschließend eine Tasse Kaffee ein.

SOMMER 1942

Fast jedes Mal, wenn ein Lkw mit einer neuen Ladung bei Frieda auf den Hof fuhr, kam kurze Zeit später auch Karl Weisheimer dazu, um Frieda zu besuchen. Sie kannten sich jetzt schon seit einigen Wochen und ließen keine Gelegenheit aus, Zeit miteinander zu verbringen. Dann erzählten sie sich ihre Lebensgeschichten, sprachen über ihre Hoffnungen und Wünsche für das neue Deutschland, für sich selbst und irgendwann liebten sie sich. Frieda, die noch nicht viel Erfahrung in Sachen Liebe und Sex hatte, war überrascht, wie abwechslungsreich das Liebesspiel doch sein konnte, und genoss die Zeit mit Karl viel mehr, als sie es jemals mit Wilfried, ihrem gefallenen Verlobten, getan hatte. Dies wiederum sorgte bei ihr für ein schlechtes Gewissen und Schuldgefühle, aber es gelang ihr, diese zurückzudrängen – und die Zeit mit Karl floss nur so dahin. Sie wusste nicht, wie lange er bleiben und ob er sie am Ende vielleicht sogar heiraten würde, was sie sich natürlich sehnlichst wünschte, aber dafür war es sicherlich noch zu früh. Sie kannten sich kaum und sie wollte erst noch mehr über ihn herausfinden.

Bei einem seiner letzten Besuche auf dem Lanzenbrunnen hatte Karl ihr erzählt, dass er Gauleiter und somit der mächtigste Mann der Pfalz war. Das schmeichelte ihr und sie war stolz, dass er sich gerade in sie verliebt hatte. Sicherlich gab es noch mehr Frauen in der Gegend rund um Kaiserslautern und in der Pfalz, die durch den Krieg auf sich allein gestellt waren. Es wäre für Karl ein Leichtes gewesen, sich eine auszusuchen. Er war früh in die NSDAP eingetreten und bereits fünf Jahre später zum Gauleiter ernannt worden. Dass dies aber auch seine Schattenseiten hatte, war etwas, das Frieda beunruhigte und hin- und wieder zweifeln ließ, ob das Vorgehen und die Pläne der Nationalsozialisten tatsächlich richtig waren. Da war zum einen die plötzliche Festnahme der Beckers gewesen. Was hatten sie getan? Frieda hatte Karl zwar damals darauf angesprochen, aber keine hinreichende Antwort erhalten. Außerdem sprach Karl immer öfter davon, dass er es als seine Pflicht betrachtete, die Saarpfalz von den Juden zu befreien. Dass jemand dem jüdischen Glauben angehörte, konnte doch nicht der alleinige Grund für seine Festnahme sein? Frieda beschwichtigte sich damit, dass sie von Politik wirklich keine Ahnung hatte und Karl schließlich kein Unmensch war. Sie verdrängte ihre Zweifel schnell wieder, denn so gut wie im Moment war es ihr schon lange nicht mehr gegangen.

Sie genoss ihr neues Leben und das bisschen Luxus, das sie sich dadurch leisten konnte. Wenn sie mit Karl zusammen war, sorgte sie stets dafür, dass genug zu trinken im Haus war, vorzugsweise Weine aus der Vorderpfalz, die er ganz besonders mochte, und dass er auch stets etwas Besonderes zu essen bekam. Dazu gehörte sein Lieblingsgericht: Saumagen mit Sauerkraut und Kartoffelbrei. Dadurch, dass Frieda auf dem Bauernhof so einiges selbst anpflanzte und auf dem Wochenmarkt verkaufte, konnte sie ihre Lebensmittel auch mal gegen ein paar Flaschen Wein eintauschen. Den Saumagen bekam sie beim Metzger in Kaiserslautern. Schließlich wusste auch Frieda, dass Liebe durch den Magen ging. Das hatte ihre Oma schon immer gesagt.

Eines Nachmittags, als wieder ein Laster auf den Hof fuhr, nahm sie sich vor, Karl zu fragen, was denn in den Kisten für Sachen waren, die sie in ihrem Keller aufbewahrte. Bis jetzt hatte sie sich das noch nicht getraut und ihre Neugier im Zaum halten können. Jetzt, wo Karl und sie sich aber schon eine ganze Zeit lang kannten und ein Paar waren, wollte sie all ihren Mut zusammenfassen und ihn fragen, was es mit den Kisten auf sich hatte. Oft blieben die angelieferten Kisten nur ein paar Tage in ihrem Versteck, bevor der nächste Lkw sie wieder abholte. Und sie war neugierig, mehr darüber zu wissen.

Auch an diesem Tag erschien Karl wenige Minuten nachdem der Lkw abgeladen und alle Kisten verstaut worden waren. Wie gewöhnlich wollte Karl Frieda sofort an sich ziehen und mit ihr ins Schlafzimmer gehen, aber sie wusste nie genau, wie lange er bleiben würde und fragte ihn, ob er einverstanden wäre, zuerst ein Gläschen Wein zu trinken. Sie hätte gerade den Transport in den Keller beaufsichtigt und organisiert, hier und da auch mitgeholfen die Kisten ordentlich zu verstauen, und wäre durstig. Karl willigte ein und sie setzten sich an den Tisch. Frieda holte eine Flasche Weißwein hervor und goss beiden ein Glas ein. Dann fragte sie ihn, ob er ihr nicht ein bisschen mehr über den Inhalt der Kisten erzählen könnte. Schließlich wäre sie ein Teil dieser Operation und hätte ein Recht darauf zu erfahren, von wo sie stammten. Karl wollte erst abwinken und erwiderte, dass ihr das doch egal sein könnte. Schließlich würde er sie gut dafür bezahlen. Aber er lenkte schließlich ein, denn es war ihm wichtig, so sagte er, dass er Frieda nicht verlor und er weiter auf sie zählen konnte.

Also fing Karl an, zu erzählen, dass der Führer Adolf Hitler den Auftrag erteilt hatte, Kunstwerke für ein von ihm geplantes Führermuseum in der österreichischen Donaustadt Linz zusammenzutragen. Dies sollte durch Beschlagnahmungen in den besetzten Gebieten geschehen – in Paris beispielsweise. Karl Weisheimer war Teil dieser Organisation, die Hitler *Sonderauftrag Linz* nannte, und war ihm direkt unterstellt. Frieda war beeindruckt, dass Karl direkte Beziehungen zum Führer unterhielt und fragte ihn weiter aus. Er berichtete ihr von den Beschlagnahmungen in Paris, insbesondere bei jüdischen Kunstsammlern in der *Rue de la Boétie*, und dass die Gemälde nach München in den Führerbau gebracht wurden. Dieser diente als Depot für die Kunstwerke und dort wurde die Gemäldesammlung sortiert, um eine Auswahl für das Museum in Linz zu treffen.

Frieda konnte es nicht fassen, dass sie Teil einer solch wichtigen Unternehmung war und wollte sofort in den Keller, um sich ein paar der Bilder anzuschauen. Karl willigte ein – was sollte schon dabei sein? – und sie gingen hinaus, um über den Hof in den Keller und das Versteck zu gelangen. Es dauerte ein bisschen, bis sie alle Schlösser und Türen geöffnet hatten und im Raum mit den wertvollen Kisten standen. Karl bückte sich und inspizierte die Aufschriften der Kisten. Er entschied sich für eine Mittelgroße und schaute zu Frieda hoch. Er fragte sie, ob er diese öffnen solle. Sie bejahte und Karl, der wusste wie man die Kisten, ohne sie zu beschädigen, öffnen und wieder verschließen konnte, machte sich ans Werk. Als er den Deckel der Kiste angehoben hatte und diese ihren Inhalt frei gab, war Frieda ein bisschen enttäuscht. Sie hatte sich vorgestellt, dass in den Kisten Bilder in schönen Rahmen, aus Holz oder Gold, enthalten sein würden. Stattdessen fanden sie nur eine Ansammlung aufgerollter Leinwände. Karl nahm einige davon heraus und rollte sie auf.

Das erste Bild zeigte eine Kathedrale, getaucht in das majestätische Licht eines Sonnenuntergangs, das Frieda den Atem raubte. So etwas Schönes hatte sie noch nie gesehen. Sie fragte Karl, ob er wüsste, wo diese Kathedrale stehe. Karl lachte und antwortete, das sei *Notre-Dame* in Paris und der Maler sei Cézanne, ein Impressionist. Frieda hatte keine Ahnung von Kunst, geschweige denn von Paris und nickte nur. Sie spürte, dass es sich hierbei um keine gewöhnlichen Bilder handelte und fragte weiter, ob sie wertvoll seien. Karl antwortete, dass er das nicht genau sagen konnte, dass aber sicherlich das ein oder andere teure Objekt dabei sei.

Er rollte noch weitere Leinwände auf und Frieda fand viele wunderschön. Sie war beeindruckt von den Farben, die ineinanderzufließen schienen, von der Stimmung, die sie vermittelten. Ein weiteres von Cézanne hatte es ihr besonders angetan. Es zeigte ein bewirtschaftetes Feld und man spürte fast den Wind und die Wärme des Spätsommers, das es ausstrahlte. Andere Gemälde gefielen ihr weitaus weniger und sie fand, dass sie aussahen wie Bilder von kleinen Kindern. Diese Serie war mit Picasso unterschrieben, einen Namen, mit dem sie in der damaligen Zeit nichts anfangen konnte.

Sie und Karl verbrachten eine ganze Weile inmitten der wertvollen Gemälde und Karl wurde es nicht leid, Friedas Fragen gefühlvoll zu beantworten, eine Seite an ihm, die, so stellte sie fest, zwar selten zum Vorschein kam, aber die sie umso mehr schätzte. Die Zeit im Versteck war rasend schnell vorbeigegangen und Karl wollte die Bilder wieder zurück in die Kiste legen. Doch Frieda, immer noch ganz benommen von den vielen neuen Eindrücken, die sie an diesem Nachmittag bekommen hatte, wurde plötzlich von ihren Zweifeln übermannt. Sie schaute Karl direkt in die Augen und sagte ihm, dass es sich bei der ganzen Kunst, die vor ihnen verstreut auf dem Boden und den Holzkisten lag, gewissermaßen um Diebesgut handeln würde und sie sich nicht ganz wohl bei der Sache fühle. Karl versuchte sie zu beschwichtigen und zu überzeugen, indem er ihr versicherte, dass die Bilder doch nur von Juden stammten und sie mit ihrem Versteck hier in der Westpfalz einen wichtigen Beitrag zur *Operation Linz* leistete.

Frieda war nicht ganz überzeugt und Karl entschloss sich spontan, Frieda, der die Gemälde offensichtlich gefielen, eins der Bilder zu schenken, damit sie endlich Ruhe gab und er sich ihrer sicher sein konnte. Er griff noch einmal in die Kiste und rollte eine der Leinwände auf. Das Bild war knapp fünfzig Zentimeter hoch und an die fünfundsechzig Zentimeter breit und zeigte zwei Frauen in einem Garten. Das Bild gefiel Frieda auf Anhieb, vor allem die zarten Farben und die unbeschwerte Atmosphäre das es ausstrahlte. Sie ließ sich durch Karls großzügige Geste gerne überzeugen und dankte ihm. Sie würde das Bild in ihrem Schlafzimmer aufhängen, als Erinnerung an diese Zeit. Sie küssten sich und Karl fasste ihr unter den Rock. Sie war zwar nicht in Stimmung, ließ es aber geschehen, hier in ihrem Versteck, zwischen all den Kisten und ausgebreiteten Leinwänden. Dabei merkten sie beide nicht, dass Slawek, wie sich später herausstellen sollte, ihnen durch ein kleines Loch in der Wand zuschaute.

JULI 2018

Frieda war noch in ihre Erzählung versunken und hatte sich einen Moment zurückgelehnt, um einen Schluck des Kaffees zu trinken, der noch fast unberührt vor ihr stand und kalt zu werden drohte. Sie brauchte eine Pause, so aufgewühlt hatte sie die Erinnerung an damals und das gemeinsame Leben mit Karl. Heute wusste sie natürlich, dass das alles andere als vernünftig gewesen war und sie für die falsche Sache gekämpft hatte. Aber damals ...

Sie blickte zu Franz und versuchte sich an einer Erklärung. »Weißt du, mein Sohn, damals in dieser schrecklichen Zeit waren wir überhaupt nicht so informiert wie heute. Ich war damals felsenfest davon überzeugt, das Richtige zu tun. Antisemitismus war damals für mich kein Begriff und nicht im Entferntesten hätte ich mir damals vorstellen können, was mit diesen armen Menschen hinter den Kulissen tatsächlich passierte. Ich hatte Angst hier, allein und ohne Mann auf dem Hof, und war froh, als Karl sich für mich interessierte. Außerdem wollte auch ich meinen Beitrag für das Vaterland leisten. Ein paar Kisten zu lagern und zu verstecken, erschien mir damals als nicht so bedeutend. Natürlich habe ich vermutet, dass es sich bei den Gemälden, die ich hier versteckt hielt, nicht um gewöhnliche Bilder handelte, aber ehrlich gesagt wollte ich das damals auch nicht so genau wissen. Es war mir egal. Ich musste selbst sehen, wie ich über die Runden kam. Wir waren schließlich im Krieg!« Frieda merkte, dass Franz ihr eine Frage stellen wollte.

»Mutter, ich kann das alles natürlich überhaupt nicht nachvollziehen, aber ich verurteile dich auch nicht. Sage mir bitte: War Karl Weisheimer mein Vater?« Diese Frage brannte ihm schon die ganze Unterhaltung über unter den Nägeln und musste er unbedingt stellen, bevor sie das Frühstück beendeten und seine Mutter zu erschöpft war, um weiterzuerzählen.

»Franz, diese Frage kann ich dir nicht mit Sicherheit beantworten. Es gibt da noch etwas, das ich dir noch nie erzählt habe.«

KAPITEL 17

Die Liste, die Madame Morin Anna versprochen hatte, war noch nicht angekommen. Weder per SMS noch per E-Mail. Anna war etwas ungeduldig, da sie das Gefühl hatte, dass die angekündigte Übersicht sie vielleicht auf eine Spur bringen könnte. Und wie so oft hoffte sie, dass ihr Gegenüber, in diesem Fall Madame Morin, genauso tickte wie sie und alles schneller erledigte, als eigentlich verabredet. Aber dem war leider nicht so. Madame Morin hatte vorgehabt, ihr die Liste so schnell wie möglich zu schicken. Offensichtlich hatte sie noch nicht alle Informationen zusammen. Anna musste sich also noch etwas gedulden.

Während des Frühstücks mit Jean-Luc in der kleinen Küche seiner Wohnung war an diesem Montag die Maschinerie der Kriminalpolizei in Kaiserslautern wieder angelaufen und Anna hatte eine Nachricht nach der anderen erhalten. Von Kathrin hatte sie erfahren, dass die Ortung von de Louvois' Handys leider nichts ergeben hatte. Es war offensichtlich ausgeschaltet. Das letzte Lebenszeichen des Telefons hatte es vor neun Tagen gegeben. Da war es im Funknetz rund um Kaiserslautern eingeloggt. Diese Information brachte allerdings nichts Neues, außer dass man davon ausging, dass de Louvois sich zu diesem Zeitpunkt tatsächlich irgendwo in Kaiserslautern befunden hatte. Der Laptop war auch noch nicht geknackt – hier würde sicherlich das

Passwort, das Madame Morin ihr demnächst schicken wollte, Abhilfe schaffen.

Heute würde Kathrin zur Bank von Franz Steiger fahren und sich mit seinem Berater unterhalten. Des Weiteren hatte Kathrin auch mit dem Autoverleih gesprochen und es hatte sich herausgestellt, dass de Louvois' Mietwagen nicht zum vereinbarten Zeitpunkt zurückgebracht worden war. Das wäre am Vortag des Leichenfundes gewesen, also genau am Montag vor einer Woche. Dies war beiden Frauen Anlass genug, eine Großfahndung nach dem Fahrzeug, einem Mercedes GLB, einzuleiten.

Um zehn Uhr rief sie der französische Kommissar Thiéry Lalongue an.

»Anna, *bonjour*«, begrüßte er sie. »Wie geht es Ihnen?«

Anna, die von der Frage überrascht war, erinnerte sich glücklicherweise schnell genug daran, dass es in Frankreich üblich war, erst einmal ein paar freundliche Floskeln auszutauschen, bevor man zum eigentlichen Thema kam, und antwortete entsprechend: »Monsieur Lalongue … Thiéry, *bonjour*. Danke, es geht mir gut. Wie immer, wenn ich in dieser wunderbaren Stadt bin. Gibt es Neuigkeiten?«

»Ja, nur leider keine Guten. Die Zahnarztpraxis findet aktuell de Louvois' Röntgenbilder nicht. Sie führen gerade ein großes Digitalisierungsprojekt durch und offensichtlich sind die Bilder noch in einem Karton verstaut. Es wird also noch etwas dauern, bis wir Ihnen die Bilder zukommen lassen können, um die Identität des Opfers endgültig zu klären. Ich habe in der Zwischenzeit aber mit dem Staatsanwalt gesprochen und aufgrund dessen, dass Gefahr in Verzug ist, hat er uns den Durchsuchungsbeschluss für de Louvois' Wohnung trotzdem erteilt. Er vertraut uns und wir könnten uns, wenn es für Sie passt, in einer halben Stunde an der Wohnung treffen.«

Anna konnte ihr Glück kaum fassen und spürte sofort, wie ihr Adrenalinspiegel anstieg. »Soll ich Madame Morin benachrichtigen, damit sie uns den Schlüssel übergibt?«

»Das wäre prima, dann müssen wir nicht die Tür aufbrechen.«

Lalongue lachte und sie verabschiedeten sich. Anna kam sich etwas albern vor, aber hielt sich nicht lange mit diesem Gedanken auf. Sie erledigte schnell das Telefonat mit Madame Morin, die glücklicherweise Zeit hatte, zu de Louvois' Wohnung zu kommen, und schickte Kathrin noch die Info, dass die Röntgenbilder aktuell nicht auffindbar waren und es wohl noch ein bisschen dauern würde, bis sie diese erhielt. Sie sollte bitte Manfred, dem Pathologen, Bescheid sagen. Anschließend machte Anna sich fertig und zog sich an. Jean-Luc hatte heute den ganzen Tag Probe, sodass er ebenfalls auf dem Sprung war.

»*A ce soir ma chérie.* Ich freue mich auf heute Abend. Es ist so schön, dass du bei mir bist.« Jean-Luc nahm Anna in den Arm und küsste sie leidenschaftlich. Er genoss es offensichtlich sehr, mit ihr ein bisschen Alltag zu teilen, und verließ gut gelaunt die Wohnung. Auch sie fühlte sich wohl und dachte daran, dass ein Leben als Paar sehr schöne Seiten hatte.

Anna war gespannt, was sie erwartete, und gab die Adresse von de Louvois' Wohnung, *Rue Boissière 46*, in Google-Maps ein. Mit über einer Stunde war die Strecke zu weit, um zu Fuß zu gehen. Da Taxifahren in Paris keine Alternative war, weder zeitlich noch preislich, entschied sich Anna für die Metro und dachte darüber nach, sich eine App für günstigere Privatfahrten, die es mittlerweile in allen Städten gab, für Paris zu organisieren. Jean-Luc könnte da bestimmt Abhilfe leisten.

Anna verließ ihr gemeinsames Liebesnest und ging bis zur Metrostation *Cluny La Sorbonne,* wo sie Ausschau nach der gelben Linie 10 Richtung *Boulogne Pont de Saint-Cloud* hielt. Wie immer und insbesondere im Hochsommer roch es schlecht in den weit verzweigten Gängen der Untergrundbahn. Es war ein leicht säuerlicher Geruch gepaart mit verbrauchter, stickiger Luft, der bei Anna eine leichte Übelkeit hervorrief. Sie ermahnte sich, nicht länger daran zu denken, und konzentrierte sich auf die Hinweisschilder, die ihr den Weg bis zum richtigen Zug wiesen. An einem kleinen Kiosk kaufte sie sich noch einen Kaffee, da sie ihre Tasse halbvoll auf dem Frühstückstisch hatte stehen lassen.

Als der Zug eine Minute, nachdem sie auf dem Bahnsteig angekommen war, in den Bahnhof einfuhr, reihte sie sich erleichtert in die Schlange der Wartenden ein. Es herrschte ein reges Treiben, viele waren unterwegs zur Arbeit und es war ziemlich voll. Als sie den Wagen bestieg, waren nur noch wenige Plätze frei und sie zog es vor, stehenzubleiben, da sie nicht gerne so eng neben fremden Menschen saß. Anna schaute auf den Streckenverlauf, der oberhalb der Fenster ihr gegenüber auf einer Metalplatte angebracht war und zählte ganz automatisch die Stationen bis zu ihrem Umsteigeplatz mit. Es waren sieben an der Zahl und jede einzelne wurde nach und nach auf der Digitaltafel, die in der Mitte des Wagens hing, angezeigt. Nach knapp zehn Minuten kam die Bahn in der Station *La Motte – Picquet Grenelle* an und Anna stieg aus, um in die grüne Linie Richtung *Charles de Gaulle-Etoile* umzusteigen. Diese würde sie direkt in die *Rue Boissière* bringen, wo sich Hugo de Louvois' Wohnung befand. Sie würde zwar ein paar Minuten zu spät eintreffen, aber das war nicht weiter schlimm und würde ihr hier niemand übelnehmen. Das war in Frankreich anders als in Deutschland, wo Pünktlichkeit immer noch eine Tugend war. Das empfand auch Anna so. Aber wenn sie hier in Paris war, gefiel ihr die Nonchalance der Franzosen und sie genoss, dass alles etwas leichter, unverbindlicher schien. Ob es tatsächlich so war, konnte sie nicht beurteilen.

Thiéry Lalongue war sichtlich erfreut, Anna wiederzusehen, und begrüßte sie mit einem Händedruck. Für die in Frankreich übliche Begrüßung, mit Küsschen links und Küsschen rechts, war es wohl tatsächlich noch zu früh, dachte Anna. Schließlich kannten sie sich kaum.

Dass sie in dieser Situation an solch belangloses Zeug denken konnte!

Die Wohnung in der *Rue de la Boissière* 46 lag im zweiten Stock eines etwas von der Straße zurückversetzten schönen, weißen Hauses. Um zur Eingangstür zu gelangen, musste man durch ein schmiedeeisernes, mit Ornamenten und Arabesken verziertes Gittertor gehen, das in seiner oberen Hälfte den Blick auf das eigentliche Haus freigab. Thiéry drückte auf einen Einlassknopf auf dem linken Pfosten und das Tor öffnete sich automatisch. Sie erreichten den Vorgarten, der wie ein kleiner Innenhof sehr geschmackvoll mit Kies und Buchse angelegt und in der Mitte mit schönen Bäumen und Pflanzen bestückt war. Eine breite helle Steintreppe führte zur eigentlichen Eingangstür.

Die gesamte Fassade des Hauses war auf jeder der drei Etagen mit fünf Fenstern versehen, die mit einer weißen Umrahmung verziert waren. Im ersten und zweiten Stock verfügten diese außerdem über vorgelagerte französische Balkone, die wiederum mit einem Eisengeländer gesichert waren. Das Erdgeschoss war dagegen mit Bodenfenstern ausgestattet, die wie Terrassentüren geöffnet werden konnten, und auf den Innenhof führten. Das Dachgeschoss verfügte über die gleiche Anzahl an Fenstern wie die anderen Stockwerke, waren aber jeweils mit einer hellen Gaube versehen. Insgesamt vermittelte das Haus einen herrschaftlichen Eindruck und war sehr gepflegt. Ohne Hugo de Louvois zu kennen, hatte Anna sofort das Gefühl, dass dieses Haus zu ihm passte und war gespannt, wie es innen aussah.

Thiéry klingelte erneut und die Eingangstür ging mit einem leisen Surren auf. Jetzt standen beide im Eingangsbereich des Hauses vor einer Art Empfang, hinter dem offensichtlich der Mann saß, der ihnen die Tür geöffnet hatte. Thiéry zeigte ihm seinen Dienstausweis und erklärte, dass er sich zusammen mit seiner Kollegin de Louvois' Wohnung anschauen musste. Der Portier wollte natürlich wissen, um was es ging, aber nachdem er sich noch einmal versichert hatte, dass Thiéry tatsächlich von der Polizei war, wies er den beiden den Weg in den zweiten Stock. Obwohl es einen wunderschönen alten Aufzug gab, der aussah, als sei er aus dem letzten Jahrhundert entsprungen – und das war er wahrscheinlich auch – entschieden sie sich für die breite Steintreppe.

Oben angekommen gab es zwei Eingangstüren. Die eine gleich rechts an dem Treppenabsatz, die andere etwas weiter hinten auf der gegenüberliegenden Seite. Das war die Tür zu de Louvois' Appartement. Lalongue schloss auf und Anna und er traten ein. Sie kamen in einen großen Eingangsbereich mit Stäbchenparkett. In der Mitte stand ein antiker napoleonischer Holztisch mit goldener, ziselierter Kante und einer Tischplatte, die überall mit beeindruckenden Intarsien versehen war. In der Mitte des Tisches stand eine hohe große Vase, die mit prachtvollen Blumen in zarten Farben gefüllt war. Anna dachte sofort, dass die Blumen doch schon längst verwelkt sein müssten, merkte aber zu ihrer Verblüffung, dass es sich dabei um hochwertige Seidenblumen handelte, die sie in dieser Qualität noch nie gesehen hatte. Sie hätte schwören können, dass sie ihren Duft wahrgenommen hatte. Wahrscheinlich waren diese sogar parfümiert.

Vom Eingangsbereich aus gingen zwei weite Flure ab. Links führte eine schöne alte weiße Holztreppe ins Obergeschoss der Wohnung, wo sich wahrscheinlich die Schlafzimmer und das Bad befanden. Genau gegenüber der Eingangstür öffnete sich eine große Flügeltür zum Wohnzimmer hin. Dort traten sie zuerst ein und schauten sich um. Thiéry pfiff durch die Zähne. Er war sichtlich beeindruckt. Anna ebenfalls. Der Raum war an die fünfzig Quadratmeter groß und verfügte über mehrere Sitzgelegenheiten. Unter den Fenstern an der hinteren Fassade standen sich zwei grün-weiß gestreifte Sofas gegenüber, links davon zwei mit Blumenmuster bezogene Sessel aus der Zeit von Ludwigs XVI., die perfekt dazu passten. In der Mitte stand ein passender niedriger Couchtisch, der mit Kunstbänden übersäht war. An den Wänden hingen überall echte Gemälde, keine Nachdrucke, über einer an die Wand gelehnten Konsole ein prächtiger aufwendiger Goldspiegel, der den ganzen Raum durch das hereinfallende Licht zum Glänzen brachte. Ein großes Bücherregal stand an der anderen Wand. Hier und dort gab es weitere kleine Anrichten und Stühle, die allesamt sehr geschmackvoll dekoriert waren. Auf dem Boden lagen wertvolle Teppiche, die dem ganzen Raum eine behagliche, stilvolle Atmosphäre verliehen. Die gesamte Wohnung glich einem Antiquitätengeschäft und Anna wusste gar nicht, wo sie zuerst hinschauen sollte. Aber sie besann sich, dass sie hier waren, um eine Spur zu finden, die ihnen erklären könnte, warum de Louvois in die Pfalz gereist war.

Nachdem sie das Wohnzimmer gründlich untersucht und nichts Entsprechendes gefunden hatten, ging sie über den Flur weiter in den nächsten Raum. Dies schien ein Büro oder die Bibliothek zu sein. Auch diese war voll mit Büchern älteren und neueren Datums sowie mit Aktenordnern im Regal, die dem Raum eher eine geschäftliche Atmosphäre verliehen. Die Teppiche, die hier und da nur ein kleines Stück des hochwertigen Holzbodens durchblitzen ließen, waren in hellen Tönen gehalten und passten perfekt zum Rest der Wohnung.

Auf einem Tisch befanden sich mehrere Stapel Zeitschriften, die ordentlich nebeneinander lagen. Eine kleine Jugendstillampe sowie eine Marmorskulptur rundeten das Ensemble ab. Anna musste an ihre Freundin Lisa mit ihrem kleinen Antikladen denken, die hier in dieser fremden Wohnung ihre wahre Freude gehabt hätte. Sie schaute sich weiter um und ging zum großen Schreibtisch, der an einem Ende des Raumes stand. Dieser wirkte sehr aufgeräumt. Genauso wie in de Louvois' Büro im *Musée d'Orsay*, dachte Anna. In der Mitte lag eine große lederne Tischauflage. Darauf ein goldener Brieföffner mit einer Elfenbeinklinge sowie ein Kalender. Links davon stand ein Fotorahmen aus Silber mit einem alten schwarz-weißen Foto, das eine Familie zeigte. Es waren Eltern mit ihren Kindern. Wahrscheinlich de Louvois' Familie. Am oberen Rand des Schreibtisches stand ein kleiner Halter aus Holz mit verschiedenen Fächern, in dem eine Menge Briefe und Zeitungen steckten. Daneben eine Holzkiste mit Intarsien aus Perlmutt, wie man sie aus Marokko kannte.

Anna nahm sich als erstes de Louvois' Kalender vor. Sie blätterte auf Anfang Juni zurück. Hier und da fand sie eine Eintragung zum Mittagessen, einen Termin in einer Galerie oder ein Meeting mit dem *Musée Maillol*, wo sie sich gestern mit Madame Morin getroffen hatte. Ende Juni fand sie noch einen Eintrag: *Ben anrufen*. Der Name sagte ihr nichts, also notierte sie sich das Datum und den Namen in ihr Notizbuch. Sie würde Madame Morin fragen, ob sie mit dem Namen Ben vielleicht etwas anfangen konnte. Anschließend untersuchte Anna noch die Schubladen des Schreibtischs und schaute sich im Raum um. Auch hier hingen viele Bilder an den Wänden, die teilweise sehr wertvoll aussahen.

Sie dachte an die Schilderung von Madame Morin zurück, als diese ihr das erste Mal von Hugo de Louvois erzählt hatte und fühlte, dass sie sich langsam, aber sicher ein Bild von ihm machen konnte. Es musste sich ihrer Meinung nach um einen außerordentlich kultivierten Mann handeln, der sein Leben der

Kunst gewidmet hatte. Alles hier in der Wohnung deutete darauf hin. Alles war auf seine Art besonders, ob wertvoll oder nicht. Alles war sehr geschmackvoll und stimmig. Das ein oder andere, wie zum Beispiel der alte Paravent im Schlafzimmer, der neben einer Säule aus Marmor stand, auf der wiederum eine alte Römerbüste Platz gefunden hatte, gefiel Anna allerdings nicht.

Die Wohnung war zwar ein Gesamtkunstwerk, aber auch die Erkundung der weiteren Räume brachte keinerlei Erkenntnis. Als sie wenig später hinter sich abschlossen, fragte Anna Thiéry, ob er den Portier fragen könnte, wann er de Louvois das letzte Mal gesehen hatte. Aber auch hier gab es keine Überraschung. De Louvois war am 4. Juli, ausgestattet mit einem Koffer und einer Reisetasche, in ein Taxi gestiegen, das der Portier ihm zuvor bestellt hatte, und war in den Urlaub gefahren. Also nichts, was Anna oder Thiéry weitergebracht hätte. Sie wollten sich gerade zum Gehen wenden, als Annas Handy klingelte. Es war Kathrin.

»Anna, halt dich fest: Die KTU hat das Passwort des Laptops geknackt und wir sind drin!«

»Super, endlich eine gute Neuigkeit. Und habt ihr schon etwas herausgefunden?«

»Es sieht so aus, als ob de Louvois nach Mainz an die Uni wollte, um dort etwas über ein Bild zu recherchieren. Das Bild heißt *Zwei Frauen im Garten* und ist von einem Künstler namens Auguste Renoir. Ich fahre gleich los, um herauszufinden, mit was sich de Louvois im Institut für geschichtliche Landeskunde beschäftigt hat. Ich könnte mir vorstellen, dass das jetzt Priorität vor dem Besuch bei der Bank von Steiger hat. Oder was meinst du?«

»Ja, auf jeden Fall. Fahr gleich los und versuch, etwas herauszufinden. Hier kommen wir momentan nicht weiter. Wie heißt das Bild, um das es geht, gleich noch mal? Ich schreibe mir das auf und gehe dann zurück in die Wohnung. Vielleicht finde ich Hinweise zu dem Bild, die uns weiterhelfen können.«

»Das Bild heißt *Zwei Frauen im Garten* von Renoir. Du bist in der Wohnung von de Louvois? Genial! Und ihr habt nichts gefunden?«

»Nein, bis jetzt noch nicht. Ich melde mich später noch mal, falls ich etwas finde. Und du dich auch, wenn du im Institut warst, okay?«

»Ja, auf jeden Fall. Bis später!«

»Bis später, Kathrin.«

Anna legte auf und berichtete Thiéry vom Telefonat mit ihrer Kollegin. Anna wollte noch mal in die Wohnung zurück. Jetzt hatte sie den Namen eines Bildes. Vielleicht würde sie in der Wohnung etwas darüber finden. Beide gingen wieder die Treppe hoch, um sich das Appartement ein zweites Mal gründlich vorzunehmen.

Anna schaute sich als Erstes in der Bibliothek um und suchte nach Büchern, die etwas mit Renoir zu tun hatten. Es standen viele Ausstellungskataloge im Regal, auch einige von Renoir. Aber das besagte Bild, die *Zwei Frauen im Garten*, war darin nicht enthalten. Als Nächstes nahm Anna sich die Zeitschriften vor, während Thiéry Lalongue nach oben ins Schlafzimmer ging, wo auch noch eine Menge Bücher und Dokumente herumlagen. Die Magazine in der Bibliothek waren zeitlich sortiert und Anna nahm sich eins nach dem anderen vor und blätterte als Erstes zu den Inhaltsverzeichnissen, in der Hoffnung, dort auf etwas Interessantes zu stoßen. In der Juni-Ausgabe des Schweizer Kunstmagazins *Kunst – Heute & Damals* aus dem Jahre 2014 stieß sie auf einen Artikel, der sofort ihre Aufmerksamkeit weckte:

»Zwei Frauen im Garten *von Renoir ist Raubkunst – Wer weiß, wo sich das Bild heute befindet?*«

Anna schlug die entsprechende Seite im Heft auf und sah sofort ein kleines Bild von Hugo de Louvois am Rand des Artikels. Darunter stand, dass er Experte in Sachen Beutekunst war und der beratenden Kommission *NS Raubkunst* in Berlin angehörte. In dem Artikel beschrieb de Louvois das Bild und was es so besonders machte, aber auch, dass das Bild einmal im Besitz der Familie Wederquist gewesen war, einem berühmten Galeristen und Sammler aus Paris. Daneben war das besagte Gemälde abgebildet. Auf den Namen Wederquist konnte sich Anna keinen Reim machen. War das vielleicht ein entfernter Verwandter von de Louvois oder vielleicht sogar sein Onkel mit der Galerie in New York? Das wusste Anna nicht, aber versprach sich, die Verwandtschaftsverhältnisse der Familie de Louvois abklären zu lassen. Damit sie es nicht vergaß, schrieb sie die Frage in ihr Notizbuch. Vielleicht könnte hier auch Madame Morin weiterhelfen. Viel mehr gab der Artikel allerdings nicht her, sondern besprach noch, wie schwierig es war, solche verschollenen Bilder wieder aufzufinden und ihren rechtmäßigen Eigentümern zurückzuführen. Es folgte eine Liste von Bildern, sowohl aus privaten als auch öffentlichen Sammlungen und Museen, die bis heute ebenfalls noch nicht zurückgegeben werden konnten, sei es, weil es keine Angehörigen mehr gab oder weil deren Provenienz nicht mit hundertprozentiger Sicherheit hatte bewiesen werden können.

Anna wollte auf Nummer sicher gehen, dass sie nichts überlesen hatte, und entschied sich spontan, von dem Artikel eine Kopie zu machen. In der Bibliothek, neben dem Schreibtisch, hatte sie einen Drucker entdeckt und meistens konnten diese auch kopieren. Anna ging mit der Zeitschrift in das andere Zimmer und sah sich den Drucker an. Sie hob den Deckel des Geräts hoch. Auf dem Kopierer lag noch ein vergessenes Schreiben. Sie wollte es schon auf den Schreibtisch legen, als sie es umdrehte und las. Es war an die Universität Mainz, Institut für geschichtliche Landeskunde, adressiert. De Louvois hatte in dem Brief um Unterstützung für einen Vortrag über Max Slevogt gebeten, den er gerade vorbereitete, und seinen Besuch für Anfang Juli angekündigt. Mehr ging aus dem Schreiben nicht hervor, aber das deckte sich zumindest mit dem, was Kathrin ihr am Telefon erzählt hatte. Sie machte ein Foto des Schreibens und schickte es Kathrin per MMS zu.

Anna hatte das Gefühl, dass sie auf der richtigen Spur waren.

Sie kopierte den Artikel, den sie gefunden hatte, und widmete sich noch einmal den restlichen Magazinen und Zeitschriften zu. Als sie schon aufgeben wollte, entdeckte sie eine weitere Zeitschrift – dieses Mal allerdings eine französische Ausgabe – mit der Überschrift *L´Art Actuel*, die titelte: *La complexe restitution des Œuvres d´art pillées par les nazis* (Die komplexe Rückgabe der von den Nazis geraubten Kunstwerke). Da Anna bereits Schwierigkeiten mit der genauen Übersetzung des Titels hatte, rief sie Thiéry zur Hilfe. Dieser kam aus dem oberen Stockwerk zu ihr in die Bibliothek und Anna zeigte ihm den Artikel.

»Thiéry, kannst du mir den Artikel bitte übersetzen? Um was geht es darin? Ich verstehe nicht alles, was dort steht.«

»Lass mich bitte mal sehen.« Thiéry las den Artikel rasch durch. »Also, soweit ich das überblicken kann, geht es um Kunstwerke, die während des Zweiten Weltkriegs den Juden von den Nazis entwendet und nach Deutschland gebracht wurden, genauer gesagt nach München in den Führerbau, der als Depot diente. Dort wurden die Gemälde sortiert, um eine Auswahl für das Museum in Linz, Österreich, das sogenannte Führermuseum zu treffen. Sie sprechen hier von dem *Sonderauftrag Linz* und dass die Gemälde wahrscheinlich über das Saarland und die Pfalz nach München gelangt sind. Außerdem steht hier noch, dass damals eine Frau, Rose Vallant, Assistentin des Museumsdirektors mitbekam, wie die Deutschen die gestohlenen Bilder im *Musée du Jeux de Paume* in Paris zwischenlagerten, bevor sie sie nach Deutschland abtransportierten. Um das Kulturerbe zu retten, machte sie sich heimlich Notizen über die Kunstwerke und verfolgte, so gut das damals möglich war, ihren Weg. Durch ihre Unterstützung hat man Kenntnis von einem Zwischenlager auf dem Weg nach München erlangt, das irgendwo zwischen Saarbrücken und Ludwigshafen liegen musste. Gefunden wurde es allerdings nie. Ansonsten stehen hier noch Zahlen über die Anzahl der gestohlenen Gemälde. Es waren einhunderttausend und davon konnten nach dem Krieg sechzigtausend nach Frankreich zurückgeschickt und zwei Drittel davon, also fünfundvierzigtausend, an ihre respektiven Eigentümer vor 1950 zurückgeführt werden. Die meisten der anderen Kunstwerke wurden wahrscheinlich verkauft, mit Ausnahme von zweitausendzweihundert Stück, die von niemandem zurückgefordert und vorübergehend in den Nationalgalerien untergebracht wurden. Seit 1950 konnten einhundertneunundneunzig dieser Gemälde und Kunstobjekte, die in französischen Museen und Galerie untergebracht waren, auch an die entsprechenden Eigentümer oder ihre Nachkommen zurückgegeben werden.«

»Das ist sehr interessant«, kommentierte Anna den Artikel.

»Vor allem dieses Zwischenlager in der Pfalz. Meinst du, dass de Louvois deshalb nach Deutschland gereist ist?«

»Das könnte gut sein. Wahrscheinlich ist de Louvois bei seinen Recherchen auf eine Spur gestoßen und jemand wollte ihn davon abhalten, das Bild zu finden. Das könnte ein mögliches Tatmotiv sein. Lass uns die Wohnung noch mal gründlich durchsuchen. Vielleicht finden wir noch etwas dazu.«

Thiéry Lalongue stieß einen Seufzer aus. »Bist du sicher, dass wir hier noch etwas finden? Wir haben doch schon alles durchsucht und ehrlich gesagt schwirrt mir der Kopf vom vielen Lesen und Blättern. Außerdem sterbe ich vor Hunger. Lass uns lieber etwas essen gehen.«

Anna schaute sich noch mal in der Wohnung um. Sie hatten tatsächlich alles Mögliche durchforstet. Sie spürte, dass sie auf der richtigen Spur war. Deshalb wollte sie nicht so schnell aufgeben. Wer wusste schon, wann sie wieder Gelegenheit bekommen würde, in die Wohnung zu kommen. Auf der anderen Seite konnte sie diesen Job vielleicht auch Thiérys Leuten überlassen.

»Wenn du veranlasst, dass die Wohnung mit Hinweis auf unsere Vermutung und ein mögliches Tatmotiv noch einmal komplett durchsucht wird, wäre ich einverstanden, mit dir eine Kleinigkeit essen zu gehen. Ansonsten würde ich es vorziehen, noch ein bisschen hierzubleiben, um mir alles noch mal genau anzuschauen. Mir läuft die Zeit davon.«

»Meinetwegen, wenn du meinst, gebe ich meinem Team Bescheid, dass sie jemanden schicken sollen. Wahrscheinlich hast du Recht und wir sollten nichts unversucht lassen. Aber lass uns jetzt gehen und einen Happen essen, sonst kann ich nicht mehr klar denken. Ich kenne eine kleine Brasserie hier um die Ecke, wo wir bestimmt ein leckeres *plat du jour* bekommen.«

»Okay, *on y va*.«

Anna und Thiéry machten sich auf den Weg zur Eingangstür, als Anna der Artikel wieder einfiel. »Lass mich noch schnell das Heft kopieren, damit wir alle Informationen beisammenhaben.«

»Nimm es doch einfach mit. Wir können es später zurückgeben.«

»Okay. So machen wir es.«

KAPITEL 18

ACHT TAGE VOR DEM LEICHENFUND

Das Hotel in Mainz, in dem Hugo zwei schöne Suiten mit Blick auf den Rhein gebucht hatte, waren modern eingerichtet und verfügten über ein großes Bad, ein komfortables Boxspring-Doppelbett sowie über eine gemütliche Sitzecke mit einem hellen Sofa und einem passenden Sessel. Hugo wollte sichergehen, dass Ben sich wohlfühlte und er selbst hasste zu kleine Zimmer, in denen man sich so gut wie nicht bewegen konnte. Deshalb hatte er sich den gemeinsamen Aufenthalt auch etwas kosten lassen. Denn es war für ihn von vornherein klar gewesen, dass er die Rechnung bezahlen würde. Er kannte Ben, und laut seinen Erzählungen der letzten Zeit hatte er gerade einen Engpass und nur wenig Geld zur Verfügung. Umso bemerkenswerter war es, dass Ben Business geflogen war.

Na ja, dachte er, so war sein Cousin eben.

Hugo hatte eine Weile im Internet recherchiert und sich viele Hotels auf ihren jeweiligen Webseiten angeschaut, sich dann für das Hotel direkt am Rheinufer entschieden. Es verfügte über einen eigenen SPA- und Fitnessbereich sowie über eine große sonnige Terrasse, die direkt am Rheinufer lag. Ein Restaurant und zwei einladende Bars rundeten das Angebot ab. Er beglückwünschte sich zu seiner Wahl und wendete sich an die nette Frau an der Rezeption für den Check-in. Das Gepäck wurde ihnen in ihre jeweiligen Zimmer gebracht und Ben und er verabredeten sich für in einer halben Stunde. Das gab seinem Cousin die Gelegenheit, einmal unter die Dusche zu springen, ein absolutes Muss nach einem so langen Flug – auch in der Businessclass. Hugo hatte an der Rezeption gleich einen Tisch auf der Terrasse reserviert und er freute sich auf die gemeinsame Zeit mit Ben. Er hatte ihm so viel zu erzählen, dass er gar nicht genau wusste, wo er anfangen sollte, aber das würde sich im Laufe des Gesprächs sicherlich ergeben.

In seinem Zimmer angekommen, packte er seinen Koffer aus und entschied sich, die halbe Stunde bis zum Essen damit zu überbrücken, seine E-Mails durchzugehen. Aber es gab nichts Neues aus Paris und Hugo schlug die Zeit im Internet tot. Schließlich wussten alle, in erster Linie Michèle, dass er im Urlaub war. Hugo machte den Laptop wieder zu und machte sich auf den Weg, um Ben abzuholen. Um dreizehn Uhr klopfte Hugo an Bens Hotelzimmertür, die drei Nummern weiter rechts lag und holte seinen Cousin zum Mittagessen ab. Ben öffnete gut gelaunt die Tür. Er sah wie immer blendend aus, dachte Hugo, und beide machten sich auf ins Restaurant.

Es war ein warmer Sommertag, auf der Terrasse waren alle Sonnenschirme geöffnet. Sie bekamen einen schönen Tisch in der ersten Reihe zum Wasser und bestellten sich zur Begrüßung erst einmal zwei Bier. Hugo hätte lieber mit einem Glas Champagner angestoßen, aber er wusste, dass Ben Bier bevorzugte und bestellte zwei Pils. Die Karte bot ein kleines Dreigänge-Mittagsmenü an, das als Vorspeise Lachstatar mit Avocado und als Hauptgericht Risotto mit Rinderfiletspitzen anbot. Als Nachtisch konnte man zwischen *Mousse au Chocolat* oder *Creme Brulée* wählen. Beide entschieden sich für das Menü, und als die Bedienung ihre Bestellung aufgenommen hatte, eröffnete Hugo das Gespräch.

»Also, jetzt mal raus mit der Sprache. Was ist zwischen dir und Klara passiert? Hattet ihr Streit?«

Ben antwortete nicht gleich, sondern schaute einen Moment lang auf den Rhein, der vor ihnen lag. Er wusste nicht, wie er anfangen sollte. Mit der Ehekrise oder mit seinem Rausschmiss? Er entschied sich für das Erstere, da es ihm ziemlich peinlich war, Hugo seine Probleme zu offenbaren. Der Streit mit Klara wäre für Hugo nichts Neues, aber der Jobverlust? Den konnte er Hugo nicht plausibel erklären.

»Weißt du«, begann er schließlich, »eine Ehe ist nicht immer einfach. Und du kennst mein Faible für andere Frauen. Ich gebe zu, dass ich es dieses Mal übertrieben habe. Aber natürlich war mir nicht klar, dass sie erst achtzehn war.«

»Du bist mit einer Achtzehnjährigen ins Bett gegangen? Das glaube ich nicht. Was ist nur in dich gefahren?« Hugo war entsetzt und konnte sich gut vorstellen, wie verletzt Klara war. Er bezweifelte, dass sie überhaupt noch einmal zurückkommen würde. »Wo ist Klara jetzt? Hast du schon mit ihr gesprochen?«

Ben schaute Hugo an und merkte, dass die ganze Leichtigkeit der letzten Stunden verflogen war. Er machte sich Sorgen um Klara, dachte Ben. Und was war mit ihm? Warum machte sich niemand Sorgen um ihn?

»Ich habe natürlich versucht sie anzurufen, aber sie geht nicht ans Telefon«, sagte Ben. »Ich weiß nicht, wo sie steckt.«

Hugo rollte mit den Augen und wollte gerade mit der Hand auf den Tisch hauen, als die Bedienung mit den Getränken kam. Er riss sich zusammen und ließ ihr Platz, um die beiden Pils und die Flasche Mineralwasser abzustellen. Als sie wieder gegangen war, schaute er Ben geradeaus in die Augen.

»Mensch Ben, was bist du nur für ein Idiot! Du weißt nicht, welches Glück du mit Klara hast. Andere Männer wären froh, wenn sie so eine großartige Frau an ihrer Seite hätten. Und was machst du? Du betrügst sie in einer Tour und jetzt auch noch mit einem halben Kind. Das ist nicht zu fassen.«

Hugo war außer sich und konnte sich kaum beherrschen, seinem Cousin nicht ins Gesicht zu schlagen. Er war als Jugendlicher selbst einmal in Klara verliebt gewesen. Die drei waren damals unzertrennlich gewesen, aber er ahnte zu der Zeit schon, dass er nicht in New York bleiben, sondern Karriere im Ausland machen wollte und dafür war Klara, die eher ein Familienmensch war, seiner Meinung nach nicht die Richtige. Er überließ Klara seinem Cousin, vielleicht weil er auch nicht ganz sicher war, ob Klara ihn genauso attraktiv fand wie Ben. Er hatte damals Angst vor der Konfrontation gehabt und wollte Klara Ben nicht wegnehmen. Allerdings hatte er sich damals auch nicht vorstellen können, dass Ben so wenig Rücksicht auf seine Frau nehmen würde und nach der ersten Zeit der Verliebtheit, als seine Töchter schon größer waren, jede Frau haben musste, die ihm gefiel und Klara immer wieder hinterging. Er hatte Klara als eine liebenswerte, sensible und intelligente Frau kennengelernt, die immer für ihre Familie da war. Das hatte sie nicht verdient.

»Was gedenkst du jetzt zu tun?«, wollte Hugo wissen. »Hast du einen Plan? Oder ist dir alles egal?«

»Hugo, bitte. Jetzt krieg dich mal wieder ein. Es ist schließlich meine Frau. Wenn du so weitermachst, erzähle ich überhaupt nichts mehr. Ich kann nichts dafür, dass die Kleine mich so angemacht hat. Ich hätte nie gedacht, dass sie erst achtzehn ist. Du hättest sie sehen sollen. Langes, dunkles Haar, wundervolle große blaue Augen und ihre Titten … Unglaublich sexy, die Kleine! Sie ist Cheerleaderin bei uns und hat mir beim letzten Spiel ständig Blicke zugeworfen. Da habe ich sie anschließend auf einen Drink eingeladen und wir sind später, als fast alle schon weg waren, noch gemeinsam unter die Dusche. Da ist es dann passiert. Sie wollte es unbedingt. Das musst du mir glauben.«

Hugo wusste nicht, was er darauf erwidern sollte. Alle Freude darüber, seinen Cousin und gleichzeitig besten Freund wiederzusehen, war auf einen Schlag dahin. Er spürte nur noch Ekel, der Appetit war ihm vergangen. Wie sollte er mit dieser Situation umgehen? Er entschloss sich, einen Gang zurückzuschalten, da seine Argumente bei Ben keinerlei Wirkung zeigten und es sie beide nicht weiterbringen würde, wenn er seine Verärgerung über das Verhalten seines Cousins weiterhin an ihm ausließ.

»Du hast recht. Es ist deine Frau, dein Leben, das du gerade wegwirfst. Lass uns erst einmal essen, bevor wir weitersprechen. Das beruhigt die Nerven.«

Genau in diesem Moment wurde die Vorspeise serviert. Sie fingen an zu essen und weder Ben noch Hugo sagte ein Wort. Hugo war bewusst, dass es schwer werden würde, über Bens Probleme zu sprechen, ohne dass er auf ihn losging. Aber er nahm sich vor, es zumindest zu probieren.

Ben seinerseits war still geworden und es ärgerte ihn, dass die Stimmung dahin war. Er fragte sich, wie er es anstellen konnte, dass sie wieder in einen vernünftigen Redefluss kamen. Schließlich wollte er die Zeit mit Hugo nutzen, um sein Leben wieder in den Griff zu bekommen, womöglich auch, um Klara zurückzugewinnen. Hier war er auf jeden Fall auf Hugos Hilfe angewiesen. Ohne ihn würde er es wahrscheinlich nicht schaffen. Das war ihm klar und so versuchte er, das Gespräch wieder in Gang zu bringen.

»Hugo, was gibt es bei dir Neues? Schließlich haben wir uns seit der goldenen Hochzeit meiner Eltern nicht mehr gesehen. Was machst du so in Paris?«

Hugo schwieg noch eine Weile und genoss das Avocado-Lachs-Tatar. Er hatte eigentlich keine Lust, einfach so über die Probleme, die sie gerade angesprochen hatten, hinwegzusehen, aber es blieb ihm wohl nichts anderes übrig, falls er beiden nicht den Tag verderben wollte.

»Ich arbeite gerade an einer Präsentation über einen deutschen Impressionisten, Max Slevogt. Ich halte im Herbst einen Vortrag über ihn an der *Sorbonne* und in Frankreich gibt es nur wenig Literatur über ihn. Deshalb habe ich diese Reise unternommen, da ich so das Angenehme mit dem Nützlichen verbinden kann.« Hugo war distanziert und die Vertrautheit vom Vormittag zwischen den beiden Cousins war verflogen. Aber er bemühte sich und sprach weiter. »Wenn du einverstanden bist, würde ich morgen gerne nach Mainz an die Universität fahren, um ein paar Recherchen anzustellen. Ich habe mein Kommen am Institut für geschichtliche Landeskunde dem dortigen Institutsleiter angekündigt. Er erwartet mich. Ich dachte mir, dass du vielleicht Lust hast, dir Mainz anzuschauen. Es gibt im Stephansdom sehenswerte Fenster von Marc Chagall, die er mit neunzig Jahren am Ende seines Lebens gestaltet und gemalt hat. Diese wurden später in einem Glasatelier in Reims bleiverglast. Ich könnte dir eine Führung durch die Stadt und den Dom buchen. Was hältst du von dieser Idee?«

Das war wieder einmal typisch für seinen Cousin, dachte Ben. Er wusste doch ganz genau, dass er nicht so sehr an Kunst und dem ganzen Kram interessiert war! Warum konnte Hugo das nicht einfach akzeptieren und versuchte immer wieder in für irgendeine Ausstellung, Kunstwerk oder Denkmal zu begeistern? Er merkte, wie eine gewisse Aggression in ihm aufstieg, ließ sich aber nichts anmerken.

»Ach Hugo, du weißt doch, dass ich nicht so sehr auf Kunst stehe, auch wenn mein Vater diese wunderbare Galerie besitzt und wir seitens unserer Großeltern mit dieser Kunstvergangenheit aufgewachsen sind. Ich bin anders als du. Du musst mir kein Programm zusammenstellen, ich kann auch gerne einfach hier auf dich warten, eine Runde Joggen gehen und dann treffen wir uns wieder. Was meinst du?«

»Ich dachte, es interessiert dich vielleicht. Aber wie du möchtest. Ich habe das Hotel für zwei Nächte gebucht. Anschließend möchte ich mit dir weiter in die Weinregion fahren und dort die Villa Ludwigshöhe besuchen. Das brauche ich für meinen Vortrag. Hier könnten wir dann eine Wanderung unternehmen und irgendwo einkehren. Ich hoffe, das passt.«

»Das finde ich wunderbar. Du weißt, wenn es um Bewegung und Sport geht, bin ich immer zu haben.«

»Ja, das dachte ich mir. Ich würde auch gerne eine Weinprobe machen. Ich glaube, da gibt es das ein oder andere sehr gute Weingut, das wir besuchen könnten.«

Hugo war richtig in Fahrt gekommen und spülte seine anfängliche Enttäuschung darüber, dass Ben kein Interesse an den wundervollen Chagall-Fenstern mit einem Schluck herunter. Er wollte gute Miene zum bösen Spiel machen und die alte Vertrautheit wieder herstellen. Er war zwar maßlos enttäuscht, dass Ben es auf die Spitze getrieben und mit einer Achtzehnjährigen geschlafen hatte, aber wahrscheinlich gab es irgendeine Erklärung für sein kindisches Verhalten und den Betrug an seiner Frau, die er noch nicht kannte. Schließlich wollte er aber weder ihm noch sich selbst komplett die gemeinsame Zeit verderben. Er hatte sich doch so auf die Woche mit ihm gefreut.

»Weingut klingt ganz nach meinem Geschmack«, sagte Ben.

Beide schauten einander an und mussten lachen. Die eisige Atmosphäre von vor ein paar Minuten war verflogen und sie konnten die Hauptspeise, die gerade serviert wurde, genießen. Hugo entschloss sich allerdings, seine Neuigkeiten über das verschollene Bild noch ein bisschen für sich zu behalten. Der Versuch über die Fenster von Chagall das Gespräch auf die Kunst zu lenken, war gänzlich gescheitert und er wollte keinen zweiten Versuch unternehmen. Als sie beide noch den Nachtisch gegessen – beide liebten *crème brulée* – und einen Espresso bestellt hatten, entschieden sie sich für ein Mittagsschläfchen in ihrem Zimmer. Ben holte langsam, aber sicher der Jetlag ein und es war besser, er schlief jetzt eine Stunde und hielt am Abend länger durch. Als sie den starken, kleinen schwarzen Kaffee ausgetrunken hatten, gingen sie auf ihre Zimmer und verabredeten sich für achtzehn Uhr an der Bar.

Ben wollte sich etwas hinlegen und anschließend das Fitnessstudio des Hotels für ein bisschen Krafttraining nach dem langen Flug nutzen. Vielleicht würde er auch ein paar Runden am Rheinufer laufen oder im Pool des Spa-Bereichs schwimmen. Das wusste er noch nicht genau. Aber Bewegung würde ihm auf jeden Fall guttun. Hugo dagegen wollte an seinem Vortrag arbeiten und den Besuch des Instituts, und was er dort genau recherchieren wollte, vorbereiten. Er ging zwar auch ab und zu Joggen, aber Sport war ihm nicht so wichtig wie Ben. Allerdings musste er zugeben, dass die Strecke entlang des Rheins auch ihn reizte, und vielleicht würde er morgen früh gemeinsam mit Ben eine Runde drehen.

Der Tag mit Ben war ganz anders verlaufen, als er es sich vorgestellt hatte. Hugo musste sich eingestehen, dass er manchmal, wenn es um das alltägliche Leben seiner Familie oder auch von Freunden ging, eine gewisse Naivität an den Tag legte. Er glaube immer daran, dass alles gut war und konnte sich nur schwer vorstellen, dass nicht jeder so einen glücklichen Alltag lebte wie er. Er hatte die Kunst und seinen Beruf, die ihn komplett erfüllten. Natürlich vermisste er auch manchmal die Nähe zu einem anderen Menschen. Aber Beziehungen waren ihm oft zu kompliziert.

Er hatte es ein paar Mal probiert. Noch im Studium hatte er eine Affäre mit einer zehn Jahre älteren Kunstdozentin aus Madrid gehabt. Sie war eigentlich Italienerin, hatte aber die Stelle in Madrid ein Jahr zuvor angenommen. Sie war geschieden und hatte eine fünfjährige Tochter. Die Frau hatte ihm vieles beigebracht, emotional wie sexuell, und er hatte die Zeit mit ihr sehr genossen. Ihre Tochter war ein intelligentes, hübsches und liebenswertes Kind, und Hugo verstand sich gut mit ihr. Allerdings kostete sie oft auch Nerven. So waren Kinder eben. Hugo kümmerte sich des Öfteren um das Mädchen, sobald es sein Stundenplan zuließ, und an den Wochenenden unternahmen sie meistens etwas zu dritt. Hugo merkte aber schnell, dass ihn ein Leben mit einer eigenen Familie, bei dem sich vieles um ein Kind drehte, nicht das war, was er wollte und ihm nicht genug Zeit ließ für seine eigenen Interessen. Obwohl er mit dieser Frau die gleichen Vorlieben für die Kunst teilte, und er sie spannend und reizvoll fand, reichte es nicht, um ein gemeinsames Leben aufzubauen. Die Pflichten des Alltags mit einem Kind waren ihm zu viel und hinderten ihn daran, sich vollkommen für seine Karriere einzusetzen. Nach zwei Jahren hatte er die Beziehung beendet, da er spürte, dass sie keine gemeinsame Zukunft hatten.

Die zweite Beziehung, auf die Hugo sich drei Jahre später eingelassen hatte, als er bereits in Paris wohnte und arbeitete, war die zu einem jungen Mann, der Jura studierte, sich auf sein Examen vorbereitete und genau wie er viel Zeit in der großen Universitätsbibliothek verbrachte. Tatsächlich schrieb Hugo neben seinem Job, wann immer es dieser zuließ, nebenbei noch an seiner Doktorarbeit, die er damals demnächst fertigstellen wollte. Auch er saß folglich oft im Büchersaal der *Sorbonne* und lernte dort Michel kennen. Sie saßen meistens nicht weit voneinander entfernt und hatten irgendwann angefangen, sich zu begrüßen, als sie merkten, dass sie sich öfter in der Bibliothek trafen. Irgendwann hatte Michel ihn dann gefragt, ob sie zusammen einen Kaffee trinken wollten – und Hugo war darauf eingegangen. Er hatte zwar schon einmal mit einem Jungen Sex gehabt, aber war nicht besonders erfahren auf dem Gebiet. Er wollte sich nur nicht festlegen, ob er lieber Frauen oder Männer mochte. Er fand beide Geschlechter spannend und wollte sich nicht durch Konventionen einschränken lassen. An die große Glocke hing er seine sexuellen Vorlieben allerdings auch nicht.

Als sich mit Michel etwas anbahnte, versuchte er die Beziehung mit ihm eher im Verborgenen zu leben. Das gefiel dem jungen Michel überhaupt nicht und er forderte Hugo immer öfter auf, zu ihm zu stehen. Hugo wollte das aber noch nicht und fand immer irgendwelche Ausreden. Die meiste Zeit trafen sie sich bei ihm, in seiner Dachgeschosswohnung, die damals noch nicht die in der *Rue de la Boissière* war, sondern neben der Uni lag, in einem etwas heruntergekommenen Haus. Sie diskutierten viel über alles Mögliche, auch über Homosexualität und wie sie von anderen wahrgenommen wurde. Sie hatten viel Sex, danach kochte Hugo meistens etwas Leckeres oder sie gingen etwas essen und tranken billigen Wein. Sie verbrachten eine sehr schöne Zeit miteinander. Irgendwann, nach einem halben Jahr, wurde der Druck auf Hugo, sich als Paar zu outen, seitens Michel immer größer und er setzte ihm ein Ultimatum. Hugo konnte damit nicht umgehen, und sich öffentlich zu Michel zu bekennen, war für ihn damals keine Option gewesen. Heute sah er das etwas anders, aber die Zeiten hatten sich auch geändert. Gegenwärtig war es kein Problem mehr, sich zu seiner Homosexualität zu bekennen. Damals hatte er Angst um seine Karriere gehabt und wollte diese nicht aufs Spiel setzen. Die Gesellschaft war vor zwanzig Jahren noch nicht so weit gewesen, also ließ er Michel schweren Herzens ziehen.

Seitdem hatte Hugo immer wieder mal jemanden getroffen, aber richtig gefunkt hatte es nicht mehr. Er hatte sich damit abgefunden, allein als Single zu leben, und konnte es überhaupt nicht nachvollziehen, dass viele Menschen das nicht gut konnten. Das hatte doch so viele Vorteile. Freunde hatten ihm schon die ein oder andere Dating-Plattform ans Herz gelegt, schließlich musste man heute nicht mehr allein bleiben, aber das kam für Hugo überhaupt nicht in Frage und war ihm viel zu unromantisch.

Als er seine Gedanken wieder auf Ben lenkte, nahm er sich vor, etwas behutsamer mit ihm umzugehen. Vielleicht hatte er auch überreagiert. Er würde einen neuen Anlauf nehmen und ihm von seinen Recherchen erzählen. Dafür bot sich der morgige Tag an, dachte er. Als Hugo sich um kurz vor achtzehn Uhr auf den Weg in die Bar machte, war er wieder mit der Welt, mit Ben und sich selbst versöhnt und freute sich auf den Abend mit seinem Cousin.

KAPITEL 19

Franz und Frieda Steiger saßen immer noch am Frühstückstisch. Es war schon halb neun Uhr morgens, aber dieser Moment war für beide so wichtig, dass sie sich weder von der Vergangenheit noch von der Gegenwart lösen konnten. Es gab zu viele offenen Fragen, die es jetzt zu beantworten galt.

Franz wollte nicht aufstehen, bevor nicht alles auf dem Tisch lag. Frieda sowieso nicht. Sie spürte, dass ihr die Zeit davonlief. Sie wollte ihrem Sohn keine Geheimnisse hinterlassen und sich mit ihm versöhnen, bevor sie ging. Das war ihr sehr wichtig und jetzt war der richtige Zeitpunkt gekommen, sich alles von der Seele zu reden. Das hätte sie schon viel früher tun sollen. Warum hatte sie nur so lange gewartet? Es musste erst ein Mensch in einer Strohballenpresse verbrennen, damit sie gezwungen wurden, miteinander zu sprechen. Wie schade, dass sie das nicht frühzeitig getan hatten. Es wäre vielleicht alles anders geworden.

Franz schenkte seiner Mutter noch einmal Kaffee ein und forderte sie auf weiterzuerzählen: »Mutter, du sprachst davon, dass du mir nicht alles erzählt hast und du nicht mit Sicherheit sagen kannst, wer mein Vater war. Was meinst du damit?«

SOMMER 1942

Karls letzter Besuch lag schon ein paar Wochen zurück und Frieda fragte sich, ob sie ihn noch einmal wiedersehen würde. Sie war beunruhigt, denn normalerweise kam Karl in regelmäßigen Abständen vorbei, insbesondere wenn neue Bilderkisten angeliefert oder für deren Weitertransport nach München abgeholt wurden.

Es hatte sich zwischen ihnen eine richtige Beziehung entwickelt und Frieda war sehr verliebt. Da war mehr als nur die körperliche Anziehung. Das spürte sie. Sie konnten gut miteinander reden. Sie erzählten sich gegenseitig von ihren Problemen: Frieda von ihren Schwierigkeiten mit der Bewirtschaftung des Hofes und den Herausforderungen des täglichen Lebens, Karl von den letzten Entwicklungen des Kriegs, welches Territorium sie gerade neu erobert, welches sie verloren hatten. Er glaubte immer noch daran, dass Deutschland den Krieg gewinnen würde, und war durch nichts zu erschüttern.

Frieda erging es hier ganz anders. Sie hatte in der letzten Zeit öfter über die Deportation der Familie Becker, die Eigentümer der Papierfabrik, nachgedacht und war zu dem Schluss gekommen, dass sie nur deshalb von der Gestapo abgeholt worden waren, weil sie dem jüdischen Glauben angehörten. Sie hatte Karl immer wieder nach den Beckers gefragt, warum sie in Verruf geraten waren, was sie getan hatten. Aber Karl antwortete nur sehr bruchstückhaft und es endete fast immer mit einem Streit. Dass die Familie jüdischen Glaubens war, konnte doch nicht der entscheidende Punkt sein? Schließlich hatte sie vorher auch Kontakt zu der Familie gehabt und ihr war nie etwas Negatives aufgefallen. Es waren fleißige Leute, die ihre Kinder gut erzogen und keiner Menschenseele etwas zu Leide taten. Im Gegenteil: Sie hatten vielen Menschen in der Umgebung Arbeit gegeben und waren fair zu ihren Angestellten gewesen. Warum mussten sie weg aus Kaiserslautern und was geschah mit ihnen, dort, wo sie hingebracht wurden? Was würde aus den Kindern werden? Würde sie die Familie je wieder sehen? All diese Gedanken gingen ihr durch den Kopf und sie wusste keine Antworten auf ihre Fragen. Sie wusste nur, dass es sich nicht richtig anfühlte, dass ganze Familien einfach aus ihrem Leben herausgerissen und in Lager wie Auschwitz verschleppt wurden. Ob sie Juden waren oder nicht, spielte in ihren Augen keine Rolle. Schließlich waren sie nur Menschen, genau wie sie.

Wenn ihr diese Gedanken zu viel wurden, weil sie keine Lösung wusste und sie mit Karl darüber ins Streiten kam, widmete sich Frieda wieder ihrer Arbeit und versuchte, einfach nur den Alltag zu bewältigen, der aufgrund des Krieges immer schwieriger wurde. Es gab immer weniger Lebensmittel und die Preise gingen in die Höhe. Sie machte sich Sorgen, wie es mit ihr, dem Hof und Slawek weitergehen sollte.

Auch er hatte sich verändert, seit Karl sie immer öfter besuchte, und sie spürte, dass ihm das nicht gefiel. Aber wenn sie Slawek fragte, ob alles in Ordnung sei, bejahte er stets und tat so, als wäre alles wie immer. Besuchte Karl den Lanzenbrunnen, bekam sie Slawek so gut wie gar nicht zu Gesicht. Sie wusste auch nicht so genau, wie sie mit der Situation umgehen sollte. Fest stand nur, dass sie Slawek gegenüber keine Rechenschaft schuldig war. Schließlich hatte sie ihn gerettet, bei sich aufgenommen und ihm ein Dach über dem Kopf gegeben. Als er von seinen schweren Verletzungen genesen war, hätte er weiterziehen und nach Hause gehen können. Frieda hätte ihn nicht daran gehindert. Natürlich war sie damals froh gewesen, dass er geblieben war, denn sie brauchte Hilfe bei ihrem landwirtschaftlichen Betrieb und fühlte sich mit einem Mann in der Nähe sicherer als allein. Aber vielleicht war der Zeitpunkt gekommen, offen mit Slawek über ihre Beziehung zu Karl zu sprechen und ihn zu bitten, sich eine andere Bleibe zu suchen. Sie spürte, dass sich sein Verhalten ihr gegenüber verändert hatte.

Wahrscheinlich war er eifersüchtig oder hatte sich mehr versprochen, als Frieda es sich eingestehen wollte. Sie hatte zwar immer darauf geachtet, ihm nicht zu nahe zu kommen, aber sie hatten in all der Zeit natürlich vieles miteinander geteilt und auch viel zusammen gelacht. Mehr war zwischen ihnen nicht. Als Frieda und Karl sich das letzte Mal in dem Bilderversteck geliebt hatten und anschließend zurück ins Haus gegangen waren, war ihr aufgefallen, dass Slawek ganz in der Nähe war und sie beim Vorbeigehen mit seinem verbliebenen Auge ganz komisch angeschaut hatte. Hatte er etwas von ihrem Liebesspiel mitbekommen? Waren sie zu laut gewesen? Frieda lief die Röte ins Gesicht, tat aber so, als ob es von der Hitze käme. Sie trug ihm auf, in den Stall zu gehen und nach dem jungen Kalb zu schauen, das kürzlich auf die Welt gekommen war.

Frieda musste mit ihm reden, noch heute Abend. Egal, wie es mit Karl und ihr weitergehen würde, es war an der Zeit, mit Slawek einige Dinge klarzustellen und ihm die Situation zu erklären. Karl hatte letztens erwähnt, dass er darüber nachdachte, bei Frieda einzuziehen und dann wäre sowieso alles anders. Natürlich könnte Slawek, wenn er weiterhin für sie arbeiten wollte, auch bleiben, aber sie musste mit ihm reden. Sie hatte ihn daher gebeten, mit ihr gemeinsam zu Abend zu essen, da sie mit ihm ein paar Dinge besprechen wollte. Slawek hatte freudig angenommen.

Gegen achtzehn Uhr klopfte es an der Haustür und Slawek kam gut gelaunt mit einem kleinen selbstgepflückten Blumenstrauß, wie es oft seine Art war, ihr seine Anerkennung zu zeigen, herein. Frieda hatte eine Suppe auf dem Herd stehen und bereitete gerade das Abendessen vor. Sie bat Slawek, der sich im Haus gut auskannte, den Tisch zu decken und die Blumen in eine Vase zu stellen, die im Küchenschrank stand. Als er das erledigt hatte, näherte er sich Frieda und umarmte sie von hinten. Frieda schreckte etwas zusammen.

»Slawek, sei nicht albern. Wir essen gleich. Lass mich schnell die Suppe fertigmachen.«

Frieda war immer fair und nett zu Slawek gewesen. Er war wie ein Bruder für sie. Dass Slawek das vielleicht anders sah, war ihr noch nie in den Sinn gekommen. Slawek antwortete nicht, sondern küsste sie in den Nacken. Frieda fuhr herum.

Das hatte Slawek noch nie getan.

»Slawek, das geht nicht und das weißt du. Lass das bitte!«

Aber Slawek wollte es unbedingt. Er nahm Friedas Gesicht in seine Hände und küsste sie. Sie versuchte, sich dem zu entziehen, aber Slawek ließ nicht los und steckte ihr seine Zunge in den Mund. Frieda fing an zu schreien und versuchte Slawek wegzuschubsen. Da nahm er Frieda hoch, die immer noch versuchte, von ihm loszukommen, und warf sie auf das leere Ende des Tisches. Er drückte sie auf die Tischplatte und griff ihr unter den Rock. Frieda, die noch gar nicht verstand, was da gerade vor sich ging, wollte ihn wegdrücken und redete auf ihn ein.

»Slawek, nein! Was machst du da? Lass mich los!«

Aber Slawek war stärker und innerlich so aufgewühlt, dass es für ihn kein Zurück gab. Er musste Frieda haben. Er hielt Friedas Arme über dem Kopf fest auf die Tischplatte gedrückt, zog mit der freien Hand seine Hose herunter und drang in sie ein. Er riss Ihre Bluse auf und presste ihre Brust zusammen. Frieda wehrte sich immer noch, aber war zu schwach, um dagegenhalten zu können. Sie spürte den Schmerz und schrie. Von weit weg hörte sie, wie die Suppe überkochte, und roch Slaweks billiges Rasierwasser. Er stieß fester und schneller zu. Er keuchte und geriet immer mehr in Ektase. Sie war wehrlos. Als Slawek zum Höhepunkt kam, verspürte Frieda nur noch Ekel und wie tief in ihrem Inneren etwas für immer zerbrach.

Plötzlich ging die Tür auf und Karl stand da. Slawek lag immer noch erschöpft auf ihr und Frieda schrie und schrie. Karl machte zwei große Schritte auf sie zu und griff sich Slawek. Er zerrte ihn von Frieda weg, schlug ihm direkt ins Gesicht. Slawek fiel zu Boden. Frieda weinte nur noch und versuchte, sich aufzuraffen, um ihre Kleidung zu ordnen. Slawek hatte sie gerade vergewaltigt, sie konnte es kaum fassen, trotzdem wollte sie nicht, dass Karl ihn umbrachte. Aber dafür war es nun zu spät.

»Ich wusste es doch, dass du ein dreckiger Mistkerl bist. Na warte, dir werde ich es zeigen!«

Er schleppte Slawek nach draußen und rief seinen Chauffeur zu sich. Dieser war im Auto geblieben, da Karl Frieda nur kurz hatte besuchen wollen, um ihr mitzuteilen, dass er deshalb nicht früher gekommen war, weil er alles für seinen Einzug bei ihr vorbereitet hatte. Beide Männer verabreichten Slawek eine ordentliche Tracht Prügel und fesselten ihn. Karl wollte ihn mitnehmen, deswegen warfen sie ihn auf die Ladenfläche des Wagens. Karl eilte anschließend zu Frieda zurück, die immer noch regungslos in der Küche verharrte. Sie brachte kein Wort hervor und Tränen liefen ihr über die Wangen.

Wie hatte das nur passieren können, dachte sie.

»Ich habe doch nur eine Suppe gekocht«, versuchte sie die Situation zu erklären. Karl, der erkannte, dass sie noch immer unter Schock stand, hob sie hoch in seine Arme und führte sie nach oben. Er half ihr, sich zu waschen, und bereitete ihr ein Bad vor.

»Dieser Bastard«, sagte er. »Ich hatte schon immer ein komisches Gefühl bei dem Typ. Aber er wird dir nichts mehr tun. Mein Fahrer und ich haben ihm eine erste Abreibung verpasst und nehmen in mit in die Kommandantur. Dort werde ich ihn einem ordentlichen Verhör unterziehen. Mal sehen, ob er dann immer noch den starken Max spielt.«

Karl war immer noch außer sich und erstmalig kam bei ihm eine Seite zum Vorschein, die Frieda so noch nie an ihm gesehen hatte. Er war nicht nur wütend, sondern aus seinen Augen sprach das pure Grauen. Frieda wollte sich gar nicht erst vorstellen, was er unter einem *ordentlichen Verhör* verstand. Sie traute sich nicht, etwas zu sagen, ahnte aber, dass dies für Slawek nicht gut ausgehen würde. Aber schließlich war er selbst schuld. Er hatte eine Grenze überschritten. Frieda war trotzdem vollkommen verunsichert. Hatte sie unabsichtlich dazu beigetragen, Slawek zu provozieren, indem sie immer wieder mit Karl geflirtet und beide sich vor ihm geküsst hatten? Als Karl sie ins Bett brachte und ihr ein paar Tropfen eines Mittels verabreichte, das beim Einschlafen helfen sollte, rollten erneut Tränen über ihre Wangen. Warum hatte Slawek das getan und damit alles zwischen ihnen zerstört? Karl musste noch eine ganze Weile bei ihr am Bett sitzen, bevor sie die seelische Erschöpfung endlich einholte und sie von ihren Qualen vorübergehend erlöste.

Karl hatte seinem Fahrer angeordnet, die Nacht über im Haus bei Frieda zu bleiben und die anstehende Anlieferung weiterer Kunstwerke zu beaufsichtigen. Er zeigte ihm den Keller und überließ ihm eine zusätzliche Pistole, die er aus dem Handschuhfach des Wagens holte. Er wollte sichergehen, dass nicht auch noch hier etwas schiefging. Das konnte er aktuell nicht gebrauchen. Er würde am nächsten Tag mit Sack und Pack zurückkommen und bei Frieda einziehen. Somit würde er selbst, wann immer seine Aufgabe das zuließ, ein Auge auf Frieda und die Bilder haben. Frieda bekam in dieser Nacht von alldem nichts mit und schlief tief und fest. Dafür hatten die Tropfen gesorgt. Es wurde eine große Menge Bilder abgeholt und viele neue Kisten gebracht. Karls Fahrer beaufsichtigte das Kommen und

Gehen und die Maschinerie lief weiter wie zuvor, als ob nichts gewesen wäre.

Als Frieda am nächsten Morgen aufwachte, konnte sie immer noch nicht glauben, was passiert war. Sie war entsetzt über Slaweks Verhalten und enttäuscht. Wie hatte er ihr das nur antun können? Sie musste erneut weinen. Aber Frieda war eine tapfere Frau und sie wollte sich nicht unterkriegen lassen. Sie hatte nach diesem Übergriff auf sie überraschend gut geschlafen und neue Kraft geschöpft. Trotzdem war sie noch immer verstört und hatte Angst. Würde Karl sie jetzt immer noch lieben und zu ihr kommen? Schlimmer noch, sie hatte Angst, dass er ihre Hilfe mit den Gemälden nicht mehr in Anspruch nehmen wollte und er die Lieferungen stoppen würde. Auf der anderen Seite versuchte sie sich zu beruhigen: Sie konnte doch nichts dafür, dass Slawek sie vergewaltigt hatte. Aber innerlich dachte sie, dass sie das hätte voraussehen und früher mit Slawek reden müssen. Friedas Gefühle fuhren Achterbahn und sie hoffte inbrünstig, dass der Krieg bald vorbei wäre. Sie hegte insgeheim die leise Hoffnung, dass Karl und sie dann ihr Leben zusammen verbringen könnten. Dann hätte sie wieder einen richtigen Mann, so wie früher mit Wilfried.

Frieda stand auf, machte sich fertig und ging hinunter in die Küche. Es sah alles noch so aus wie am Abend zuvor, als sie den Raum des Geschehens verlassen hatte. Ein Stuhl lag umgekippt auf dem Boden, die Teller unordentlich auf dem Tisch, von Slawek unachtsam abgestellt. Die Suppe war zu Hälfte übergelaufen und auf dem Herd klebten die Kartoffel- und Karottenscheiben.

Frieda verspürte eine Beklemmung um ihr Herz, die sie so noch nie erlebt hatte. Sie war in ihrer Seele tief getroffen. Sie hatte Slawek vertraut und ihm ein Zuhause gegeben. Das Leben würde nie wieder so werden wie vor dieser brutalen Tat.

Frieda beseitigte das Chaos, das durch die Vergewaltigung in ihrer Küche entstanden war, und versuchte, nicht mehr daran zu denken. Es gelang ihr kaum. Sie ging zum Stall, um nach dem Kalb zu schauen, das sie zwei Nächte vorher gemeinsam mit Slawek auf die Welt gebracht hatte. Es stand bei seiner Mutter und schmiegte sich an sie. Wie gerne hätte sie sich jetzt ebenfalls an ihre Mutter gelehnt und sich von ihr trösten lassen. Sie fühlte sich unglaublich allein und wieder rollten Tränen über ihr Gesicht. Sie öffnete die Stalltür, ging hinein und streichelte beide Tiere. Sie verspürte den Drang, sich zu ihnen ins Stroh zu setzen. Die Kuh, die ein friedliches Naturell hatte, ließ es trotz ihres Neugeborenen geschehen. Offensichtlich spürte sie Friedas Verzweiflung. Der Geruch nach frischem Heu, die Wärme, die beide Tiere ausstrahlten, und das weiche Fell, das Frieda auf ihrer Haut spürte, als das Kalb sie immer wieder anstupste, beruhigte ihre Seele etwas. Sie wollte einfach hier sitzen bleiben. Ein plötzliches Rattern holte sie in die Realität zurück und sie vernahm ein Motorrad draußen auf dem Weg. Sie raffte sich auf und ging hinaus, um zu schauen, ob es Karl war. Er war es tatsächlich und nahm sie in den Arm.

»Wie geht es dir?«, fragte er sanft, wurde aber sogleich ernster. »Du brauchst keine Angst mehr zu haben. Er wird nicht mehr zurückkommen. Vergiss, was gestern passiert ist, und verschwende bitte niemals mehr einen Gedanken daran. Der Mistkerl hat bekommen, was er verdient hat.«

Frieda traute sich nicht, zu fragen, was das genau war und was mit Slawek passiert war. Sie würde Karl zuliebe so tun, als sei nie etwas geschehen, und schwor sich, nie wieder über die Vergewaltigung zu sprechen.

JULI 2018

Franz war von den Erzählungen seiner Mutter bestürzt. Niemals hätte er damit gerechnet, dass ihr so etwas Schreckliches wie eine Vergewaltigung zugestoßen sein könnte. Es hatte damals zwar Krieg geherrscht, aber seines Wissens war seine Mutter nur mit den Kollateralschäden dieser Zeit konfrontiert gewesen. Es war schwer gewesen, jeden Tag etwas auf den Tisch zu bringen oder Ersatz für kaputtes Werkzeug zu bekommen. Dass sie aber selbst Opfer einer Gewalttat geworden war, hätte er nicht für möglich gehalten. Sie hatte ihm nie Anhaltspunkte dafür geliefert. Er hatte nicht danach gefragt. Sie hatte noch nie einer Menschenseele ihr Geheimnis anvertraut. Erst jetzt, am Ende ihres Lebens, hatte sie den Mut gefunden, es ihm zu erzählen.

Frieda war müde, aber sie fühlte sich erleichtert. Endlich hatte sie sich ihrem Sohn anvertraut. Sie spürte, wie ihr ein Stein vom Herzen fiel. Tatsächlich hatte sie in all den Jahren mit niemanden über die Vergewaltigung gesprochen, auch nicht mit ihrer besten Freundin Antonia, die kürzlich verstorben war. Und dabei merkte sie jetzt, dass es gar nicht so schwer gewesen war. Sie hatte niemals mehr etwas von Slawek gehört und auch nicht bei Karl nachgehakt. Sie hatte Angst vor seiner Antwort gehabt. Wahrscheinlich hatten Karl und seine Männer Slawek totgeschlagen oder erschossen. Vielleicht hatten sie ihn vorher auch gefoltert. Und obwohl sie darüber nachgedacht hatte, wie es Slawek ergangen war, wollte sie es eigentlich auch gar nicht genau wissen. Es war einfacher, keine Details zu kennen, und so beließ Frieda es dabei.

»Franz, ich bin jetzt sehr müde«, begann Frieda, »aber ich gehe davon aus, dass du verstanden hast, dass ich dir die Frage nach deinem Vater nicht beantworten kann. Wahrscheinlich war es Karl. Aber mit hundertprozentiger Sicherheit kann ich das nicht sagen. Und auch, wenn ich das nicht denken möchte, könnte auch Slawek dein Erzeuger gewesen sein. Letztendlich spielt es doch keine Rolle, da du weder den einen noch den anderen kennengelernt hast. Nicht wahr? Lass es uns einfach dabei belassen. Glaube mir, das ist besser so.«

Franz nickte. »Ich hatte ja keine Ahnung, was du durchgemacht hast, Mutter. Es tut mir sehr leid, dass du das ertragen musstest. Wie ging es mit Karl und dir weiter?« Franz sah zwar ein, dass seine Mutter müde von den langen Erzählungen war, aber er wollte wissen, wie die Geschichte endete.

»Karl ist zu mir auf den Hof gezogen, da er mich nicht allein lassen wollte. Natürlich musste er ab und an verreisen, aber er kam immer wieder zu mir zurück. Wir sprachen nie wieder darüber und bis auf den heutigen Tag habe ich diese Geschichte nie einer Menschenseele erzählt. Noch nicht einmal Antonia.«

»Du bist wirklich eine außergewöhnlich mutige und starke Frau, Mutter. Das bewundere ich sehr an dir.«

»Ich sage ja nicht, dass das Geschehene mir nicht noch lange nachgegangen ist. Ich habe nachts oft von Slawek geträumt und bin dann schweißgebadet aufgewacht. Aber das Leben ging weiter und die Arbeit lenkte mich ab. Es wurden immer mehr Bilder angeliefert und ich musste sehen, wo ich diese alle unterbringen konnte. Aber der Hof bot genug Platz und es herrschte stetig ein reges Treiben bei uns. Das hat mir geholfen. Jetzt muss ich mich aber etwas ausruhen. Lass uns später weiterreden. Es gibt noch vieles zu berichten.«

Tatsächlich war Franz immer noch nicht dazugekommen, seiner Mutter seine eigenen Probleme zu erörtern. Sie hatte so viel zu erzählen. Aber auf der anderen Seite war er froh, dass sie überhaupt begonnen hatten, miteinander zu reden. Das war das erste Mal, dass sie so offen zueinander gewesen waren, und er wollte seiner Mutter Zeit geben. In ihrem Alter durfte man es nicht übertreiben. Er würde sich also noch etwas gedulden müssen und später wieder auf sie zugehen. Jetzt musste sie sich erst einmal ausruhen. Auch er musste über alles nachdenken und das, was er gehört hatte, erst einmal sacken lassen.

KAPITEL 20

Thiéry rief von unterwegs noch schnell sein Team an, um jemanden in die Wohnung von Hugo de Louvois zu schicken. Die Person sollte nach weiteren Hinweisen auf die neue Spur suchen, die sie gerade angedacht hatten. Danach telefonierte Thiéry noch kurz mit der Brasserie, in der er gemeinsam mit Anna zu Mittag essen wollte, um sicher zu gehen, dass sie noch einen Platz bekamen.

Als sie wenig später durch die Tür gingen, war das kleine Lokal, das insgesamt nur zehn Tische hatte, schon gut gefüllt. Der Geruch nach frisch gekochtem Essen ließ Anna das Wasser im Mund zusammenlaufen. Der Chef kam ihnen entgegen, begrüßte sie, und nachdem er und Thiéry ein paar Floskeln ausgetauscht hatten, brachte er sie an einen kleinen Tisch direkt am Fenster. Der letzte freie Platz. Anna und Thiéry bestellten ein *Steak, Frites, Salade* – genau das gleiche Gericht das Jean-Luc am Tag davor gegessen hatte, dachte Anna. Die Fenster in der Brasserie waren alle offen und man saß quasi direkt auf der Straße. Nur der Fensterabsatz trennte die Gäste vom Gehweg. Die Gespräche waren lautstark und die Passanten und Autos auf der Straße machten es nicht gerade leichter, sich zu unterhalten.

»Wie lange bist du schon bei der Polizei, Anna«, fragte Thiéry schließlich.

»Seit zwölf Jahren. Und du?«

»Na ja, schließlich bin ich schon ein paar Jahre älter als du. Zwanzig Jahre mache ich den Job sicher schon.« Sie lachten beide. »Und ich glaube auch nicht, dass er mich noch einmal loslassen wird.«

Thiéry hatte offensichtlich viel Humor. Ständig machte er Witze und benutzte Wortspiele, die Anna nur teilweise verstand. Bei Thiérys Erklärungsversuchen lachten sie viel, da Witze sich nur schwerlich eins zu eins übersetzen ließen. Von seinem Leben dagegen gab er nur wenig preis. Er war einmal verheiratet gewesen. Die Ehe hatte aber nur drei Jahre gehalten. Mehr wollte er darüber nicht erzählen. Anna machte das nichts aus, denn schließlich kannte sie Thiéry erst seit einem Tag und da war es durchaus nachvollziehbar, dass man einer Kollegin nicht gleich sein ganzes Leben erzählte.

Nach dem Mittagessen merkte Anna, wie gut ihr dieser Moment der Entspannung getan hatte. Immer nur über den Fall nachzudenken, war anstrengend. Jetzt fühlte sie sich erholt, sie war satt und hatte neue Energie getankt. Natürlich war auch ihr gemeinsamer Fall zur Sprache gekommen, aber Thiéry war bei weitem nicht so stark involviert wie Anna. Er wahrte offensichtlich die richtige Distanz. Das merkte und bewunderte sie. Sie wünschte sich manchmal auch, dass sie die Gratwanderung zwischen Empathie und professioneller Sachlichkeit besser hinbekam, aber das fiel ihr schwer und wurde ihr auch nicht selten zum Verhängnis. Aber schließlich war die Leiche in Deutschland aufgefunden worden und auch, wenn sich herausstellen sollte, dass es sich dabei tatsächlich um Hugo de Louvois handelte, einen Franzosen aus Paris, war es in erster Linie ihr Fall und demnach nachvollziehbar, dass sie mehr Engagement an den Tag legte als Thiéry.

Nach dem Lunch lud Thiéry Anna noch ein, ihm ins Präsidium zu folgen. Er wollte gemeinsam mit ihr die Fakten zusammentragen, um einen Überblick über das Erreichte zu erhalten – genauso wie Anna es vor ein paar Tagen auch mit ihrem Team in Kaiserslautern gemacht hatte. Ganz nebenbei würde sie so wahrscheinlich auch ein paar von Thiérys Kollegen kennenlernen, dachte sie. Thiéry war mit dem Auto gekommen und sie fuhren zurück ins Hauptkommissariat *Rue Fabert*, wo sie Thiéry das erste Mal getroffen hatte. Sie gingen gemeinsam wieder durch die Sicherheitsschleuse und auf dem Weg in Thiérys Büro zogen sie sich beide noch einen Kaffee aus einem mächtigen Automaten, der auf dem Flur stand.

Thiérys Büro war ein großer, ein bisschen in die Jahre gekommener Raum, der mit einem Schreibtisch, Regalen und einer zusätzlichen kleinen Sitzgruppe ausgestattet war. Am Ende des Zimmers führte ein Durchgang zu einem weiteren Raum, der offensichtlich als Besprechungszimmer diente. Hier waren alle bekannten Informationen bereits auf einer Glastafel angebracht. Ein Bild von Hugo de Louvois hing in der Mitte und war mit einem Magnetknopf befestigt. Direkt darunter war mit einem Filzstift ein großes Fragezeichen gemalt. Neben der Fotografie stand der Name von Michéle Morin mit dem Zusatz *Assistentin*. Viel mehr war auf der Tafel noch nicht vorhanden.

Thiéry bat Anna, Platz zu nehmen und wählte Madame Morins Nummer, wie sie es vor dem Mittagessen vereinbart hatten.

Sie ging nach dem zweiten Klingelton dran und entschuldigte sich gleich, dass sie die Liste noch nicht geschickt hatte. Sie war gerade erst fertig geworden und würde sie Anna umgehend zumailen. Anna hielt ihren rechten Daumen hoch. Thiéry nahm die Information wohlwollend entgegen und versprach Madame Morin, ihr den Artikel, den Anna in de Louvois' Wohnung gefunden hatte, zuzuschicken. Vielleicht würde sie das an etwas erinnern, woran sie bis jetzt noch nicht gedacht hatte. Thiéry erzählte ihr von Rose Vallant, die für die Alliierten spioniert hatte und fragte, ob sie darüber etwas wüsste. Aber Madame Morin verneinte. Sie versprach Thiéry, noch einmal darüber nachzudenken und in ihren Akten nachzuschauen. Wenn sie etwas ausfindig machen würde, würde sie sich wieder melden. Thiéry legte auf und in diesem Moment klingelte Annas Handy. Es war Kathrin.

»Kathrin, schön, dass du anrufst. Gibt es etwas Neues?«

»Halt dich fest! Ich habe im Institut an der Universität in Mainz recherchiert und herausgefunden, dass de Louvois an zwei Vormittagen hier war. Er hat Informationen über einen deutschen Maler eingesehen, einen Max Slevogt. Dann am zweiten Tag hat er sich für Informationen über bekannte Nazi-Verstecke in der Pfalz interessiert und ist einer Spur von einer Frau Rose Vallant nachgegangen, die während des Zweiten Weltkriegs versucht hat, entwendeten Kunstwerken auf die Spur zu kommen. Sie hat offensichtlich verschiedene Höfe in Rheinland-Pfalz in Verdacht gehabt, als Zwischenlager zu fungieren, bis die Raubkunst weiter nach München abtransportiert wurde. Ich bin noch dabei herauszufinden, um welche Höfe es sich dabei handelt. Und dann wollte ich diesen mal einen Besuch abstatten. Vielleicht bringt uns das weiter.«

»Das hört sich großartig an und deckt sich mit allem, was wir bis jetzt herausgefunden haben. Bitte achte darauf, ob der Lanzenbrunnen auch dabei ist. Vielleicht hat das Ganze doch etwas mit der Familie Steiger zu tun und wir haben es nur nicht gesehen. Ich glaube, es wird Zeit, dass ich wieder nach Kaiserslautern komme. Ich schaue, dass ich morgen Nachmittag in den Zug steige.«

Anna war nach dem Telefonat mit Kathrin ziemlich aufgeregt. Sie hatte von Anfang an das Gefühl gehabt, dass der Leichenfund auf dem Feld dieses Franz Steigers sicherlich auch etwas mit ihm zu tun hatte. Aber da es überhaupt keine Hinweise darauf gegeben hatte, hatte sie diese Spur erst einmal beiseitegelassen. Jetzt war die Situation wieder eine andere und es gab Indizien auf ein ehemaliges Nazi-Versteck. Inwiefern das aber etwas mit der Familie Steiger zu tun hatte, war Anna schleierhaft. Vor allem konnte sie sich beim besten Willen nicht vorstellen, dass ein Ort wie das kleine verschlafene Otterberg einmal als Nazi-Versteck gedient haben sollte.

Anna wendete sich wieder Thiéry zu und fasste für ihn das Gespräch mit Kathrin zusammen. Er war ebenfalls überrascht von den Informationen, die Kathrin Anna geliefert hatte, und schrieb alles auf die Glasscheibe.

»Also, wenn du mich fragst, hat die ganze Geschichte wahrscheinlich tatsächlich etwas mit Kunst zu tun«, sagte Thiéry und drehte sich zu Anna. »Alles deutet darauf hin. Und dass de Louvois, selbst ein Kunstexperte, nach Deutschland gefahren ist, zeugt ebenfalls davon. Ich glaube du – oder besser gesagt: wir – sind auf der richtigen Spur. Jetzt müssen wir nur noch herausfinden, wie das Ganze zusammenhängt.«

Annas Telefon meldete sich wieder mit einem Piepton. Es war eine SMS von Madame Morin, die ihr eine Liste der Institutionen schickte, in denen de Louvois aktiv war. Anna leitete sie direkt an Thiéry weiter.

»Ich stimme dir zu«, sagte Anna dann. »Dieser Fall muss etwas mit Gemälden oder Kunstwerken zu tun haben. Vielleicht ist de Louvois einem Schmugglerring auf die Spur gekommen. Ich habe dir gerade die Liste von Madame Morin weitergeleitet. Kannst du mir diese bitte ausdrucken? Ich tue mich immer noch leichter mit Papier als digital.«

Thiéry lachte und sagte: »Ich auch. Ich kann dann Notizen hinzufügen oder etwas unterstreichen. Das geht digital natürlich auch, aber fühlt sich anders an.«

»Richtig. Thiéry, ich glaube, es ist besser, ich fahre morgen wieder nach Kaiserslautern zurück. Dort kann ich wahrscheinlich mehr erreichen, als wenn ich hierbleibe.«

»Wirklich? Das ist aber schade. Ich hatte mich gerade daran gewöhnt, mit dir zusammenzuarbeiten. Und ich muss sagen: Es gefällt mir.« Thiéry schaute Anna mit einem verschmitzten Lächeln an.

Anna wurde rot, versuchte aber, ihre Verlegenheit zu überspielen, indem sie hektisch etwas in ihr Notizbuch notierte. »Ich würde mich freuen, wenn wir weiterhin eng miteinander diesen Fall bearbeiten würden. Und wer weiß, vielleicht muss ich ja doch noch mal nach Paris kommen. Ach, und kannst du bitte an den Röntgenbildern von de Louvois dranbleiben? Schließlich konnten wir immer noch nicht mit hundertprozentiger Sicherheit die Leiche identifizieren, auch wenn wir, glaube ich, davon ausgehen können, dass es sich tatsächlich um de Louvois handelt.«

»Ja, auf jeden Fall. Ich rufe dich an, sobald ich Neuigkeiten habe. Meinerseits werde ich versuchen, noch detailliertere Infos über diese Rose Vallant zu erlangen und dem *Musée du Jeu de Paume* einen Besuch abstatten. Sicherlich finde ich dort jemanden, der mir über die Geschichte des Hauses Auskunft erteilen kann. Und natürlich würde ich mich sehr freuen, wenn du noch einmal nach Paris kommen müsstest. Soll ich dich hinausbegleiten?«

Anna schüttelte den Kopf. »Nicht nötig, ich kenne mich jetzt schon ganz gut aus. Nur deine Kolleginnen und Kollegen habe ich leider noch nicht kennengelernt. Aber das verschieben wir auf das nächste Mal.«

»Ja, das machen wir.« Thiéry kam auf Anna zu, umarmte sie und küsste sie links und rechts auf die Wange, wie es in Frankreich üblich war.

»Au revoir Anna. A bientôt.«

»Au revoir Thiéry et merci pour tout.«

Als Anna das Kommissariat verließ, hatte sie das Gefühl, dass ihre spontane Eingebung, am nächsten Tag wieder nach Kaiserslautern zu fahren, richtig war. Sie war sich sicher, hier in Paris nicht mehr viel Neues in Erfahrung bringen zu können, auch wenn es ihr leidtat, die Stadt so schnell wieder zu verlassen. Außerdem verstand sie sich blendend mit Thiéry und hatte alle

Kontaktdaten von Madame Morin. Sollte sie noch etwas wissen wollen, würde sie beide jederzeit anrufen können.

Sie nahm sich vor, gleich am Abend eine Fahrkarte für den nächsten Tag zu buchen. Jean-Luc würde sicherlich enttäuscht sein, dass sie schon wieder abreisen musste, aber sie war mitten in einem Fall. Das würde er sicherlich verstehen. Die Entscheidung war getroffen und nun wollte Anna den letzten Abend mit Jean-Luc genießen.

Anna trat den Heimweg zu Jean-Luc Wohnung an. Als sie dort ankam, war Jean-Luc noch nicht da und sie nutzte die Zeit, um schon mal online ihr Ticket für den nächsten Morgen zu buchen und ihren Koffer zu packen. Gleichzeitig räumte sie die kleine Wohnung noch ein bisschen auf und ging in Gedanken die Ereignisse des Tages durch. Als sie Jean-Luc den Schlüssel in das Türschloss stecken hörte, lief sie in freudiger Erwartung auf ihn zu. Er machte einen winzig kleinen Schritt zurück und war überrascht, sie schon in der Wohnung anzutreffen. Anna merkte sofort, dass etwas nicht stimmte. Normalerweise war Jean-Luc immer gut gelaunt, nahm sie in den Arm, küsste sie. Dass er von ihr zurückwich, war noch nie vorgekommen. Er schaute sie fragend an und war eher distanziert. So kannte Anna Jean-Luc gar nicht.

»Was ist los? Ist etwas passiert?«

»Nein, ja, ach ich weiß es selbst nicht so genau. Es ist heute nicht so gelaufen, wie ich es mir vorgestellt habe. Das ist alles.«

»Und was ist das genau, das nicht so gelaufen ist, wie du es dir vorgestellt hast? Willst du mit mir darüber reden?«

»Ich glaube, ich brauche erst mal ein paar Minuten für mich. Am besten ich gehe eine Runde joggen und wenn ich zurück bin, sehen wir weiter.«

»Okay, mach das. Ich warte hier auf dich.«

Anna war besorgt. So hatte sie Jean-Luc noch nie erlebt. Aber was wusste sie schon von seinem Leben? Natürlich erzählten sie sich alles, aber wie es tatsächlich am Theater für ihn war, welchen Herausforderungen er sich dort stellen musste, ob es Probleme im Ensemble gab, wusste Anna alles nicht. Sie hatte ehrlich gesagt auch noch nie danach gefragt und war immer davon ausgegangen, dass für Jean-Luc alles bestens lief. Warum hatte sie ihn nie danach gefragt? Anna machte sich Vorwürfe und nahm sich vor, für Jean-Luc noch einen schönen – vorerst letzten – gemeinsamen Abend vorzubereiten. Schließlich wusste Jean-Luc noch nicht, dass sie am nächsten Tag wieder zurück nach Kaiserslautern fahren würde. Das würde seine Laune nicht gerade verbessern.

In Gedanken ging Anna die Möglichkeiten durch, die das Viertel rund um die *Rue Dante* anbot. Sie könnten am Ende der Straße einen Aperitif trinken und dann genau gegenüber von seiner Wohnung im *Bistro Le Dante* zu Abend essen. Das konnten sie alles innerhalb weniger Minuten zu Fuß erreichen und hätten somit genug Zeit, sich zu unterhalten. Anna ergriff die Initiative und ging hinunter auf die Straße, überquerte sie und betrat das besagte Restaurant. Sie ging direkt an den Tresen und reservierte für zwanzig Uhr einen schönen Tisch für zwei Personen auf der Terrasse. Anschließend ging sie zurück in die Wohnung und stellte sich schon einmal unter die Dusche. Sie war verschwitzt vom Tag und das Wasser auf ihrer Haut tat gut. Als sie im Bad war, hörte sie, wie Jean-Luc nach seiner Runde um den Block zurückkam. Er kam zu ihr ins Bad. Als Anna nackt vor ihm stand, übermannten ihn seine Gefühle und er nahm sie in den Arm. »Es tut mir leid, dass ich vorhin so genervt war.«

»Schon gut, du hattest eben einen schlechten Tag. Das kann schon mal passieren. Hör zu, ich muss dir noch etwas sagen ...«

Aber Jean-Luc ließ sie nicht aussprechen, sondern zog sich in Windeseile aus, schob Anna sanft mit sich in die Dusche zurück und küsste sie am ganzen Körper. Anna war froh, dass es ihm wieder besser ging, und erwiderte sein Verlangen. Sex unter der Dusche fand sie ausgesprochen erotisch und sie genoss es in vollen Zügen.

Als sie zwanzig Minuten später etwas erschöpft, aber entspannt auf dem Bett lagen, fragte Jean-Luc: »Hast du Lust auf einen Drink?«

»Ja, unbedingt. Ich habe uns gegenüber im *Le Dante* schon einen Tisch reserviert. Für zwanzig Uhr. Dann haben wir noch genug Zeit, vorher einen *Apéro* zu nehmen.«

»Super, das ist wunderbar.«

Anna hatte ihm immer noch nicht gesagt, dass sie bereits ein Rückfahrticket für den nächsten Morgen gebucht hatte, aber er würde es sicherlich verstehen. Das hoffte sie zumindest. Anna ging in den Flur und schminkte sich noch etwas. Sie trug ein kurzes hellblaues Sommerkleid und hatte Espadrilles mit Keilabsatz in weiß dazu angezogen. Diese Schuhe waren herrlich bequem und es gab sie in allen erdenklichen Farben und Mustern. Anna hatte mehrere davon und kaufte sich in regelmäßigen Abständen ein neues Paar, wenn sie Gelegenheit dazu hatte. Jean-Luc kam aus dem Schlafzimmer und sah wie immer umwerfend aus. Er küsste sie, legte seinen Arm um ihre Schulter und sagte:

»*On y va?*«, was so viel hieß wie *gehen wir?*

»*Oui, on y va*«, antwortete Anna und sie verließen die Wohnung. Am Ende der Straße angekommen, suchten sie sich einen Tisch und bestellten zwei *Apérol spritz*. Anna brannte es unter den Nägeln, Jean-Luc zu sagen, dass sie am nächsten Morgen wieder nach Kaiserslautern musste, aber sie wollte auch nicht gleich das Gespräch wieder auf sich lenken. Sie ließ Jean-Luc daher ein bisschen Zeit. Als die Getränke auf dem Tisch standen, eröffnete sie das Gespräch.

»Geht es dir jetzt wieder besser?«

»Ja, ich habe mich beruhigt, aber heute war wirklich kein guter Tag. Die Probe ist nicht gut gelaufen und es wurde einiges umgestellt. Wir proben gerade für das Stück *Les Fourberies de Scapin* von Molière und eigentlich sollte ich Argante, den Vater von Octave, spielen. Jetzt hat unser Regisseur Didier alles umgeworfen und ich soll Scapin, also die Hauptrolle, übernehmen. Ich kann noch nicht mal den Text und muss also noch einmal ganz von vorne anfangen. Außerdem ist Gérard, der die Rolle bis jetzt inne hatte, sauer auf mich und denkt, ich hätte hinter seinem Rücken intrigiert und auf Didier eingewirkt. Aber das stimmt überhaupt nicht.«

»Hast du das Gérard gesagt?«

»Natürlich, aber er glaubt mir nicht und hat wutentbrannt das Theater verlassen.«

»Da kannst du aber nichts dafür. Er wird sich wieder beruhigen. Hauptsache, es ist gut für das Stück. Und für dich ist es doch auch sehr aufwertend, wenn du jetzt die Hauptrolle spielst.«

»Natürlich, es freut mich auch, dass Didier mir das zutraut. Ich glaube, ich kann mich sehr gut in die Rolle des Scapin hineindenken. Aber es wird ein hartes Stück Arbeit. Schließlich ist in acht Wochen schon Premiere. Und das heißt, ich muss jetzt viel mehr Zeit im Theater und mit dem Lernen des Textes verbringen.«

Jean-Luc schaute Anna an und hoffte, dass sie verstand, was er ihr eigentlich sagen wollte. »Du meinst, dass du dann weniger Zeit für uns beide hast?«

»Ja, genau. Das tut mir auch leid, aber was soll ich machen?«

»Jean-Luc, das ist kein Problem für mich. Heute Nachmittag hat sich einiges in meinem Fall ergeben und ich muss morgen leider ohnehin zurück nach Kaiserslautern. Das wollte ich dir schon die ganze Zeit sagen. Ich habe mir für morgen früh ein Zugticket gekauft. Als du nachhause kamst, warst du so aufgewühlt, dass ich nicht noch zusätzlich Öl ins Feuer gießen wollte.«

»Du fährst morgen zurück?« Jean-Luc schob die Unterlippe nach vorne, wie es kleine Kinder machen, wenn sie den Tränen nahe sind, um ihre Enttäuschung kundzutun. »Das ist sehr schade. Aber eigentlich fügt sich alles auch ganz gut. So können wir beide unseren Aufgaben nachgehen. Und wenn du deinen Fall gelöst hast und ich meinen Text und die Rolle von Scapin beherrsche, kommst du wieder zurück nach Paris. Was meinst du?«

»Das sehe ich genauso.«

Anna streckte Jean-Luc ihre Hand entgegen und er nahm sie in seine. Sie schauten sich in die Augen und lächelten sich gegenseitig an. Beide hatten wieder ihren Beruf in den Vordergrund gestellt, wie so oft. Aber das war das, was sie vereinte. Jeder von ihnen konnte den anderen verstehen und akzeptierte, dass der Beruf fast immer an erster Stelle stand. Anna konnte sich nicht vorstellen, mit jemanden zusammenzuleben, der ihr deshalb jedes Mal eine Szene machen würde. Sie hatte schon immer davon geträumt, Kommissarin zu werden und für sie war ihr Beruf mehr als ein Job. Sie verspürte das tiefe Bedürfnis, Menschen, die einem Verbrechen zum Opfer gefallen waren, gerecht zu werden und ihren Mörder zu finden. Nach dem Tod ihres Bruders vor nun über zehn Jahren, als Folge eines Unfalls mit Fahrerflucht, der bis heute ungeklärt geblieben war, hatte sie sich geschworen, niemals aufzugeben und so lange zu suchen, bis sie den Täter überführt hätte. Zu versagen, war für sie keine Option, auch wenn sie und ihr Team dafür manchmal sehr lange brauchten. Sie war froh, dass Jean-Luc das auch so sah. Bei ihm war es wahrscheinlich noch schwieriger, denn schließlich gab es genug arbeitslose Schauspieler, die nur darauf warteten, seinen Platz einzunehmen.

Nun, da alles geklärt war, machten sie sich auf ins *Le Dante*. Anna wollte noch jede Minute in ihrer Lieblingsstadt, mit ihrem Lieblingsmensch an ihrer Seite genießen, bevor sie am nächsten Morgen den Nachhauseweg antreten würde.

KAPITEL 21

SIEBEN TAGE VOR DEM LEICHENFUND

Hugo war früh aufgestanden und hatte sich nach einem Besuch im Frühstücksrestaurant des Hotels, wo er einen Kaffee und zwei Croissants gegessen hatte, auf den Weg zur Uni gemacht. Das Institut für geschichtliche Landeskunde lag mit dem Auto etwa zwanzig Minuten vom Hotel entfernt und da er sich mit den öffentlichen Verkehrsmitteln nicht auskannte, hatte sich Hugo für sieben Uhr dreißig ein Taxi bestellt. Tatsächlich etwas zu früh für einen Besuch im Institut, da dieses erst um neun Uhr dreißig öffnete, aber man hatte ihm zugesichert, dass man für ihn eine Ausnahme machen würde und vor Ort jemand wäre, um ihn in Empfang zu nehmen.

Das Taxi war überpünktlich und stand schon vor der Tür, als er bepackt mit seiner Laptoptasche die Lobby verließ. Er nannte die Adresse, Hegelstraße 59, und der Wagen setzte sich in Bewegung. Hugo war freudig erregt, denn die Aussicht auf Dokumente, Bücher und Zeitschriften jeglicher Art, die er studieren und analysieren konnte, machte ihn glücklich. Er liebte seine Arbeit und insbesondere das Recherchieren, wenn man noch nicht mit Sicherheit wusste, was einen erwartete. Ob man auf eine interessante Information stoßen würde oder nicht, erfüllte ihn mit höchstem Wohlbehagen. Hugo wollte noch zusätzliche Hinweise über die Pfalz zu Lebzeiten Slevogts einholen, um seinem Vortrag noch mehr Tiefe zu verleihen und um den Künstler in den richtigen Kontext zu stellen.

Das war das eine Ziel, das er sich für den heutigen Tag gesetzt hatte. Viel wichtiger aber waren ihm die Recherchen in eigener Sache über die angeblichen Verstecke der Nazis in der Pfalz. Er erhoffte sich im Institut für geschichtliche Landeskunde Tipps, die ihn seinem Ziel, das verschollene Bild, das einst seiner Familie gehört hatte, wiederzufinden, ein Stückchen näherbringen würde.

Als Hugo ein paar Jahre zuvor in einem ähnlichen Fall für das französische Kultusministerium in der Kommission für die Rückgabe von Raubkunst gearbeitet hatte, der *commission pour l'indemnisation des victimes de spoliations*, war er auf das Inventar von Rose Vallant gestoßen, die heimlich alle beschlagnahmten Objekte katalogisiert hatte, die die Nazis den Juden entwendet hatten. Diese waren im *Musée du Jeu de Paume* bis zu ihrem Abtransport nach Deutschland zwischengelagert worden und Rose Vallant hatte die Gelegenheit genutzt, um ein Verzeichnis der Kunstobjekte anzulegen, das aufzeigte, woher sie kamen und wem sie einst gehörten. In dem damaligen Fall war es um eine wertvolle Pastellzeichnung gegangen, das Porträt der Mademoiselle Gabrielle Diot, das der französische Maler Edgar Degas 1896 angefertigt hatte und ebenfalls im Inventar von Rose Vallant verzeichnet war. Sie hatte damals die Vermutung geäußert, dass die Kunstgegenstände mit der Bahn nach Deutschland gebracht und dort bis zu ihrem Weitertransport nach München teilweise zwischengelagert worden waren. Eine ihrer Spuren führte in die damals zu Bayern gehörenden Rheinpfalz. Rose Vallant hatte versucht, die Kunstobjekte Zügen und Orten zuzuordnen und in diesen Listen war Hugo auch das erste Mal auf die *Zwei Frauen im Garten* von Renoir, das Bild, das einst seinen Großeltern gehörte, gestoßen. Dieses Gemälde war in Vallants Liste mit dem Kürzel *Rpf* versehen worden, das vermutlich für *Rheinpfalz* stand. Vielleicht würde er während seines Aufenthaltes in Deutschland ein paar dieser Verstecke ausfindig machen und ihnen sogar einen Besuch abstatten können, dachte Hugo während der Fahrt.

Das Taxi war zwischenzeitlich angekommen und sie hielten vor einem großen, grauen Gebäude, das wie ein Appartementhaus aussah. Hier und da war die Wohngegend durch Grünflächen mit Bäumen und Parkplätzen unterbrochen und Hugo war etwas verwundert, dass das Institut in einer Wohngegend zu liegen schien. Aber beim Aussteigen entdeckte er gleich das Schild vor dem Eingang, das ausdrücklich auf das Institut selbst und dessen Zugehörigkeit zur Mainzer Universität hinwies, sodass Hugo gut gelaunt und voller Tatendrang den Taxifahrer bezahlte und das Gebäude betrat. Er nahm den Aufzug in den zweiten Stock, wo das Institut residierte. Hinter einem Anmeldetresen saß ein junger Mann mit Brille, der ihn freundlich anlächelte. »Guten Tag, Sie wünschen?«

»Guten Tag, ich heiße Hugo de Louvois aus Paris«, sagte er in einem passablen Deutsch. »Ich hatte mit ihrem Institutsleiter Professor Doktor Lars Fröhnmann telefoniert und mein

Kommen schriftlich angekündigt. Ich recherchiere über Slevogt für einen Vortrag und wollte ein paar Informationen einholen.«

»Herr de Louvois, herzlich willkommen in Mainz! Ich habe Sie schon erwartet. Ich bin tatsächlich über Ihren Besuch informiert und soll Ihnen, falls Sie Hilfe benötigen, zur Seite stehen. Mein Name ist Wolfgang Leitz, ich bin zurzeit Professor Fröhnmanns wissenschaftlicher Assistent und schreibe an meiner Doktorarbeit. Herr Professor Fröhnmann lässt sich leider entschuldigen, dass er Sie nicht persönlich empfangen kann, aber er ist im Urlaub. Wenn Sie mir bitte folgen würden. Ich habe Ihnen bereits einen Raum vorbereitet sowie ein paar Informationen herausgesucht, die Sie vielleicht weiterbringen. Dann können Sie gleich mit Ihrer Arbeit beginnen.«

»Vielen Dank, das ist wunderbar. Ich freue mich, dass ich hier arbeiten kann.«

Hugo folgte dem jungen Mann über einen langen Flur in eine Art Bibliothek, die übersäht war mit Aktenschränken und Büchern. Dahinter war ein etwas größerer Raum, der mit langen Tischen ausgestattet war und als Lesesaal diente. Hugo dachte schon, dass Herr Leitz ihm hier einen Platz zum Arbeiten reserviert hatte, aber dieser durchquerte den Raum bis ans Ende und lief auf eine Tür hinten rechts zu. Hier war ein weiteres, viel kleineres Arbeitszimmer, das exklusiver ausgestattet war und sogar über eine eigene Kaffeemaschine verfügte. Es waren nur zwei Tische darin vorhanden und beide waren mit großen Apple-Monitoren versehen. Auf einem der beiden Schreibtische lagen bereits ein paar Akten und Bücher, von denen Hugo annahm, sie müssten für ihn vorbereitet worden sein.

Hugo hatte sich daran gemacht, seinen Laptop herauszuholen, und steckte das Kabel an. Der Tisch verfügte über eine Steckdose, eine Lampe für besseres Licht war ebenfalls vorhanden. »Haben Sie hier eine WLAN-Verbindung? Das wäre hilfreich.«

»Ja, selbstverständlich. Ich gebe Ihnen gleich das Passwort.« Wolfgang Leitz hatte zwischenzeitlich Kaffee geholt und stellte eine Tasse auf Hugos Tisch und überreichte ihm anschließend ein kleines Kärtchen mit dem WLAN-Passwort. »Wir haben die Kärtchen gedruckt«, erklärte er. »Das ist einfacher so. Brauchen Sie sonst noch etwas?«

»Nein, vielen Dank.«

»Falls Sie mich brauchen, ich sitze vorne am Empfang. «

Wolfgang Leitz verließ den Raum und überließ Hugo sich selbst. Dieser nahm einen Schluck Kaffee und schaute sich die Unterlagen an, die Leitz ihm auf den Tisch gelegt hatte. Darunter war eine Biografie von Rose Vallant, die er bereits kannte – schließlich war das *Musée du Jeu de Paume* nicht weit vom Musée d´Orsay entfernt und er hatte auch dort schon die ein oder andere Recherche über diese bemerkenswerte Frau angestrebt sowie Akten über vermutete, ehemalige Nazi-Verstecke im heutigen Rheinland-Pfalz eingesehen. Der zweite Stapel waren Bücher und Artikel über Max Slevogt, einige darunter über Rheinland-Pfalz, den *Deutschen Künstlerbund* und über die *Arbeitsgemeinschaft Pfälzer Künstler*. Hugo machte sich an die Arbeit.

Erst die Arbeit, dann das Vergnügen, dachte er und nahm sich den Stapel mit den Unterlagen zu Max Slevogt vor. Er arbeitete sie penibel durch, machte sich Notizen, ergänzte hier und dort seinen Vortrag und kam zügig voran. Als er zufrieden war, trank er den letzten Schluck Kaffee, stand auf und öffnete ein Fenster. Das tat er meistens, wenn er eine Aufgabe abgeschlossen hatte, denn ein bisschen frische Luft konnte nicht schaden. Er lief ein paar Schritte hin und her und begab sich zum Empfang. Er brauchte noch etwas zu trinken, bevor er weitermachte, und fragte Wolfgang Leitz nach einem Glas Wasser. Dieser ging in die Küche und kam mit einer großen Flasche Mineralwasser und einem Glas zurück. Er begleitete Hugo in den Leseraum, wo dieser die letzten eineinhalb Stunden verbracht hatte, und goss ihm auch noch etwa Kaffee nach.

Offensichtlich war Leitz es gewohnt, für das Wohl der Institutsbesucher zu sorgen, dachte Hugo und machte sich wieder an die Arbeit. Er verspürte ein Kribbeln im Bauch als er sich dem Rose-Vallant-Stapel, wie er ihn nannte, widmete. Vieles, was er zu lesen bekam, wusste er oder kannte er schon. Wichtig war es ihm, mehr über die geheimen Verstecke der Nazis in der Pfalz zu erfahren. Dafür war er schließlich hier. Er stieß auf einen Bericht über eine Gegend rund um eine Stadt namens Otterberg bei Kaiserslautern. Hier waren acht Höfe benannt, die zu Otterberg gehörten und die in Verdacht geraten waren, als Versteck für geheime Naziaktivitäten und die Unterbringung beschlagnahmter Kunstgegenstände zu dienen. Bewiesen war das allerdings nicht und man hatte bis heute keinerlei Indizien in diese Richtung gefunden. Die Höfe waren der Drehentalerhof, der Münschwanderhof, der Althütterhof, der Weinbrunnerhof, der Reichenbacherhof, der Lauerhof, der Birotshof und der Messerschwanderhof. Welcher Hof genau als Versteck gedient haben sollte, war nicht angegeben, aber für das Erste war Hugo mehr als zufrieden: Er hatte einen ersten Anhaltspunkt!

Er hätte nicht gedacht, dass er tatsächlich auf Namen stoßen würde und innerlich freute er sich über diesen ersten kleinen Erfolg, wohlwissend, dass es nicht leicht werden würde den richtigen Hof auszumachen. Vielleicht waren auch mehrere involviert gewesen. Wer wusste das schon. Hugo konzentrierte sich auf die anderen Unterlagen, die Leitz ihm noch herausgesucht hatte. Er wollte sicher sein, dass er nichts Essentielles bei seiner Arbeit und seinen Recherchen hier im Institut übersah und hatte es nicht eilig. Er schaute noch mal die Akten durch und fand heraus, dass es in der Nähe von Ludwigshafen, eine weitere Stadt in Rheinland-Pfalz, wohl auch das ein oder andere Versteck gegeben haben musste. Hier war ein Ort namens Limburgerhof genannt, der ebenfalls in Frage kam. Ludwigshafen selbst wäre aufgrund des BASF-Standorts wahrscheinlich zu exponiert gewesen. Er schrieb sich auch diesen Namen auf, denn auf seinem Weg an die Weinstraße wäre es sicher ein Leichtes, auch mal diesem Limburgerhof einen Besuch abzustatten.

Er verbrachte noch eine weitere gute halbe Stunde damit, alle Unterlagen zu lesen und sich einen Plan zu machen, wie er vorgehen wollte. Was sollte er den Menschen sagen, die er möglicherweise auf den Höfen traf, die er besuchen wollte? Schließlich konnte er nicht einfach mit der Tür ins Haus fallen und sich nach einer etwaigen Nazivergangenheit des Hofes und ihrer Besitzer erkundigen. Hier musste er sich schon etwas einfallen lassen und subtiler vorgehen. Aber wie? Hugo lehnte sich in seinem Stuhl zurück und blickte aus dem Fenster.

Es war wieder ein wunderbarer Sommertag und er ließ seinen Gedanken freien Lauf. Er wollte heute gemeinsam mit Ben etwas Schönes unternehmen und vielleicht würde er dabei auf eine Idee kommen, wie er vorgehen könnte. In seinem Hinterkopf bahnte sich schon ein erster rudimentärer Ansatz einer Lösung an und er beschloss, dass es Zeit war, seine Arbeit hier zu beenden. Er wollte am nächsten Tag noch mal vorbeikommen, nur für den Fall, dass er noch einmal etwas nachschlagen musste. Außerdem nannte Hugo Wolfgang Leitz noch zwei weitere Abhandlungen über die Pfalz, die ihn interessierten und die er gerne am nächsten Tag einsehen wollte. Er fragte den jungen Mann, ob er ihm diese noch heraussuchen könnte. Leitz bejahte und schien erfreut, Hugo helfen zu können. Er würde ihm die genannten Unterlagen wieder auf seinen Tisch legen. Leitz bestellte Hugo ein Taxi und sie verabredeten sich für den nächsten Tag um zehn Uhr. Hugo bedankten sich erneut für die Unterstützung und fuhr zurück ins Hotel.

KAPITEL 22

Jean-Luc hatte Anna vorgeschlagen, sie zum Bahnhof zu fahren, da er anschließend sowieso weiter ins Theater musste, und so kamen sie kurz nach halb neun am *Gare de l´Est* an. Sie verabschiedeten sich mit einem leidenschaftlichen Kuss vor dem alten Gebäude, wo Jean-Luc kurz im Halteverbot stehen blieb. Einen Parkplatz zu suchen, hätte viel zu lange gedauert und wäre hier rund um den Bahnhof so gut wie unmöglich gewesen. Sie winkten sich noch einmal zu, bevor Jean-Luc davonfuhr. Sie würden sich sicherlich bald wiedersehen – das hoffte Anna zumindest, die Jean-Luc immer mit einem mulmigen Gefühl zurückließ. Sie hatte ein bisschen Angst, ihn während ihrer Abwesenheit an eine Unbekannte zu verlieren, selbst wenn sie Jean-Luc vertraute. Anna kaufte sich am Kiosk noch ein Baguette und einen Kaffee und bezog ihren Platz im TGV 9551 Richtung Frankfurt, der schon auf dem Gleis Nummer fünf stand.

Die Fahrt verlief problemlos und kurz nach halb zwölf fuhr der Zug planmäßig in Kaiserslautern ein. Anna schnappte sich ihren kleinen Rollkoffer und lief direkt ins Präsidium. Auf der einen Seite war sie etwas traurig, dass sie nun doch wieder zu Hause war, aber auf der anderen Seite war sie bereits länger in Paris geblieben als ursprünglich geplant und freute sich, zurück am Ort des Geschehens zu sein. Telefonieren war sicherlich in

Ordnung, aber es fühlte sich doch anders an auf ihrem eigenen Terrain zu ermitteln.

Gut gelaunt und voller Tatendrang betrat sie das Polizeipräsidium. Sie lief direkt in ihr Büro. Außer Kathrin wusste niemand Bescheid, dass sie wieder da war, und sie freute sich auf die Überraschung, die sie den Kolleginnen und Kollegen mit ihrer Rückkehr bereiten würde. Auf dem Flur begegnete sie niemandem, also setzte sie sich erst einmal an ihren Schreibtisch und schrieb ihrem Team eine kurze E-Mail, dass sie für dreizehn Uhr eine Lagebesprechung einberief und alle in den Meetingraum kommen sollten.

Anschließend ging sie in die kleine Gemeinschaftsküche, um Kaffee aufzustellen. In der Vergangenheit, als sie noch einen Kaffeevollautomaten hatten, waren des Öfteren die Bohnen ausgegangen und niemand wollte sich so recht um das Entkalken und Reinigen der Maschine kümmern. Wahrscheinlich war das auch der Grund, warum diese dann kaputtgegangen war. Danach hatten sie sich gemeinsam für ein System entschieden, das von einer externen Firma gewartet wurde. Jetzt kam in regelmäßigen Abständen ein junger Mann, der die Maschine säuberte und immer dafür sorgte, dass genügend Kaffee im Haus war. Trotzdem hatten sie sich neulich wieder eine kleine Espressomaschine mit Kapseln geleistet, denn manchmal brauchten sie eben doch etwas Stärkeres. Als Anna gerade den Wasserbehälter füllen wollte, merkte sie, dass an dem Gerät das kleine rote Licht leuchtete und der Kaffee bereits in die Kanne lief. Es war ihr jemand zuvorgekommen. Wie schön, dachte sie. Nach dem Mittagessen war ein Kaffee immer willkommen, um die Pause noch ein paar Minuten hinauszuzögern.

Sie lief zurück in ihr Büro und traf auf Kathrin, die gerade anklopfen wollte. »Schön, dass Du wieder da bist«, begrüßte sie Anna. »Ich glaube tatsächlich, dass wir eine Spur haben. Ich habe ein paar Namen von Bauernhöfen erhalten, die als Zwischenlager in Frage kämen. Allerdings ist der Lanzenbrunnen der Familie Steiger nicht dabei. Das wäre auch zu schön gewesen.«

»Hallo Kathrin, ja ich bin auch froh, wieder hier zu sein«, sagte Anna und ging mit ihr ins Büro. »Ich glaube, dass wir der Sache nun endlich näherkommen, und deshalb habe ich gleich für dreizehn Uhr eine Lagebesprechung einberufen.«

»Sehr gut.« Die beiden setzten sich. »Wie war es in Paris? Und vor allem: Wie war der Kollege – wie heißt er noch mal?«

»Du meinst Thiéry, Thiéry Lalongue?«

»Ja, genau der.«

»Wir haben uns sehr gut verstanden und er war sehr professionell. Vielleicht nicht so involviert, wie ich, aber schließlich ist es ja auch unsere Leiche, auch wenn es sich dabei um einen Franzosen handelt.« Sie lachten beide.

»Apropos Franzose: Gibt es etwas Neues in Sachen Röntgenbilder? Ich habe immer noch nichts erhalten und Manfred aus der Pathologie hat schon ein paar Mal bei mir nachgefragt.«

»Leider nicht, aber Thiéry bleibt dran und gibt mir Bescheid, sobald er etwas weiß.« Anna machte sich noch schnell eine Notiz, damit sie nicht vergaß, hier nachzuhaken.

»Soso … Thiéry! Das heißt, ihr seid schon per Du?«

»Na ja, das ist in Frankreich so üblich. Man nennt sich beim Vornamen und siezt sich. Aber in unserem Fall ist es tatsächlich so, dass Thiéry mir ziemlich schnell das Du angeboten hat. War einfacher so. Schließlich arbeiten wir an einem gemeinsamen Fall.«

Kathrin musste lachen, weil Anna sich rechtfertigte. »War nur Spaß. Ist doch super, wenn ihr euch gut verstanden habt. Solange du nicht vorhast, dort bei ihm anzuheuern und nach Paris ziehst, ist mir alles recht.«

Anna schaute Kathrin verwundert an. »Wie kommst du denn da drauf?« Sie ließen den Satz unbeantwortet in der Luft stehen. »Gibt es eigentlich schon Neuigkeiten bezüglich des Mietwagens? Ist er schon aufgetaucht?«

»Nein, leider noch nicht. Aber sicherlich wird es nicht mehr lange dauern. Irgendjemand muss das Fahrzeug gesehen haben.«

»Oder es wurde irgendwo abgestellt, wo es nicht so schnell gefunden wird.«

»Das kann natürlich auch sein.«

»Wenn wir jetzt schon mittendrin sind, lass uns die neuen Informationen direkt auf die Tafel im Meetingraum schreiben. Übrigens, in Paris haben sie auch so eine Tafel, nur in modern und aus Glas. Wie in amerikanischen Filmen. Das sieht super aus. Die Fotos oder etwaige Dokumente, die den Fall betreffen, werden mit Magneten daran befestigt. Und man kann mit Spezialfilzstiften auf die Scheibe schreiben.«

Kathrin zuckte mit einem Grinsen die Schultern. »Hier fehlt wahrscheinlich das Geld für sowas. Egal, wir kommen auch so klar.«

Um dreizehn Uhr waren alle da und jeder berichtete vom aktuellen Stand seiner Ermittlungen. Viel Neues gab es nicht, aber die wichtigste Spur, die sie hatten, war sicherlich die, dass de Louvois im Institut in Mainz Recherchen über mögliche Zwischenlager der Nazis angestellt hatte und offensichtlich auf der Suche nach einem ganz bestimmten Bild war – *Zwei Frauen im Garten* von Renoir. Dabei war er möglicherweise jemandem zu nahegekommen. Es war an der Zeit, den drei Bauernhöfen, die Kathrin ausfindig gemacht hatte, einen Besuch abzustatten. Leider stand der Lanzenbrunnen nicht auf der Liste. Anna schrieb ihn trotzdem auf die Tafel und fügte einen Pfeil zu Hugo de Louvois ein. Darüber schrieb sie: *Verbindung?*

Anna musste noch einmal mit Franz Steiger sprechen, um herauszufinden, ob er und Hugo sich nicht doch kannten oder begegnet waren. Die Leiche war in Franz Steigers Strohballenpresse gefunden worden. So viel stand fest. Außerdem gab es Hinweise auf ein wertvolles Gemälde. Kathrin war unterdessen zur Bank gefahren und hatte mit Franz Steigers Berater gesprochen. Er hatte bestätigt, dass Franz Steiger überschuldet und dabei war, seinen Hof zu veräußern. Das konnte ein wichtiges Motiv sein, auch wenn Anna noch nicht verstand, wie das alles zusammenhing. Für sie verfestigte sich immer mehr der Gedanke, dass Familie Steiger mit ihrem Hof irgendwie in den Fall involviert war. Nach der Besprechung teilten sie den nächsten Tag ein und Anna beschloss, als Erstes gemeinsam mit Harald die Höfe zu besuchen, auch den Lanzenbrunnen. Sie verabredeten sich für acht Uhr am nächsten Morgen.

KAPITEL 23

Franz Steiger hatte seine Mutter nach dem ausführlichen Gespräch am Frühstückstisch zu ihrem Lieblingssessel vor den Kamin begleitet, damit sie sich etwas ausruhen konnte. Sie war erschöpft von dem vielen Reden und von der Erinnerung an das, was sie damals erlebt hatte. Aber Franz und sie waren sich durch ihren Entschluss, sich alles zu erzählen, nähergekommen und das hatte beiden gutgetan. Franz selbst war zufrieden und sah seine Mutter jetzt mit anderen Augen. Sein eigenes Anliegen hatte er allerdings immer noch nicht anbringen können, aber er nahm sich vor, es so schnell wie möglich nachzuholen.

Jetzt interessierte ihn viel mehr, wie es seiner Mutter nach Kriegsende ergangen und was aus den ganzen Bildern geworden war. Waren diese alle abgeholt worden oder hatte seine Mutter vielleicht welche behalten? Franz kannte sich nicht aus mit Kunst, von dem ein oder anderen berühmten Maler abgesehen. Auch in ihrem Haus hingen einige Gemälde. Er war hier aufgewachsen und sie gehörten für ihn zum Inventar. Woher sie stammten, hatte er sich noch nie gefragt, ahnte jetzt aber, dass sie möglicherweise von damals waren.

Innerlich war er hin- und hergerissen. Auf der einen Seite fände er es erfreulich, wenn eins der Bilder von damals genug einbrächte, um den Hof zu retten. Auf der anderen Seite war ihm der Gedanke, solch wertvolle Werke zu beherbergen, mehr als unangenehm. Eigentlich hoffte er, dass sie nicht zur Beutekunst der Nazis gehörten und seine Mutter keins der Bilder behalten hatte. Das würde ihnen nur Ärger einbringen und davon hatte er bereits mehr als genug. Er beschloss, sich die Gemälde bei Gelegenheit noch einmal näher anzuschauen, um ein Gefühl zu bekommen, um was es sich hierbei handelte. Und natürlich wollte er seine Mutter dazu befragen.

Jetzt musste er aber erst die Sache mit der Bank erledigen und den Hof veräußern. Der Makler, den er beauftragt hatte, hatte sich bei ihm gemeldet, dass er möglicherweise einen Interessenten hätte, dem er das gesamte Anwesen und die dazugehörigen Grundstücke zeigen wollte. Es war ein junger Mann mit Familie irgendwo aus dem Norden, der einen Hof suchte, um einen eigenen kleinen landwirtschaftlichen Biohof aufzubauen. Das könnte passen, dachte Franz. Er rief den Makler an und vereinbarte mit ihm einen Termin in einer Woche. Der Kunde brauchte etwas Vorlauf, da er eine weite Anreise hatte. Franz war einverstanden und spürte Stolz, weil sich jemand für seinen Hof interessierte. Er würde dem jungen Mann alles zeigen und ihn beraten, was er am besten anbauen konnte. Damit kannte er sich aus. Franz merkte, wie er auflebte, wenn es um seinen Hof und die Landwirtschaft ging. Das alles hier würde ihm unendlich fehlen. Aber vielleicht wäre der junge Landwirt froh, wenn er einen erfahrenen Bauern an seiner Seite hätte und ihn manchmal um Hilfe bitten. Dann könnte Franz ab und zu noch hier sein und nach dem Rechten sehen. Es würde das Loslassen erleichtern.

Während Franz seinen Gedanken nachhing, war Frieda aufgewacht und machte sich im Badezimmer etwas frisch. Anschließend ging sie in die Küche, um die Suppe für das Abendessen aufzustellen. Sie hatte noch Gemüse und Markknochen, die wunderbare Markklößchen ergeben würden. Dieses Gericht mochte Franz besonders gerne und sie wollte ihm etwas Gutes tun.

Franz kam zu ihr in die Küche.

»Mutter, was ich dich noch fragen wollte. Wie ging es eigentlich mit den ganzen Bildern weiter und wie lange warst du mit Karl Weisheimer zusammen?«

»Na ja, es ging los im Sommer 1942 und dauerte ungefähr drei Jahre«, antwortete Frieda, während sie die Möhren in kleine Stücke schnitt. »Es gab Zeiten, da kamen nur wenige Lieferungen an, dann wieder mehr. Das war unterschiedlich. Im Sommer 1945, kurz vor Kriegsende, veränderte sich dann alles.«

»Wie meinst du das, es veränderte sich alles?«

»Es war absehbar, dass Deutschland den Krieg verlieren würde, und es wurden die ersten Vorkehrungen getroffen. Karl war immer weniger zu Hause und irgendwann eröffnete er mir, dass er gehen musste und nicht wusste, ob er noch einmal zurückkommen würde.«

»Wieso ist er nicht bei dir geblieben?«

Frieda legte das Messer zur Seite und sah ihren Sohn an. »Setz dich. Ich werde es dir erzählen.«

AUGUST 1945

Die Sonne war schon aufgegangen und die frische Luft, die durch das Fenster kam, war noch kühl und unverbraucht. Frieda betrachtete den Mann neben ihr und wurde sich plötzlich ihrer Einsamkeit bewusst. Es würde ihr letzter gemeinsamer Tag sein, der Krieg schien so gut wie verloren und es musste alles in Sicherheit gebracht werden; so hatte Karl ihr zumindest seine Abreise erklärt.

Die Bilder waren am Vortag bis auf wenige Kisten schon abgeholt worden und es war unruhig um sie beide geworden. Es hatte sie einige Mühe gekostet, all die Rahmen und Leinwände so zu verpacken, dass sie auch sicher an ihrem Bestimmungsort ankamen. Aber schließlich war alles gut gegangen und die Transporter hatten um zwei Uhr morgens die letzte Fahrt nach München angetreten. Ein paar der Kunstgemälde waren noch im Haus verblieben, da kein Platz und vor allem keine Zeit mehr gewesen war, um sie auf die Reise zu schicken. Davon würde Karl persönlich am nächsten Tag welche mitnehmen. Frieda hatte einen kurzen Blick auf einige der Bilder geworfen und es waren zwei dabei, die ihr gut gefielen. Allerdings verstand sie nichts von Kunst und wollte auch nicht wissen, wem sie einmal gehört hatten.

Karl wollte am nächsten Morgen in aller Herrgottsfrüh fahren und sie wussten beide noch nicht, ob sie sich je wiedersehen würden. Sie liebte Karl und auch wenn der Krieg tiefe Wunden hinterlassen hatte, war die Zeit mit ihm an ihrer Seite das Beste gewesen, das ihr bis jetzt in ihrem Leben passiert war. Der Gedanke, allein zurückzubleiben auf diesem Hof, mitten im Wald, schien ihr an diesem Morgen unglaublich trostlos und ungerecht. Aber Selbstmitleid lag ihr nicht und so versuchte sie nicht, daran zu denken. Was sollten sie beide an ihrem letzten Tag unternehmen? Eigentlich wäre sie gerne mit Karl im Bett geblieben, aber dafür war ihr die Zeit mit ihm zu wertvoll. Sie brachte den Vorschlag erst gar nicht vor, sondern überlegte eher, mit dem Boot auf dem kleinen Weiher zu rudern und zu angeln.

Sie weckte Karl zärtlich mit einem Kuss, um keine Zeit zu verlieren. Schließlich wollte sie noch so viel wie möglich von diesem letzten gemeinsamen Tag mitnehmen. Nachdem er sie zu sich aufs Bett gezogen und sie sich noch einmal heftig geliebt hatten, ging sie als erste hinab in die Stube und bereitete einen Picknickkorb vor, den sie mit aufs Boot nehmen wollte. Sie hatte kleine Tomaten aus dem eigenen Garten, Landjäger Würste, ein Stück Käse, einen halben Laib Pfälzer Bauernbrot sowie eine Flasche Riesling, den sie am Vorabend in den See gehängt hatte, damit er schön kühl war. Als Nachtisch packte sie zwei Äpfel und noch ein Glas Erdbeermarmelade ein, die sie selbst gekocht hatte. Jetzt, Mitte August, war die Erdbeerzeit so gut wie vorüber und die Ernte war nicht besonders gut ausgefallen, da es starke Regengüsse gegeben hatte und viele der Früchte bereits auf dem Feld verfault waren. Trotzdem war es ihr gelungen, an die zehn Gläser zu kochen. Die Marmelade schmeckte köstlich.

Kaum hatte sie alles schön in frischen Tüchern in den Korb gelegt und Teller, Besteck, Gläser und ein Taschenmesser dazu gepackt, hörte sie Karls Schritte auf der Holztreppe. Sie drehte den Kopf in seine Richtung und lächelte ihm zu. Er hatte nur schnell seine Uniformhose angezogen, die Hosenträger hingen seitlich am Bein herunter. Sein Oberkörper war nackt und sie genoss seinen Anblick. Er war groß, über ein Meter neunzig, und war gut gebaut. Er entsprach genau dem, was man sich unter einem deutschen Offizier vorstellte, mit seinen blonden Haaren und den blauen Augen. Sie war stolz, dass er sie ausgewählt hatte, auch wenn sie genau wusste, dass die Begegnung mit Karl purer Zufall gewesen war. Wäre sie damals nicht mit ihrer Freundin Antonia und dessen Familie nach Kaiserslautern ins Spinnrädl gefahren, hätte sie ihn wahrscheinlich nie getroffen.

Der Lanzenbrunnen hatte sich als perfektes Versteck und Zwischenlager für die Zwecke der Nationalsozialistischen Partei erwiesen und sie hatte zum Erfolg der Unternehmung *Sonderauftrag Linz* beigetragen. Sie hatte alles gegeben, was man von ihr verlangt hatte, sich selbst inbegriffen. Und sie hatte es gerne getan, denn im Krieg durfte man nicht wählerisch und schon gar nicht zimperlich sein. Schließlich war sie am Anfang überzeugt gewesen, dass Deutschland am Ende siegen würde. Und das war das Wichtigste für sie. Eine Alternative als der Endsieg war nicht denkbar gewesen und auch nicht wünschenswert. Weder für sie noch für irgendjemand anders. Davon war sie trotz ihrer erst achtzehn Jahre – oder vielleicht gerade deswegen – überzeugt gewesen.

Nach und nach hatte sie allerdings ihre Meinung geändert und war sich nicht mehr so sicher, dass Deutschland das Richtige tat. Zu viele Menschen mussten leiden und der *Sonderauftrag Linz* hatte seinen anfänglichen Charme verloren. Jetzt, wo klar war, dass Deutschland den Krieg verlieren würde, war Frieda sicher, dass es falsch gewesen war, den Menschen ihr Hab und Gut wegzunehmen und sie in Lager zu stecken. Sie wusste nicht viel darüber, hatte hier und da ein paar Wortwechsel zwischen Karl und seinen Parteifreunden mitbekommen und dadurch erfahren, dass man die Menschen, die man festnahm, vor allem Juden, aber auch Menschen, die einfach nicht in die Gesellschaft passten und nicht Hitlers Vorstellungen entsprachen, in Lager sperrte, wo viele von ihnen starben. Frieda fand dieses Vorgehen schrecklich und spürte innerlich, dass Deutschland durch diesen Krieg großen Schaden nehmen würde. Denn was die Nazis taten, war ganz und gar unmenschlich. Und das konnte sie nicht akzeptieren. Trotzdem liebte sie Karl und hatte Angst davor, ihre Gedanken ihm oder jemand anders gegenüber zu äußern.

Der Tag verlief wie geplant, sie ruderten auf dem Weiher und angelten ein paar Karpfen. Sie besprachen noch ein paar Details, falls es nach Karls Abzug zu Problemen kommen sollte, vor allem, was sie berichten und was sie lieber für sich behalten sollte. Aber das war mehr der Form halber, denn schließlich wusste sie, was zu tun war. Zwischen ihnen lag eine tiefe Verbundenheit, die weniger Worte bedurfte, und auch wenn die Stimmung zwischen ihnen gut war, spürte sie in Anbetracht der baldigen Trennung, dass die Leichtigkeit der letzten drei Jahre verflogen war.

Als sie gerade die Angel einfahren und zurückrudern wollten, verspürte Frieda einen heftigen Zug an der Schnur – viel stärker als je zuvor. Sie rief nach Karl und es kostete sie beide einige Mühe, den Karpfen an Bord zu ziehen, ohne zu kentern. Der Fisch war riesengroß, fast ein Meter lang, und ein absolutes

Prachtexemplar. Karl wollte diesen besonderen Fang unbedingt fotografieren und sprang aus dem Boot, um seinen neu erworbenen Fotoapparat zu holen. Er bat Frieda, den Fisch so gut es ging, aufrecht zu halten, damit man sehen konnte, wie groß er war, und drückte auf den Auslöser. Das Erinnerungsfoto wollte er ihr später zuschicken, sobald es entwickelt war.

Als sie wieder im Haus waren, verbrachten sie den Rest des Nachmittags auf der Wiese und erzählten sich Geschichten aus ihrer Kindheit, als die Welt noch eine andere gewesen war. Sie sprachen viel über die gemeinsamen Erlebnisse der letzten drei Jahre und was sie alles gemeinsam erreicht hatten. Karl war stolz auf Frieda und er vermisste sie jetzt schon. Frieda hatte einen Kloß im Hals und konnte nur schwer ihre Tränen zurückhalten. Sie hatte in den letzten Wochen gemerkt, dass ihr Körper sich verändert hatte. Ihre Monatsblutung war ausgeblieben. Das war nicht außergewöhnlich und konnte schon einmal vorkommen, aber Frieda hatte den Verdacht, dass sie schwanger war. Karl hatte sie noch nichts davon erzählt und wollte ihn auch nicht damit belasten. Vor allem jetzt nicht, da seine Abreise kurz bevorstand. Sie wollte ihm keine Steine in den Weg legen, da das bevorstehende Kriegsende und die Kapitulation Deutschlands genug Probleme mit sich bringen würden. Frieda behielt ihr Geheimnis für sich und schluckte ihren Schmerz herunter. In den frühen Morgenstunden fuhr Karl davon und sie sahen sich nie wieder.

JULI 2018

Frieda hielt einen Moment inne und seufzte laut. Es war ihr anzumerken, dass die Erinnerung an diesen Moment, der alles in ihrem Leben veränderte, sie immer noch, nach so vielen Jahren, tief bewegte.

Franz, der sah, wie sehr die Vergangenheit seine Mutter immer noch berührte, wollte sie aus ihrem Schmerz herausreißen. »Mutter, weißt du, was aus Karl geworden ist?«

»Ich habe noch ein paar Briefe von Karl erhalten, er wollte so schnell wie möglich zu mir zurückkommen. Aber dazu ist es dann nicht mehr gekommen. Irgendwann habe ich nichts mehr von ihm gehört. Ich habe über die Verwaltung versucht, herauszufinden, wo er war, aber es konnte mir niemand weiterhelfen. Damals haben so viele Menschen nach Verwandten und Familienmitgliedern gesucht. Es herrschte ein großes Durcheinander, denn alles war zerstört.«

»Und die Bilder – hat er die letzte Kiste an diesem Morgen noch mitgenommen?«

»Nicht alle, ein paar der Bilder hat er hiergelassen. Und später habe ich unten im Versteck noch zwei ganze Kisten gefunden, die wir offensichtlich vergessen hatten.«

»Und wo sind diese Bilder jetzt?«

»Franz, du musst wissen, dass es für mich, als die Amerikaner kamen, nicht ganz leicht war, zu überleben. Der Hof, du als kleines Kind. Ich habe nach und nach immer mal wieder ein Bild an die Amerikaner verkauft. Ich hatte von Antonia erfahren, dass es einen Markt für so etwas gab, und ich war dankbar. Ich habe es vorsichtig gemacht und erzählt, es wären Bilder aus meiner Familie, damit niemand Verdacht schöpft. Ich hatte damals keine Ahnung, was die Bilder wert waren.«

Franz traute seinen Ohren nicht und fragte weiter: »Hast du auch ein oder mehrere Bilder behalten? Stammen die Bilder hier auch aus den Kisten, die du damals versteckt hast?«

»Ja, fast alle. Ich wusste nicht, was ich damit tun sollte, und habe sie aufgehängt. Ich fand, das sei am unverfänglichsten. Kein Mensch käme so auf die Idee, dachte ich nach dem Krieg, dass ich hier Raubkunst beherbergt hatte. Karl hat mir in den drei Jahren auch ein paar kleinere Bilder geschenkt. Eins davon hängt in meinem Schlafzimmer. Das war das Erste. Die anderen hängen hier, im Treppenhaus und in den anderen Zimmern. Mit der Zeit habe ich mich an sie gewöhnt und sie nicht mehr wahrgenommen. Sie gehören einfach hier ins Haus.«

»Na ja, eigentlich gehören sie uns nicht. Du hättest das nach dem Krieg melden müssen.«

»Und dann? Wem wäre damit geholfen gewesen? Ich hatte ein kleines Kind, vergiss das nicht. Und ich musste für uns sorgen. Ohne die Bilder wären wir nicht in der Lage gewesen, den Hof zu behalten, und wer weiß, was mit uns geschehen wäre. Ich konnte schließlich schlecht zu den Amerikanern gehen und sagen: *Ach übrigens, ich habe hier noch ein paar Bilder, die ich die letzten drei Jahre in meinem Keller versteckt habe.* Was glaubst du, was sie mit mir gemacht hätten? Sie hätten dich mir weggenommen und ich wäre ins Gefängnis gekommen. So viel steht fest.«

Franz war auf der einen Seite schockiert, auf der anderen Seite wusste er aber, dass seine Mutter Recht hatte. Was hätte sie tun sollen? Wenn sie den Alliierten von den Bildern erzählt hätte, wäre sie mit Sicherheit juristisch belangt und inhaftiert worden. Franz schaute sich um und sah die Einrichtung und die Bilder, die an den Wänden hingen, als würde er sie zum ersten Mal bewusst wahrnehmen. Und plötzlich war er nicht mehr sicher, ob er das alles hier wirklich verkaufen wollte. Seine Mutter hatte so lange gekämpft, um all das hier zu erhalten. Sie hatte so vieles erlebt und überstanden. Alles hier war durch sie geprägt und entstanden. Und er würde es jetzt einfach jemand Fremdes überlassen? Wie konnte er das tun? Franz war verunsichert und wusste zum ersten Mal in seinem Leben nicht, was er tun sollte.

KAPITEL 24

FÜNF TAGE VOR DEM LEICHENFUND

Die Tage im Institut in Mainz waren schneller vergangen als gedacht und Hugo hatte alles, was er benötigte, um seinen Vortrag über Slevogt fertigzustellen. Aus seinen Notizen und Recherchen war eine interessante Präsentation entstanden, die er guten Gewissens im Herbst an der *Sorbonne* würde halten können. Am zweiten Tag seines Besuchs im Institut hatte er noch die ein oder andere Info hinzugefügt und sich wie bereits am Vortag dann wieder den Recherchen in eigener Sache gewidmet.

Er hatte Ben immer noch nicht in seine Pläne eingeweiht, nach Kaiserslautern und Otterberg zu fahren, um die Höfe, die Rose Vallant in ihren Aufzeichnungen genannt hatte, zu besuchen. Ebenso wenig, dass er *Zwei Frauen im Garten* von Renoir wiederfinden wollte.

Nach seiner Arbeit im Institut hatten er und Ben sich noch einen schönen Tag im Rheingau gemacht. Sie hatten das Kloster Eberbach in Eltville besucht, das einst als Filmkulisse für *Der Name der Rose* gedient hatte und ein bekanntes Weingut beherbergte. Es war ein gemütlicher Nachmittag geworden und Hugo und Ben hatten sich durch sämtliche Rieslinge und andere

Weinsorten getrunken, bis sie nicht mehr konnten. Nach einem ausführlichen Abendessen waren sie dann mehr schlecht als recht zurück ins Hotel nach Mainz gefahren in der Hoffnung, dass sie unterwegs nicht in eine Polizeikontrolle gerieten.

Jetzt waren sie gemeinsam auf dem Weg nach Kaiserslautern, wo sie ein Zimmer im SAKS Hotel gebucht hatten und am frühen Nachmittag ankommen wollten. Für Hugo also die richtige Gelegenheit, Ben endlich von seinem Vorhaben zu berichten und ihn in seine Pläne einzuweihen. Er erzählte ihm von dem Gemälde *Zwei Frauen im Garten* von Renoir und, dass das Bild einst ihrer Familie gehört hatte. Er berichtete ihm von den Notizen von Rose Vallant und der möglichen Spur, die er verfolgte. Ben war beeindruckt und wollte unbedingt helfen, das verschollene Bild zu finden. Für ihn war es eine willkommene Abwechslung zu seinem momentan problembeladenen Leben. Außerdem witterte er sofort fette Beute und das viele Geld, das ein solches Bild mit sich brachte. Das gefiel ihm besonders gut, denn Geld hatte er dringend nötig.

»Das hätte ich dir gar nicht zugetraut und sieht dir eigentlich auch nicht ähnlich«, zog Ben seinen Cousin auf. »Bis jetzt war von uns beiden immer ich der Abenteurer. Aber wie man sieht: Zeiten ändern sich.« Ben grinste und fragte weiter: »Wie wollen wir genau vorgehen? Hast du schon einen Plan?«

»Wir können natürlich nicht mit der Tür ins Haus fallen. Das wäre viel zu offensichtlich. Ich habe mir überlegt, dass ich mich vielleicht als Kaufinteressent für den jeweiligen Hof ausgebe und wir so Zutritt zu den Gebäuden erhalten, die mich interessieren. Du könntest zum Beispiel mein Kunde sein und im Hintergrund bleiben. Was hältst du davon?«

»Großartig. Da ich kein Wort Deutsch spreche, könntest du vorgeben, ich käme extra aus Amerika, um mir hier etwas anzuschauen.«

»Ja, das habe ich auch gedacht. Es wäre wichtig, die jeweiligen Gebäude mit ihren Räumlichkeiten als Ganzes zu besichtigen. Eine bessere Ausrede fällt mir aktuell nicht ein. Es ist auch nicht gesagt, dass uns überhaupt jemand ins Haus lässt. Schließlich wissen wir nicht, ob die jeweiligen Eigentümer interessiert sind, zu verkaufen. Aber ein Versuch ist es auf jeden Fall wert.«

»Richtig. Und im Zweifelsfall improvisieren wir einfach.«

Hugo und Ben unterhielten sich noch eine Weile weiter. Kurze Zeit später fuhren sie in die Tiefgarage des Hotels in Kaiserslautern, das unter dem Stiftsplatz lag. Sie bezogen ihre Suiten – auch hier hatte sich Hugo nicht lumpen lassen und für beide die teuerste Zimmerkategorie gebucht – und Hugo holte seine Notizen hervor. Mit Hilfe von Google Maps wollte er den ersten Hof ausfindig machen und sich den Weg dorthin anschauen. Als Erstes nahm er sich den Lauerhof vor, der ihm für den An- und Abtransport von Beutekunst am ungeeignetsten vorkam. Er und Ben wollten erst etwas Übung in ihrer Tarnung bekommen und nicht gleich mit dem vielversprechendsten Hof beginnen.

Der kleine Ortsteil Lauerhof lag östlich von Otterberg exponiert auf einer kleinen Anhöhe und war durch eine lange Straße, die von Wiesen und Feldern gesäumt war, zu erreichen. Im Lauerhof selbst gab es wenig Ausweichmöglichkeiten, sondern die Straße zog sich einfach weiter durch den kleinen Ort und bog dann oben angekommen nach links ab wieder zurück nach Otterberg. Weitere Straßen gab es nicht. Der An- und Abtransport von Waren wäre hier also nicht sehr diskret gewesen, dachte Hugo beim Betrachten der Bilder. Man konnte über die Felder hinweg direkt auf die Straße schauen und jeder Wagen war bereits von weitem sichtbar. In einem kleinen Ort wie dieser hätte sich der damals in regelmäßigen Abständen stattfindende Lkw-Verkehr herumgesprochen und hätte Fragen aufgeworfen. Hugo war sicher, dass es ein besseres Versteck als den Lauerhof gegeben haben musste. Zum Üben lohnte es sich aber trotzdem, dorthin zu fahren und sich umzuschauen.

Hugo hatte sich Fotos von Landschaftsaufnahmen rund um die Höfe aus den Jahren 1942 bis 1945 gemacht, da er die entsprechenden Dokumente nicht aus der Bibliothek in Mainz hatte mitnehmen dürfen. Damit war er in der Lage, sich ein Bild davon zu machen, wie es damals im Krieg um die Höfe herum ausgesehen hatte, welche Zugangsstraßen es gab und was sich seitdem verändert hatte. Hugo informierte Ben kurz über WhatsApp, dass er loswollte, und Ben schickte ihm ein Daumenhoch-Emoji. Sie verließen gemeinsam die Lobby und fuhren aus der Tiefgarage Richtung stadtauswärts.

Der Weg zum Lauerhof war nicht schwer zu finden und dort angekommen stand gleich am Eingang des Dorfes – wenn man die drei Häuser dort so nennen konnte – ein alter Bauernhof. Hugo beschloss, sich erst einmal ein Bild von der Gesamtsituation zu machen, und fuhr bis ans andere Ende der Straße, wo diese in einer Linkskurve wieder Richtung Otterberg fuhr oder geradeaus in einen Waldweg einbog. Das Haus, das hier oben auf der Anhöhe stand, schien eher neueren Datums und kam nicht wirklich in Frage. Das Haus, das er am Anfang des Lauerhofs gesehen hatte, jedoch schon eher. Also drehte Hugo den Wagen um, fuhr wieder ein Stück zurück zum Ortseingang und parkte das Auto etwas abseits des Hofes auf der linken Straßenseite.

Hugo und Ben stiegen aus und gingen zur Eingangstür. Hugo klingelte und wartete ab. Es tat sich nichts und es war auch keine Menschenseele zu sehen. Hugo klingelte erneut. Aber auch dieses Mal kam niemand zur Tür. Die beiden Männer umrundeten das Gebäude und schauten durch ein Fenster auf der linken Seite des Hauses. Sie sahen einen alten Mann in einem Sessel sitzen. Er schien zu schlafen. Hugo entschloss sich, an das Fenster zu klopfen, und der Mann drehte leicht den Kopf. Das Klopfen hatte er offensichtlich gehört. Hugo winkte ihm zu und gab ihm Zeichen, dass er zurück zur Tür ging. Dort angekommen klingelte Hugo noch einmal und tatsächlich öffnete der Mann einen kurzen Moment später die Eingangstür. Der Mann war klein und hatte noch ein paar wenige graue Haare auf dem Kopf. Er stand nach vorne gebeugt und musste etwas den Kopf heben, um mit Hugo zu sprechen, wenn er ihn dabei anschauen wollte. Er hatte braune Augen und musste schon über neunzig sein.

»Ja, was wollen Sie?«

Hugo war verunsichert und wusste nicht genau, wie er beginnen sollte. Er stellte sich vor und nannte seinen Namen.

»Guten Tag, mein Name ist Hugo de Louvois. Ich bin auf der Suche nach einem Bauernhof, den ich kaufen könnte, und wollte mich hier bei Ihnen erkundigen, ob sie vielleicht Interesse hätten.«

Ben, der etwas hinter Hugo stehen geblieben war, nickte den Mann aufmunternd an.

»Wir kaafen nix!«, erwiderte der alte Mann und wollte schon wieder die Tür schließen. Aber Hugo, der so etwas bereits befürchtet hatte, reagierte blitzschnell und fragte den alten Mann, ob er schon immer hier wohne. Der alte Mann hob wieder den Kopf und nickte. »Ja, ich bin in dem Haus gebore.«

»Könnten Sie mir ihren Hof vielleicht einmal zeigen. Ich interessiere mich sehr für alte Bauernhöfe und schreibe darüber.«

Hugo hatte, so wie es Ben am Vormittag vorgeschlagen hatte, einfach improvisiert.

»Ach Sie sin Schriftsteller. Ei, ich hann nix degege. Kummen se rei. Viel gibt's net zu sehe.« Er öffnete die Tür und ließ die beiden Männer eintreten. »Und sie? Saen sie ah Schriftsteller?«

Der alte Mann schaute hinüber zu Ben. Dieser schaute zu Hugo und er erklärte, dass Ben kein Deutsch konnte und ein Freund sei. Der Mann führte sie durch die Küche und ein kleines Wohnzimmer. Im Obergeschoss gab es noch zwei Schlafzimmer und ein Bad. Mehr war nicht zu sehen und Hugo hatte nicht den Eindruck, dass er hier richtig war. Es hingen im ganzen Haus nur zwei Bilder an der Wand: das eine ein altes Familienfoto in schwarz-weiß, das vor dem Krieg aufgenommen worden war, und das zweite ein Hochzeitsfoto eines jungen Paares, auch in schwarz-weiß. Wahrscheinlich der hier anwesende Eigentümer mit seiner Frau in jungen Jahren, dachte Hugo. Der alte Mann sah, dass Hugo sich für das Bild zu interessieren schien, und erklärte ihm, dass es sich hierbei um seine Eltern handelte. Seine Frau war vor fünf Jahren gestorben und seine Kinder lebten in Berlin. Er war allein und auf die seltenen Besuche seiner Kinder und der Sozialstation, die täglich Essen auf Rädern brachte, angewiesen. Hugo fiel nichts mehr ein, was er noch hätte fragen können, und verabschiedete sich von dem alten Mann.

Dieser Besuch hatte so gut wie gar nichts gebracht.

»Das habe ich mir wohl zu leicht vorgestellt«, sagte er, als Ben und er zurück zum Auto gingen. »Aber ich glaube nicht, dass dieser Hof hier ein geeignetes Versteck gewesen wäre. Der Lauerhof liegt viel zu exponiert. Was meinst du?« Hugo drehte sich zu Ben um.

»Wäre ja auch ein bisschen zu einfach, wenn wir gleich etwas entdeckt hätten.«

»So leicht lasse ich mich nicht entmutigen. Wir machen morgen weiter. Für das Erste war es gar nicht so schlecht. Immerhin hat uns der Mann ins Haus gelassen. Das ist doch schon mal etwas. Ich glaube, mit den älteren Menschen ist es einfacher, wenn es uns gelingt, ihr Interesse zu wecken und sie in ein Gespräch über früher zu verwickeln.«

»Gute Idee.«

»Lass uns ins Hotel fahren und morgen nehmen wir uns einen anderen Hof vor. Wir haben noch ein paar auf der Liste.«

»Ich kann es kaum erwarten.«

KAPITEL 25

DREI TAGE VOR DEM LEICHENFUND

Hugo und Ben hatten die letzten zwei Tage damit verbracht, einen Hof nach dem anderen abzufahren und zu besuchen. Nach dem Lauerhof hatten sie mit dem Drehentalerhof weitergemacht. Bei diesem handelte es sich um eine kleine Ortschaft am Rande von Otterberg, die aus mehreren Bauernhöfen und Häusern bestand. Hier waren sie durchgefahren und hatten versucht, mit dem ein oder anderen Bewohner ins Gespräch zu kommen, aber niemand hatte mit ihnen reden wollen.

Man hatte sie gefragt, ob sie von der Presse wären und wegen des illegalen Bauschutts recherchierten. Hugo, der nicht wusste, um was es dabei genau ging, verneinte und fragte nach. Als Antwort erzählte man ihm, dass seit einiger Zeit hier regelmäßig Lkw vorfuhren, die auf den Feldern rund um den Drehentalerhof Erde abluden, in der sich teilweise Schrottteile befanden. Die Männer am Steuer trugen Sturmhauben, so dass man sie nicht erkennen konnte. Man hatte hier im Ort große Sorge, dass nach und nach das gesamte Erdreich verunreinigt wurde und man später mehr oder weniger auf einer Müllhalde sitzen würde. Es lief auch das ein oder andere Verfahren gegen einen

Bauunternehmer aus einer anderen Ortschaft, aber konkrete Ergebnisse hatte es noch nicht gegeben. Deshalb war man beunruhigt, wenn Fremde sich auf den Drehentalerhof verirrten, und war vorsichtig geworden. Diese Geschichte stimmte Hugo nachdenklich, denn er liebte die Natur und konnte die Sorgen der Menschen, die hier lebten, nachvollziehen. Warum die Polizei nicht mehr unternahm, war ihm schleierhaft.

Mit seiner Geschichte hatte das allerdings nichts zu tun und es sah auch nicht so aus, als ob er hier weiterkommen würde. Im Münschwanderhof waren sie auch gewesen und hatten mit zwei jungen Frauen gesprochen, die mit Kinderwagen unterwegs waren und die sie zufällig auf der Straße getroffen hatten. Die beiden berichteten Hugo und Ben von ihren Großeltern und über das, was diese ihnen über diese schreckliche Zeit erzählt hatten. Die meisten waren damals froh gewesen, dass sie nicht in der Stadt lebten und vor den Bomben in Sicherheit waren. Viele der Einwohner von damals lebten heute nicht mehr und die Erben waren weggezogen oder hatten ihre Höfe verkauft. Das leuchtete Hugo ein und genau das hatte er auch befürchtet. Sie kamen nicht weiter, und Ben war langsam aber sicher langweilig geworden.

Am dritten Tag hatte Ben keine Lust mehr, Hugo zu begleiten, und ließ ihn allein losziehen. Hugo versuchte zwar, dem Ganzen noch etwas abzugewinnen, was ihm aber schwerfiel. Trotzdem wollte er sich nicht so einfach geschlagen geben und machte sich weiter auf die Suche. Er wollte wieder Richtung Otterberg fahren und schauen, auf welchen der Höfe, die er noch nicht besucht hatte, er am einfachsten kommen würde.

Es ärgerte ihn ein bisschen, dass Ben so gar kein Durchhaltevermögen besaß und ihn allein losziehen ließ, aber so kannte er seinen Cousin. Sich für etwas einzubringen, das ein bestimmtes Engagement erforderte, war noch nie seine Stärke gewesen. Hugo hatte schon früher mit Ben darüber diskutiert, was sie einmal werden wollten, und Ben hatte ein Studium erst gar nicht in Betracht gezogen. Sein Vater hatte ihn dazu gezwungen und ihm die Universität damit schmackhaft gemacht, dass auch die Sportmöglichkeiten auf einer Hochschule exzellent seien. Das hatte dann den Ausschlag gegeben und Ben hatte schließlich mit dem Studium der Betriebswirtschaftslehre angefangen. Nach zwei Semestern hatte er allerdings das Studium abgebrochen, ohne seinen Eltern davon zu erzählen. Hugo hatte er eingeweiht, aber er hatte versprechen müssen, nichts Bens Eltern zu erzählen. Hugo hatte Wort gehalten, aber immer wieder versucht, Ben zu überzeugen, weiter zu studieren. Ben, der in der Universitätsmannschaft ganz erfolgreich Football spielte, hatte sich bereits einen gewissen Namen gemacht und konnte bis zu seiner Entlassung aus dem Team ganz gut davon leben. Später hatte er dann eine Karriere als Trainer aufgenommen.

Ben hatte schon immer den leichteren Weg gewählt und war immer wieder gescheitert, dachte Hugo, als er sich auf den Weg machte. Auch jetzt wieder die Geschichte mit dem achtzehnjährigen Mädchen und seiner Frau. Unglaublich, wie kindisch Ben in Hugos Augen immer noch war.

Hugo schob die Gedanken über Ben beiseite und suchte nach dem nächsten Hof, den er besuchen wollte. Er entschied sich für den Messerschwanderhof, einen landwirtschaftlichen Betrieb ebenfalls in der Nähe von Otterberg. Wieder fuhr er den bekannten Weg durch die Stadt, bis er nach Otterberg kam. Er fuhr durch die Innenstadt die Hauptstraße entlang und bog oben im kleinen Kreisel rechts ab. Dann folgte er der Straße bis zum Friedhof stadtauswärts. Hier fuhr er rechts an den Straßenrand, da er das Gefühl hatte, sich verfahren zu haben. Er schaute nach und entdeckte, dass der Bereich, wo er stand, wie ein Feldweg waldeinwärts führte. Er entschloss sich spontan, hier weiterzufahren, und war gespannt, wohin der Weg ihn führen würde. Es entsprach zwar nicht ganz der Google-Maps-Wegbeschreibung, aber ein kleiner Abstecher ins Grüne konnte nicht schaden.

Nach ein paar hundert Metern ließ Hugo das Auto stehen, um ein bisschen spazieren zu gehen. Es sah so friedlich aus und die Luft war wunderbar warm. Der Weg führte immer weiter in den Wald hinein, weg von der Straße. Die Luft verströmte einen guten Geruch nach Blüten und Wiesen, gemischt mit Tannenduft. Hugo atmete tief ein und beglückwünschte sich zu seinem Entschluss, das Auto abgestellt zu haben. Schließlich musste er niemandem Rechenschaft ablegen und konnte sich in seinem Urlaub auch mal eine kleine Pause gönnen. Die Vögel zwitscherten munter und Hugo war glücklich. Der Spaziergang machte seinen Kopf frei, und wenn er lief, konnte er viel besser nachdenken.

Er wusste auch nicht genau, was er sich vorgestellt hatte, als er nach Kaiserslautern gekommen war, aber er musste feststellen, dass ein Versteck zu finden, das irgendwo sein konnte und von dem man nicht mit hundertprozentiger Sicherheit wusste, ob es dieses tatsächlich einmal gegeben hatte, schwieriger war als gedacht. Natürlich hatte er den Notizen von Rose Vallant geglaubt, aber auch wenn alles, was sie in Erfahrung gebracht hatte, stimmte, hieß dies noch lange nicht, dass er in der Lage sein würde, dieses Versteck ausfindig zu machen. Hugo jedoch war von der Idee, die *Zwei Frauen im Garten* von Renoir wiederzufinden, besessen und wollte nicht so schnell aufgeben. Schließlich waren andere verschollene Bilder auch irgendwann wieder aufgetaucht. Warum also nicht dieses Bild? Er wollte sich noch einmal all seine Notizen anschauen, wenn er wieder im Hotelzimmer war, nur um sicherzugehen, dass er nichts übersehen hatte.

Plötzlich hörte er ein Rascheln und ein Reh sprang vor ihm über den Weg. Natur pur, dachte Hugo und genoss den Anblick des sich entfernenden Tieres. Hugo war immer tiefer in den Wald gekommen und der Weg hatte eine Rechtskurve gemacht. Jetzt sah er, dass etwa hundert Meter vor ihm ein Weiher lag, mitten im Wald. Es war ein wunderschöner Anblick und zusammen mit dem Haus, das auf einer kleinen Anhöhe stand, strahlte das gesamte Anwesen eine besondere Atmosphäre aus. Er beschloss, den Weg zum Haus zu nehmen. Vielleicht würde er jemanden treffen und sich mit ihm über die Region unterhalten können. Er hatte sein Ziel, unbedingt heute noch auf den Messerschwanderhof zu kommen, beiseitegeschoben und sich spontan dazu entschieden, den Nachmittag zu genießen und sich ein bisschen treiben zu lassen. Morgen wäre auch noch ein Tag und ob er jetzt einen Tag früher oder später dorthin kam, spielte keine entscheidende Rolle.

Hugo lief auf das alte Haus zu und kam an ein großes Tor. Zu seiner Überraschung stand dieses einen Spalt offen und er hätte einfach das Grundstück betreten können. Aber vor dem Tor war ein Schild angebracht, auf dem *Privatbesitz* stand. Sollte er trotzdem einfach durch das Tor laufen? Hugo war unsicher und entschloss sich, zu klingeln. Was konnte schon passieren? Er könnte immer noch vorgeben, sich verlaufen zu haben.

Er trat durch das Tor und lief zum Eingang des Hauses. Draußen war niemand zu sehen und alles war ruhig. Vor der Haustür angekommen, betätigte er die Klingel und läutete erneut. Er hätte nicht sagen können, ob sich innen etwas rührte. Aber kurze Zeit später vernahm er Schritte und die Haustür ging auf.

»Ja, bitte?« Vor ihm stand eine sehr gepflegte ältere Frau und schaute ihn freundlich an. »Sie wünschen?«

Hugo war etwas überrascht. Tatsächlich hatte er nicht damit gerechnet, dass ihm jemand aufmachte. Nach einer kurzen Pause, die ihm unendlich vorkam, hatte er aber seine Gedanken wieder zusammen und antwortete: »Guten Tag, mein Name ist Hugo de Louvois, und ich glaube, ich habe mich ein bisschen verlaufen. Vielleicht können Sie mir sagen, wo ich hier bin?«

»Wie sind Sie denn überhaupt hierhergekommen?«

»Ich habe mein Auto am Straßenrand stehen lassen, um mir ein bisschen die Füße zu vertreten, und bin dann immer weiter in den Wald hineingekommen. Ich befürchte, ich habe wohl etwas die Orientierung verloren.«

»Sie sind hier auf dem Lanzenbrunnen, kurz hinter Otterberg. Aber was führt Sie hierher in diese Gegend? Es ist offensichtlich, dass Sie nicht von hier stammen.«

»Ja, das stimmt. Wissen Sie, ich bin Makler und habe einen Interessenten, der einen Hof hier in der Gegend kaufen möchte. Deshalb habe ich mich ein bisschen umgesehen, ob es vielleicht ein interessantes Objekt gibt, das zum Verkauf angeboten wird.«

»Möchten Sie vielleicht einen Moment hereinkommen und etwas trinken? Normalerweise hätte ich Sie jetzt gleich an meinen Sohn verwiesen, aber der ist gerade unterwegs und kommt erst später wieder. Wenn Sie möchten, könnte ich uns eine Tasse Tee kochen. Es ist zwar sehr warm draußen, aber Pfefferminztee ist immer eine gute Idee und wirkt durstlöschend. Kommen Sie.«

»Das ist sehr aufmerksam von Ihnen, aber ich möchte Sie nur ungern stören.«

»Ach, kommen Sie schon. Eine Frau in meinem Alter kann man nicht mehr stören. Ich freue mich über jeden Besuch, den ich bekomme.« Die Frau ging einen Schritt zur Seite und bat Hugo herein.

»Vielen Dank, das ist wirklich sehr freundlich.«

Die alte Dame war erstaunlich gut in Form für ihr Alter und strahlte etwas Warmes aus, wie bei seiner eigenen Oma, dachte Hugo, als er das Haus betrat. Sie führte ihn an einen Tisch links vom Eingang und bat Hugo, Platz zu nehmen. Dann ging sie Richtung Küche, drehte sich aber noch einmal um und sagte:

»Ich heiße Frida Steiger.«

Hugo nickte sie freundlich an und die Frau verschwand, um das Wasser aufzusetzen. Hugo schaute sich erstmalig im Raum um und sah den schönen, großen offenen Kamin mit den zwei Sesseln davor. Das Ensemble mutete an wie in einer Jagdhütte und wirkte sehr ansprechend. Aber das war nicht der einzige Grund, warum der Raum so gemütlich und irgendwie hochwertig wirkte, sondern Hugo fiel sofort auf, dass an den Wänden viele Bilder hingen. Da er am Fenster saß und das Licht blendete, konnte er nicht genau ausmachen, um welche Art von Bildern es sich handelte, aber er nahm sich vor, sich diese später noch mal genauer anzuschauen.

Frieda kam mit einem Tablett zurück, auf dem neben der Teekanne, zwei Tassen und einer Zuckerdose auch noch ein Teller mit Keksen stand. Sie stellte das Ganze auf den Tisch und goss Hugo eine Tasse Pfefferminztee ein. Sie bat ihn, sich an den Keksen zu bedienen, und setzte sich zu ihm.

»Sie haben hier ein wunderschönes Anwesen, Frau Steiger. Wie lange wohnen Sie schon hier?«

»Na ja, schon eine halbe Ewigkeit. Mein Sohn führt den landwirtschaftlichen Betrieb und ich helfe ihm, so gut ich noch kann.«

»Das heißt, Sie haben den Betrieb davor mit ihrem Mann zusammen bewirtschaftet und dann Ihrem Sohn übertragen? Das ist heute nicht mehr selbstverständlich. Viele junge Menschen wollen ihren eigenen Weg gehen.«

»Ja, das ist wohl wahr, aber Franz ist hier geboren und hat sich schon immer für die Landwirtschaft interessiert. Es war von vornherein klar, dass er den Betrieb weiterführen würde.«

Frau Steiger hatte Hugos Frage nicht direkt beantwortet, aber er schloss aus ihrer Antwort, dass der Hof schon sehr lange im Familienbesitz dieser Frau sein musste.

»Und Sie? Haben Sie denn schon ein Objekt für Ihren Kunden gefunden?« Frieda schenkte Hugo noch einmal nach und rückte ihm den Teller mit den Keksen hin.

»Nicht wirklich. Wir haben uns zwar schon ein paar Bauernhöfe angeschaut, aber bis jetzt war der Richtige noch nicht dabei. Kennen Sie vielleicht jemanden, der gerne verkaufen möchte? Oder anders gefragt: Wie steht es mit Ihnen? Hätten Sie eventuell Interesse, diesen Hof zu verkaufen?«

Frieda schaute überrascht zu Hugo auf. »Um Gottes willen, nein, auf gar keinen Fall! Ich lebe schon so lange hier. Wo sollte ich hingehen? Und mein Sohn würde das sicherlich auch nicht gutheißen. Wir sind hier sehr glücklich und ich könnte mir nicht vorstellen, woanders zu leben.«

Hugo wollte gerade etwas erwidern, als er einen Hund bellen hörte und die Tür aufging.

»Hallo, Mutter«, hörte Hugo, dann trat ein Mann in die Stube und stutzte. »Oh, du hast Besuch. Entschuldige, dass ich hier so hereinplatze, aber der Traktor hat ein Problem und ich wollte dir kurz Bescheid geben, dass es vielleicht doch noch etwas länger dauern kann, bis ich zurückkomme. Ich muss anscheinend ein Ersatzteil kaufen.«

»Franz, darf ich vorstellen: Herr de Louvois. Der gute Mann hat sich verlaufen und mich nach dem Weg gefragt. Ich habe ihm dann einen Tee angeboten.«

Hugo stand auf und reichte Franz Steiger die Hand.

»Guten Tag, Herr ... wie sagten Sie gleich, war Ihr Name?«

»De Louvois, ein französischer Name«, antwortete Hugo und kam so Frieda Steiger zuvor.

»Angenehm. Lassen Sie sich nicht stören. Oder soll ich Sie mitnehmen? Ich muss sowieso zur Straße zurück und könnte Sie dort absetzen. Ich gehe davon aus, dass das Auto am Waldrand Ihnen gehört?«

»Ja, das wäre in der Tat sehr freundlich. Dann spare ich mir den Rückweg.«

Hugo stand auf und bedankte sich bei Frieda.

»Warten Sie bitte kurz hier«, sagte Franz Steiger. »Ich muss noch ein paar Papiere holen, die ich brauche. Ich bin gleich zurück«

Hugo nutzte die Gelegenheit, um sich die Bilder, die überall in dieser Stube hingen, ein bisschen genauer anzuschauen. Er ging auf den Kamin zu und betrachtete die Gemälde, die seitlich, links und rechts davon hingen. Sein Herz fing an, wild zu schlagen. Konnte das sein? Er traute seinen Augen nicht und war völlig verunsichert. Er hatte sich auf die Unterschrift der Bilder an der Wand konzentriert und er staunte nicht schlecht, als er ein paar wertvolle Skizzen von Picasso erkannte. Wie konnte das sein? Dieser Hof sah nicht so aus, als ob hier Kunstexperten wohnten. Hugo drehte sich zu Frieda um.

»Sie haben eine imposante Bildersammlung. Woher haben Sie die?«

Frieda ihrerseits erkannte sofort an der Art, wie Hugo sie befragte, dass er den Wert der Bilder erkannt hatte, die hier im kleinen Wohnzimmer hingen. Sie wollte auf keinen Fall antworten und lächelte Hugo an. »Mein Sohn kommt sicher gleich.«

In den Moment erschien auch Franz Steiger schon und Hugo musste sich von Frieda verabschieden. Er bedankte sich für den

Tee und bestieg den Traktor. Hugo war wahnsinnig aufgeregt und wollte auf keinen Fall die Gelegenheit verpassen, noch mehr über dieses Haus zu erfahren. Hatte er vielleicht zufällig den richtigen Hof entdeckt? Er versuchte mit Franz Steiger ins Gespräch zu kommen und erzählte ihm, dass er den Hof samt seiner Lage sehr schön fand. Aber im Traktor war es sehr laut, eine schlechte Voraussetzung für ein Gespräch. Franz drehte kurz den Kopf zu Hugo und nickte. Hugo versuchte es weiter.

»Wissen Sie, ich bin auch auf der Suche nach einem solchen Grundstück samt Bauernhof. Kennen Sie vielleicht jemanden, der sein Anwesen verkaufen möchte?«

»Ich kann mal darüber nachdenken. Haben Sie eine Telefonnummer, unter der ich Sie erreichen kann?«

»Sicher.« Hugo wollte vermeiden, Herrn Steiger seine Karte zu geben. Darauf stand, dass er am *Musée d´Orsay* arbeitete und nicht als Makler. Also zog er ein kleines Notizbuch aus der Tasche und riss eine Seite heraus. Er notierte seine Handynummer darauf und legte sie Franz Steiger in die Mittelkonsole des Fahrzeugs. »Hier, bitte schön. Bitte rufen Sie mich an, falls Sie etwas in Erfahrung bringen. Mein Kunde und ich sind noch ein paar Tage in der Gegend. Dann müssen wir leider zurück, aber wir würden uns sehr freuen, wenn wir vorher noch ein entsprechendes Anwesen finden würden.«

»Ja, vielleicht. Ich melde mich.«

Franz Steiger war am Ende des Waldweges angekommen und stoppte das Fahrzeug. Hugos Auto stand nur wenige Meter weiter vorne und den Rest der Strecke konnte er allein zurücklegen. Er bedankte sich bei Franz Steiger und winkte ihm noch einmal zu.

KAPITEL 26

Franz hatte den fremden Mann wieder an seinem Auto abgesetzt und sich innerlich gefreut, dass der Zufall ihm einen Kaufinteressenten für seinen landwirtschaftlichen Betrieb beschert hatte. Es konnte nicht schaden, neben der jungen Familie noch einen weiteren solventen Käufer an der Angel zu haben. Schließlich war es nicht einfach, so einen Betrieb zu veräußern. Ob er das tatsächlich wollte, war ihm immer noch nicht ganz klar und seiner Mutter hatte er immer noch nichts davon erzählt, aber vielleicht würde sich am Ende alles fügen, ohne dass er sich zu viele Gedanken um die Zukunft machen musste.

Nachdem er das Ersatzteil gekauft und den Traktor für einen Service-Termin angemeldet hatte, fuhr Franz nach Hause zurück. Er wollte nicht mehr länger warten und seiner Mutter sofort von seinen Verkaufsplänen erzählen. Mit diesem neuen Interessenten war es nun wirklich an der Zeit, die Katze aus dem Sack zu lassen. Auch wenn er damit das gerade neu aufgebaute Vertrauen zwischen ihnen riskierte, musste er seiner Mutter reinen Wein einschenken und ihr von seinen wirtschaftlichen Problemen erzählen.

Frieda war fertig mit dem Kochen und saß in ihrem Sessel vor dem Kamin. Der Tisch war gedeckt und sie wartete nur noch auf Franz. Als er zur Tür hereinkam, war sie froh, ihn zu sehen. Sie war von dem Besuch des fremden Mannes immer noch aufgewühlt.

»Gut, dass du da bist. Das Essen ist fertig.« Frieda stand auf, um in die Küche zu laufen und den Kassler mit Sauerkraut und Kartoffelbrei zu servieren.

»Ich komme sofort. Ich will mir nur noch schnell die Hände waschen.«

Frieda servierte jedem eine ordentliche Portion, und als Franz Platz genommen hatte, fingen sie an zu essen. Sie tranken Wasser dazu. Unter der Woche gab es kein Alkohol zum Mittagessen.

»Mutter, dieser Fremde hat mich gefragt, ob wir jemanden wüssten, der seinen Hof verkaufen möchte. Und ich wollte dir die ganze Zeit schon etwas mitteilen, bin aber noch nicht dazu gekommen.«

»Ja, Franz, über den Mann wollte ich auch mit dir sprechen. Aber erzähle erst einmal, was dir auf dem Herzen liegt.«

»Du hast sicherlich mitbekommen, dass der Hof schon lange nicht mehr das abwirft, was wir früher einmal erwirtschaftet haben. Seit Jahren steigen die Kosten und die Erträge werden immer weniger. Um unseren Lebensunterhalt zu decken, habe ich im Laufe der Jahre immer mal wieder eine Hypothek auf den Hof aufgenommen, in dem Glauben, dass ich das leicht zurückzahlen könnte. Aber leider ist dem nicht so und wir sind stark verschuldet.«

Frieda schaute auf, und obwohl sie schon seit längerem mit so etwas gerechnet hatte, war sie erstarrt. »Wie viel ist es?«

»Vierhunderttausend Euro.«

Frieda blieb fast der Kassler im Hals stecken, aber sie ließ sich nichts anmerken. Sie hatte zwar gemerkt, dass der Hof nicht mehr das einbrachte, was sie früher erwirtschafteten, aber sie hatte sich auch nicht wirklich Sorgen gemacht. Franz hätte sie sicherlich auf das Problem aufmerksam gemacht, wenn es etwas Ernstes gewesen wäre und da er das nicht getan hatte, wiegte sie sich in Sicherheit. Vielleicht hatte sie die Probleme nicht sehen wollen?

»Was willst du machen?«, fragte sie ruhig. »Du denkst doch nicht im Ernst darüber nach, das hier alles zu verkaufen, oder?«

»Doch, genau darüber habe ich nachgedacht und dieser Mann heute wäre sicherlich ein solventer Käufer. Wir könnten dir eine schöne Wohnung im betreuten Wohnen in Otterberg suchen.«

Damit hatte Frieda nicht gerechnet. Ihr Sohn wollte sie loswerden. Verdammt, das hatte sie nicht kommen sehen. Natürlich wusste sie, dass sie nicht mehr so leistungsfähig war wie früher, aber sie hatte noch nie das Gefühl gehabt, ihrem Sohn zur Last zu fallen. Im Gegenteil: Sie kochte für ihn, wusch ihm die Wäsche, hielt das Haus, so gut sie konnte, sauber. Warum tat er ihr das an? Frieda war sprachlos und wusste nicht, was sie erwidern sollte.

Franz, der die Beklommenheit seiner Mutter bemerkte, versuchte, sie zu beruhigen: »Ich weiß ja auch nicht so recht. Mir ist die Tragweite dieser Entscheidung bewusst, aber ich weiß keinen anderen Ausweg. Die Bank macht Druck und ich habe keine Ahnung, wie ich die Schulden zurückzahlen soll.«

Franz war ebenfalls verzweifelt, aber jetzt war die Wahrheit ans Licht gekommen und das tat ihm gut. Er musste nichts mehr verschleiern und konnte offen mit seiner Mutter sprechen.

»Franz, das hier ist mein Leben«, erwiderte Frieda den Tränen nahe und machte eine ausladende Handbewegung. Sie war aufgestanden, wie um ihrer Geste mehr Nachdruck zu verleihen. »Du kannst doch nicht einfach von mir erwarten, dass ich das alles aufgebe. Ich habe mein ganzes Leben dafür gekämpft und der Kampf ist erst zu Ende, wenn ich tot bin. Es kommt für mich überhaupt nicht in Frage, den Lanzenbrunnen zu verkaufen.«

Frieda verlor beinahe das Gleichgewicht und musste sich wieder setzen.

»Das verstehe ich«, erwiderte Franz kleinlaut. Er hatte zwar damit gerechnet, dass seine Mutter von der Idee, den Hof zu verkaufen, nicht begeistert sein würde, aber gehofft, dass sie der gleichen Meinung wäre wie er. Sie tat ihm leid und um die Situation zu entschärfen, sagte er: »Wir werden eine andere Lösung finden, Mutter.«

Welche, war im völlig schleierhaft.

Frieda schwieg und Franz wusste nicht mehr, was er noch sagen sollte. Er stand auf. Für ihn war das Gespräch beendet.

»Franz, warte! Ich habe vielleicht eine Idee, wie wir das Geld auftreiben könnten. Wir könnten ein, zwei der Bilder veräußern. Sie sind heute sehr viel wert. Nur müssen wir vorsichtig sein. An wen könnten wir uns wenden?«

Franz schaute überrascht zu seiner Mutter. An die wertvollen Bilder hatte er noch gar nicht gedacht. Diese eröffneten neue Perspektiven. Aber damit kannte er sich nicht aus und er hatte

Angst, dass jemand etwas über die Vergangenheit seiner Mutter in Erfahrung bringen könnte. Sie konnten dadurch leicht in Verruf geraten. Franz war mit der Situation überfordert, aber die Aussicht, dass es vielleicht doch einen anderen Ausweg als der Verkauf des ganzen Anwesens gab, machte ihn etwas zuversichtlicher. Er hatte eine vage Vorstellung, wen er wegen des Verkaufs der Bilder fragen könnte, wollte aber noch nichts sagen.

»Mutter, die Idee mit dem Verkauf der Bilder ist gut. Darauf bin ich noch gar nicht gekommen. Ich könnte mir vorstellen, dass wir hierfür einen Abnehmer finden. Aber ich muss erst einmal überlegen, an wen ich mich damit wenden könnte.«

»So eilig ist es ja nicht. Ich wollte dir noch sagen, dass ich das Gefühl hatte, dass der fremde Mann, der heute zufällig hier war, etwas bemerkt hat. Als du die Papiere für das Ersatzteil des Traktors geholt hast, ist er näher an die Bilder herangetreten und hat wahrscheinlich die Signatur erkannt. Er hat mich gefragt, woher ich die Bilder hätte, aber ich habe nichts darauf erwidert. Ich hatte das Gefühl, dass er sich in Sachen Gemälde etwas auskennt, kann es aber nicht begründen. Wir sollten vorsichtig sein.«

»Er hat mir seine Telefonnummer dagelassen. Wir könnten ihm noch mal ein bisschen auf den Zahn fühlen. Vielleicht hätte er Interesse, eins der Bilder zu erwerben? Was meinst du?«

»Das könnte ein interessanter Ansatz sein, in der Tat. Du kannst ihn morgen unter dem Vorwand, ihm den Hof zeigen zu wollen, zum Kaffee einladen. Ich backe uns einen Käsekuchen und dann lenken wir das Gespräch vorsichtig auf die Bilder. Vielleicht erfahren wir somit etwas mehr über ihn und können ihn besser einschätzen.«

»Das klingt gut. Was haben wir schon zu verlieren? Schließlich weiß kein Mensch etwas von diesen Bildern. Es ist sehr unwahrscheinlich, dass das gerade bei diesem Mann anders ist. Das machen wir so. Gute Idee.«

KAPITEL 27

Anna hatte am Abend noch lange mit Jean-Luc telefoniert und sich die letzten Neuigkeiten aus dem Theater erzählen lassen. Jean-Luc war zufrieden und die anfänglichen Schwierigkeiten mit seinem Kollegen wegen des Rollentauschs hatten sich etwas gelegt. Jean-Luc hatte sich bereits gut mit seiner neuen Rolle angefreundet und er kam mit dem Lernen der Dialoge sehr gut voran. Auch Gérard, sein Schauspielkollege, hatte sich mittlerweile mit seiner neuen Figur Octave abgefunden und insgesamt verliefen die Proben sehr viel harmonischer als vor der Umstellung.

Anna hatte Jean-Luc sehr genau zugehört, auch wenn sie mit ihren Gedanken immer wieder bei ihrem Fall war. Aber sie hatte von ihrem letzten Besuch bei Jean-Luc etwas mitgenommen, das ihr früher noch nicht klar gewesen war: Wenn sie die Beziehung mit ihm ernst meinte, musste sie ihm ebenfalls Raum für sein Leben mit all seinen Problemen geben und nicht immer nur an sich denken. Und diesen Vorsatz hatte sie gleich versucht, in die Tat umzusetzen. Sie hatte nach dem Telefonat noch etwas Fernsehen geschaut und war früh ins Bett gegangen. Es war ein langer Tag gewesen und sie war sofort eingeschlafen.

Am nächsten Morgen wachte Anna wie immer gut gelaunt auf und freute sich auf den neuen Ermittlungstag. Vielleicht würde sich heute etwas ergeben, dass ihnen ermöglichen würde, den Fall zu lösen. Das hoffte sie inbrünstig. Nachdem sie kurz unter die Dusche gesprungen war, kochte sie sich einen Kaffee und wiederholte in Gedanken, was auf dem Plan stand. Um kurz vor acht wollte sie im Präsidium sein, um Harald abzuholen und auf den Lanzenbrunnen zu fahren. Anna wollte unbedingt noch einmal mit Franz Steiger sprechen und ihn gegebenenfalls mit seinen Schulden konfrontieren. Sie machte sich auf dem Weg, schickte Harald vorher noch eine SMS, dass sie unterwegs sei und sie sich gleich im Präsidium treffen würden. Harald stand schon vor der Eingangstür und sprach mit einer Kollegin, die Anna nur vom Sehen her kannte. Die beiden rauchten E-Zigaretten zusammen. Anna fragte sich immer wieder, warum man sich abhängig machte von solch einem Laster, aber das ging sie nichts an und sie wollte auch nicht unbedingt mit Harald darüber sprechen, wenn er nicht selbst das Gespräch darauf lenkte.

Wenig später stiegen sie zusammen ins Auto. Keiner sprach ein Wort und Anna spürte, dass Harald angespannt war. »Ist irgendetwas mit dir? Du bist so still?«, fragte sie vorsichtig.

»Willst du eine ehrliche Antwort hören oder die üblichen Floskeln?«, gab Harald ungewohnt scharf zurück.

Anna schaute ihn an. »Eine ehrliche Antwort natürlich. Wie bist du denn darauf? Habe ich etwas Falsches gesagt oder getan?«

»Nein, es hat nichts mit dir zu tun. Ich habe gerade ein paar Probleme mit Christian, unserem Ältesten. Er hat uns gestern eröffnet, dass er Ende des Jahres die Schule verlassen will, um professioneller Computerspieler zu werden. So ein Quatsch …« Harald saß am Steuer und schlug mit der Hand aufs Lenkrad. »Du kannst dir sicherlich vorstellen, was da zu Hause los war.«

»Oh je, ich glaube schon, auch ohne eigene Kinder. Und, was habt ihr jetzt vor? Habt ihr mit ihm geredet?«

»Ja, natürlich.« Harald atmete laut aus. »Aber das hat erst einmal gar nichts gebracht. Am Abend, als die Gemüter sich etwas beruhigt haben, bin ich dann noch mal auf sein Zimmer. Er hat mir vorgeworfen, dass ich mich sowieso nicht für ihn und seine Spiele interessieren würde und ein Gespräch sinnlos sei. Da habe ich verstanden, dass ich über meinen Schatten springen muss, und habe ihn gebeten, es mir zu erklären.«

»Du meinst erklären, dass er seine Zeit nur noch mit Computerspielen verbringen will? Das verstehe ich nicht.«

»Na ja, so einfach ist das eben nicht. Christian ist Teil einer Community und anscheinend sehr erfolgreich. Wenn ich ihn richtig verstanden habe, kann man damit tatsächlich auch Geld verdienen. Und das möchte er in Zukunft gerne machen.«

»Okay, verstehe.« Anna rollte mit den Augen. »Computerspiele als Beruf. Das habe ich ja noch nie gehört. Und wie seid ihr verblieben?«

»Ich habe Christian einen Deal angeboten: Er macht das Abitur, dafür begleite ich ihn zur nächsten großen Spielemesse in Köln und unterstütze ihn bei seinen Wettbewerben.«

»Wow, das hört sich richtig gut an. Glaubst du, dass er es ernst gemeint hat mit dem Abitur?«

»Ich glaube schon. Außerdem haben wir gemeinsam eine Art Vertrag ausgehandelt und einiges schriftlich festgelegt. Das hilft, falls es zwischen uns wieder kracht. Ganz glücklich bin ich zwar nicht, aber es ist zumindest ein Anfang.«

»Ich bin beeindruckt von deinem Einfühlungsvermögen. Ich weiß nicht, ob ich auf die Idee gekommen wäre. Gratuliere. Das hört sich wirklich nach einer guten Lösung an. Auf Christians Bedürfnisse einzugehen, war sicherlich der richtige Weg. Ansonsten kapselt er sich immer mehr ab und irgendwann erreicht ihr ihn gar nicht mehr.«

»Ja, das ist meine größte Angst.« Harald startete das Auto und lächelte Anna an. »Danke, dass du mir zugehört hast. Jetzt geht es mir viel besser. Es hilft, über seine Probleme zu sprechen.«

»Immer wieder gerne.« Anna lächelte zurück. »Lass uns fahren und falls du Unterstützung brauchst oder Gesprächsbedarf hast, sag mir einfach Bescheid.«

»Danke, Anna! Das Gleiche gilt übrigens auch für dich.« Harald gab Gas und sie fuhren Richtung Lanzenbrunnen.

Harald lenkte Annas BMW Richtung Otterberg und sie bogen schon bald in den Waldweg ein. Sie parkten ganz in der Nähe des Haupthauses und stiegen aus. Franz Steiger kam ihnen gleich entgegen. Er hatte sie bereits kommen sehen.

»Guten Morgen«, begrüßte er sie. »Sie sind aber früh heute! Was kann ich für Sie tun?«

»Guten Morgen, Herr Steiger«, gab Anna zurück. »Schön, Sie zu sehen. Wir hätten noch ein paar Fragen an Sie. Können wir vielleicht hineingehen?«

»Ja, selbstverständlich. Ich habe zwar nicht viel Zeit, aber zwanzig Minuten kann ich sicherlich entbehren. Kommen Sie.«

Franz Steiger ging voran und öffnete die Eingangstür zum Haus. Er rief nach seiner Mutter, die in der Küche war und bat sie um drei Kaffee. Frieda Steiger kam in die Stube und begrüßte Anna und Harald, um gleich danach wieder in der Küche die Kaffeemaschine anzuwerfen. Anna und Harald nahmen wieder am Esstisch Platz.

»Herr Steiger«, begann Anna, »ist Ihnen seit unserem letzten Besuch noch irgendetwas eingefallen?«

»Ich habe noch mal über alles nachgedacht, aber leider nein. Ich weiß nicht, wer hier in meiner Strohballenpresse verbrannt ist.«

»Und Sie sind sicher, dass Sie keinen Besuch hatten, vielleicht auch noch so unbedeutend?«

»Nein, es tut mir leid. Es verirren sich nur selten Menschen hierher, die meine Mutter und ich nicht kennen. Wenn jemand hier aufgetaucht wäre, wüsste ich das.«

Franz spielte mit dem Reißverschluss seines Blaumanns, zwang sich aber offensichtlich, Anna direkt anzuschauen, als er sprach.

»Gut, dann eine andere Sache. Wir haben ein paar Erkundigungen über Sie und Ihren landwirtschaftlichen Betrieb eingeholt und erfahren, dass Sie hoch verschuldet sind.«

»Sie haben Erkundigungen über mich eingeholt? Warum das denn? Ich habe niemandem etwas angetan und meine finanzielle Situation geht niemandem etwas an.«

Franz war sichtlich nervös geworden, bemühte sich aber weiterhin, souverän zu bleiben. Frieda kam herein und servierte den Kaffee. Sie nahm ebenfalls Platz.

»Na ja, ganz so einfach ist das nicht«, sagte Anna. »Da wir immer noch nicht genau wissen, warum die Person in der

Strohballenpresse, die auf Ihrem Feld steht, verbrannt ist, müssen wir in alle Richtungen ermitteln. Das verstehen Sie doch, oder?«

»Natürlich verstehen wir das«, mischte sich Frieda ein. »Aber auch Sie müssen verstehen, dass wir mehr als betrübt sind, dass so etwas auf unserem Feld passiert ist. Eine Erklärung haben wir dafür aber nicht.«

Anna war überrascht, wie klar Frieda Steiger sprach, und es war ihr nicht entgangen, dass sie versuchte, ihren Sohn zu schützen. »Frau Steiger, sind Sie sicher, dass vor dem Zwischenfall in der Strohballenpresse niemand hier war? Denken Sie noch einmal nach. Das kann kein Zufall sein.«

Anna hatte den Tonfall leicht erhöht und sprach etwas barsch zu der alten Frau. Harald neben ihr schien überrascht, ließ sie aber gewähren.

»Ich bin mir ganz sicher«, antwortete Frieda. »Wie ich bereits sagte, kommen nur selten Fremde hierher.«

»Noch mal zurück zu Ihren Schulden, Herr Steiger. Wusste Ihre Mutter davon?«

Franz schaute zu Frieda hinüber und wollte zu einer Antwort ansetzen, aber Frieda kam ihm zuvor. »Natürlich wusste ich davon. Die Situation hier im Betrieb hat sich von Jahr zu Jahr verschlechtert und mein Sohn musste immer wieder Hypotheken auf den Hof aufnehmen. Aber er konnte sie bis jetzt noch nicht zurückzahlen. Wir haben gerade gestern noch einmal darüber beraten, ob es nicht schlauer wäre, das Ganze hier zu verkaufen. Die Bank macht uns Druck und wir haben uns entschieden, einen Makler einzuschalten.«

Franz schaute zu seiner Mutter und Anna nahm wieder dieses kurze Flackern in Frieda Steigers Augen wahr. Franz Steiger sprach weiter.

»Ja, genau und vielleicht haben wir sogar schon einen Käufer. Ich treffe ihn übermorgen und dann werden wir sehen. Schulden sind nichts Außergewöhnliches und meine Mutter und ich haben keine Geheimnisse voreinander.«

Ob das stimmte oder nicht, konnte Anna nicht sagen. Aber ihr war klar, dass sie hier vorerst nichts mehr erreichen würde.

»Gut, bitte lassen Sie mich wissen, falls ihnen noch etwas einfällt.« Einer Inspiration folgend fragte Anna beim Hinausgehen: »Ich habe gesehen, dass Sie ein paar schöne Bilder an der Wand hängen haben«, sagte sie. »Kennen Sie sich damit aus?«

Die Frage schien Franz zu überraschen, aber seine Mutter übernahm sofort das Wort. »Nein, überhaupt nicht. Die Bilder hängen schon ewig hier und ich weiß so gut wie gar nichts darüber. Interessieren Sie sich für Malerei?« Frieda gab die Frage an Anna zurück und sprach so unverfänglich wie möglich.

»Ja, ich war gerade in Paris und wie Sie sicherlich wissen, gibt es dort viele berühmte Museen. Vielen Dank, Frau Steiger.«

Anna und Harald verabschiedeten sich schließlich und gingen zurück zu ihrem Auto. Bella begleitete sie ein Stück und Anna streichelte die Labradorhündin. »Du würdest es mir bestimmt sagen, wenn jemand hier gewesen wäre, oder?«

Bella schaute sie mit ihren großen runden Augen an und stupste sie mit der Schnauze, als wollte sie sagen: *Spiel doch ein bisschen mit mir. Du scheinst nett zu sein.* Anna griff nach einem Stock auf dem Boden und wollte ihn gerade für Bella werfen, als diese von ihrem Herrchen zurückgepfiffen wurde.

»Ich habe das Gefühl, dass die beiden uns etwas verschweigen«, sagte Anna, als sie wieder im Auto saßen und langsam den Waldweg zurück zur Straße fuhren.

»Warum glaubst du das?«

»Sie wirken beide so abgeklärt. Frau Steiger heute noch viel mehr als das letzte Mal, als wir hier waren. Irgendetwas stimmt da nicht.«

»Also mir ist nichts aufgefallen, aber ich kann mich natürlich täuschen. Lass uns doch zu den anderen Höfen fahren, von denen Kathrin gesprochen hat. Vielleicht können wir dort etwas in Erfahrung bringen, das uns weiterhilft.«

»Ja, das machen wir. Das hatte ich sowieso vor. Aber vorher wollte ich das soeben geführte Gespräch mit dir rekapitulieren. Dir sind vielleicht andere Dinge aufgefallen als mir. Ich hatte zum Beispiel das Gefühl, dass unsere Recherche über Franz Steigers Schulden ihn etwas aus der Fassung gebracht hat. Warum auch immer, denn natürlich ist es kein Verbrechen, Schulden zu haben.«

»Ja, es wirkte etwas aufgesetzt, als Frau Steiger das Wort ergriff. Aber vielleicht sind sie es auch einfach nicht gewohnt, ihr Privatleben vor Fremden auszubreiten. Vor allem nicht vor der Polizei.«

»Das könnte natürlich sein. So weit habe ich noch gar nicht gedacht.«

»Die Frage nach den Bildern hat sie auf jeden Fall überrascht«, sprach Harald engagiert weiter.

»Auf jeden Fall. Frau Steiger hat mit ihrer Frage an mich auch sofort versucht, vom Thema abzulenken. Ich glaube, dass unsere letzten Erkenntnisse, dass der Fall etwas mit Kunst und möglicherweise mit dem verschollenen Bild von Hugo de Louvois zu tun hat, richtig sind. Wir sollten diese Spur auf jeden Fall weiterverfolgen.«

»In der Tat. Wir müssten wissen, ob es noch weitere Bilder im Haus gibt. Bis jetzt haben wir nur diejenigen im Essbereich gesehen. Es ist ja nicht verboten, Bilder an der Wand hängen zu haben. Hast du geschaut, von wem sie sind?«

»Nein, das spielt meiner Meinung nach auch gar keine Rolle. Denn sollte es sich tatsächlich um Raubkunst handeln werden es wahrscheinlich unterschiedliche Maler sein. Aber ich bin bei dir. Wir sollten einen Durchsuchungsbeschluss anfordern. Ich bin mir zwar nicht sicher, ob die Indizien dafür reichen, aber ein Versuch ist es allemal wert.«

»Gute Idee. Und jetzt fahren wir zum Messerschwanderhof. Vielleicht können wir dort auch noch etwas in Erfahrung bringen.«

Anna und Harald verbrachten den Rest des Tages damit, alle Höfe, die Kathrin auf ihrer Liste hatte, abzufahren und Erkundigungen einzuholen. Allerdings trafen sie nur auf wenige Menschen und diese hatten weder etwas Außergewöhnliches festgestellt noch etwas Außergewöhnliches gesehen. Es war einfach frustrierend. Anna hatte mit ihren Kenntnissen nicht hinterm Berg gehalten und die wenigen Menschen, die sie antreffen konnten, direkt mit der Vermutung eines Nazi-Verstecks konfrontiert. Aber dazu hatte niemand etwas beizutragen und es konnte ihnen auch niemand weiterhelfen.

Ein alter Mann vom Lauerhof erzählte ihnen, dass vor kurzem ein Makler hier gewesen wäre, der gefragt hatte, ob der Hof zu verkaufen sei. Aber er wusste nicht mehr, wie der Mann hieß und hatte auch keine Telefonnummer von ihm. Anna und Harald fanden diese Information nicht sonderlich wichtig und verabschiedeten sich. Anna schlug Harald vor, zurück ins Präsidium zu fahren und anschließend den Feierabend einzuläuten. Harald fand das eine prima Idee und sie machten sich auf den Rückweg. Als Anna gerade ins Auto steigen wollte, klingelte ihr Telefon. Sie sah auf dem Display, dass es eine französische Nummer war und nahm ab.

»Anna Kastner hier.«

»Anna, *bonjour*, hier spricht Thiéry. Thiéry Lalongue.«

»Ah, Thiéry. Wie geht es Ihnen?«

»Gut und Ihnen?«

»Könnte besser sein. Wir haben immer noch keine Spur in unserem Fall und wissen immer noch nicht genau, was passiert ist.«

»Dann kann ich ihnen vielleicht den Tag etwas versüßen. Wir haben endlich die Röntgenbilder erhalten und ich wollte Ihnen nur mitteilen, dass wir diese bereits an Sie weitergeleitet haben. Sie müssten sie in den nächsten paar Minuten erhalten.«

»Super, vielen Dank, Thiéry! Ich halte Sie auf dem Laufenden, was der Zahnabgleich ergeben hat. Aber ich bin mir ziemlich sicher, dass es sich um de Louvois handelt. Ich melde mich.«

»Okay, danke. Ja, ich glaube auch. *Au revoir Anna, à bientôt.*«

»*Au revoir Thiéry et merci.*«

Anna blickte hinüber zu Harald.

»Das war der französische Kommissar, Thiéry Lalongue. Er hat mir gerade mitgeteilt, dass er endlich die Röntgenbilder von de Louvois Zähnen erhalten hat. Er hat sie bereits an uns weitergeleitet. Das könnte uns tatsächlich weiterbringen.«

»Das will ich doch hoffen. Manfred wird sich freuen. Ich schicke ihm gleich eine Nachricht, dass er die Bilder jeden Moment erhalten müsste.«

»Ja, gute Idee. Er weiß ja, dass wir es eilig haben.«

Anna lachte, als sie das sagte, da jeder im Kommissariat wusste, wie ungeduldig sie manchmal sein konnte. Endlich tat sich etwas, wenn es auch nur um die Identifizierung der Leiche ging. Aber auch das war bis jetzt noch nicht hundertprozentig geklärt gewesen.

Wenigstens ein winzig kleiner Schritt, dachte sie.

KAPITEL 28

ZWEI TAGE VOR DEM LEICHENFUND

Hugo war ziemlich aufgeregt zurück ins Hotel gefahren und hatte Ben von seiner Begegnung mit Frieda Steiger auf dem Lanzenbrunnen erzählt. Er hatte ihm auch von den Bildern, die er beim Verlassen des Hauses an der Wand, unterschrieben von Picasso, entdeckt hatte, berichtet und Ben war sofort Feuer und Flamme gewesen. Sie hatten den nächsten Tag damit verbracht, sich einen Plan zurechtzulegen, wie sie vorgehen wollten. Mittags hatte dann plötzlich Hugos Smartphone geklingelt.

»Hallo, ja bitte?«

»Guten Tag! Spreche ich mit Herrn Louvier?«

»De Louvois, ja genau. Was kann ich für Sie tun?«

»Hier spricht der Landwirt Franz Steiger vom Lanzenbrunnen. Vor zwei Tagen haben Sie sich im Wald verlaufen und sind zu uns auf den Hof gekommen, um nach dem Weg zu fragen. Erinnern Sie sich?«

»Ja, selbstverständlich. Was kann ich für Sie tun?«

»Sie hatten mich gefragt, ob wir eventuell interessiert wären, den Hof zu verkaufen. Meine Mutter und ich haben noch einmal über Ihr Angebot nachgedacht. Wir würden Ihnen den Hof gerne einmal zeigen, wenn Sie noch interessiert sind.«

»Das hört sich prima an. Ich würde, wenn Ihnen das Recht ist, meinen Kunden gleich mitbringen. Dann kann er sich selbst ein Bild machen. Wäre das für Sie in Ordnung?«

»Ja, sehr gut. Ich würde vorschlagen, Sie kommen morgen gegen fünfzehn Uhr. Meine Mutter möchte Sie gerne zum Kaffee einladen.«

»Sehr gerne. Das machen wir so. Wir sind morgen pünktlich um fünfzehn Uhr bei Ihnen. Ich freue mich. Vielen Dank für Ihren Anruf.«

»Auf Wiedersehen und bis morgen.«

Hugo und Ben saßen bereits im Auto, unterwegs nach Otterberg, um auf den Lanzenbrunnen zu fahren.

»Was meinst du, wie viele Bilder sich in dem Haus befinden?«, wollte Ben wissen. »Hast du noch mehr gesehen als die beiden neben dem Kamin?«

»Nein, ich war nur in diesem einen Raum und ich weiß nicht, ob dort noch mehr Bilder hängen. Das gilt es jetzt herauszufinden. Aber wir müssen vorsichtig sein, denn auch wenn sie mehr Bilder haben, heißt das noch lange nicht, dass dies das Haus ist, das wir suchen. Rose Vallant hat diesen Hof in ihren Notizen zum Beispiel gar nicht erwähnt. Das macht mich etwas stutzig.«

»Vielleicht wurde der Hof im Laufe der Jahre umbenannt. Das könnte doch sein.«

»Das wäre möglich. Wenn sich eine Gelegenheit ergibt, werde ich nachfragen. Aber jetzt lass mich mal den richtigen Weg wiederfinden. Das war nicht ganz einfach.«

»Ja, schon gut. Ich stelle mir nur gerade vor, wie es sein wird, falls wir tatsächlich noch weitere bekannte Bilder finden. Was machen wir dann? Konfrontieren wir die Familie mit unserem Verdacht?«

»Auf gar keinen Fall! Wir dürfen uns nichts anmerken lassen. Ich möchte hier sehr behutsam vorgehen und nach den Regeln spielen. Falls sich unser Verdacht erhärtet, würde ich die Kommission informieren und die nächsten Schritte einleiten.«

»Aber Hugo, das kann Jahre dauern!«

»Das ist mir bewusst, aber wir dürfen keinen Fehler machen. Sonst sind sie gewarnt und könnten die Bilder beiseiteschaffen.«

»Gerade deshalb wäre es meiner Meinung nach besser, sofort zu agieren.«

»Ben, lass mich das bitte auf meine Art klären. Außerdem wissen wir doch noch gar nicht, ob das der richtige Ort ist.«

»Schon gut. Ich habe verstanden.«

»Halt lieber die Augen offen, ob dir etwas auffällt, wie viele Bilder du ausmachen kannst und welche Maler es sind, falls wir überhaupt weitere Bilder in diesem Haus vorfinden. Mir ist wichtig, dass wir im Nachhinein genügend Informationen haben. Vielleicht kannst du diskret mit deinem Smartphone ein paar Fotos machen. Das wäre sehr hilfreich.«

»Okay, stimmt. Das ist eine gute Idee.«

»Ich werde das Gespräch führen und gegebenenfalls wieder improvisieren. Entscheidend für uns ist es, herauszufinden, ob in dem Haus noch mehr Bilder als die beiden Skizzen von Picasso hängen. Alles Weitere sehen wir dann.«

Hugo hatte sich schick gemacht und eine beige Hose mit einem hellblauen Hemd und einem Sommer-Sakko darüber angezogen. Dazu trug er hellbeige Mokassins aus Wildleder – ohne Strümpfe, denn es war Sommer und viel zu heiß, um Socken anzuziehen. Schon das Sakko war eigentlich zu warm, aber er wollte einen guten Eindruck machen. Er wusste aus Erfahrung, dass elegant gekleidete Männer bei älteren Damen gut ankamen. Ben hatte, wie für ihn üblich, eine kurze Hose angezogen und ein Polo-Shirt. Er sah sportlich und trotzdem gepflegt aus. Durch seinen muskulösen Körper konnte er anziehen, was er wollte. Er war ein gutaussehender Mann.

Sie hatten die Klimaanlage auf neunzehn Grad gestellt und waren froh, als sie durch den Wald den Weiher und kurz darauf das Haus erreichten. Herr Steiger hatte ihnen vorgeschlagen, mit dem Auto durch den Wald und bis zum Grundstück zu fahren und ihnen zusätzlich noch einmal genau den Weg beschrieben, sodass sie den Lanzenbrunnen auf Anhieb fanden. Sie parkten das Auto vor dem Tor und gingen auf das Haus zu. Sie hörten, wie ein Hund anfing zu bellen und kurze Zeit später erschien Frau Steiger an der Tür. Sie begrüßte sie freundlich und Hugo stellte Ben als seinen amerikanischen Kunden, Herrn Ben Wederquist, vor.

»Franz, die Herren sind da«, rief Frau Steiger nach der Begrüßung. »Kommst du bitte?«

»Ich bin schon unterwegs, Mutter«, hörten sie aus der Nähe die Antwort.

»Sie können sich zusammen mit Franz erst einmal alles in Ruhe ansehen. In der Zwischenzeit decke ich den Kaffeetisch und bereite alles vor. In Ordnung?« Hugo nickte und erklärte Ben, was Frieda Steiger gerade gesagt hatte.

Franz Steiger kam hinzu und begrüßte sie ebenfalls. Er reichte den beiden Männern die Hand. »Schön, dass das mit dem Termin funktioniert hat. Sollen wir vielleicht draußen beginnen? Dann können Sie sich einen Überblick über die Größe des Anwesens und der dazugehörigen Gebäude machen.«

»Ja, sehr gute Idee. Bitte wundern Sie sich nicht – ich werde meinem Kunden, Herrn Wederquist, das, was sie sagen, übersetzen. Er spricht leider kein Deutsch. «

»Selbstverständlich. Und wenn Sie Fragen haben, nur zu. Dafür bin ich da. Kommen Sie, wir fangen unten am Weiher an.« Franz Steiger ging nach rechts und hinunter Richtung Wasser. Hugo und Ben folgten ihm. »Alles, was Sie hier sehen, gehört zum Lanzenbrunnen dazu: der Weiher, das Haus hier nebenan sowie das Haupthaus.« Franz Steiger zeigte mit der Hand Richtung Wald. »Außerdem gibt es noch eine Reihe Felder etwas außerhalb des Grundstücks, die hinter dem Waldstück beginnen. Die zeige ich Ihnen später.«

»Das ist wirklich ein bezaubernder Ort und sehr beeindruckend. Vor allem mit diesem kleinen See direkt vor der Tür.«

»Ja, das stimmt. Wir haben uns hier immer sehr wohl gefühlt, wenn es auch manchmal etwas einsam ist. Aber das hat ja auch seine Vorteile.«

»Absolut. Mein Kunde, Herr Wederquist, sucht genauso eine abgeschiedene Lage und findet das Anwesen absolut wunderbar. Die Natur ist hier allgegenwärtig und die Luft riecht so gut. Ich glaube, ich habe schon lange nicht mehr so gute Luft gerochen.«

»Das ist die Waldluft. Und nachts kühlt es hier draußen auch schön ab. Beste Voraussetzungen für ein angenehmes Leben.« Franz schaute Hugo an und nickte ihm dabei freundlich zu, als wolle er die Worte, die er gerade ausgesprochen hatte, noch einmal untermauern. »Gut, dann lassen Sie uns noch die Nebengebäude besichtigen. Hier drüben waren früher, als wir noch Kühe und Pferde hatten, die Ställe untergebracht. Das Gebäude benutze ich heute für die Lagerung der Ernte.«

Sie standen vor einem Steingebäude, das mit einer Eingangstür aus sehr altem Holz versehen war. Sie gingen hindurch und kamen in eine Art Vorraum, der wiederum in einen großen Stall führte. Man konnte noch die Boxen erkennen, in denen früher die Tiere untergebracht waren. Hier und da stand altes landwirtschaftliches Gerät herum, weiter hinten in einer der Boxen alte große Holzkisten. Auf einer großen Fläche daneben, die mit einem Betonboden ausgestattet war, stapelte sich Kaminholz. Am Ende des Stalls führte eine Holzleiter auf eine Art Empore, wo das Heu gelagert wurde.

Franz Steiger zeigte währenddessen all das nicht ohne Stolz, und er spürte, wie sehr er sein Zuhause liebte. Er konnte sich nicht vorstellen, dass hier jemals jemand anders wohnen und leben sollte als er und seine Mutter. Dies wurde ihm im Laufe der Besichtigung schmerzlich bewusst. Aber nun hatten sie die beiden Männer eingeladen und jetzt musste er gute Miene zum bösen Spiel machen. Schließlich war noch nichts entschieden.

Er führte die beiden Männer noch zu einer etwas kleineren Holzhütte, die etwas abseits vom Haus stand. »Hier verbringen wir im Sommer oft den Tag. Die Hütte liegt schön im Schatten und man hat einen angenehmen Blick auf die Umgebung und den Weiher. Wir haben eine kleine Küche hier eingebaut und einen Grillplatz. Aber der kommt nur selten zum Einsatz.«

»Das ist herrlich, um mit Freunden und Verwandten zu feiern. Ich würde mir die Hütte gerne mal von innen anschauen.«

»Ja, gehen Sie nur hinein.«

Hugo öffnete die Tür und kam in eine kleine, sehr einfach eingerichtete Küche. Unter dem Fenster stand ein kleiner Tisch mit zwei Stühlen. Ansonsten hatte der Raum nichts zu bieten. Beim Hinausgehen schaute Hugo automatisch nach oben und entdeckte eine Holzklappe, die offensichtlich in einen Speicher führen musste. »Und was ist da oben? Ist das ein Speicher?«

Franz Steiger schaute ihn etwas überrascht an und erwiderte: »Ja. Da war ich schon seit Jahrzehnten nicht mehr. Ich glaube nicht, dass es dort noch etwas zu sehen gibt. Aber wenn Sie wollen, kann ich die Klappe gerne öffnen und die Leiter herunterlassen.«

»Nein, das ist nicht nötig. Das können wir immer noch machen, falls wir uns wirklich zum Kauf entscheiden sollten. Vielen Dank.«

Franz war erleichtert. Er glaubte zwar nicht, dass da oben noch irgendetwas war, aber nach den Erzählungen seiner Mutter hatte er Angst, dass vielleicht etwas dort liegen könnte, dass Aufschluss über die Vergangenheit des Hofs gab. Er führte die Männer wieder zurück zum Haus. »Ich denke, wir sind hier draußen fertig. Ich würde Ihnen jetzt gerne den Innenbereich zeigen.«

»Ja, sehr gerne.«

Hugo und Ben folgten Franz Steiger zurück ins Haus. Als sie hineinkamen, war der Kaffeetisch bereits gedeckt und eine Thermoskanne mit frisch gekochtem Kaffee und ein wunderbar duftender Käsekuchen standen auf dem Tisch. Hugo, der sehr gerne Kuchen jeglicher Art aß, freute sich schon auf ein Stück dieser Leckerei, musste sich aber noch ein bisschen gedulden.

»Der Kuchen sieht sehr lecker aus. Haben Sie ihn selbstgemacht?«, fragte er in Richtung Frieda, die noch dabei war, Milch und Zucker auf den Tisch zu stellen.

»Selbstverständlich. Ich backe schon immer sehr gerne. Käsekuchen ist meine Spezialität.«

Die beiden lächelten sich an und Hugo nickte ihr wohlwollend zu. Franz Steiger war vorangegangen und sie gingen hinter dem kleinen Speisezimmer an der Küche vorbei in eine Art Flur. Von dort ging eine Treppe ins Obergeschoss. Hugo schaute sich um. Überall an den Wänden hingen alte Stiche und Bilder. Er traute sich nicht, sie näher anzuschauen, und folgte Franz Steiger nach oben.

»Hier oben haben wir vier Schlafzimmer und zwei Bäder. Wir haben die Badezimmer vor ein paar Jahren renovieren lassen und theoretisch könnte man in das ein oder andere Zimmer auch noch ein weiteres Bad mit Toilette einbauen, wenn man das möchte.«

Sie gingen in das erste der beiden Zimmer, das mit einem alten Holzdoppelbett, zwei Nachttischen und einem Sessel ausgestattet war. Auf den Nachttischen standen zwei kleine Lampen, deren Schirme aus dem gleichen Stoff wie die Vorhänge an dem Fenster waren. Das Zimmer machte einen gemütlichen

Eindruck, war zwar etwas altmodisch, aber gepflegt und sauber. Hugo schaute sich um, konnte aber in diesem Zimmer keine weiteren Bilder entdecken. Er war enttäuscht und folgte Franz Steiger zum nächsten Raum. Das Zimmer, das etwas größer war als das erste, war mit zwei alten Einzelbetten aus Holz ausgestattet. Auch hier stand neben den Betten jeweils ein Nachttisch mit Lampe. Das Blumenmuster der Vorhänge und Lampenschirme war anders. Mit hellem Hintergrund statt mit dunkelblauem. An der einen Wand waren Einbauschränke verbaut und neben dem Fenster war noch Platz für eine alte Kommode gewesen. Darüber hing ein Spiegel mit einem aufwendigen Goldrahmen. Hugo sah außerdem, dass hier ein weiteres interessantes Bild hing. Es war neben dem Bett angebracht, das näher am Fenster stand. Es war ein Stillleben. Von wem konnte Hugo allerdings aus der Entfernung nicht sagen. Sein Herz schlug bis zum Hals. Er forderte Ben leise auf, ein paar Fotos zu machen.

Hugo wollte sich seine Aufregung nicht anmerken lassen und versuchte, ganz gelassen mit Franz Steiger zu sprechen. »Das sind zwei sehr schöne Zimmer. Hier könnte man Gäste unterbringen.«

»Ja, ich zeige Ihnen oben noch die weiteren Zimmer.« Sie gingen zurück in den Flur und Hugo sah, dass die Treppe noch eine Etage weiter emporstieg. »Oben ist mein Bereich. Hier auf dem Flur befinden sich nur noch die zwei Zimmer meiner Mutter.«

»Macht es Ihnen etwas aus, wenn wir uns die auch noch schnell anschauen? Wir würden uns sehr gerne einen gesamten Überblick über das Haus und die Größe der Räume verschaffen.« Hugo hatte Angst, dass, wenn sie Zimmer ausließen, dort möglicherweise weitere Bilder hingen, die er dann nicht zu Gesicht bekäme.

»Die Zimmer meiner Mutter betrete ich eigentlich nicht.« Franz Steiger verharrte einen Moment auf der Stelle und keiner sagte etwas. Hugo schaute den Hauseigentümer freundlich an und nach ein paar Sekunden der Überlegung sprach dieser weiter: »Aber was soll sie schon dagegen haben? Kommen Sie. Wir können von der Tür aus einen Blick in die beiden Zimmer werfen.« Franz Steiger ging wieder voran und Ben und Hugo folgten ihm. Er öffnete die Tür am Ende des Gangs und machte das Licht an. Das Zimmer lag im Schatten und man konnte nur schwerlich etwas darin erkennen.

Hugo sah das Bild trotzdem sofort.

Es hing auch hier neben dem Bett. Es war nicht sehr groß, vierundfünfzig Zentimeter breit und fünfundsechzig Zentimeter hoch. Das wusste Hugo auswendig, so oft hatte er sich schon mit dem Bild beschäftigt. Es zog den Betrachter sofort in seinen Bann. Die *Zwei Frauen im Garten* von Renoir hing dort, ganz in seiner Nähe. Wie lange hatte er sich nach diesem Moment gesehnt.

Aber er durfte sich nichts anmerken lassen.

»Das ist auch ein wunderbares Zimmer, wenn auch ein bisschen dunkel«, kommentierte Hugo die Besichtigung des entscheidenden Raums, um seine Aufregung zu verbergen. »Aber wenn das Licht an ist, bekommt man einen guten Eindruck von den Räumlichkeiten.«

Hugo schaute zu Ben, aber dieser hatte die Tragweite des Raums noch nicht begriffen. Ben kannte das Bild, um das es

Hugo ging, wahrscheinlich nicht einmal und hatte ganz und gar nichts bemerkt. Gut so, dachte Hugo. Er war so aufgeregt, dass er am liebsten auf das Bild zugestürzt wäre, um es von der Wand zu nehmen. Aber das ging natürlich nicht. Er musste sich im Zaum halten und Gelassenheit vortäuschen. Franz Steiger durfte auf keinen Fall etwas merken.

Widerwillig folgte Hugo schließlich dem Landwirt in das andere Zimmer. Dieses lag direkt neben dem ersten und war als kleines Wohnzimmer eingerichtet. Hier und das lagen ein paar Bücher herum. Neben dem Sofa stand eine alte Stehleuchte und die Sitzgarnitur bestand aus einem kleinen Sofa und zwei Sesseln. Auch hier fand sich überall ein hübsches, aber etwas altmodisches Blumenmuster wieder. An den Wänden entdeckte Hugo zwei weitere interessante Bilder, die er bis jetzt nicht kannte, aber von Degas sein konnten. Er konnte sie nicht sofort zuordnen, aber das hier waren nicht einfach irgendwelche billigen Kunstdrucke.

In seinem Kopf überschlugen sich die Gedanken.

Bevor Franz Steiger die Türen wieder schloss und sie weiterzogen, warf er noch einen letzten Blick auf die *Zwei Frauen im Garten*, das Bild, das einst seinen Großeltern gehört hatte, und das ihnen von den Nazis geraubt worden war. Er spürte, wie ein Kloß ihm den Hals zuschnürte. Mit dem Handrücken wischte er sich schnell eine Träne aus dem Auge und tat so, als ob es ein Staubkörnchen wäre. Er hatte es geschafft. Er hatte das Bild, dem er seit so vielen Jahren auf der Spur war, endlich gefunden. Auch wenn er es sich nicht hatte aus der Nähe anschauen können, wusste er, dass es das richtige Bild war.

Der Rest der Besichtigung verlief ohne weitere Überraschung und kurze Zeit, nachdem sie ins Zimmer von Frieda Steiger geschaut hatten, saßen sie an ihrem Kaffeetisch und aßen ihren Käsekuchen.

KAPITEL 29

Als Anna an diesem Morgen ins Präsidium kam, war sie schlecht gelaunt. Seitdem sie aufgestanden war, war so ziemlich alles schief gegangen, was nur schief gehen konnte. Es hatte damit angefangen, dass sie vergessen hatte, Kaffee einzukaufen. Als sie ihren Vollautomaten in Gang gesetzt hatte, um einen Kaffee zu trinken, hatte die Maschine ihr nur die Meldung *Bohnen auffüllen* im Display angezeigt. Anna war aus dem Haus gegangen und hatte an der Tankstelle gehalten, um sich dort einen Becher ihres Lieblingsgetränks zu kaufen und ihn auf dem Weg ins Präsidium zu trinken. Als sie mit dem Kaffeebecher in der einen Hand, einer großen Tüte Croissants fürs Team in der anderen, wieder ins Auto hatte einsteigen wollen, war sie über einen Betonabsatz der Zapfsäule gestolpert, den sie zu spät gesehen hatte, und ein Teil des Kaffees schwappte direkt auf ihre Bluse.

Im Präsidium angekommen, suchte Anna sofort die Toilette auf und versuchte, den großen Fleck, so gut wie es ging, mit Wasser auszuwaschen. Ganz ging dieser nicht raus, aber immerhin war eine kleine Besserung zu sehen. Statt dem Kaffeefleck stand Anna jetzt mit einer durchnässten und daher transparenten Bluse vor dem Spiegel. Die Männer würden sich freuen, dachte Anna und schmunzelte ihrem Spiegelbild zu.

Selbstbewusst ging sie in Richtung ihres Büros und setzte sich hinter ihren Computer. Sie schaute ihre E-Mails durch, auf der Suche nach einer Nachricht von Manfred, der die Identität der Leiche betraf, konnte aber keine finden. Sie griff zum Hörer und wählte Manfreds Nummer. Sie wollte wissen, wie es um den Zahnabgleich stand. Das Telefon klingelte mehrmals, aber es nahm keiner ab. Anna legte wieder auf und wollte sich auf den Weg in die KTU machen, als Kathrin hereinkam.

»Guten Morgen, schon da?«

»Ja, aber frag bitte nicht, wie es mir heute geht. Es hat sich alles gegen mich verschworen«, sagte Anna und deutete dabei auf ihre Bluse.

»Was ist passiert? Sieht nach Kaffeefleck aus.«

»Du liegst richtig. Ich bin vorhin gestolpert. Aber hier, nimm dir ein Croissant, die machen wenigstens keine Flecken.« Anna reichte Kathrin die Tüte mit dem Gebäck.

»Danke, das trifft sich gut. Ich habe noch nichts gefrühstückt.« Kathrin setzte sich Anna gegenüber und aß genüsslich ihr Teilchen. »Was gibt es Neues? Hast du schon etwas von Manfred bezüglich der Identität der Leiche gehört?«

»Nein, und ich erreiche in der KTU auch niemanden. Weißt du, was da los ist? Wo sind denn alle?«

»Vielleicht haben sie eine Nachtschicht eingelegt und kommen ein bisschen später. Das passiert manchmal. Wenn du möchtest, fahre ich hin und schaue nach.«

»Ich wollte selbst gerade gehen, aber warte noch. Ich probiere es erst noch einmal telefonisch.« Anna wählte wieder Manfreds Nummer, aber auch dieses Mal hob niemand ab. Anna suchte

Manfreds Handynummer heraus und wählte diese. Nach dreimaligem Klingeln kam die Ansage:

»Die gewählte Nummer ist nicht erreichbar.« Anna legte auf, ohne eine Nachricht zu hinterlassen.

»Komisch«, sagte sie. »Manfred geht auch nicht an sein Handy. Lass uns schnell in der KTU vorbeischauen, was das los ist. Das gibt es doch nicht, dass niemand zu erreichen ist.«

»Ja, ich komm mit. Lass uns fahren.«

Die beiden Frauen stiegen in Annas Auto und fuhren Richtung Altstadt, wo sich das Labor von Manfred Noller und seinem Team befand. Sie stellten das Auto einfach vor der Tür ab und betraten das Gebäude. Die Haustür war nicht verschlossen, trotzdem klingelten sie ordnungsgemäß, um ihre Ankunft anzukündigen. Im Treppenhaus gingen sie in den hinteren Teil des Gebäudes und klingelten erneut, um ins Labor zu kommen. Es dauerte eine Weile, aber dann hörten sie ein Surren und die Tür sprang auf. Sie betraten den Eingangsbereich und Anna rief nach Manfred. Dieser kam ihr auch gleich entgegen, aber Anna merkte sofort, dass etwas nicht stimmte.

»Was ist los? Ich habe schon ein paar Mal versucht, dich zu erreichen. Warum gehst du nicht ans Telefon? Ist etwas passiert?«

»Komm, ich erkläre es dir gleich.«

Manfred ging voraus und führte die zwei Frauen hinter die Labore in einen weiteren Raum, den die KTU für verschiedene Untersuchungen nutzte – deshalb standen hier und da ein paar Geräte herum. In der Mitte gab es einen Tisch mit fünf Stühlen. Zu Annas Überraschung waren fast alle Stühle besetzt. Das gesamte KTU-Team saß beisammen.

»Was ist denn hier los? So habe ich euch noch nie gesehen. Sagt ihr mir bitte, was passiert ist?« Anna war äußerst beunruhigt und wollte sofort eine Antwort auf ihre Frage. Sie schaute die einzelnen Mitarbeiter der Reihe nach an und erkannte auch die Neue, die sie erstmalig beim Leichenfund getroffen hatte. Wie hieß sie noch gleich? Ach ja, Julia Schmidt, jetzt fiel es ihr wieder ein. »Manfred, jetzt sprich endlich. Was ist los?«

»Anna, wir haben alle Untersuchungen noch einmal in zwei unabhängigen Teams durchgeführt und das Ergebnis ist immer das Gleiche. Wir können uns das nicht erklären, aber das Ergebnis ist eindeutig. Vielleicht liegt es aber auch an den Röntgenbildern. Das ist die einzig mögliche Erklärung.«

»Manfred, von was um Himmels willen redest du da? Ich verstehe nicht, was du mir sagen möchtest. Kannst du mich bitte aufklären?«

»Entschuldige, wir sind schon die ganze Nacht hier und haben alles ausprobiert. Aber der Reihe nach. Als Harald mir mitgeteilt hat, dass die Röntgenbilder von de Louvois auf dem Weg sind, bin ich gleich hierhergekommen, um das Labor anzuschmeißen. Wir haben die Bilder erhalten und mit den Zähnen der Leiche in der Strohballenpresse verglichen. Leider passen sie nicht zusammen.«

»Wie, sie passen nicht zusammen? Was willst du damit sagen?«

»Ich will damit ausdrücken, dass die Leiche, die in der Strohballenpresse gefunden wurde, nicht die Person ist, von der wir die Röntgenbilder erhalten haben. Das heißt, es gibt zwei Möglichkeiten: Entweder sind die Röntgenbilder falsch oder die

Person, die in der Strohballenpresse verbrannt ist, ist nicht Hugo de Louvois.«

Anna schaute erst zu Kathrin und dann wieder zu Manfred. Sie wusste nicht, was sie sagen sollte. »Du willst mir erklären«, begann sie schließlich ungläubig, »dass die Person, deren Überreste wir in der Strohballenpresse sichergestellt haben, nicht Hugo de Louvois ist?« Anna traute ihren Ohren nicht und konnte es nicht fassen.

»Ja, so sieht es aus. Und deshalb sind wir genauso sprachlos wie du. Wir haben die Vergleiche zigmal durchgeführt und kommen immer wieder zu dem gleichen Ergebnis. Es muss jemand anders in der Strohballenpresse verbrannt sein.«

Anna brauchte ein paar Sekunden, um die Fassung wiederzuerlangen und das, was Manfred ihr gerade gesagt hatte, zu verdauen. Wie konnte das sein? Das hieß, sie waren komplett auf dem Holzweg gewesen. Anna wurde schwindelig und sie fragte nach einem Stuhl. Julia Schmidt stand auf und bot ihr ihren an. »Soll ich ihnen ein Glas Wasser holen, Frau Kastner?«, fragte sie.

»Ja, bitte. Das wäre nett. Danke.« Anna schaute wieder zu Manfred. »Und ihr seid hundertprozentig sicher, dass euch kein Fehler unterlaufen ist?«

»Absolut sicher. Wie gesagt, wir haben unabhängig voneinander den Vergleich mehrmals wiederholt – immer mit dem gleichen Ergebnis. Aber wie ich schon sagte, vielleicht sind auch die Röntgenaufnahmen die falschen. Hast du mir nicht erzählt, dass die zuerst nicht auffindbar waren? Vielleicht wurden sie vertauscht.«

Anna schöpfte wieder etwas Hoffnung, und nachdem sie das Glas Wasser, dass Julia Schmidt ihr gebracht hatte, in einem Zug ausgetrunken hatte, ging es ihr ein bisschen besser. »Ich rufe jetzt Thiéry Lalongue an. Er soll nachhaken, ob die Bilder tatsächlich die richtigen sind. Ich möchte mir gar nicht erst ausmalen, was es bedeutet, wenn nicht.«

»Na ja, so dramatisch ist es nicht. Es ist nur jemand anders gestorben.«

Anna schaute Manfred entsetzt an und verzog das Gesicht. »Was heißt hier *nicht so dramatisch*? Das ändert alles! Verstehst du denn nicht, dass wir dann die ganze Zeit möglicherweise in die falsche Richtung ermittelt haben? Das ist eine Katastrophe und ich weiß noch überhaupt nicht, wie ich das dem Staatsanwalt erklären soll.«

Kathrin mischte sich ein. »Jetzt mach mal langsam. Manfred hat recht. Wir hatten noch keine Gewissheit über die Identität des Opfers und haben getan, was wir konnten, um diese zu klären. Wenn sich jetzt herausstellt, dass jemand anders zu Tode gekommen ist, als wir ursprünglich dachten, heißt das ja nicht, dass alles, was wir bis jetzt unternommen haben, umsonst war. Denn eins steht fest: Von Hugo de Louvois fehlt nach wie vor jede Spur, selbst wenn er es nicht ist. Das ist doch merkwürdig. Oder nicht?«

Anna musste zugeben, dass Kathrins Überlegung richtig war. Sie war nicht so impulsiv wie Anna und tat sich durchaus leichter, objektiv und strukturiert zu bleiben. »Ja, das stimmt natürlich. Trotzdem, ich bin verwirrt und kann mir überhaupt keinen Reim auf diesen Fall machen. So eine Situation, dass niemand weiß, um wen es sich bei dem Opfer handelt, hatte ich noch nie.«

Manfred stieß einen tiefen Seufzer aus. »Das kann ich verstehen. Aber wenn es sich tatsächlich um einen Mordfall handelt – und ich glaube, hier sind wir uns alle einig, dass dies der Fall ist –, muss ich sagen, dass solche Fälle natürlich nicht oft so verlaufen, wie wir uns das manchmal wünschen. Das wäre zu einfach. Aber lasst uns noch mal alles rekonstruieren und du Anna telefonierst mit dem französischen Kollegen. Wenn wir mit Sicherheit wissen, dass die Röntgenbilder, die von de Louvois sind, und nicht vertauscht wurden, fangen wir noch einmal von vorne an und überdenken unsere Theorie.«

»Vielen Dank, Manfred, so machen wir es. Ich fahre mit Kathrin zurück ins Präsidium und halte dich auf dem Laufenden. Danke dir, danke an euch alle.«

Anna und Kathrin verließen die KTU. Kaum draußen angekommen, holte Anna ihr Handy heraus und wählte Lalongues Telefonnummer. Dieser nahm sofort ab. Nachdem sie die üblichen Floskeln ausgetauscht hatten, berichtete Anna Lalongue von Manfreds Ergebnissen und bat ihn, zu überprüfen, ob die Röntgenbilder vielleicht versehentlich vertauscht worden waren. Lalongue versprach ihr, das so schnell wie möglich zu erledigen und ihr Bescheid zu geben. Nachdem Anna das Gespräch mit ihm beendet hatte, schaute sie zu Kathrin.

»Das kann doch alles nicht wahr sein. Heute ist nicht mein Tag. Was sollen wir jetzt machen?«

»Wir fahren jetzt erst einmal zurück ins Präsidium, holen uns einen Kaffee und besprechen die Situation. Am besten wir fangen noch einmal ganz von vorne an. Vielleicht haben wir etwas übersehen.«

Anna hatte es eilig, die ganzen Indizien noch einmal zu sichten und einen Plan zu erstellen, wie sie jetzt weitermachen sollten. Sie musste so schnell wie möglich den Staatsanwalt anrufen und ihm von dieser unerwarteten Wendung des Falls berichten. Er würde nicht gerade begeistert sein, dachte sie. Sollte sich tatsächlich herausstellen, dass es sich bei der Leiche nicht um Hugo de Louvois handelte, dann mussten sie schnellstens herausfinden, wer der Tote wirklich war und wo sich de Louvois aufhielt. Vielleicht war dieser in Gefahr. Dann würde jeder Tag, der verging, einen Unterschied machen. Anna nahm sich vor auch, noch einmal Madame Morin anzurufen, um zu fragen, ob de Louvois sich zwischenzeitlich vielleicht bei ihr gemeldet hatte. Das war zwar sehr unwahrscheinlich – denn dann hätte sie sicherlich gleich Anna kontaktiert – aber einen Versuch war es wert.

Der Schock der Erkenntnis, dass sie möglicherweise auf einer völlig falschen Fährte gewesen war, hatte Anna sehr verunsichert, aber langsam legte sich die Aufregung wieder. Schließlich war noch nichts passiert. Anna hatte schon immer Angst davor gehabt, in einer Ermittlung einen Fehler zu begehen, und sie machte sich Vorwürfe, dass sie sich zu schnell auf de Louvois als Opfer eingeschossen und nicht noch in mehrere Richtungen ermittelt hatte. Aber Schuldgefühle brachten sie jetzt nicht weiter und sie musste einen klaren Kopf behalten.

Zurück im Präsidium gingen Kathrin und sie in den Meetingraum und setzten sich. Sie wollten noch einmal alles, was sie bisher wussten, auf den Tisch legen und chronologisch durcharbeiten. Sie hatten Harald angerufen und ihm von den neuesten Entwicklungen erzählt, und obwohl er sich wegen seines Sohnes Christian und dessen Schulproblemen für heute freigenommen hatte, versprach er, am Nachmittag vorbeizukommen. Etwas anderes als alles noch einmal durchzugehen konnten sie zum jetzigen Zeitpunkt nicht tun. Anna holte auch ihr Notizbuch heraus. Sie hatte sich in Paris einiges aufgeschrieben und auch diese Informationen wollte sie mit einem neuen Blick betrachten. Kathrin hatte ihnen zwei große Kaffeebecher organisiert und die Arbeit konnte beginnen.

KAPITEL 30

Anna und Kathrin hatten alle Informationen, die sie bis jetzt an die Wand gepinnt hatten, vor Augen und gingen sie chronologisch durch. Die zwei hatten sich bereits in der Vergangenheit angewöhnt, die Indizien durchzuarbeiten, indem eine von ihnen Fragen stellte und die andere sie beantwortete. Das half, noch einmal alles zu durchdenken und zu strukturieren.

»Wir fangen ganz von vorne an«, sagte Kathrin. »Als du auf dem Feld angekommen bist, was hast du wahrgenommen?«

»Es war heiß, so in etwa wie heute, und als ich ausstieg, war Manfreds Mannschaft schon dabei, ihre Arbeit zu machen.«

»Ist dir etwas aufgefallen oder hast du jemanden gesehen, den du nicht kanntest?«

»Nur Julia Schmidt. Die kannte ich bis dato noch nicht. Sie hat mich in Empfang genommen und sich vorgestellt. Es war ihr erster Fall und sie war sehr aufgeregt. Sie hat mich dann zu Franz Steiger geführt, der ganz aufgewühlt bei seinem Traktor saß. Er hatte seine Labradorhündin dabei.«

»Was hast du gemacht?«

»Das Übliche: Ich bin zu dem Leichenfund und habe es mir angeschaut. Dabei musste ich sofort an den Fall von vor zehn Jahren denken.«

»Okay, das haben wir geklärt. Zuflowsky ist wieder in Haft und er kann es nicht gewesen sein. Was hast du dann gemacht?«

»Ich habe mit Franz Steiger gesprochen. Aber aus ihm war nichts herauszuholen. Er war völlig geschockt und ich habe ihm meine Karte gegeben, mit der Bitte mich anzurufen, falls ihm noch etwas einfällt …«

Anna und Kathrin gingen die Tage nach und nach durch und hakten alle Indizien, Ideen, Gefühle – und wenn sie noch so unscheinbar waren – nacheinander ab. Als Annas Notizbuch an der Reihe war, hatten sie schon vieles dessen, was darin enthalten war, besprochen. Aber eine kleine Notiz hatte Anna übersehen. In der Wohnung von de Louvois in Paris hatte sie in seinem Kalender einen Eintrag gefunden:

Ben.

»Hier habe ich noch einen Eintrag, dem ich nicht nachgegangen bin. Das hole ich gleich nach. Es ist ein Name, der in de Louvois Kalender auf seinem Schreibtisch eingetragen war: Ben. Ich wollte damals noch seine Sekretärin fragen, um wen es sich da handelt, habe es aber dann vergessen. Das könnte wichtig sein. Ich rufe sie gleich an.« Anna wählte Frau Morins Telefonnummer und wartete. Es klingelte und nach ein paar Sekunden hob sie ab. »Madame Morin, hier spricht Anna Kastner von der deutschen Kriminalpolizei. Haben Sie kurz Zeit für mich?«

»Ja, kein Problem. Haben Sie etwas herausgefunden?«

»Das kann ich noch nicht mit Sicherheit sagen. Hat sich de Louvois zwischenzeitlich vielleicht bei Ihnen gemeldet?« Anna wollte auch diese Frage gleich klären.

»Nein, sagten Sie nicht, er sei gestorben? Wie könnte er sich dann bei mir melden. Ich bin irritiert?«

»Entschuldigen Sie, Madame Morin, das ist meine Schuld. Es gibt ein paar Unklarheiten und deshalb habe ich gefragt. Es hätte jemand de Louvois Handy finden und vielleicht anrufen können.« Anna schaute zu Kathrin und rollte die Augen, da sie nicht daran gedacht hatte, dass Madame Morin ja nicht wusste, dass es wahrscheinlich doch nicht de Louvois war, der in der Strohballenpresse verbrannt war.

»Ach so, ich verstehe. Nein, es hat niemand angerufen.«

»Eine andere Frage: Wissen Sie, ob de Louvois jemanden namens Ben kennt? Haben Sie vielleicht eine Idee, wer das sein könnte? «

»Ben … Ben Wederquist. Ja, sicher. Das ist Hugos Cousin aus den USA. Ich hatte Ihnen erzählt, dass sie zusammen in New York aufgewachsen sind. Warum fragen Sie das?«

»Stimmt, jetzt erinnere ich mich. Wissen Sie, wie ich diesen Ben erreichen kann? Haben Sie zufällig seine Telefonnummer?«

»Die kann ich Ihnen schicken. Ich muss sie heraussuchen, aber das ist kein Problem.«

»Könnten Sie das bitte heute noch tun? Wir müssen unbedingt Kontakt zu diesem Ben aufnehmen. Wie sagten Sie noch gleich, ist sein Nachname?«

»Wederquist. Ben Wederquist. Sie müssen wissen, dass Hugo, als er nach Frankreich kam, den Mädchennamen seiner Mutter angenommen hat. Sie war französischer Abstammung. Er wollte nicht, dass man aufgrund seines Namens Rückschlüsse auf seine Religion oder Herkunft schließen konnte. Deshalb heißt er de Louvois und nicht Wederquist.«

»Ich verstehe. Das ist eine sehr wichtige Information. Vielen Dank, Madame Morin. Sie haben mir sehr geholfen. Ich melde mich, sobald ich mehr weiß.«

Anna beendete das Gespräch und gab den Inhalt an Kathrin weiter, damit sie alles Wichtige aufschreiben konnte. Aber das meiste hatte sie ohnehin bereits mitbekommen.

»Das hört sich doch interessant an«, sagte Kathrin. »Vielleicht ist das eine neue Spur.«

»Ja, auf jeden Fall. Ich ärgere mich über mich selbst, dass ich nicht früher noch einmal in meine Notizen geschaut habe. Dann wäre mir der Name sicher in den Sinn gekommen. Aber es war einfach so viel in letzter Zeit.«

»Mach dir keine Gedanken. Wir müssen uns jetzt nur überlegen, welche Rolle dieser Ben Wederquist in der Geschichte spielen könnte.« In dem Moment signalisierte ein Piepen eine eingehende Nachricht auf Annas Handy. Es war die Telefonnummer von Hugos Cousin. Kathrin schrieb sie ebenfalls auf die Tafel und pinnte den Namen Ben Wederquist dazu. »Am besten rufen wir gleich an. Vielleicht geht jemand dran.«

»Ja, gute Idee.« Anna wählte die amerikanische Handynummer, doch es kam gleich die Ansage: »*The number you have dialed is currently not available.*«

»Mist, das wäre auch zu schön gewesen.«

»Lass uns mit der New Yorker Polizei Kontakt aufnehmen, damit wir die Handy-Daten bekommen. Das kann nämlich ein paar Tage dauern. Dann wissen wir wenigstens, ob er Kontakt zu de Louvois hatte. Außerdem sollten wir noch einmal mit dem Hotel telefonieren und fragen, ob ein Ben Wederquist bei ihnen angemeldet ist oder war.«

»Ich kümmere mich darum und veranlasse das sofort«, sagte Kathrin und nickte.

»Ich fahre zu den Steigers. Mich lässt das Gefühl nicht los, dass sie irgendetwas mit der Geschichte zu tun haben. Ich will der alten Dame noch einmal auf den Zahn fühlen. Vielleicht erzählt sie mir von Frau zu Frau ein bisschen mehr, als wenn Harald dabei ist.«

»Das könnte gut sein. In der Zwischenzeit informiere ich auch Harald und leite alles in die Wege.«

»Prima. Bis später.« Anna nahm ihre Tasche und lief zum Auto. Sie wollte so schnell wie möglich auf den Lanzenbrunnen und hoffte, dort noch etwas in Erfahrung zu bringen. Das Gefühl, dass die Leiche nicht zufällig auf dem Feld von Franz Steiger gefunden worden war, ließ sie nicht los.

Und sie vertraute ihrem Gefühl.

Als sie am Haus der Steigers ankam, war Frieda Steiger allein zu Hause. Sie machte Anna die Tür auf und bat sie herein. Sie schien nicht sonderlich überrascht zu sein, Anna schon wieder zu sehen. Sie wirkte müde, erschöpft und überhaupt nicht so schwungvoll wie beim letzten Mal.

»Frau Steiger, wie lange wohnen Sie schon auf dem Hof hier?«

Anna hatte sich vorgenommen, sehr behutsam mit der alten Dame umzugehen. Sie wollte mit ihr ins Gespräch kommen und mehr über sie und ihr Leben auf diesem landwirtschaftlichen Hof erfahren. Vielleicht käme sie so der Auflösung des Rätsels um die Leiche in der Strohballenpresse näher.

»Wenn ich noch richtig rechnen kann, dann sind es knapp über siebzig Jahre, dass ich hier lebe. Mein damaliger Verlobter Wilfried hat mir den Hof vermacht, bevor er in den Krieg gezogen ist. Er ist gleich am Anfang gefallen und ich habe ihn nie wieder gesehen. Das war eine schreckliche Zeit damals.«

»Ja, das glaube ich Ihnen. Wie haben Sie es geschafft, das alles hier aufrecht zu erhalten?«

»Na ja, wissen Sie, in meiner Generation hat man gelernt, mit wenig auszukommen. Ich habe etwas Obst und Gemüse angebaut, das ich auf dem Markt verkauft habe. Und ab und zu hat mir ein Nachbar geholfen, wenn es schwere Sachen zu erledigen gab. Eine Zeit lang hatte ich auch Hilfe von einem polnischen jungen Mann, dem ich das Leben gerettet und bei mir aufgenommen habe.«

Anna überlegte sich ihre nächste Frage genau. »Als sie hierherkamen auf den Hof, hingen da diese Bilder auch schon hier?« Anna war aufgestanden und zum Kamin gegangen. Sie schaute sich die Skizzen an und entdeckte die Unterschrift von Picasso. »Es ist schon nicht alltäglich, dass man auf einem landwirtschaftlichen Hof Bilder eines bedeutenden Künstlers wie Picasso hängen sieht.«

Anna wollte der alten Frau nicht zu viel Druck machen. Sie hatte Angst, dass sie ihr dann nichts mehr erzählen würde, und sie war auf jede Information angewiesen. Frieda Steiger stand ebenfalls auf und kam zu ihr an den Kamin. Sie wirkte kraftlos. Das spürte Anna.

»Ich habe sie von einem sehr guten Freund geschenkt bekommen. Sie bedeuten mir viel. Sie haben aber nichts mit der

Leiche in der Strohballenpresse zu tun, falls Sie das denken. Glauben Sie mir.«

»Da bin ich mir nicht so sicher. Vielleicht ist der Zusammenhang nicht ganz offensichtlich, aber ich glaube, dass dieser Fall und die Bilder, die hier hängen, eng miteinander verwoben sind. Ich weiß nur noch nicht genau, wie. Frau Steiger, wollen Sie mir nicht helfen und mir erzählen, was passiert ist?«

Frieda Steiger seufzte schwer. »Sie müssen verstehen, dass ich lange nicht wusste, wie wertvoll diese Bilder sind. Ich hatte keine Ahnung von Kunst und im Laufe der Jahre habe ich sie tatsächlich vergessen. Sie hängen schon so lange hier, dass ich sie gar nicht mehr wahrnehme. Wenn Sie sagen, Sie vermuten, dass die Bilder mit der Leiche in der Strohballenpresse zusammenhängen, haben Sie ja sicherlich eine Idee wie, oder?«

»Ich habe eine Vermutung, bin aber nicht ganz sicher, da noch einzelne Puzzleteile fehlen. Aber bitte lassen Sie uns beim Thema bleiben. Bitte erzählen Sie mir, was passiert ist Frau Steiger.« Anna legte ihre Hand auf Friedas Schulter, wie um ihrer Aufforderung mehr Gewicht zu verleihen.

Nach einem Moment atmete Frieda Steiger tief durch und sagte dann: »Kommen Sie, ich zeige Ihnen etwas.« Frieda ging voran, an der Küche vorbei in den großen Flur, wo die Treppe in die oberen Etagen führte. Sie zeigte mit der Hand an die Wände und Anna sah viele weitere Bilder, die ungeordnet nebeneinander hingen. »Schauen Sie nur: Hier sind noch mehr Bilder. In den oberen Etagen hängen vereinzelt auch noch ein paar. Ich glaube, die Vergangenheit hat mich eingeholt und ich spüre, wie meine Kraft immer weniger wird. Es ist an der Zeit zu reden. Ich habe so lange geschwiegen, aber jetzt ist der richtige Moment gekommen, reinen Tisch zu machen. Ich kann nicht mehr länger warten. Meine Tage sind gezählt, das spüre ich, und ich möchte mit der Welt im Einklang sein, wenn ich gehe. Mit meinem Sohn habe ich schon gesprochen. Wenn Sie möchten, erzähle ich Ihnen auch meine Geschichte.«

Die Bilder, die in dem großen Flur hingen, waren allesamt wertvoll. Das sah Anna sofort. Ein paar Namen darunter – Picasso, Cézanne, Degas und Matisse – waren ihr ein Begriff. Es konnte kein Zufall sein, dass in diesem Haus so viele wertvolle Meisterwerke hingen. In Anna brodelte es, aber sie blieb ruhig. Was hatte das nur mit de Louvois zu tun und wo um Himmels Willen war er? Sie spürte, dass sie drauf und dran war, Frieda Steiger zu knacken.

»Erzählen Sie mir, was passiert ist.«

Die beiden Frauen gingen zurück ins Kaminzimmer am Eingang und setzten sich wieder. »Es war 1943, als ich ihn kennenlernte, und ich verliebte mich sofort in ihn«, begann Frieda Steiger. »Er war ein hoher Offizier der NSDAP und für die ganze Rheinpfalz zuständig ...«

Anna lauschte ihr aufmerksam. Frau Steiger erzählte ihr die ganze Geschichte aus ihrer Vergangenheit, und Anna glaubte zu spüren, dass es ihr gut tat, diese loszuwerden. So lange hatte sie alles für sich behalten. Jetzt war der Knoten endlich geplatzt. Annas Gehirn lief auf Hochtouren und sie musste jetzt sehr genau aufpassen, was sie sagte.

Als Frieda Steiger fertig war, fragte sie: »Und Hugo de Louvois war hier und Sie haben ihm die Geschichte auch erzählt?«

»Nein, so war es nicht. Aber können wir nicht morgen weitermachen? Ich bin so unendlich müde.« Frieda Steiger schloss für einen Moment die Augen und schlief ein.

KAPITEL 31

ZWEI TAGE VOR DEM LEICHENFUND

Der Himmel hatte sich im Laufe des Nachmittags immer mehr zugezogen und dicke, dunkle Wolken lagen über der Stadt. Es war nach wie vor heiß und hinzu kam jetzt die Luftfeuchtigkeit, die in den letzten Stunden überdurchschnittlich angestiegen war. Es fühlte sich schwül und schwer an, als Hugo und Ben den Lanzenbrunnen verließen. Beide waren schweißgebadet, nicht nur wegen der Witterungsverhältnisse, sondern auch weil sie aufgrund ihrer Entdeckung im Haus der Steigers beide sehr aufgewühlt waren und über nichts anderes mehr sprechen konnten, als ihre Vermutung, durch Zufall ein ehemaliges Zwischenlager der Nazis mitten im Pfälzerwald gefunden zu haben.

Auf der Rückfahrt machte Hugo Ben darauf aufmerksam, dass er *sein Bild*, wie er es liebevoll nannte, im Schlafzimmer von Frieda Steiger erkannt hatte. Ben, der davon während der Besichtigung nichts mitbekommen hatte, ließ einen Freudenschrei los. »Bist du sicher, dass es das richtige Bild ist? Man konnte in dem Zimmer doch kaum etwas erkennen.«

»Ich bin mir hundertprozentig sicher. Glaub mir, ich beschäftige mich schon so lange mit diesem Bild, ich würde es unter hunderten sofort erkennen.«

»Was sollen wir jetzt tun? Wir könnten die Polizei informieren und verlangen, dass uns das Bild ausgehändigt wird. Du hast doch sicherlich etwas in der Hand, das die Herkunft des Bildes beweist.«

»Ben, wie ich dir schon erklärt habe – in solchen Angelegenheiten muss man sehr behutsam vorgehen. Das ist alles nicht so einfach. Noch nicht einmal die Kommission, der ich angehöre, könnte mir hier helfen. Das hat auch nichts mit der Polizei zu tun. Bei Raubkunst kann nur dann ein Restitutionsverfahren eingeleitet werden, wenn das Bild in einer öffentlichen Sammlung, zum Beispiel in einem Museum, hängt. Bei Werken, die im Privatbesitz sind, verhält es sich ganz anders und es gibt so gut wie keine Handhabe. Ich müsste schwarz auf weiß beweisen können, dass das Bild unserer Familie gehört. Und das kann ich leider nicht.«

»Aber du willst mir doch nicht allen Ernstes sagen, dass wir jetzt einfach unverrichteter Dinge wieder nach Hause fahren und das Bild hierlassen? Du hast so lange daran gearbeitet. Möchtest du es nicht endlich in Händen halten?«

»Doch, natürlich. Aber ich muss mir überlegen, wie ich vorgehen soll. Das heißt, es wird noch etwas dauern, bis es soweit ist. Letztendlich bin ich auf das Verständnis der Familie Steiger, insbesondere der alten Dame, angewiesen. Aber ich bin guter Dinge, dass die *Zwei Frauen im Garten* schon bald wieder den Weg nach Hause findet und bei mir in der Wohnung hängt.« Hugo schaute zu Ben hinüber und lächelte ihn an.

»Bei dir in der Wohnung?«, fragte Ben misstrauisch nach.

»Das Bild gehört nicht nur dir allein, Hugo! Wir sollten innerhalb der Familie darüber entscheiden, wie wir damit verfahren wollen, meinst du nicht auch?«

»Das war natürlich nur bildlich gesprochen. Dein Vater wird außer sich vor Freude sein, wenn ich ihm die gute Nachricht überbringe, und dann sehen wir weiter.« Ben erwiderte nichts darauf, aber Hugo spürte, dass sein Cousin mit dieser Lösung nicht zufrieden war. »Weißt du, Ben, manchmal muss man etwas Geduld und Durchhaltevermögen an den Tag legen, um sein Ziel zu erreichen. Ich habe viele Jahre gebraucht, um das Bild aufzuspüren, und so kurz vor dem Ziel möchte ich keinen Fehler machen. Bis Mitte der Sechzigerjahre wurden etwa achtzig Prozent der unrechtmäßig entwendeten Kunstgegenstände zurückerstattet. Danach kam es nur noch vereinzelt zu Rückgaben an die rechtmäßigen Eigentümer oder an ihre Erben. Das heißt, dass wahrscheinlich noch eine halbe Million Kunstwerke noch nicht zurückgegeben wurden, sei es, weil es keine Erben mehr gibt oder weil man die rechtmäßigen Eigentümer noch nicht ausmachen konnte. In unserem Fall kann man von Glück sprechen, dass ich das Bild überhaupt gefunden habe. Wir können zwar nachweisen, dass das Bild in der Galerie unserer Großeltern in Paris hing, aber nicht, dass unser Großvater dieses Bild von Renoir geschenkt bekommen hat und auch der Eigentümer dieses Werkes war. Deshalb bin ich mir sicher, dass es das Beste ist, mit Familie Steiger zu reden, um die *Zwei Frauen im Garten* zurückzuerlangen. Bei Kunstgegenständen im Privatbesitz gibt es kein entsprechendes Verfahren, das man einleiten könnte, um es zurückzuerhalten, und man ist auf das Verständnis und den *Goodwill* der Inhaber angewiesen. Eine andere Möglichkeit sehe ich aktuell nicht. Alles andere wäre fatal und würde letztendlich meine Glaubwürdigkeit in Frage stellen. Vielmehr wäre auch mein guter Ruf als Kunstexperte in Gefahr, denn es ist selbstverständlich, dass ich als Betroffener genauso handele, als wenn es um das Bild einer beliebigen Person ginge. Das verstehst du sicherlich.«

Ben verstand zwar den Sinn dessen, was Hugo ihm sagte, war aber insgeheim ganz anderer Meinung. Schließlich versprach das Bild ein großes Vermögen und Reichtum. Und das konnte er gerade sehr gut gebrauchen. Warum sollte er also darauf verzichten? In seinem Kopf bahnte sich bereits eine Lösung an, die ihm viel eher zusagte, aber er wollte Hugo nicht damit behelligen und beließ es dabei. Schließlich musste Hugo nicht über alles, was er dachte und tat, Bescheid wissen. Einverstanden wäre er sowieso nicht.

Im Hotel angekommen, gingen beide Männer auf ihre Zimmer. Hugo wollte so schnell wie möglich mit ein paar Kollegen in Kontakt treten und ihren Rat in dieser schwierigen Angelegenheit einholen. Er wollte sie darüber in Kenntnis setzen, dass er womöglich ein ehemaliges Zwischenlager der Nazis gefunden hatte. Denn schließlich ging es nicht allein um die *Zwei Frauen im Garten*. Soweit Hugo es hatte ausmachen können, waren in dem Haus noch mehr kostbare Bilder, deren Provenienz sicherlich auch noch zu klären war, und vielleicht würde sich damit der ein oder andere ungeklärte Fall in der Kunstszene aufklären lassen.

Hugo und Ben verabredeten sich zum Abendessen und beratschlagten, ob sie sich überhaupt noch einmal bei der Familie Steiger melden sollten. Sie könnten einfach so tun, als ob das gesamte Anwesen Ben, als sogenanntem Kunden, doch nicht so gut gefallen hatte oder sich einfach nicht mehr melden. Hugo hatte Franz Steiger zwar seine Telefonnummer gegeben, aber falls es tatsächlich zu einem Anruf seinerseits kam, könnte Hugo immer noch sagen, dass sein Kunde abgesprungen sei. Alles andere würde dann seinen Lauf nehmen.

Aber Hugo hatte das Gefühl, dass er einen guten Draht zu der alten Frau Steiger hatte und wollte das Momentum nicht loslassen. Jetzt war er hier, er kannte die Familie bereits und wer wusste, ob die alte Dame in ein paar Wochen überhaupt noch am Leben wäre. Hugo wusste allerdings noch nicht, wie er das Gespräch über die Bilder angehen wollte. Jetzt musste er sich erst einmal beruhigen, mit dem ein oder anderen Kollegen sprechen und sich Rat einholen, wie er mit dieser delikaten Angelegenheit am besten umgehen sollte. Dazu brauchte er jetzt Ruhe und ein bisschen Zeit.

KAPITEL 32

Obwohl Frieda Steiger in ihrem Lieblingssessel eingeschlafen war, wollte Anna noch nicht gehen. Anna spürte, dass die Lebensgeschichte dieser Frau sie möglicherweise weiterbringen konnte und irgendwie mit dem Fall zu tun hatte. Sie blieb ihrem ersten Gefühl treu, dass es kein Zufall war, dass die Leiche auf dem Feld der Familie Steiger gefunden worden war, und wollte noch mehr aus der alten Dame herausbekommen. Außerdem wollte sie sie nach diesem anstrengenden Gespräch nicht allein lassen und fühlte sich verantwortlich für sie. Sie wollte Frieda Steiger ein bisschen Zeit geben, sich zu erholen und dann mit der Befragung fortfahren.

Anna deckte die alte Dame zu und setzte sich ihr gegenüber in den Sessel. Als ihr Telefon klingelte, stellte sie es sofort leiser und nahm ab. Es war Thiéry Lalongue, der ihr mitteilen wollte, dass der Zahnarztpraxis möglicherweise tatsächlich ein Fehler unterlaufen war und sie die Sache mit den Röntgenbildern überprüfen wollten. Na bitte, dachte Anna. Langsam, aber sicher kam alles ins Lot. Sie schrieb Manfred eine kurze SMS, dass die Zahnarztpraxis in Paris die Röntgenbilder noch einmal überprüfen wollte und sie ihm die richtigen Bilder so schnell wie möglich schicken würden, sollte ihnen ein Fehler unterlaufen sein. Manfred antwortete mit einem Daumen-hoch-Emoji.

Anna war aufgestanden und lief ein bisschen in dem Haus umher. Sie wollte die Gelegenheit nutzen, sich umzuschauen, bevor Frieda Steiger aufwachte. Sie lief die Treppe hoch in den ersten Stock und trat nach und nach in die einzelnen Zimmer ein. Diese waren allesamt schön eingerichtet, wenn auch ein bisschen altmodisch. Hier und da hingen Bilder an der Wand, aber sie konnte die Unterschriften nicht entziffern. Schließlich war sie keine Kunstexpertin und hatte sich noch nie sonderlich für Malerei interessiert. Trotzdem fiel ihr auf, dass alle Bilder etwas Besonderes ausstrahlten und keine gewöhnlichen Gemälde waren.

Als sie wieder ins Kaminzimmer im Erdgeschoss kam, sah sie, dass Frieda Steiger sich gerade aufgesetzt hatte und sich nach ihr umschaute.

»Ah, da sind Sie ja. Ich dachte schon, ich hätte geträumt und Sie wären gegangen.« Frieda lächelte Anna an und gab ihr ein Zeichen, in einem zweiten Sessel neben ihrem Platz zu nehmen. Anna folgte der Aufforderung und setzte sich.

»Ich wollte Sie nicht allein lassen. Geht es Ihnen besser?« Anna wollte sichergehen, dass sie die alte Dame nicht zu sehr überanstrengte. Falls ihr etwas zustoßen würde, wäre das gar nicht gut.

»Ja, mir geht es gut. Ich war nur ein bisschen müde.«

»Frau Steiger, Sie haben mir vorhin erzählt, dass Sie 1943 Karl Weisheimer, den Offizier der NSDAP kennengelernt haben. Wie ging es dann weiter?«

»Er war ein Bild von einem Mann!« Frieda lächelte bei der Erinnerung an Karl, an seine Aura und an seine Berührungen.

»Wie lange das schon her ist«, sagte sie leise. »Wie in einem anderen Leben. Ich war noch sehr jung damals, achtzehn, und war hungrig, was die Liebe betrifft. Ich war zwar mit Wilfried verlobt gewesen, aber wie ich Ihnen schon erzählt habe, zur Hochzeit kam es leider nicht mehr. Ich war also vollkommen unerfahren und Karl ist wie ein Blitz in mein Leben eingeschlagen. Ich war damals überzeugt, dass Hitler und seine Offiziere das Richtige taten, und ich wollte auch meinen Beitrag leisten. Allerdings wusste ich nicht, wie ich das als Frau anstellen sollte. Auf dem Parteiabend, als ich Karl das erste Mal sah, hat sich dann schließlich für mich eine Möglichkeit ergeben. Nicht zuletzt mit Hilfe von Friedrich, dem Mann meiner besten Freundin Antonia. Es kam zu einem Treffen hier auf dem Lanzenbrunnen und mein Auftrag begann. Karl erzählte mir, dass er Lieferungen mit großen Kisten bei mir auf dem Hof zwischenlagern wollte, bis diese abgeholt und weiter nach München transportiert wurden. Dagegen hatte ich nichts einzuwenden und war stolz, dass ich helfen konnte. Am Anfang habe ich auch nicht nachgefragt, was in den Kisten war, sondern dachte, dass es schon seine Richtigkeit haben würde. Später, als die Situation für Deutschland immer prekärer wurde und ich hier und da vernahm, was mit den Menschen, die man in Güterwagons Richtung Osten brachte, passierte, änderte ich langsam, aber sicher meine Meinung und wollte mehr über meinen Auftrag erfahren. Karl zeigte mir schließlich den Inhalt der Lieferungen. Ich war damals sehr unerfahren und hatte keine Ahnung, was die Bilder wert waren. Da ich aber immer mehr Fragen stellte, schenkte mir Karl ab und an ein Bild, damit er sich weiterhin auf mich verlassen konnte.«

Frieda lehnte sich etwas in ihrem Sessel zurück und schloss kurz die Augen. Anna war mehr als überrascht. Wer hätte das gedacht? Hier, mitten in der Westpfalz, ein Zwischenlager der Nazis! Sie konnte es immer noch nicht glauben. Trotzdem verstand sie noch nicht, wie das Ganze mit der Leiche in der Strohballenpresse, die wahrscheinlich Hugo de Louvois war, zusammenhing und welche Rolle dieser Cousin Ben darin spielte. Dass die ganze Geschichte aber etwas mit Kunst zu tun hatten, konkretisierte sich mit jeder Minute mehr. Sie zügelte ihre Ungeduld und gab Frieda Steiger ein paar Minuten Verschnaufpause.

Als diese wieder die Augen öffnete, wagte Anna einen Versuch ins Blaue hinein. »Und wie kam es zu der Begegnung mit Herrn de Louvois?«

Frieda stieß einen Seufzer aus. »Der Mann stand eines Tages einfach vor unserer Tür. Er hatte sich im Wald verlaufen und ich habe ihn hineingebeten. Wir kamen ins Gespräch. Er interessierte sich für unser Anwesen hier und als mein Sohn zurückkam, hat er den Mann zu seinem Auto zurückgebracht. Er hat uns erzählt, er sei Makler und für einen seiner Kunden auf der Suche nach einem Anwesen wie diesem. Da mein Sohn, wie Sie wissen, aktuell finanzielle Schwierigkeiten hat, den Hof über Wasser zu halten, hat er kurzerhand vorgeschlagen, dass die beiden Herren sich den Hof doch einmal anschauen sollten. Das haben sie ein paar Tage später dann auch getan und Franz hat ihnen alles gezeigt.«

»Waren sie am Kauf Ihres Anwesens interessiert?«

»Es hat sich nach der Besichtigung niemand mehr gemeldet, also sind wir davon ausgegangen, dass der potenzielle Käufer sich anders entschieden hat, was nicht weiter schlimm ist, da mein Sohn bereits einen Termin mit einem jungen Ehepaar vereinbart hat, das ebenfalls interessiert ist, den Hof zu erwerben. Soweit ich weiß, sind sie noch im Gespräch. Sie wollen einen modernen, aber nachhaltigen Bauernhof aufbauen, der bio-zertifiziert ist. Mein Sohn soll sie dabei unterstützen.«

»Und die anderen beiden Männer haben Sie nie mehr gesehen? Sind Sie sich sicher, Frau Steiger, dass die beiden nicht noch einmal hier waren?«

Frieda schaute Anna direkt an. »Ganz sicher, Frau Kastner.«

KAPITEL 33

Als Anna den Lanzenbrunnen verließ, war es zu spät, um noch einmal ins Präsidium zu fahren. Sie rief daher Kathrin an und berichtete ihr von Frieda Steigers Erzählung. Am Ende ihres Gesprächs hatte sich die Stimmung plötzlich verändert und Frieda Steiger war nicht mehr so zugänglich gewesen wie die Stunden zuvor. Anna hatte daher beschlossen, das Gespräch abzubrechen und dieses bei nächster Gelegenheit weiterzuführen. Sie war sich sicher, dass die alte Dame noch mehr zu berichten hatte, aber einfach noch nicht so weit war. Wenn sie Glück hatte, würde sie durch ihre einfühlsame Art Frieda Steiger dazu bringen, ihr die gesamte Wahrheit zu erzählen. Es war offensichtlich, dass sie etwas verbarg, aber was genau, konnte Anna nicht sagen. Sie war zuversichtlich, dass sie demnächst noch mehr herausfinden würde.

Als sie im Auto saß und gerade auf ihren Parkplatz in der Innenstadt fahren wollte, klingelte ihr Handy. Sie erkannte Manfreds Nummer und nahm ab.

»Manfred, endlich. Du hast bestimmt gute Neuigkeiten für mich.«

»Wie man es nimmt. Ich habe die neuen Röntgenbilder aus der Pariser Zahnarztpraxis erhalten. Aber ich muss dich leider enttäuschen. Es sind die Gleichen. Die Praxis hat alles noch einmal gecheckt. Ich bleibe dabei: Unsere Leiche ist nicht Hugo de Louvois.«

»Ich weiß nicht, was ich sagen soll. Lass uns morgen früh gleich eine Besprechung abhalten. Dann sehen wir weiter. Ich kann mir auf diese Geschichte einfach keinen Reim machen.«

»Ich verstehe es auch nicht.«

Manfred legte einfach auf. Er wusste aus Erfahrung, dass Anna jetzt in Ruhe gelassen werden wollte. Tatsächlich wählte Anna gleich danach Kathrins Nummer und gab ihr das Ergebnis der zweiten Röntgenbilderanalyse durch. Kathrin ließ das kalt und berichtete ihrerseits, dass im SAKS Hotel tatsächlich ein Ben Wederquist zur gleichen Zeit abgestiegen war, wie Hugo de Louvois.

»Das klingt nach einem Zusammenhang. Die Frage ist nur: Wie bekommen wir heraus, ob die Leiche in der Strohballen-presse vielleicht dieser Ben Wederquist ist?«, fragte Anna aufgeregt ins Telefon.

»Darüber habe ich auch schon nachgedacht. Mein Vorschlag wäre herauszufinden, ob Ben Wederquist verheiratet ist und wenn ja, seine Frau ausfindig zu machen, um dann wiederum Daten von seinem Zahnarzt mit dem Gebiss des Opfers abzu-gleichen. Was meinst du?«

»Ja, das klingt nach einem Plan. Am besten, ich rufe wieder Madame Morin an. Vielleicht kann sie uns hier weiterhelfen und hat noch mehr Kontaktdaten von Wederquist.«

»Das würde in der Tat einiges beschleunigen«, freute sich Ka-thrin über Annas Antwort. »Ich habe das Gefühl, es fehlen nur noch wenige Puzzleteile, um den Fall aufzuklären.«

»Da wäre ich mir nicht so sicher. Bis jetzt ergibt das alles keinen Sinn. Vor allem, dass wir immer noch nicht wissen, wer in dieser Strohballenpresse zu Tode gekommen ist, macht mich wahnsinnig. So einen Fall hatte ich tatsächlich noch nie.«

»Wie Manfred schon gesagt hat, das ist kein Wunschkonzert und eine Mordermittlung läuft nicht immer nach Plan. Ich bin trotzdem sicher, dass wir auch diesen Fall knacken werden.«

»Du hast ja recht. Ich muss manchmal nur ein bisschen jammern. Das tut einfach gut. Jetzt aber genug. Ich rufe Madame Morin an und melde mich anschließend wieder bei dir.«

»Okay, so machen wir es. Bis dann.«

Anna nahm ihre Tasche vom Beifahrersitz und stieg aus. Den Anruf wollte sie in Ruhe in ihrer Wohnung tätigen. Zu Hause angekommen, schenkte sie sich ein Glas Wasser ein – erst jetzt merkte sie, dass sie den ganzen Tag außer Kaffee nichts getrunken hatte – und stürzte es in einem Zug herunter. Sie nahm ihr Handy, suchte erneut die Telefonnummer von Madame Morin heraus und wählte. Es dauert etwas, bis diese abhob.

»Guten Tag, Madame Morin, hier spricht Anna Kastner. Ich brauche noch einmal ihre Hilfe bitte.« Anna schilderte der Frau am anderen Ende die Situation und fragte, ob sie weitere Kontaktdaten der Familie Wederquist hatte, zum Beispiel über eine mögliche Ehefrau. Madame Morin überlegte einen Moment lang, um dann die Frage nach einer Ehefrau zwar zu bejahen, aber ihre Kontaktdaten hatte sie leider nicht. Anna wollte schon aufgeben, als Madame Morin ihr vorschlug, in der Galerie des Vaters anzurufen. Vielleicht könnte dieser weiterhelfen. Anna war sehr angetan von dieser Idee – darauf hätte sie eigentlich auch selbst kommen können – und bedankte sich bei ihr. Madame Morin versprach, sich so schnell wie möglich bei ihr zu melden.

Anna war müde, hatte heute noch so gut wie nichts gegessen und war höchst unzufrieden mit sich und der Welt. Sie versuchte zwar, sich zusammenzureißen, aber dieser Fall bereitete ihr großes Kopfzerbrechen. Wie hing das alles zusammen? Sie beschloss, sich eine *Pizza Siciliana* beim Lieferservice zu bestellen und schenkte sich ein Glas Wein ein. Sie musste sich erst einmal etwas entspannen, falls sie später noch etwas an dem Fall arbeiten wollte. So viel war klar. Also deckte sie sich den Wohnzimmertisch mit einem Besteck und ihrem Glas *Sauvignon Blanc* und als der Pizza-Service klingelte, freute sie sich schon auf ihr Essen. Sie hatte noch einen gemischten Salat dazu bestellt, den sie als Vorspeise genießen wollte, sowie ein *Tiramisù*, falls der Abend am Laptop sich in die Länge zog. Bepackt mit ihrem Abendessen ließ sie sich auf ihr Sofa fallen und war dankbar, dass es heutzutage so einfach war, an etwas Essbares zu kommen. Als sie alles aufgegessen hatte – inklusive Nachtisch – fühlte sie sich wesentlich besser und spürte, wie sie wieder zu Kräften kam.

Den ganzen Tag nichts zu essen und zu trinken, war keine gute Idee gewesen. Sie musste ein bisschen mehr auf sich und das Team achten. Anna war immer bemüht, das Beste für alle zu wollen und es war ihr wichtig, dass nicht nur sie zufrieden war mit sich und ihrem Team, sondern auch ihr Team mit ihr. Sie nahm sich vor, ihre Kolleginnen und Kollegen einmal dazu zu befragen, und versuchte sich vor Augen zu führen, wie sie das

Thema Essen im Präsidium handhabten. Sie brachte sich öfter etwas zum Frühstück mit, aber zum Mittagessen gab es nur selten etwas. Manchmal bestellten sie sich eine Pizza. Wie könnten sie das verbessern …?

Anna lehnte sich für einen Moment auf ihrem Sofa zurück und schloss die Augen. Sie wollte noch dagegen ankämpfen, aber die Müdigkeit war stärker als sie und sie schlief auf der Stelle ein.

Als Anna die Augen wieder öffnete, war es weit nach Mitternacht und draußen stockdunkel. Sie überlegte kurz, ob sie nicht einfach weiterschlafen und auf dem Sofa liegen bleiben sollte, als sie auf ihrem Handy den Eingang mehrerer Nachrichten sah. Die letzte war von einer unbekannten amerikanischen Nummer und die davor von Madame Morin, die ihr die Kontaktdaten des amerikanischen Zahnarztes von Ben Wederquist mitteilte. Wie sie diese herausgefunden hatte, ging aus der Nachricht nicht hervor, spielte aber auch keine Rolle. Anna machte sich sofort daran, die Praxis anzurufen und die Bilder anzufragen. Sie hatte Glück. Durch die Zeitverschiebung konnte sie mit einer Arzthelferin sprechen, die ihr die Bilder innerhalb der nächsten zwanzig Minuten versprach. Anna notierte sich noch den Namen der jungen Frau und wartete. Kurze Zeit später – es waren gerade mal zehn Minuten vergangen – kamen die Röntgenaufnahmen auch schon und Anna leitete sie an Manfred weiter. Mehr konnte sie für heute nicht tun und sie beglückwünschte sich zu der Besprechung, die sie für den nächsten Morgen anberaumt hatte. Wenn sie Glück hatte, würde Manfred bereits mit einem Ergebnis erscheinen. Und auf das war sie mehr als gespannt.

Am nächsten Morgen wachte Anna früh auf. Nachdem sie eine Runde gejoggt war, fuhr sie ins Präsidium. Die frische Luft hatte gutgetan und die schlechte Laune von gestern war wie verflogen. Sie war gespannt, was der Tag an neuen Erkenntnissen bringen würde.

Harald war schon da und begrüßte sie. »Hallo Anna, du bist früh daran.«

»Ja, ich bin gestern Abend auf dem Sofa eingeschlafen und habe mich gut erholt. Dieser Fall kostet mich einiges an Kraft. Und du? Wie geht es dir? Konntest du mit Christian sprechen? Hast du etwas erreicht?«

»Na ja, so ganz sicher bin ich mir nicht. Er ist einfach sehr faul und hat nur seine Computerspiele im Kopf. Er nimmt an Turnieren teil und glaubt allen Ernstes, er könnte damit zukünftig sein Geld verdienen. Das ist doch lächerlich.«

»Ich verstehe. Das ist in der Tat nicht einfach. Aber vielleicht kann man Schule und Computerspiele in Einklang bringen. Zumindest so lange bis er volljährig ist.«

»Das ist jetzt auch mehr oder weniger das Ergebnis unseres Gesprächs. Er darf weiter seine Computerspiele machen und an den Turnieren teilnehmen, muss aber im Gegenzug die Klasse schaffen. Dann unterstütze ich ihn auf seinem Weg. Das ist der Deal. Ich hoffe, das hält er auch ein. Ganz traue ich der Sache nicht, aber was soll ich machen. Mit Verboten erreiche ich bei ihm nichts.«

»Das kann ich verstehen und das hört sich nach einem guten Plan an. Übrigens: Hier, ein paar Croissants und andere Teilchen, falls du noch nicht gefrühstückt hast.«

»Danke, das ist lieb von dir, aber meine Frau hat mir heute Morgen ein Brötchen gemacht und einen Obstsalat mitgegeben. Ich bin noch satt.«

»Aha, dann bin ich wohl die Einzige, die nicht regelmäßig etwas zu essen bekommt.«

Beide mussten lachen und holten sich noch einen Kaffee, bevor sie in den Besprechungsraum gingen. Der Rest des Teams trudelte nach und nach ein und um Punkt neun ging das Meeting los. Manfred war noch nicht anwesend und wurde sehnsüchtig erwartet. Anna begann damit, den Fall noch einmal komplett Revue passieren zu lassen und alle Indizien, die sie bis dato gesammelt hatten, aufzuzählen. Insbesondere brachte sie alle auf den neuesten Stand und berichtete über Ben Wederquist, Hugo de Louvois' Cousin. Hier und da ergänzten Kathrin oder Harald etwas. Als Anna vom Vorabend und ihrem Telefonat mit der Zahnarztpraxis in USA berichtete, klopfte es an der Tür und Manfred kam herein.

Anna lachte Manfred freundlich an. »Hast du an der Tür gelauscht? Ich habe gerade erzählt, dass ich gestern Abend neue Röntgenaufnahmen von diesem Ben Wederquist in den Vereinigten Staaten angefordert habe. Das kann doch kein Zufall sein, dass du just in diesem Moment zur Tür hereinkommst.«

»Natürlich. Ich lausche immer an geschlossenen Türen! Nonsens, purer Zufall. Aber es gibt Neuigkeiten. Die Röntgenbilder passen zu den Überresten, die wir in der Strohballenpresse gefunden haben. Der Tote ist definitiv Ben Wederquist.«

Anna schaute Manfred an und erwiderte: »Ich habe es befürchtet. Aber jetzt haben wir endlich Gewissheit. Die dringendste Frage, die sich mir aber sofort stellt, ist, wo befindet sich dann Hugo de Louvois? Und warum erreichen wir ihn nicht über sein Telefon?«

KAPITEL 34

Die Teambesprechung war sehr gut gelaufen. Zwar war die Frage nach dem Verbleib von Hugo de Louvois noch völlig ungeklärt, aber zumindest wussten sie jetzt, wer in der Strohballenpresse verbrannt war. Wie dieser Ben Wederquist allerdings dahingekommen war und vor allem warum, stellte Anna vor ein Rätsel. Sie hatten alle möglichen Hypothesen aufgestellt, aber waren zu keinem vernünftigen Ergebnis gekommen. Die ganze Geschichte ergab einfach keinen Sinn.

Deshalb entschied sich Anna, das Team aufzuteilen. Kathrin sollte noch einmal ins SAKS Hotel fahren und versuchen, mehr über Ben Wederquist zu erfahren. Außerdem sollte sie mit der Polizei in New York telefonieren, um sie über den aktuellen Stand der Ermittlungen zu informieren. Schließlich mussten sie der Familie von Ben Wederquist die traurige Nachricht überbringen. Aber darum würde sich dann die dortige Polizei kümmern. Anna und Harald hatten beschlossen, noch einmal zu den Steigers zu fahren. Anna wollte den Faden des letzten Gesprächs mit Frieda Steiger wieder aufnehmen und versuchen, zu erfahren, was vorgefallen war. Sie wurde den Verdacht nicht los, dass alles mit diesem Hof zusammenhing und irgendetwas passiert war, dass alles in Gang gesetzt hatte.

»Lass uns noch mal zu den Steigers fahren. Vielleicht bekommen wir aus der alten Dame noch etwas heraus. Ich hatte das Gefühl, dass sie beim letzten Mal schon kurz davor war, uns irgendetwas zu erzählen, aber dann hat sie sich in letzter Minute doch anders entschieden.«

»Ja, machen wir. Soll ich fahren?«

»Gerne.« Anna gab Harald den Autoschlüssel. Sie stiegen ein und fuhren noch einmal Richtung Otterberg. Den Weg kannten sie jetzt gut und es ging zügig voran. »Es geht um Raubkunst und muss etwas mit der Vergangenheit von Frieda Steiger zu tun haben. Ich bin sicher, dass wir ganz kurz vor dem Durchbruch sind.«

»Ja, es sieht ganz danach aus. Allerdings tue ich mich schwer, mir vorzustellen, dass diese alte Dame etwas mit Raubkunst zu tun hatte und in ihrem Haus tatsächlich ein Zwischenlager der Nazis beherbergte. Irgendwie surreal. Findest du nicht?«

»Absolut surreal. Aber mein Job als Kommissarin hat mich im Laufe der Jahre immer wieder überrascht. Wahrscheinlich war sie damals eine wichtige Frau.«

»Ich weiß nicht. Vielleicht lügt sie uns auch an, um ihren Sohn zu schützen. Vielleicht ist er ein Kunstschmuggler.«

»Das könnte natürlich auch sein. Auf jeden Fall will ich mir die beiden noch einmal vornehmen. Irgendetwas verheimlichen sie uns.«

»Das glaube ich auch. «

Harald drehte den Kopf zu Anna und lächelte ihr zu.

Das Tor zum Anwesen der Steigers war geschlossen und es sah so aus, als ob niemand zu Hause wäre. Einer Eingebung folgend bat sie Harald, im Auto zu bleiben. Sie wollte mit Frieda Steiger dort anknüpfen, wo sie das letzte Mal aufgehört hatte und sie war sich sicher, dass das nicht gelingen konnte, wenn Harald dabei war. Harald verstand ihren Einwand und blieb im Auto zurück. Anna betätigte die Klingel am Tor. Es war noch früh am Morgen und Frieda Steiger war sicherlich zu Hause. Das erste Klingeln blieb unbeantwortet und Anna wartete ab. Nach ein paar Minuten klingelte Anna erneut. Wieder vergingen ein paar Minuten bevor sie von weitem die Gestalt von Frieda Steiger um das Haus biegen sah. Sie ging ins Haus, winkte ihr kurz zu und dann hörte Anna, wie ein Summen das Öffnen des Tores ankündigte. Anna ging zum Haus. Die Tür stand einen Spalt offen und Frieda Steiger rief ihr von innen zu, sie sollte hereinkommen.

»Frau Steiger, guten Tag. Ich hoffe, ich komme nicht ungelegen?«

»Guten Tag. Nein, ich war nur gerade im Garten und habe Sie nicht kommen sehen. Was kann ich für Sie tun?«

Anna stand vor der Tür und ihr fiel auf, dass die alte Frau sie nicht hereinbat. Sie wollte schnell zur Sache kommen. Frieda Steiger war bei Weitem nicht so erschöpft wie bei ihrem letzten Besuch, aber in Topform schien sie auch nicht zu sein. Sie wirkte müde und blass. Vielleicht eine gute Gelegenheit, um noch mal beim letzten Gespräch anzuknüpfen, dachte Anna. Sie spürte aber auch, dass Frieda Steiger auf der Hut und wahrscheinlich nicht mehr so redefreudig wie bei ihrem letzten Besuch war.

»Frau Steiger, bei meinem letzten Besuch hatte ich Sie gefragt, ob Hugo de Louvois und sein Kunde noch einmal zu Besuch gekommen sind, nachdem sie das Haus hier besichtigt haben, und Sie haben das verneint. Sind Sie sicher, dass das so war?« Anna bemerkte, dass Frieda Steiger sie unsicher anschaute, daher fuhr sie unbeirrt fort. »Könnte es nicht eher so gewesen sein, dass die beiden noch mal hier aufgetaucht sind und es zu einem Streit kam? Ich würde gerne Ihren Sohn zu unserem Gespräch hinzuziehen. Dann können wir den Tag des Besuchs noch einmal gemeinsam Revue passieren lassen.«

Anna bemerkte bei Frieda Steiger wieder das leichte Flackern in ihren Augen und spürte, dass diese sich nicht wohl fühlte in ihrer Haut. »Mein Sohn ist unterwegs, aber Sie können gerne hier auf ihn warten. Wir haben keine Geheimnisse voreinander.«

»Um Geheimnisse geht es auch nicht, sondern manchmal bringt man die Tage durcheinander und man kann nicht mehr genau sagen, wann etwas besprochen worden ist oder nicht. Mir ist es sehr daran gelegen, die Tage vor dem Leichenfund genau zu rekonstruieren. Nur so können wir die Ermittlungen vorantreiben. Und das liegt schließlich auch in Ihrem Interesse.«

»Sie haben natürlich recht, Frau Kastner. Vielleicht habe ich da etwas durcheinandergebracht. Ich werde meinen Sohn anrufen, dass er zu uns stößt, und dann sehen wir weiter. Wäre das in Ordnung?«

»Das wäre perfekt.« Anna spürte an Frieda Steigers Stimme, dass innerlich ihre Mauer zu bröckeln begann. Wahrscheinlich ahnte sie schon, dass sie sich auf Dauer nicht der Wahrheit würde entziehen können. Anna musste das Momentum nutzen, solange ihr Sohn noch nicht da war.

Frieda Steiger ging in die Küche, um ihr Handy zu holen, und sie drückte die Taste, durch die sie automatisch mit ihrem Sohn verbunden wurde. »Franz, ich bin's«, begann sie. »Du musst bitte nach Hause kommen. Frau Kastner ist noch einmal hier und wir brauchen dich. Gut, ich richte es ihr aus.«

Frieda beendete das Gespräch und teilte Anna mit, dass ihr Sohn sowieso schon auf dem Heimweg und in knapp einer Viertelstunde zurück sei. Sie bat Anna, sich zu setzten. Anna jedoch blieb stehen und schaute Frieda Steiger an. »Frau Steiger, das erste Mal, als Herr de Louvois auf ihrem Hof war, waren Sie da allein mit ihm?«

»Ja. Bei seinem ersten Besuch war es so, dass er sich im Wald verlaufen hatte. Er ist dann hier an unserem Grundstück vorbeigekommen und hat geklingelt. Ich habe ihn empfangen und ihm einen Kaffee oder Tee angeboten. So war es.«

»An welchem Tag war das genau?«, hakte Anna nach und holte ihr Notizbuch heraus.

»Hm, da muss ich nachdenken … es war, bevor Antonia beerdigt wurde.« Frieda runzelte die Stirn und schaute auf ihren Kalender an der Küchentür. »Wenn mich nicht alles täuscht, war es am Freitag, den 13. Juli.«

Bevor Anna darauf etwas erwidern konnte, ging die Haustür auf und Franz Steiger kam mit Einkäufen bepackt herein.

»Guten Tag, Frau Kastner. Lassen Sie mich gerade noch die Tüten in die Küche bringen und dann bin ich gleich bei Ihnen.« Franz Steiger verschwand in die Küche hinter dem Essbereich. Als er zurückkam, setzte er sich an den Tisch. Anna reichte ihm die Hand und setzte sich ihm gegenüber. Franz Steiger schaute

Anna selbstbewusst an. »Warum haben Sie ihren Kollegen im Auto gelassen?«

»Ich wollte zuerst alleine mit ihrer Mutter sprechen. Sozusagen von Frau zu Frau.« Anna ließ Frau Steiger keine Zeit, etwas zu erwidern. »Aber zurück zum Thema. Herr Steiger, ich versuche zu rekonstruieren, wann Hugo de Louvois genau auf Ihrem Hof war. Können Sie uns noch einmal Ihre Sicht der Dinge schildern. Wann war sein erster Besuch und wie haben Sie ihn wahrgenommen.«

»Also der Mann hatte sich verlaufen und saß hier am Tisch, als ich hereinkam. Meine Mutter hatte ihm etwas zu trinken angeboten. Ich habe ihn dann mit zurück zu seinem Auto genommen.«

»An welchem Tag genau war das?«, hakte Anna nach.

Franz Steiger überlegte kurz. »Das muss am 13. Juli gewesen sein. Ja genau. Es war kurz vor dem Wochenende.«

»Gut, das war das erste Mal, als de Louvois auf dem Hof war. Worüber haben Sie da miteinander gesprochen?« Anna wollte alles noch einmal genau hören.

Franz Steiger ergriff wieder das Wort. »Er hat mir auf der Rückfahrt zu seinem Auto erzählt, dass er für einen Kunden einen ähnlichen Hof wie unseren sucht und hat mich gefragt, ob wir daran interessiert sind, ihn zu verkaufen. Ich habe das mit meiner Mutter besprochen und wir sind übereingekommen, dass wir Herrn de Louvois noch einmal kontaktieren. Er hat vorgeschlagen, seinen Kunden gleich mitzubringen, und das hat er dann am nächsten Tag auch getan. Ich habe die beiden Herren herumgeführt und sie haben sich alles angeschaut. Wir sind so verblieben, dass sie sich wieder bei mir melden, falls sie interessiert sind, aber bis jetzt habe ich nichts mehr von ihnen gehört. Deshalb bin ich auch eigentlich davon ausgegangen, dass sie sich anderweitig entschieden haben.«

»Das heißt, das war dann am 14. Juli. Richtig?« Anna schrieb es in ihr Notizbuch. Dann gab sie Harald kurz per SMS Bescheid, dass er dazukommen solle.

»Genau. Samstag, 14. Juli.«

»Sind Sie sich da ganz sicher?« Anna hatte die Stimme leicht erhoben und schaute abwechselnd zu Franz und Frieda Steiger. Ihr fiel auf, dass Frieda Steiger leicht zusammenzuckte und dann antwortete.

»Ja, ganz sicher«, sagte sie. »Warum sollten wir Sie belügen?«

Anna bemerkte einen Blickkontakt zwischen ihr und ihrem Sohn. Sie hatte das Gefühl, dass Franz Steigers Mutter sich durch seine Anwesenheit erheblich stärker fühlte und nicht bereit war, sich zu öffnen.

Harald klopfte an und kam zur Tür herein.

»Guten Tag zusammen.«

Einen Versuch wollte Anna noch unternehmen, um den beiden die Wahrheit zu entlocken. »Frau Steiger, Sie haben mir das letzte Mal, als ich bei Ihnen war, von den Bildern erzählt und wie Sie dazu gekommen sind. Wussten Sie, dass Herr de Louvois Kunstexperte am *Musée d´Orsay* ist? Hat er Ihnen das bei seinem Besuch hier erzählt?«

Frieda zupfte nervös an ihrer Schürze, suchte den Blick ihres Sohnes und wirkte verunsichert.

Franz Steiger mischte sich ein. »Der Franzose ist Kunstexperte? Ich dachte, er wäre Makler? So hat er sich uns zumindest vorgestellt.«

Für einen kurzen Moment wurde es still im Raum und niemand sprach ein Wort. Anna hatte das Gefühl, dass sie womöglich genau die richtige Frage gestellt hatte und blieb auf ihrem Kurs. »Aus irgendeinem Grund hat sich de Louvois für Ihren Hof interessiert. Vielleicht wollte er sich erst einmal unverbindlich umschauen, bevor er preisgibt, wer er ist. Wenn Sie sagen, dass er bei seinem ersten Besuch einen Kaffee bei Ihnen bekommen hat. Wo haben sie ihm diesen serviert? Auch hier in diesem Zimmer?«

»Ja, genau«, übernahm Franz Steiger das Gespräch. »Als ich hereinkam, saß er hier rechts vom Fenster, wo Sie sitzen, und Mutter saß ihm gegenüber. Warum ist das wichtig?«

»Ich frage mich gerade, was er womöglich gesehen hat, als er das erste Mal hier war.« Anna drehte den Kopf und schaute sich im Raum um. Es war schon offensichtlich, dass die gesamte Atmosphäre von dem Kamin und den Bildern, die darum herumhingen, herrührte. »Ist de Louvois aufgestanden und zu den Bildern da drüben gegangen, um sie sich genauer anzuschauen?« Anna sah direkt Frieda Steiger an, die den Blick gesenkt hielt. Anna hatte das Gefühl, dass sie sich aus dem Gespräch so gut es ging heraushalten wollte. »Frau Steiger?«

Frieda blickte auf und sah Anna an. Ihr Gesichtsausdruck war wirr und wirkte irgendwie traurig. Sie war nervös. Das konnte Anna sichtlich spüren.

»Das weiß ich nicht mehr so genau. Vielleicht beim Hinausgehen, als wir uns verabschiedet haben.«

»Also ist es möglich, dass de Louvois gesehen hat, dass es sich hierbei um zwei Skizzen von Picasso handelt.«

»Ja, das kann durchaus sein, aber was hat das mit uns zu tun? Wie ich Ihnen erzählt habe, hängen die Bilder schon viele Jahre hier und sind ein Geschenk gewesen.«

In Annas Kopf formte sich langsam, aber sicher ein Bild von dem, was geschehen sein konnte. Hatte Madame Morin nicht gesagt, dass de Louvois seinen Namen geändert hatte, als er damals nach Frankreich kam, um keine Aufmerksamkeit auf sich zu ziehen? Er war jüdischen Glaubens, Kunstexperte und Mitglied einer Kommission, die sich um die Restitution von Beutekunst kümmerte. Hier in diesem Haus hingen wertvolle Bilder aus vergangenen Zeiten, die ihren Weg offensichtlich während des Zweiten Weltkrieges und des Nazi-Regimes hierhergefunden hatten. Wie genau, würde noch zu klären sein. Hinzukam, dass de Louvois offensichtlich in die Pfalz gereist war, um nach einem oder vielleicht auch mehreren Gemälden zu suchen. Anna dachte an die Notizen von Rose Vallant zurück, die de Louvois im Institut in Mainz eingesehen hatte. Alles hing miteinander zusammen. Aber ein Puzzleteil fehlte noch.

Annas Gehirn lief auf Hochtouren und sie wusste plötzlich, dass sie richtig lag. Sie spürte, dass sie drauf und dran war, den Fall zu lösen.

KAPITEL 35

EIN TAG VOR DEM LEICHENFUND

Hugo hatte unruhig geschlafen, da er an nichts anderes als an seine Entdeckung und das Auffinden der *Zwei Frauen im Garten* denken konnte. Seit Jahren versuchte er eine Spur zu finden und nun waren all seine Bemühungen von Erfolg gekrönt worden. Er hatte höchstwahrscheinlich nicht nur ein Zwischenlager der Nazis enttarnt, sondern auch noch Bilder gefunden, die sicherlich Raubkunst waren und noch nicht an ihre legitimen Besitzer oder Erben restituiert worden waren. Das kam einer Sensation gleich! Hugo war ob seiner Entdeckung überwältigt. In seiner gesamten Karriere war ihm noch nie ein so bahnbrechender Fund begegnet und er konnte es kaum erwarten, seinen Kolleginnen und Kollegen davon zu berichten. Er wollte so schnell wie möglich ins Gespräch mit Familie Steiger kommen und ihnen seine Sicht der Dinge übermitteln. Dann würde man – ja nachdem, wie sie reagierten – die weiteren Schritte angehen. Aber er musste sich beeilen, denn er hatte Angst, dass Mutter und Sohn vielleicht etwas gemerkt hatten und er wollte nicht das Risiko eingehen, dass sie genug Zeit hatten, die Bilder verschwinden zu lassen.

Hugo machte sich fertig, packte seinen Koffer und ging zum Frühstück. Er hatte sich zwar erst um acht Uhr dreißig mit Ben verabredet, aber er konnte sich schon einmal am Frühstücksbuffet bedienen und die letzten Neuigkeiten auf seinem Handy lesen. Eine halbe Stunde ging schnell vorbei. Um halb neun bestellte sich Hugo zwei Spiegeleier *sunny side up* und hielt nach Ben Ausschau. Dieser war aber noch nicht in Sicht. Um Viertel vor neun wunderte sich Hugo etwas, aber war noch nicht beunruhigt. Sicherlich hatte Ben einfach verschlafen. Das wäre typisch für ihn gewesen.

Um neun holte Hugo sein Handy aus der Hosentasche und schickte Ben eine WhatsApp.

Frühstück?

Die WhatsApp ging hinaus, aber der zweite Haken, der den Eingang der Nachricht bestätigte, blieb aus. Die Verbindung war wahrscheinlich schlecht, mutmaßte Hugo. Er wählte Bens Nummer, aber es kam nur die Mailbox-Ansage.

Hugo ärgerte sich über seinen Cousin und frühstückte zu Ende, um anschließend zu Bens Zimmer zu gehen. Er klopfte, aber es machte keiner auf. Hugo bekam Angst und dachte, Ben sei vielleicht etwas zugestoßen. Er klopfte noch einmal lauter an die Tür und rief Bens Namen. Aber im Inneren des Zimmers rührte sich nichts. In dem Moment kam eine Putzfrau mit ihrem Wagen um die Ecke und Hugo bat sie, das Zimmer aufzuschließen. Diese weigerte sich, da sie das nicht durfte, aber als Hugo ihr erklärte, dass seinem Cousin möglicherweise etwas zugestoßen sei, ließ sie sich überzeugen und zog ihren Generalschlüssel durch das elektronische Schloss. Hugo betrat das Zimmer, aber das Bett war leer. Er schaute als Nächstes im Badezimmer, aber auch hier war keine Spur von Ben. Hugo wurde stutzig und überlegte, wo Ben sein könnte. Joggen kam nicht in Frage. Da hätte er sich bei ihm abgemeldet oder wenn ihm unterwegs etwas zugestoßen wäre, hätte er Hugo angerufen.

Plötzlich fiel ihm das gestrige Gespräch wieder ein, das sie beide auf der Rückfahrt im Auto geführt hatten. Er würde doch nicht zur Familie Steiger gefahren sein, um das Bild zu stehlen! Hugo bekam ein flaues Gefühl in der Magengrube und merkte, wie Panik in ihm aufstieg.

Was zum Teufel ist hier los? Das konnte doch nicht wahr sein.

Hugo beschloss, sofort in der Tiefgarage nachzuschauen, ob das Mietfahrzeug noch da war. Wie befürchtet stand es nicht mehr an dem Platz, an dem sie es am Vorabend abgestellt hatten. Und Hugo ahnte Schlimmes. Er musste sofort auf den Lanzenbrunnen fahren und schauen, ob Ben noch vor Ort war. Was hatte er sich nur dabei gedacht? Und was sollte er der Familie Steiger jetzt sagen?

Hugo war außer sich und ließ sich an der Hotelrezeption ein Taxi rufen. Er musste so schnell wie möglich auf diesen Hof fahren und das Schlimmste verhindern.

Das Taxi fuhr Hugo nach Otterberg in den Wald zum Haus der Steigers. Der Taxifahrer kannte die Adresse nicht und Hugo musste ihm helfen, das Anwesen zu finden. Schließlich stieg Hugo am Tor aus und klingelte. Auf dem Weg hatte er bereits Ausschau nach dem Mietwagen gehalten, aber ihn nirgendwo ausmachen können. Auch hier im Wald vor dem Tor und dahinter war kein Fahrzeug zu sehen. Merkwürdig, vielleicht hatte er sich doch geirrt. Das Tor sprang auf und Hugo lief Richtung Haus. Frieda Steiger machte die Tür auf und schaute ihn überrascht an.

»Herr … ach, ich habe leider Ihren Namen vergessen.«

»Hugo de Louvois. Guten Tag, Frau Steiger.«

Frieda bat den französischen Makler herein. »Was machen Sie hier? Haben Sie es sich noch einmal anders überlegt und wollen den Hof jetzt doch kaufen?«

»Nein, nicht wirklich. Ich bin auf der Suche nach meinem Cousin.« In der Aufregung hatte Hugo vergessen, dass er Ben als seinen Kunden ausgegeben hatte – aber nun war es zu spät.

»Ihren Cousin? Ich befürchte, ich verstehe Sie nicht, Herr de Louvois.«

»Verzeihen Sie mir. Der Mann, der mit mir Ihr Anwesen besichtigt hat, ist nicht nur mein Kunde, sondern auch mein Cousin. Das hatte ich anfangs ganz vergessen zu erwähnen. Er ist verschwunden und ich dachte, er hätte sich selbst noch einmal einen Überblick über das Ganze hier verschaffen wollen. Deshalb bin ich hierhergekommen.«

Frieda schien diese Situation äußerst merkwürdig zu finden und war offensichtlich auf der Hut. »Vielleicht setzen Sie sich erst einmal hin und Sie erzählen mir der Reihe nach, was passiert ist.«

»Ja, wenn Sie meinen. Das ist keine schlechte Idee.«

Hugo setzte sich wieder an den Tisch, an dem sie bereits vor ein paar Tagen gemeinsam gesessen hatten, als Ben und er den Hof besichtigt hatten. Automatisch nahm er den gleichen Platz wie beim ersten Mal ein – rechts neben dem Fenster. Kurz nachdem Frieda in die Küche verschwunden war, hörte Hugo bereits Geschirrgeklapper und wie sie die Kaffeemaschine in Gang setzte. Er wollte nicht unhöflich sein und traute sich nicht, im Alleingang nach oben zu gehen, aber es brannte ihm unter den Nägeln nachzuschauen, ob das Bild, *sein Bild*, immer noch in Sicherheit oben in Frieda Steigers Zimmer hing. Wie sollte er das nur anstellen? Frieda kam mit einem Tablett zurück und hatte zwei Tassen dabei. Kekse hatte sie dieses Mal keine dazugestellt.

Sie goss beiden ein und schaute Hugo direkt in die Augen. »Erzählen Sie mir: Was ist passiert?«

Hugo war sich nicht sicher, ob er der Frau wirklich trauen konnte. Auf der anderen Seite, was sollte er von so einer alten Dame schon zu befürchten haben? Wie wäre es, wenn er ihr einfach die Wahrheit erzählte? Wie würde sie reagieren? Würde sie zugeben, dass es Raubkunst war, die hier in ihrem Haus hing? Oder würde sie alles abstreiten? Hugo war hin- und hergerissen. Lügen lag ihm ganz und gar nicht und er hatte Angst, sich zu verraten und die Sache nur noch schlimmer zu machen, als sie schon war.

Er trank einen Schluck des heißen Kaffees, ehe er sich entschloss, fortzufahren. »Wissen Sie, Frau Steiger, ich habe Ihnen nicht die ganze Wahrheit erzählt.«

Frieda war ganz Ohr, konnte sich aber anscheinend keinen Reim auf das machen, was Hugo gerade gesagt hatte. »Nur zu, mich kann so leicht nichts aus der Bahn werfen. Sie werden Ihre Gründe dafür haben.«

»In Wahrheit bin ich gar kein Makler, sondern Kunsthistoriker am *Musée d'Orsay* in Paris. Ich habe viele, viele Jahre in der Provenienzforschung gearbeitet und bin Teil einer Kommission, die sich um die Restitution von Kunstgegenständen kümmert, die während der NS-Zeit vor allem der jüdischen Gemeinde entwendet oder gegen viel zu geringe Bezahlung abgekauft wurden. Als ich Ihre Bilder hier sah, habe ich mich gefragt, woher sie stammen.« Hugo schaute Frieda Steiger nun auch direkt in die Augen und bemerkte eine Sekunde lang ein leichtes Flackern in ihrem Blick.

»Ich habe ganz vergessen, uns ein paar Kekse zum Kaffee zu reichen. Lassen Sie mich die schnell holen. Dann können wir weitersprechen.« Hugo wartete geduldig ab, ehe Frau Steiger zurückkam. »So, hier bin ich wieder.« Sie stellte einen Teller mit Plätzchen auf den Tisch. »Ich hatte noch welche übrig. Bitte greifen Sie doch zu.« Frieda reichte Hugo den Teller. Hugo nahm einen Keks und biss ein Stückchen ab. »Also geht es Ihnen um die Bilder«, nahm sie den Gesprächsfaden wieder auf. »Ja, wissen Sie, ich hatte früher einen guten Freund und er hat mir diese Bilder geschenkt, als er gegangen ist. Das ist schon sehr lange her.«

Hugo spürte die Veränderung bei Frieda und stand auf. Er lief zu den Bildern, die neben dem Kamin hingen. »Wissen Sie denn, was diese Bilder wert sind?« Hugo zeigte auf die beiden Skizzen von Picasso und trat ganz nahe an sie heran.

Frieda Steiger blieb erst noch neben dem Tisch stehen, ging dann aber zu ihm hinüber. »Na ja, lange Zeit habe ich nicht darüber nachgedacht. Aber irgendwann habe ich realisiert, dass es sich bei diesen Bildern um etwas Besonderes handelt. Deshalb habe ich sie auch immer gut behütet. Wir haben noch weitere Bilder im Haus. Sicherlich sind Ihnen diese während Ihrer Besichtigung auch aufgefallen, wenn Sie Kunstexperte sind.«

»In der Tat. Und um eins dieser Bilder geht es mir im Besonderen.«

Hugo hatte das Gefühl, dass das Gespräch gar nicht so schlecht lief, wie er befürchtet hatte. Dass er hier war, um nach Ben Ausschau zu halten, hatte er fast vergessen. Die *Zwei Frauen im Garten* war das Wichtigste für ihn. Er nahm wieder Platz und führte die Tasse zum Mund. Auch wenn er einen leicht bitteren Geschmack verspürte, schöpfte er keinerlei Verdacht und trank die Tasse in einem Zug aus.

»Sie wollten mir gerade von einem der Bilder erzählen, Herr de Louvois«, sagte Frieda und beobachtete Hugos Reaktion genau. »Welches interessiert Sie denn besonders? Unter Umständen wäre ich bereit, es Ihnen zu verkaufen. Mein Sohn steckt in finanziellen Schwierigkeiten und der Erlös des Bildes könnte uns weiterhelfen.«

Hugo musste gähnen. »Es geht mir um das Bild in Ihrem Schlafzimmer. Es handelt sich dabei um die *Zwei Frauen im Garten* von Renoir, denn dieses Bild war einst im Besitz meiner Familie. Ich habe mein ganzes Leben danach gesucht. Es ist mir außerordentlich wichtig.«

Hugo fühlte sich auf einmal schläfrig. Er sah Frieda Steiger nur noch verschwommen vor sich und auch wenn er versuchte, seinen Blick auf Frieda zu fokussieren, gelang ihm das nur schwer. Er spürte, dass irgendetwas mit ihm nicht stimmte, konnte aber nicht sagen, was. Er konnte keinen klaren Gedanken mehr fassen und hatte den unüberwindbaren Drang, zu schlafen. Er verstand nicht, was vor sich ging und im nächsten Moment kippte er vorne über auf den Tisch.

Dass sie Kekse holen wollte, hatte Frieda nur gesagt, um einen Moment Zuflucht in ihrer Küche zu suchen. Was sollte sie nur tun? Sie hatte furchtbare Angst. Sollte sie ihren Sohn anrufen? Aber das würde der Franzose sicherlich bemerken.

Plötzlich formte sich ein Gedanke in ihrem Kopf, der vielleicht eine Lösung darstellen konnte. Ja, sie musste agieren und nichts dem Zufall überlassen. So wie sie es ihr ganzes Leben lang immer getan hatte. Bilder von früher kamen wieder hoch und sie erinnerte sich daran, dass sie auch damals schon immer bestrebt war, für die Probleme des Alltags eine Lösung zu finden. Allerdings musste sie dem Franzosen glaubhaft machen, dass sie nur gute Absichten hegte. Frieda erlangte wieder die Fassung und war gewappnet. Sie wollte so nah wie möglich an der Wahrheit bleiben, um sich nicht unnötig in Lügen zu verstricken. Das hatte sie von Karl gelernt und seinen Rat ein Leben lang befolgt.

So einfach würde sie es dem jungen Mann nicht machen.

Sie ging zu ihrem Küchenschrank und öffnete ihn. Dieser beinhaltete im oberen Teil Regale, die mit Lebensmitteln gefüllt waren. Im unteren Teil waren drei Schubladen. Sie nahm die Letzte komplett heraus. Dahinter verbarg sich ein Geheimfach, das sie seit vielen Jahren nicht gebraucht und fast vergessen hatte. Bevor Karl damals den Hof und sie verlassen hatte und davongefahren war, hatte er ihr eine Waffe und zwei kleine

Apothekergläschen dagelassen. Sie hatte noch nie in Erwägung gezogen, eins dieser Mittel zu benutzen, aber nun, in der Not, waren sie ihr wieder eingefallen.

Das eine Fläschchen beinhaltete eine geringe Menge Arsen für den Fall, dass sie selbst einmal ihrem Leben ein Ende setzen musste, um sich zum Beispiel der Folter zu entziehen. Das andere war mit einem starken Schlafmittel gefüllt, sollte sie sich je Zeit verschaffen müssen. Die Waffe, eine Mauser 1914, sollte sie nur im äußersten Notfall einsetzen.

Sie überlegte kurz und nahm den Flakon mit dem Schlafmittel heraus. Sie wollte den Mann, der an ihrem Tisch saß, nicht töten. Aber einen Denkzettel hatte er allemal verdient und ein Schlafmittel war bekanntlich nicht tödlich. Frieda war sich nicht sicher, ob das Mittel nach so vielen Jahren überhaupt noch wirksam war, aber das würde sich dann zeigen. Das Risiko musste sie eingehen. Sie hatte es all die Jahre hier in ihrem Küchenschrank in dunkler und trockener Umgebung sorgfältig aufbewahrt. Eine gewisse Wirkung würde es sicherlich noch haben. Jetzt musste sie nur noch überlegen, wie sie das Mittel de Louvois verabreichen konnte, ohne dass er es mitbekam.

Sie steckte das Fläschchen in ihre Schürzentasche, nahm den Keksteller und ging wieder in das Kaminzimmer. Als de Louvois aufgestanden war, um sich die Bilder am Kamin noch mal näher anzuschauen, nutzte Frieda ihre Chance, um den Inhalt ihres Fläschchens in Hugos Tasse zu leeren. Anschließend stand sie ebenfalls auf, steckte das Flakon ungesehen wieder in ihre Schürze und ging hinüber zu Hugo.

Das Mittel hatte seine Wirkung viel schneller gezeigt, als Frieda es gehofft hatte. Hugo war nach vorne übergekippt und saß tief schlafend an Friedas Esstisch. Frieda musste überlegen, was sie nun tun sollte. Allein konnte sie den stattlichen Mann unmöglich bewegen.

Oder vielleicht doch?

Sie ging hinaus und schaute sich um. Am Scheuneneingang stand eine alte Schubkarre. Das war vielleicht die Lösung. Franz war nirgends zu sehen und sie erwartete ihn erst zum Mittagessen zurück. Sie hatte also noch genug Zeit, um zumindest den Versuch zu starten, Hugo abzutransportieren. Schließlich war sie es gewohnt, harte Arbeit zu verrichten. Sie lief Gefahr, von ihrem Sohn entdeckt zu werden, und musste sich schnell eine Lösung einfallen lassen, wo sie Hugo hinbringen wollte. Sie könnte ihn einfach in ihr übliches Versteck bringen. Dorthin wo sie lange Zeit auch die Bilder versteckt hatte. Dann würde sie weitersehen.

Frieda holte die Schubkarre und fuhr sie in das Kaminzimmer. Es war nicht viel Platz, gerade genug, um sie genau vor dem Tisch zu platzieren. Dort nahm sie zwei dicke Holzscheite, die neben dem Kamin aufgestapelt waren, und stabilisierte die Schubkarre so, dass sie nicht umfallen konnte. Sie fasste Hugo an den Schultern und kippte ihn wie einen Mehlsack in die Karre. Es kostete sie sehr viel Kraft, das zu bewerkstelligen, aber nachdem sie Hugos Oberkörper noch etwas nach vorne gezogen hatte, konnte sie ihn in der Schubkarre so zurechtlegen, dass er hineinpasste. Der linke Arm hing zwar seitlich von der Schubkarre herunter und Hugos Kopf war komplett zur Seite gedreht und drückte an die Innenwand des Transportgeräts, aber die Schubkarre fühlte sich einigermaßen stabil an. Hugos Beine hingen beide ab den Knien ebenfalls heraus, aber das war egal. Sie hatte es geschafft, ihn in die Schubkarre zu hieven. Nun musste Frieda so zügig wie möglich Hugo hinausschieben. Sie war sich noch nicht sicher, ob sie das würde bewerkstelligen können. Würde sie es schaffen, die Schubkarre zu halten und zu steuern?

Sie fuhr vorsichtig aus dem Haus und bog rechts ab. Sie musste den Hang hinunter. Was, wenn sie die Schubkarre nicht mehr halten konnte? Frieda spürte das Adrenalin und redete sich gut zu. Sie musste es einfach schaffen. Aber Hugo war schwer und sie konnte die Karre kaum halten. Ganz langsam, Schritt für Schritt, kam sie voran. Dabei musste sie ihre gesamte Kraft aufwenden, um nicht loszulassen. Die Wiese war uneben und sie musste höllisch aufpassen, dass sich die Schubkarre nicht verselbständigte. Sie ermahnte sich, auf die Stelle aufzupassen, wo sie sich einst den Fuß verstaucht hatte, am Tag als sie und Karl zusammengekommen waren, und lief etwas weiter links bis zu der Kellertür, die gut versteckt hinter einem Busch kaum jemand kannte. Sie parkte die Schubkarre samt Hugo vor der Tür. In der Eile hatte sie den Schlüssel vergessen und musste deshalb noch einmal zum Haus zurücklaufen. Dort angekommen sah sie von weitem, wie das Postauto angefahren kam.

Sie musste sich beeilen.

So schnell es für sie in ihrem hohen Alter möglich war, lief sie wieder den Hang hinunter, den Schlüssel fest in ihrer Hand umklammert. Sie schloss die Tür auf und fuhr Hugo hinein. Dieser schlief immer noch tief und fest. Sie brachte Hugo in den hintersten Raum, der, wenn man nicht wusste, dass es ihn gab, nicht zu erspähen war, da die Tür von einem Holzschrank verborgen war. Frieda musste diesen erst ein bisschen zur Seite schieben. Sie lehnte sich mit der ganzen Kraft, die sie noch hatte, dagegen. Der Schrank bewegte sich kaum und Frieda wollte schon fast aufgeben. Noch einmal und mit letzter Kraft stemmte sie sich gegen den Koloss. Endlich rückte der Schrank zur Seite und gab die Geheimtür frei, die mit einem eigenen Schloss versehen war.

Als sie endlich mit Hugo drin war, musste Frieda noch einmal stark sein und die letzte Kraft aufwenden, um die Schubkarre vorsichtig zur Seite zu kippen. Hugo fiel heraus. Der Lehmboden war zum Glück nicht sehr hart, aber trotzdem war Frieda um ihren Gefangenen besorgt. Sie lehnte ihn sorgfältig an die Wand und verband ihm die Hände mit einem Kabelbinder auf dem Rücken. Ihr fiel ein, dass sie unbedingt Hugos Handy suchen musste. Von ihrem Sohn wusste sie, dass man Menschen darüber orten konnte. Das musste sie auf jeden Fall verhindern. Sie durchsuchte seine Hosentasche und Jacke und wurde schließlich fündig. Neben dem Handy, das Frieda sofort ausschaltete und einsteckte, fand sie auch noch Hugos Brieftasche. Auch diese nahm sie an sich. Später wollte sie Hugo Wasser und etwas zu essen bringen. Schließlich war sie kein Unmensch. Angst, dass hier unten jemand Hugo entdecken konnte, hatte sie nicht. Sie wusste aus Erfahrung, dass kein Geräusch von hier nach außen drang. Hier war der Franzose also gut aufgehoben.

Als sie sicher war, an alles gedacht zu haben, verschloss Frieda die Tür und ging zurück ins Haus. Die Schubkarre hatte Spuren hinterlassen und sie musste alles bereinigen, bevor ihr Sohn oder jemand anderes kam. Das Postauto hatte die Post bereits in den Briefkasten am Tor eingeworfen und war auf dem Rückweg, als Frieda ins Haus ging. Das war gerade noch mal gut gegangen, dachte Frieda. Die Schubkarre hatte sie wieder an ihren Platz gestellt. Jetzt räumte sie noch schnell das Geschirr weg und putzte den Schmutz vom Boden auf. Erschöpft setzte sie sich in ihren Sessel und machte die Augen zu. Was sollte sie mit ihrem Gefangenen jetzt tun? Diese Frage konnte sie nicht beantworten. Ihr Herz schlug so wild, wie schon lange nicht mehr, und sie musste erst einmal zur Ruhe kommen.

Langsam dämmerte ihr, was sie getan hatte, und sie war überrascht, sogar verwundert über sich selbst. Hatte sie die Vergangenheit doch noch eingeholt? Sie wollte doch reinen Tisch machen. Was hatte sie nur getan? Hatte sie nicht ihrem Sohn erzählt, dass sie die Zeit von damals bereute und heute wusste, dass es damals falsch war, Karl zu helfen und den Abtransport der Bilder zu unterstützen? Und jetzt hatte sie den Franzosen einfach außer Gefecht gesetzt.

Frieda war überrumpelt von ihrer Tat, aber ihr hohes Alter forderte seinen Tribut und sie sank erschöpft in einen tiefen Schlaf.

KAPITEL 36

Anna musste jetzt vorsichtig sein und durfte sich keinen Fehler erlauben. Die richtigen Worte finden, die richtige Tonlage. Darauf kam es jetzt an. Die Stimmung konnte jederzeit umschlagen und durch ihre letzte Frage, ob die Familie wusste, dass de Louvois Kunstexperte war, hatte sie sie mit neuen Kenntnissen konfrontiert. Jetzt hatte Anna den Überraschungseffekt auf ihrer Seite. Und den wollte sie nutzen.

Anna griff den Gesprächsfaden wieder auf. »Ist es nicht viel mehr so gewesen, dass de Louvois sehr wohl noch einmal hierhergekommen ist und Sie direkt auf die Bilder angesprochen hat, Frau Steiger? Er hat Ihnen gesagt, dass er auf der Suche nach einem Bild ist – und die Vergangenheit hat sie eingeholt.«

»Nein, so war es nicht. Er war auf der Suche nach seinem Cousin, hat er gesagt und …«

Jetzt wusste Anna, dass sie Recht hatte. Frieda Steiger hatte bis jetzt nicht wissen können, dass Ben Wederquist, also der angebliche Kunde, de Louvois Cousin war. Diese Information hatten nur sie und ihr Team. Frieda Steiger musste es also von de Louvois persönlich haben.

Anna fuhr in ihrer Hypothesenbildung fort. »Sie hatten Angst, dass alles, was sie sich so mühevoll aufgebaut und viele Jahre als Geheimnis gehütet haben, auffliegt. War es nicht so?«

Franz Steiger sprang wutentbrannt auf und schrie Anna an. »Was erlauben Sie sich! Meine Mutter ist unschuldig und eine alte Dame. Lassen Sie sie in Ruhe!«

Anna erwiderte nichts, schaute zu Frieda Steiger. Harald hielt sich die ganze Zeit im Hintergrund und beobachtete die Szene. Falls es eskalieren sollte, war er bereit, einzugreifen.

Frieda Steiger hob den Blick, schaute zu ihrem Sohn und dann zu Anna. »Sie haben Recht …«

»Mutter, nein! Mach nicht alles kaputt. Wir sagen nichts mehr und wollen einen Anwalt sprechen.«

Anna wusste: Jetzt hatte sie die beiden da, wo sie sie haben wollte. »Einen Anwalt? Ich dachte, Sie haben nichts zu verbergen. Frau Steiger sprechen Sie weiter.«

Frieda schaute zu ihrem Sohn. »Der Franzose ist noch einmal hierhergekommen. Er hat mir erzählt, dass er auf der Suche nach einem Bild ist, das einst im Besitz seiner Familie war. Ich habe Angst bekommen und …«

Anna musste jetzt eingreifen. »Frau Steiger, wo ist Hugo de Louvois? Ist er hier? Ist er verletzt?«

Frieda war ruhig und sagte nur: »Kommen Sie.«

Franz Steiger schien gar nichts mehr zu verstehen und blickte fassungslos vom einem zum anderen. »Mutter, was hast du getan?«

Anna blickte schnell zu Harald und folgte der alten Damen. »Sie, Herr Steiger, bleiben hier bei meinem Kollegen.«

Frieda führte Anna zu dem Versteck, und als sie die Türen alle aufgemacht hatten, sah sie ihn. Hugo lag auf dem Boden, gefesselt und offensichtlich geschwächt. Aber er lebte. Schnell ging Anna zu ihm und befreite ihn von den Kabelbindern. Er war verschwitzt, dreckig und hatte ein Loch in der Hose. Aber er brachte ein kleines Lächeln auf und sagte:

»*Merci.*«

Frieda stand stumm daneben und hatte das Gesicht in beide Hände gelegt. Anna schien, als würde ihr jetzt erst klar werden, was sie getan hatte.

»Ich wollte doch nur …«, setzte Frieda Steiger für einen Erklärungsversuch an, aber merkte selbst, dass es für Freiheitsberaubung in Tateinheit mit gefährlicher Körperverletzung keine plausible Erklärung gab.

Anna half de Louvois aufzustehen. Als sie aus dem Keller kamen, holte sie ihr Handy aus der Hosentasche und rief den Rettungsdienst. Auch wenn Hugo keine größeren äußeren Verletzungen aufwies, wollte sie doch sichergehen, dass es ihm wirklich gut ging und keinen Schaden davontrug. Schließlich war eine Gefangenschaft, gefesselt, in einem dunklen Keller, keine Lappalie. Sie setzte de Louvois auf den Boden und wies ihn an, auf den Rettungsdienst und die Sanitäter zu warten.

Sie begleitete Frieda Steiger nach oben, zurück ins Haus, erzählte Harald kurz, dass soweit alles in Ordnung war, und überließ ihm Frieda Steiger. Dann lief sie wieder zurück zu de Louvois. Bis zum Eintreffen der Sanitäter musste unbedingt jemand bei ihm bleiben. Zur Sicherheit hatte sie Franz Steiger noch schnell nach einer Flasche Wasser gefragt, die sie de Louvois gab, als sie ihn wieder erreichte.

»Das ist ja gerade noch einmal gutgegangen«, sagte Anna außer Atem.

De Louvois schaute zu ihr auf und blinzelte. Er hatte eine ganze Zeit lang im Dunkeln verbracht und musste sich erst wieder an das Tageslicht gewöhnen.

»Ja, vielen Dank. So langsam fühle ich wieder Leben in mir.« Mehr konnte er nicht sagen. Fast zeitgleich hörte Anna, wie sich von Weitem die Sirene des Rettungswagens näherte. Wenig später legten die Sanitäter de Louvois einen Tropf und verfrachteten ihn nach kurzer Erstuntersuchung auf eine Barre in das Innere des Fahrzeugs. Kurze Zeit später fuhren sie ihn ins Klinikum. Anna fragte noch, wohin sie ihn bringen würden, und versprach de Louvois ihn am nächsten Tag zu besuchen. Da er sich jetzt erst einmal erholen musste, wollte sie ihn nicht länger quälen.

Aber sie hatte natürlich noch eine Menge Fragen.

Als Anna ins Haus zurückkam, saßen Harald und die Familie Steiger zusammen und sprachen kein Wort. Harald wollte sich nicht anmaßen, weitere Fragen zu stellen. Er verstand immer noch nicht genau, um was es hier ging. Jetzt hatten sie auch noch die vermeintliche Leiche lebend wiedergefunden. Das entsprach so ganz und gar nicht den üblichen Fällen. Aber auch er war froh, dass de Louvois am Leben war.

»So, und jetzt noch mal der Reihe nach. Herr Steiger, was ist mit der anderen Person passiert? War er auch noch mal hier? Gab es einen Streit?«

Frieda Steiger schaute überrascht zu Anna und dann zu ihrem Sohn. »Wie kommen Sie denn darauf? Mein Sohn hat damit nichts zu tun. Sie haben de Louvois doch gefunden. Das habe ich allein zu verantworten.«

Franz Steiger schaute traurig zu Frieda Steiger auf. »Lass, Mutter, da ist noch etwas, das du nicht weißt.«

KAPITEL 37

EIN TAG VOR DEM LEICHENFUND

Bereits im Auto auf der Fahrt zurück ins Hotel hatte Ben den Entschluss gefasst, das Bild nicht, wie Hugo es ihm erklärt hatte, einfach bei den Steigers zu belassen, sondern er wollte es eigenhändig entwenden und mitnehmen.

Er hatte sich nichts anmerken lassen und sich innerlich gefreut, das Bild am nächsten Morgen Hugo beim Frühstück zu präsentieren. Sicherlich würde er sich damit abfinden, dass es wieder in seinem Besitz war, und würde es dabei belassen. Genau das war es doch, was er die ganze Zeit als Ziel verfolgt hatte. Warum sollte er sich also nicht freuen, wenn sein bester Freund und Cousin ihm diesen Wunsch erfüllte?

Ben zweifelte keine Sekunde daran, dass sein Vorhaben richtig war, und verabredete sich ganz normal mit Hugo zum Frühstück. Den Autoschlüssel hatte er sich bereits organisiert, ohne dass es Hugo aufgefallen war. Er musste allerdings noch etwas warten. Vor ein Uhr nachts wollte er nicht aufbrechen, da er sichergehen wollte, dass alle schliefen, wenn er in das Haus einbrach. Er hatte gesehen, dass es bei dem Haupthaus eine Hintertür gab, die leicht zu knacken war. Vielleicht würde sie auch offenstehen. Auf dem Land war das nicht unüblich.

Kurz nach eins schlich Ben sich ins Parkhaus und verließ das Hotel Richtung Lanzenbrunnen. Den Weg kannte er jetzt gut und auf der Straße war keine Menschenseele. Allerdings war es stark bewölkt und, obwohl es Vollmond war, dunkel und sehr windig. Es sah nach einem Gewitter aus. Er verpasste beinahe die Einfahrt in den Waldweg kurz hinter Otterberg. Zum Glück war sonst niemand auf der Straße. Da er niemanden im Haus der Steigers aufwecken wollte, beschloss er, das Auto ein Stück in den Wald hineinzufahren und den Rest des Weges zu Fuß zu gehen. Vorsichtshalber wendete er das Auto noch, denn sollte er wider Erwarten fliehen müssen, wollte er keine wertvolle Zeit mit aufwendigen Wendemanövern vergeuden.

Er hatte einen Rucksack und eine kleine Taschenlampe dabei. Als er ausstieg, schaltete er diese an. Der Wind hatte weiter zugenommen und pfiff ihm um die Ohren. Trotz des Vollmonds und seiner angeschalteten Taschenlampe konnte er kaum etwas erkennen und er musste aufpassen, nicht über eine Wurzel zu stolpern und hinzufallen. Stück für Stück kam er dem Haus näher. Aus der Distanz sah er bereits den Weiher im verbliebenen Mondschein blitzen. Auf dem Wasser waren Wellen zu erkennen, die vom starken Wind herrührten. Trotzdem war es ein wunderschöner Anblick, dachte Ben.

Innerlich war Ben sehr aufgeregt, schließlich fiel ihm dieses Unterfangen nicht leicht, aber er musste sich zusammenreißen. Er war kein Berufseinbrecher, auch wenn er schon das ein oder andere Mal widerrechtlich ins Mannschaftsheim eingedrungen war, um dort in Ruhe seine Affären mit den Mädchen zu pflegen. Er hatte vorsichtshalber noch einen großen Schraubenzieher aufgetrieben, für den Fall, dass er die seitliche Tür, die direkt zur Treppe nach oben führte, aufbrechen musste. Schließlich wollte er vorbereitet sein.

Das große Eingangstor war bei seiner Ankunft auf dem Grundstück der Steigers zwar verschlossen, aber es war ihm ein Leichtes, darüber zu klettern. Als Sportler war Ben sehr beweglich und das Bezwingen von Hindernissen jeglicher Art war noch nie ein Problem für ihn gewesen. Respekt hatte er allerdings vor Hunden, aber die Labradorhündin der Steigers war nirgends zu sehen und schlief wahrscheinlich bei ihrem Herrchen im Bett. Ben duckte sich etwas und lief leise, aber schnell zu der hinteren Seite des Hauses, wo er die Seitentür ausgemacht hatte. Im Inneren war alles dunkel und still. Er freute sich bereits innerlich, das Bild bald in Händen zu halten und besonders auf das Gesicht von Hugo, wenn er ihm am nächsten Morgen das Bild überreichen würde.

Ben holte den Schraubenzieher aus dem Rucksack und probierte erst einmal ganz normal die Türklinke zu öffnen. Und siehe da: wie er es gehofft hatte, war die Tür nicht verschlossen, sondern ließ sich ganz einfach öffnen. Ben knipste die Taschenlampe aus und ging hinein. Im Inneren des Hauses fand er sich gut zurecht, da die Treppe nach oben in die Schlafräume der Steigers genau rechts vom Seiteneingang verlief. Vorsichtig stieg Ben Stufe für Stufe nach oben. Es ging alles ganz einfach. Jetzt musste er nur noch das richtige Zimmer finden. Wo genau Hugo die *Zwei Frauen im Garten* von Renoir gesehen hatte, wusste Ben nicht, aber so viele Zimmer gab es nicht.

Er schlich in das erste, aber das war das falsche Zimmer. Hier hingen nur größere Bilder. Ben drückte die zweite Türklinke herunter, um zu schauen, ob diese verschlossen war, aber auch diese öffnete sich ganz leicht. Die Tür knarrte etwas, aber es rührte sich nichts. Als Bens Augen sich an die Dunkelheit im Raum gewöhnt hatten, bemerkte er, dass dies wohl das Schlafzimmer der alten Dame war. Sie lag im Bett auf dem Rücken und schnarchte leise vor sich hin. Ben ließ den Blick über das gesamte Zimmer schweifen und entdeckte die *Zwei Frauen im Garten* an der Wand, links neben dem Bett. Jetzt musste er nur noch hinüber gehen und es von der Wand nehmen. Innerlich lachte Ben, wie einfach es gewesen war, bis hierher zu gelangen. Er machte den ersten Schritt in den Raum, immer darauf bedacht, so gut wie keine Geräusche zu machen.

Er hatte schon fast die Mitte von Friedas Steigers Bett erreicht, als diese sich plötzlich umdrehte und auf die Seite legte. Ben blieb regungslos stehen und wartete ab. Er stand dicht an der Wand, aber falls sie aufwachte, würde sie ihn sofort sehen. Aber Ben hatte keine Angst. Es war Hugos Bild und damit auch *sein* Bild. Das Bild, das einst seiner Familie gehört hatte. Und was sollte eine alte Frau schon gegen einen Mann seiner Statur ausrichten? Er wartete noch einen Moment, aber Frieda Steiger schlief tief und fest weiter. Er machte noch einen weiteren Schritt bis zum Nachtisch der alten Damen und streckte den Arm nach dem Bild aus. Es löste sich nicht sofort aus seiner Befestigung, aber beim zweiten Mal hob Ben das Bild ein klein bisschen nach oben an und er konnte es einfach von der Wand nehmen.

Er verließ das Zimmer ganz leise, so wie er gekommen war. Gerade als er die Treppe hinunter gehen wollte, vernahm er ein Geräusch. Was war das? Er konnte es noch nicht einordnen, bis er auf einmal die Bremsen eines Autos hörte. In der nächsten Minute wurde eine Autotür zugeschlagen und ein Hund bellte. Draußen war jemand und er musste schleunigst verschwinden.

KAPITEL 38

In der Stube der Steigers herrschte ein beklemmendes Schweigen, aber Anna waren solche Situationen nicht fremd. Sie wusste, dass kurz vor der Aufklärung eines Falls oft noch Überraschungen warteten. Dieses Mal ahnte sie schon, was Franz Steiger erzählen wollte, aber es war wichtig für alle Beteiligte, dass er die Wahrheit aussprechen würde und alles ans Licht kam. Deshalb forderte sie Franz Steiger auf, mit seiner Erzählung fortzufahren.

»An diesem Abend war ich in Saarbrücken im *Easy Love* bei meiner Freundin«, sprach er weiter. »Ich wollte mich entspannen. Der Verkauf des Hofs, der Besuch der beiden Männer und der Druck, den die Bank auf mich in den letzten Wochen ausgeübt hat, hatte mich gestresst und ich brauchte eine Abwechslung. Außerdem hatten meine Mutter und ich bereits den Verdacht, dass der Franzose die Bilder vielleicht gesehen hatte, und ich wollte meine Freundin fragen, ob sie wüsste, wie ich ein paar der Bilder zu Geld machen könnte. Im Milieu kennt man sich mit solchen Dingen aus. Sie hatte eine Idee, wen sie fragen könnte und wollte sich umhören.«

Franz Steiger schwieg einen Moment, den Anna ihm gönnte, um sich zu sammeln.

»Als ich zurückfuhr und in die Nähe unseres Hauses kam«, fuhr er schließlich fort, »war es vielleicht kurz vor zwei Uhr nachts. Ich habe das Auto des Franzosen bereits im Wald abgestellt bemerkt. Ich habe mich noch gewundert, dass das Auto in Fahrtrichtung zurück zur Hauptstraße stand und bekam Panik. Ich hatte Angst um meine Mutter und trat aufs Gaspedal. Als ich das Haus betrat, hörte ich, wie jemand im Obergeschoss lief. Ich dachte zunächst, es wäre meine Mutter und rief nach ihr. Aber sie antwortete nicht. Ich machte sofort überall Licht an und ging die Treppe ein Stück nach oben. Und da sah ich ihn. Dieser angebliche Kunde, der ein paar Tage zuvor den Hof mit dem Franzosen besichtigt hatte, stand auf den oberen Stufen und hatte ein Bild unter dem Arm. Ich erschrak, aber war fest entschlossen, den Dieb zu stellen. Es war offensichtlich, dass er gekommen war, um das Bild zu entwenden. Überraschenderweise kam der Mann weiter die Treppe hinunter und verpasste mir sofort einen Hieb in die Rippen. Ich hatte nicht damit gerechnet und krümmte mich vor Schmerzen. Diesen Moment nutzte der Mann, um zur Tür zu gelangen. Allerdings hat er nicht mit Bella gerechnet, die noch draußen war. Als er die Tür öffnete, packte sie ihn sofort am Hosenbein. Er war überrascht und fiel zu Boden. Diesen Moment konnte ich wiederum nutzen, um ihm ebenfalls zu schlagen. Ich wollte ihm einen ordentlichen Denkzettel verpassen. Aber ich zögerte einen Moment zu lange, denn der Mann stand plötzlich wieder auf den Beinen und ergriff die Flucht. Er war sehr gut durchtrainiert. Das merkte ich sofort. Ich lief ihm hinterher. Unterdessen hatte es in Strömen angefangen zu regnen und der Wind peitschte ununterbrochen. Aber das war mir egal. Ich wollte ihn unbedingt wieder einholen.«

Er seufzte und sah Anna traurig an.

»Als wir ans Tor gelangten, lief er direkt in den Wald anstatt zu seinem Auto«, sagte er schließlich. »Leider habe ich ihn da aus den Augen verloren. Ich konnte ihm einfach nicht folgen. Er war zu schnell. Ich gab auf und lief völlig durchnässt zurück ins Haus. Das Bild hatte er in dem Gerangel zum Glück verloren. Es lag noch vor der Tür auf dem Boden. «

»Warum haben Sie nicht die Polizei benachrichtigt?«

»Ich hatte Angst, erklären zu müssen, was es mit den Bildern auf sich hat, und dachte, es sei besser, den Einbruch für mich zu behalten. Schließlich war ja nichts passiert. «

»Was haben Sie anschließend gemacht?«

»Ich bin zurück ins Haus und habe geschaut, ob bei meiner Mutter alles in Ordnung war. Zum Glück schlief sie felsenfest. Dann habe ich das Bild etwas abgetrocknet und einfach wieder an seinen Platz gehängt. Ich bin anschließend in die Küche, habe mir die nassen Sachen ausgezogen und einen Tee gekocht. Als ich gerade das Wasser aufgesetzt hatte, habe ich aus dem Fenster gesehen, wie hinter unserem Wald der Blitz einschlug. Es hat einen riesigen Schlag gegeben und der Himmel war komplett hell erleuchtet. Am nächsten Morgen bin ich aufs Feld gefahren und habe die Leiche entdeckt. Glauben Sie mir, das wollte ich nicht.«

»Was haben Sie mit dem Auto von Ben Wederquist gemacht? Schließlich stand es im Wald und war Ihnen ja auf Ihrem Rückweg aufgefallen.«

»Als ich am nächsten Morgen die Leiche entdeckt habe, habe ich natürlich eins und eins zusammengezählt. Ich habe vermutet, dass es sich bei dem Toten um Ben Wederquist handelt. Aber ich war in Panik und hatte Angst, dass sie mich verdächtigen.

Ich bin dann später zu der Stelle gefahren, wo ich das Auto gesehen hatte, und habe es in unserer Scheune versteckt. Der Schlüssel steckte im Schloss, sodass es nicht schwer war, das Auto umzuparken.«

»Aber warum haben Sie nicht einfach die Wahrheit erzählt? Schließlich ist der Mann bei Ihnen eingebrochen und wollte ein wertvolles Bild entwenden. Sie haben nichts falsch gemacht und in Notwehr gehandelt.«

»Das kann ich Ihnen leider nicht beantworten. Ich weiß es nicht.«

»Herr Steiger, ich muss Sie jetzt leider beide mit aufs Präsidium nehmen.«

»Bitte lassen Sie meine Mutter gehen. Sie wollte mich nur schützen. Sie ist eine alte Frau.«

»Das mag sein, aber sie hat de Louvois eingesperrt. Wir müssen Sie ebenfalls mitnehmen. So leid mir das tut.«

Anna meinte das ernst, denn die alte Dame war fassungslos und völlig in sich zusammengesackt. Das war ein harter Schlag für die alte Frau und Anna hatte Angst um sie. Trotzdem hatte sie eine Straftat begangen und beide mussten dem Haftrichter vorgeführt werden. Harald nahm die alte Frau unter den Arm und begleitete sie zum Polizeiauto, das in der Zwischenzeit eingetroffen war. Franz Steiger wurde auf den Rücksitz von Annas Wagen verfrachtet.

KAPITEL 39

Ein paar Tage nach den Ereignissen auf dem Lanzenbrunnen besuchte Anna Hugo de Louvois im Krankenhaus. Er war zwar nicht schwer verletzt, aber die Ärzte wollten sichergehen, dass er keinen Schaden davongetragen hatte, und führten eine Reihe von Untersuchungen durch. Als Anna anklopfte, hatte er ein paar persönliche Sachen in eine Tüte, die ihm eine Schwester gebracht hatte, zusammengetragen und war auf dem Weg, das Krankenhaus zu verlassen. Anna hatte ihm noch nichts vom Tod seines Cousins erzählt und wollte ihm die traurige Nachricht selbst überbringen.

»Was halten Sie davon, wenn ich Sie zurück ins Hotel fahre und wir trinken unterwegs noch einen Kaffee?«, schlug sie vor. »Es interessiert mich sehr, zu erfahren, wie Sie auf den Lanzenbrunnen gekommen sind.«

»Das ist eine gute Idee, vielen Dank.«

Sie verließen das Krankenhaus Richtung Innenstadt und stiegen vor dem SAKS Hotel aus. Anna parkte vor der Tür auf dem Gehweg. Dieses eine Mal wollte sie den Vorteil, dass sie Polizistin war, nutzen und nicht ins Parkhaus fahren. Der Fall war zwar abgeschlossen, aber ein paar Details interessierten sie noch, die sie in ihren Bericht einbauen wollte. Sie stiegen aus und liefen in das Restaurant, wo sie auf der Terrasse Platz nahmen. Es war immer noch warm und außer ein paar Wolken versprach es ein wunderbarer Tag zu werden. Sie bestellten sich zwei Kaffee.

»Monsieur de Louvois, ich muss Ihnen noch etwas Wichtiges mitteilen. Es betrifft Ihren Cousin.«

»Ja, ich kann mir schon vorstellen, dass er wahrscheinlich festgenommen worden ist, oder?«

»Nicht ganz. Er ist bei dem Versuch, ein Bild aus dem Hause der Steigers zu stehlen, von Franz Steiger überrascht worden. Die beiden Männer haben sich geprügelt. Herr Steiger wollte ihrem Cousin einen Denkzettel verpassen. Ben gelang es allerdings, die Flucht zu ergreifen. Aber in dieser Nacht hat ein schweres Gewitter getobt und ihr Cousin hat sich auf der Flucht – wahrscheinlich um dem Gewitter zu entkommen – in einer Strohballenpresse auf dem Feld der Steigers in Sicherheit gebracht. Vielleicht wollte er sich auch vor Franz Steiger verstecken. Das können wir leider nicht mehr mit Sicherheit klären. Allerdings ist kurz danach offensichtlich der Blitz in die Strohballenpresse eingeschlagen und ihr Cousin Ben Wederquist ist dabei ums Leben gekommen. Es tut mir sehr leid.«

Hugo war geschockt. Er hatte sich schon gedacht, dass Ben erwischt worden war, da er überhaupt nichts mehr von ihm gehört hatte, aber dass er tot war, damit hatte er nicht gerechnet. Tränen schossen ihm in die Augen. Nachdem er sich wieder gefasst hatte, erzählte er Anna die ganze Geschichte von Anfang an. Nachdem er geendet hatte, fragte er vorsichtig: »Und das Bild? Ist es auch zerstört?«

»Nein. Ihr Cousin hat es in der Rangelei mit Franz Steiger fallen lassen und der hat es einfach wieder an seinen Platz gehängt.

Und da ist noch etwas …« Anna griff in ihre große Tasche und holte ein Paket heraus. Sie überreichte es Hugo.

»Frieda Steiger hat es mir für Sie gegeben. Sie möchte es Ihnen schenken, sozusagen als Wiedergutmachung für alles, was Sie und ihre Familie durchgemacht und erlebt haben.«

Hugo nahm das Paket entgegen und packte es aus. Er war sprachlos. Das Paket enthielt die *Zwei Frauen im Garten* von Renoir, das Bild, das er sein Leben lang gesucht hatte. Damit hatte er niemals gerechnet. Erst die Todesnachricht seines Cousins und besten Freundes, jetzt das Geschenk von Frieda Steiger. Die Gefühle fuhren Achterbahn mit ihm und er wusste nicht, ob er weinen oder lachen sollte.

»Das ist eine wunderbare Geste«, sagte er und kämpfte mit den Tränen. »Vielen Dank!«

»Danken Sie nicht mir, sondern Frieda Steiger. Ich glaube, Sie ist im Grunde ihres Herzens ein guter Mensch.«

»Das glaube ich auch. Ich habe gespürt, dass sie mir etwas erzählen wollte, aber ihr Mut hat nicht gereicht, um mir die Wahrheit anzuvertrauen. Es hätte vieles leichter gemacht.«

»Ja, wahrscheinlich. Leider hat sie die Ereignisse nicht verkraftet und am Tag ihrer Festnahme im Polizeipräsidium einen Herzinfarkt erlitten. Sie liegt auf der Intensivstation in Kaiserslautern. Bevor sie im Rettungswagen abtransportiert wurde, hat sie mich gebeten, Ihnen das Bild zurückzugeben. Sie möchte, dass es zurückgeführt wird in seine Heimat und dass es wieder in den Besitz ihrer Familie gelangt.«

»Das ist großartig.« Hugo war überwältigt. »Ich werde nach Hause fahren und das Bild im Museum renovieren lassen. Und dann werde ich Ben nach Hause begleiten und mit seiner Familie gemeinsam die Beerdigung organisieren. Das Bild werde ich meinem Onkel zurückbringen.«

»Das ist gut. Ich wünsche Ihnen alles Gute, Monsieur de Louvois.«

»Danke, ich Ihnen auch. Und sollten Sie mal in Paris sein, kommen Sie doch mal im *Musée d´Orsay* vorbei. Ich würde mich freuen.«

»Sehr gerne, das mache ich.«

Anna und Hugo verabschiedeten sich und Anna fuhr ins Präsidium.

Hugo wusste genau, wohin er jetzt wollte. Er nahm ein Taxi und ließ sich zurück ins Krankenhaus bringen. Er wollte zu Frieda Steiger. Die Intensivstation war nicht einfach so begehbar und er musste seine ganze Überzeugungskraft walten lassen, bevor man ihn zu ihr ließ. Sie lag in ihrem Bett, angeschlossen an viele Geräte. Sie war nicht bei Bewusstsein und wirkte klein und hilflos. Hugo setzte sich an ihr Bett und nahm Friedas Hand in seine.

»Frau Steiger, es ist alles gut und ich danke Ihnen von Herzen für das Bild. Ich werde es hüten wie meinen Augapfel – genauso wie sie es all die Jahre für mich gehütet haben.«

NACHWORT
DER AUTORIN

In der Kriminalgeschichte Feuer.Kunst geht es um Raubkunst und deren Restitution. Die Provenienzforschung versucht die Eigentumsverhältnisse an Kunstwerken, die während der NS-Zeit geraubt wurden, wiederherzustellen. Diese sollen entweder an die ehemaligen Eigentümer bzw. an deren Erben zurückgegeben oder ihnen eine entsprechende Entschädigung gezahlt werden. Während dies bei Kunstgegenständen, die in Museen konserviert werden, teilweise gelingt, ist dies bei solchen, die sich im Privatbesitz befinden sehr viel schwieriger. Eine besondere Rolle hat im Zweiten Weltkrieg Rose Vallant (01.11.1898 – 18.09.1980), Kunsthistorikerin und französische Widerstandskämpferin, eingenommen. Sie hat damals am *Musée du Jeu de Paume* gearbeitet. Dieses diente den Nationalsozialisten als Zwischenlager für Raubkunst, bevor diese weiter nach Deutschland abtransportiert wurde. Rose Vallant machte damals heimlich Notizen über die Kunstgegenstände, die ins Museum gebracht wurden. Aufgrund ihrer Aufzeichnungen konnten von den knapp 100.000 geraubten Kunstgegenständen ungefähr 60.000 zurück nach Frankreich gebracht werden. Gut zwei Drittel davon (ca. 45.000) konnten noch vor 1950 an ihre legitimen Eigentümer restituiert werden. Viele der restlichen Kunstwerke wurden verkauft, mit Ausnahme von in etwa 2200 Stück, die niemand beansprucht hat und die vorläufig den französischen staatlichen Museen anvertraut wurden.

Das Gemälde *Zwei Frauen im Garten* von Renoir, das Hugo de Louvois in der Geschichte Feuer.Kunst wiederfinden möchte, hatten die Nationalsozialisten 1941 während der deutschen Besatzung in Frankreich aus einem Pariser Banktresor geraubt. Es gehörte dem jüdischen Kunstsammler Alfred Weinberger, der seine Sammlung in dem Tresor lagerte, als er die Stadt bei Kriegsausbruch verließ. Sylvie Sulitzer, Alfred Weinbergers Enkelin, kämpfte seit 2010 für die Rückgabe der Raubkunst aus dem ursprünglichen Besitz ihres Großvaters. Das Gemälde entdeckte sie mit Hilfe einer Berliner Anwaltskanzlei, danach schaltete sich sogar die Kunst-Abteilung des FBI in den Fall ein. Im Jahr 2018 konnte das Gemälde an sie als rechtmäßige Erbin zurückgegeben werden.

Auch heute noch ist das Thema Raubkunst aktuell. Allerdings zeichnet sich das Ende der vor zwanzig Jahren installierten *Beratenden Kommission NS-Raubkunst* ab. Diese soll durch ein Schiedsgerichtsverfahren ersetzt werden.

Der Schauplatz meiner Geschichte, der Lanzenbrunnen, liegt inmitten des Pfälzer Walds, auf einer kleinen Anhöhe mit Blick auf den dazugehörigen großen Weiher. Die Geschichte um diesen idyllischen Ort ist fiktiv und es gibt keinerlei Anhaltspunkte, dass das Anwesen im Zweiten Weltkrieg als Zwischenlager für Raubkunst gedient hat. Auch Ähnlichkeiten mit real existierenden Personen oder Gegebenheiten sind rein zufällig und nicht beabsichtigt.

DANKSAGUNG

Mein erster Kriminalroman Feuer.Kunst wäre ohne die Unterstützung und Ermutigung vieler wunderbarer Menschen nicht möglich gewesen. Mein besonderer Dank gilt meinem lieben Mann Andreas, der immer an mich geglaubt und mir die Freiheit gegeben hat, dieses Buch zu schreiben. Er war ein wertvoller Ratgeber, wenn es darum ging, Varianten in der Geschichte zu ventilieren, und hatte immer ein offenes Ohr für meine Ideen und Zweifel. Er hat als erstes das Manuskript gelesen und mir konstruktives Feedback gegeben.

Ich danke außerdem meiner Familie, die mir das Aufwachsen in einem internationalen Umfeld geboten hat, aus dem ich heute zahlreiche Ideen schöpfen kann. Ein herzliches Dankeschön geht auch an Michael und Ursula, die mir den Lanzenbrunnen gezeigt und mich erst auf die Idee dieser Geschichte gebracht haben. Danken möchte ich auch Laura Vollmers, die mir in der *Pfalzgalerie Kaiserslautern* Einblick in die Provenienzforschung gegeben hat. Ich danke ebenfalls meiner ehemaligen Mitarbeiterin und Freundin Eva, die das Manuskript gelesen und mich auf stilistische und inhaltliche Unvollkommenheiten aufmerksam gemacht hat.

Schließlich möchte ich meinem lieben Lektor Lars Neger ein ganz besonderes Dankeschön aussprechen. Durch seine scharfsinnigen Kommentare und Verbesserungsvorschläge hat er dieses Werk zu dem gemacht, was es heute ist.